W0355611

HEYNE BÜCHER

JAYNE ANN KRENTZ

UNBEZÄHMBARES VERLANGEN

Roman

Aus dem Amerikanischen
von Ulrike Laszlo

Deutsche Erstausgabe

WILHELM HEYNE VERLAG
MÜNCHEN

HEYNE ALLGEMEINE REIHE
Nr. 01/9756

Titel der Originalausgabe
PERFECT PARTNERS

Umwelthinweis:
Dieses Buch wurde auf
chlor- und säurefreiem Papier gedruckt.

Redaktion: Werner Heilmann

Printed in Germany 1996
Umschlagillustration: Leslie Pellegrino/Agentur Schlück
Umschlaggestaltung: Atelier Ingrid Schütz, München
Satz: (2384) IBV Satz- und Datentechnik GmbH, Berlin
Druck und Bindung: Presse-Druck Augsburg

ISBN 3-453-09280-5

In Liebe für Frank,
den Mann meines Verlangens

1

Charlie, du alter Gauner, du hattest schon immer einen seltsamen Sinn für Humor. Warum, zum Teufel, hast du mir das angetan?

Joel Blackstone ließ seinen Blick über die Gruppe der Trauernden schweifen, die in den vorderen Reihen der kleinen Kirche Platz genommen hatten. Die Sonnenstrahlen, die durch die Buntglasscheiben fielen, erzeugten ein schimmerndes Leuchten in der ovalen Kuppel. Die Stimme des Priesters klang laut und erstaunlich fröhlich für eine Trauermesse.

»Charlie Thornquist war so begeistert von der Fischerei wie kein anderer Mensch, den ich je gekannt habe«, sagte er. »Und das will schon etwas heißen, denn ich bin selbst ein leidenschaftlicher Angler. Für mich war das Fischen allerdings immer ein Freizeitvergnügen, ein Hobby. Für Charlie schien es eine Berufung.«

Zur rechten Seite des Priesters stand eine Urne auf einem hölzernen Gestell. Sie trug ein kleines Messingschild mit den Worten: ›Ich bin beim Fischen.‹ In der Urne befanden sich die sterblichen Überreste von Joels fünfundachtzigjährigem Boß, Charlie Thornquist. Einige Fotografien von Charlie und seinen preisgekrönten Fängen waren um die Urne postiert. Das eindrucksvollste Bild zeigte Charlie mit einem Schwertfisch, den er an der Küste von Mexiko aus dem Wasser gezogen hatte.

Joel konnte es immer noch nicht glauben, daß der alte Mistkerl ihn einfach im Stich gelassen hatte. Sie hatten fest vereinbart, daß Joel in einem Jahr die Firma übernehmen würde – und nun hatte Charlie ihn übers Ohr gehauen. Nach seinem Tod war das Unternehmen, das Joel aufgebaut hatte, an die Tochter von Charlies Neffen gegangen. Miß Letitia Thornquist war Bibliothekarin und arbeitete an einem College irgendwo im Mittelwesten – in Kansas oder Nebraska oder einem anderen dieser gottverlassenen Staaten.

Verdammt, Thornquist Gear gehörte ihm, Joel Blackstone, und er würde nicht zulassen, daß die Firma in die Hände einer Frau geriet, die ihr Leben bisher in einem Elfenbeinturm verbracht hatte und eine Bilanz nicht von einem Lexikon unterscheiden konnte. Joels Magen krampfte sich vor Zorn zusammen. Er war so nahe daran gewesen, Thornquist Gear zu besitzen.

Genau betrachtet gehörte ihm diese Firma schon seit langem. Er hatte sie in den letzten zehn Jahren aufgebaut, hatte alles dafür geopfert, und jetzt zählte sie zu den marktführenden Unternehmen. Seit acht Monaten war er dabei, einen langersehnten Rachefeldzug vorzubereiten. Um seinen Plan durchführen zu können, brauchte er allerdings die Kontrolle über Thornquist Gear.

Irgendwie mußte er es schaffen, die Firma doch noch zu übernehmen. Die kleine Bibliothekarin aus Iowa – oder woher auch immer sie kam – konnte ihm gestohlen bleiben.

»Wir haben uns heute hier versammelt, um Abschied von Charlie Thornquist zu nehmen«, fuhr der Priester fort. »Es ist ein trauriger Moment, aber wir sollten daran denken, daß wir ihn jetzt in den Händen des Allmächtigen wissen.«

Wir hatten eine Vereinbarung, Charlie. Ich habe dir vertraut. Warum mußtest du jetzt sterben und mich im Stich lassen?

Joel mußte sich natürlich eingestehen, daß Charlie wohl kaum absichtlich einem Herzinfarkt erlegen war, bevor er sein Testament ändern konnte, wie es eigentlich geplant war. Charlie hatte geschäftliche Dinge immer schleifen lassen, um sich seinem Hobby, dem Fischen, widmen zu können. Und dieses Mal hatte der gute alte Charlie seine Angelegenheiten zu lange vernachlässigt.

So war Joel nun nicht Besitzer von Thornquist Gear, der expandierenden, großen Sportartikelfirma mit dem Hauptsitz in Seattle, sondern hatte einen neuen Boß bekommen. Er knirschte frustriert mit den Zähnen. Meine Güte, jetzt arbeitete er für eine Bibliothekarin!

»Den größten Teil seines Lebens widmete Charlie seiner Leidenschaft.« Der Priester lächelte freundlich. »Seine Passion war das Fischen. Für Charlie zählte nicht der eigentliche Fang, sondern die Natur. Charlie war am glücklichsten, wenn er mit einer Angelrute in der Hand in einem Boot saß.«

Das war richtig. Joel dachte daran, wie er aus Thornquist Gear, einem kleinen Laden, ein gewinnbringendes Unternehmen gemacht hatte, während Charlie sich die Zeit mit Angeln vertrieb. Er, Joel, war der hungrige Hai auf der Jagd nach Beute gewesen. Charlie hätte diese Formulierung sicher gefallen.

Joel kniff die Augen zusammen und versuchte, in dem goldenen Licht, das durch die bunten Fenster drang, die drei Menschen in der ersten Reihe genauer zu sehen.

Dr. Morgan Thornquist hatte er durch Charlie bereits kennengelernt. Morgan war Professor der Philosophie und lehrte am Ridgemore College, einer Privatuniversität in Seattle. Er war auf einer kleinen Farm im mittleren Westen aufgewachsen – seine gedrungene Gestalt und die breiten Schultern verrieten deutlich seine Herkunft.

Ansonsten ließ nichts an ihm darauf schließen, daß er vom Land kam. Er war Anfang Fünfzig und hatte, laut Charlie, vor fünf Jahren seine Frau verloren. Mit seinen buschigen Augenbrauen, dem gepflegten grauen Bart und der würdevollen Haltung entsprach er genau dem Bild, das Joel sich von einem Professor machte.

Joel hatte nichts gegen Morgan. Bei den wenigen Gelegenheiten, wo sie sich begegnet waren, hatte er sich höflich und freundlich verhalten. Joel respektierte Intelligenz, und es gab keinen Zweifel daran, daß dieser Mann äußerst klug war.

Das gleiche galt für seine jetzige Frau, eine große, kühle Blondine, die an Morgans rechter Seite saß. Es war nicht zu übersehen, daß sie hochschwanger war. Stephanie Thornquist war ohne Zweifel ebenso brillant wie ihr Mann. Mit vierzig Jahren hatte sie bereits eine Professur für Sprachwissenschaften am Ridgemoor College inne.

Stephanie war eine äußerst gutaussehende Frau. Ihre aristokratischen Gesichtszüge und ihre aufrechte Haltung verliehen ihr sogar in ihrem jetzigen Zustand eine gewisse Eleganz. Sie trug das silberblonde Haar sehr kurz – der Haarschnitt wirkte modern und zeitlos zugleich. Ihre kühlen blauen Augen spiegelten die gleiche klare Intelligenz wider, die auch ihr Mann ausstrahlte.

Joel war klar, wie er die beiden einzuschätzen hatte – weder waren sie eine direkte Bedrohung noch ein Rätsel für ihn. Aber beides sah er in seinem neuen Boß.

Zögernd ließ Joel seinen Blick zu der jungen Frau gleiten, die links neben Morgan Thornquist Platz genommen hatte. Er war Letitia Thornquist noch nicht vorgestellt worden – und er legte auch keinen Wert darauf.

Ihr Gesicht konnte er nicht deutlich sehen – hauptsächlich deshalb, weil sie es schniefend hinter einem riesigen Taschentuch verbarg. Miß Thornquist war die einzige Person der kleinen Trauergemeinde, die weinte.

Joel musterte die hingebungsvoll schluchzende neue Besitzerin von Thornquist Gear und stellte fest, daß sie ihrer Stiefmutter in keinster Weise glich – sie war weder groß noch blond noch elegant, sondern klein, hatte honigfarbenes Haar und trug ein leicht verknittertes Kostüm.

Die dichte hellbraune Mähne war Joel als erstes an ihr aufgefallen. Offensichtlich hatte sie sich große Mühe gegeben, die wilden Locken zu einem ordentlichen Knoten zusammenzustecken, doch die Frisur löste sich bereits. Einige widerspenstige Strähnen hatten sich bereits aus der goldenen Spange gelöst und hingen ihr in den zarten Nacken, andere ringelten sich spielerisch über Stirn und Wangen.

Charlie hatte ihm vor kurzem beiläufig erzählt, daß sie neunundzwanzig war. Dabei hatte er auch den Namen der Universität erwähnt, wo sie als Bibliothekarin arbeitete, aber Joel hatte sich ihn nicht gemerkt. Jetzt versuchte er, sich daran zu erinnern. Valmont? Vellcourt?

In diesem Moment drehte sich Letitia Thornquist um, bemerkte, daß Joel sie beobachtete und rückte ihre Schildpattbrille zurecht. Die Augen hinter den kleinen runden Gläsern waren riesig und wirkten neugierig. Die Brille und die geschwungenen dunklen Augenbrauen verliehen ihrem Blick etwas Unschuldiges. Joel mußte unwillkürlich an ein kleines, neugieriges Kätzchen denken.

Nachdenklich sah sie Joel an – anscheinend überlegte sie angestrengt, wer er war und was er hier tat.

Beinahe widerwillig stellte Joel fest, daß sie hübsch geschwungene, volle Lippen hatte. Er bemerkte auch, daß ihr Blazer sich ein wenig vorwölbte. Obwohl sie kein Gramm Übergewicht hatte – das sah er genau –, war sie an den richtigen Stellen wohlgerundet. Sie vermittelte einen gewissen Eindruck von Sinnlichkeit – das war die Frau, die sich Männer heimlich vorstellten, wenn sie an Heim, Herd und Kinder dachten.

Joel stöhnte innerlich. Als ob er nicht schon genug Probleme hätte! Jetzt mußte er sich auch noch Gedanken darüber machen, wie er mit einer Unschuld mit riesigen Kinderaugen Geschäfte machen sollte, die aussah, als würde sie liebend gern im Kochtopf rühren, während die Kinder zu ihren Füßen spielten.

Andererseits, wenn Letitia Thornquist wirklich eine naive Bibliothekarin aus dem Mittelwesten war – und so sah sie eindeutig aus –, würde er mit ihr fertig werden. Er würde ihr den gleichen Vorschlag unterbreiten, den er bereits Charlie gemacht hatte.

Mit ein wenig Glück wäre Miß Thornquist begeistert von der Aussicht, in wenigen Monaten reich zu sein, und würde sofort in das nächste Flugzeug nach Kansas – oder wo auch immer sie herkam – steigen.

Joel erinnerte sich dunkel, daß auch einmal die Rede von einem Verlobten gewesen war.

Während er versuchte, einen Ring an ihrer schmalen Hand zu entdecken, drehte sich Letitia wieder zu dem Priester um, der jetzt die abschließenden Worte sprach.

»Charlie hat diese Welt verlassen, während er seiner Lieblingsbeschäftigung nachging«, sagte der Priester. »Nicht alle haben so viel Glück. Seine Familie und seine Freunde werden ihn vermissen, aber sie können sicher sein, daß er sein Leben so gelebt hat, wie er es wollte.«

Joel starrte auf die Urne. *Ich werde dich vermissen, du alter*

Gauner, auch wenn du alle meine Pläne über den Haufen geworfen hast.

Interessiert beobachtete er, wie Letitia ihre schwarze Handtasche öffnete, ein weiteres Taschentuch herausholte und sich damit die Nase putzte. Dann schob sie das zerknüllte Tuch in die Tasche zurück und versuchte, unauffällig ihren Blazer zu glätten. Ein sinnloses Unterfangen, wie Joel für sich feststellte. Letty – so hatte Charlie sie genannt – gehörte anscheinend zu den Menschen, die bereits wenige Minuten, nachdem sie sich angezogen hatten, aussahen, als hätten sie in ihrer Kleidung geschlafen.

Letty schien seinen Blick zu spüren und drehte sich erneut um. Joel ertappte sich dabei, wie er sich plötzlich fragte, ob sie auch dann diesen neugierigen Gesichtsausdruck zeigte, wenn sie mit einem Mann im Bett lag. Er stellte sich vor, wie ihre Augen aussahen, wenn sie den Höhepunkt erreichte. Bei dem Gedanken daran mußte er unwillkürlich lächeln – zum ersten Mal seit Tagen.

»Und nun wollen wir uns einen Augenblick besinnen und Charlie gemeinsam immerwährendes Anglerglück wünschen.« Der Priester beugte den Kopf, und die Trauergemeinde folgte seinem Beispiel.

Als Joel nach einer Weile den Blick hob, sah er, wie der Priester Morgan Thornquist die Urne überreichte. Die kleine Gruppe in den vorderen Bänken erhob sich und schritt langsam zur Kirchentür.

Morgan und Stephanie blieben stehen, um mit einigen Trauernden ein paar Worte zu wechseln. Joel beobachtete Letitia, die schon wieder nach einem Taschentuch suchte. Als sie ihre Handtasche öffnete, fielen zwei zerknüllte Tücher auf den Boden. Sie bückte sich, um sie unter der Kirchenbank hervorzuangeln. Dabei rutschte ihr die Bluse aus dem Rock, und sie stellte die Kurven eines außergewöhnlich wohlgeformten Pos zur Schau. In diesem Augenblick beschloß Joel, daß Miß Letitia Thornquist ihm vielleicht Unannehmlichkeiten, aber keine bedeutenden Probleme bereiten solle. Instinktiv ging er auf die Bank zu, wo Letitia auf allen vieren den Boden nach ihren Taschentüchern absuchte.

»Lassen Sie mich Ihnen helfen, Miß Thornquist.« Joel bückte sich und hob die feuchten Taschentücher auf. Dann reichte er sie Letitia, die immer noch halb unter der Bank kniete. Ihre riesigen meergrünen Augen musterten ihn erstaunt.

»Danke«, murmelte sie und versuchte aufzustehen und dabei gleichzeitig Rock und Jacke zurechtzuziehen.

Joel unterdrückte einen Seufzer, während er sie an ihrem Arm nach oben zog. Miß Thornquist fühlte sich leicht, aber erstaunlich stark und lebendig an.

»Alles in Ordnung?« fragte er.

»Natürlich. Ich weine immer auf Beerdigungen.«

Morgan Thornquist kam lächelnd herübergeschlendert. »Hallo, Joel. Wie schön, daß Sie kommen konnten.«

»Nichts in der Welt hätte mich davon abhalten können, an Charlies Beerdigung teilzunehmen«, meinte Joel trocken.

»Das verstehe ich. Haben Sie meine Tochter schon kennengelernt?« fragte Morgan. »Letty, das ist Joel Blackstone, Charlies Geschäftsführer bei Thornquist Gear.«

Lettys Augen funkelten neugierig. »Schön, Sie kennenzulernen.«

»Ganz meinerseits«, erwiderte Joel knapp.

»Sie begleiten uns doch zur Hütte, nicht wahr?« forderte Morgan ihn auf. »Wir werden uns auf Charlies Wohl einige Drinks und ein gutes Abendessen gönnen.«

»Danke, aber ich will noch heute abend nach Seattle zurückfahren.«

Stephanie kam herüber und stellte sich neben Joel. »Warum bleiben Sie nicht über Nacht? Dann können wir gemeinsam essen.«

Warum, zum Teufel, eigentlich nicht? So hatte er wenigstens Gelegenheit abzuschätzen, was mit dieser Miß Letitia Thornquist auf ihn zukommen würde. »In Ordnung. Vielen Dank«, erwiderte Joel.

Letitia runzelte nachdenklich die Stirn. »Sie sind der Geschäftsführer meines Onkels?« fragte sie.

»Richtig.«

Mißbilligend ließ sie ihren Blick über Joels schwarze

Windjacke, die Jeans, die Sportschuhe und wieder hinauf zum Hemdkragen wandern.

»Waren Sie in Eile, Mr. Blackstone?« erkundigte sie sich dann höflich.

»Nein.« Er lächelte schwach. »Ich habe mich für Charlie so angezogen. In den zehn Jahren, die ich für ihn tätig war, habe ich ihn nie mit einer Krawatte gesehen.«

Morgan lachte. »Gute Entscheidung. Charlie hat uns immer vorgeschwärmt, wie nützlich Sie für ihn waren. Er behauptete, daß nur Sie es ihm ermöglichten, die letzten Jahre seiner Angelleidenschaft nachzugehen.«

»Ich habe mein Bestes getan, um ihm die Alltagsprobleme von Thornquist Gear abzunehmen«, murmelte Joel.

»Das weiß ich. Ich bin sicher, Sie und Letty werden gut zusammenarbeiten«, erklärte Morgan. »Natürlich habt Ihr eine Menge miteinander zu besprechen.«

»Dad, bitte«, wehrte Letty ab. »Das ist weder die richtige Zeit noch der richtige Ort, um über Geschäfte zu reden.«

»Unsinn«, entgegnete Morgan. »Onkel Charlie hätte nicht gewollt, daß wir jetzt rührselig werden. Du und Joe, ihr braucht Gelegenheit, um euch kennenzulernen. Je eher, desto besser. Letty, warum fährst du nicht bei Joel im Auto mit? Du kannst ihm den Weg zur Hütte zeigen, und ihr beide könnt euch richtig miteinander bekanntmachen.«

Joel bemerkte, daß Letty zögerte und beschloß, daß es am besten wäre, wenn er gleich von Anfang an seinem neuen Boß alle wichtigen Entscheidungen abnehmen würde.

»Gute Idee«, sagte er leichthin. Mit festem Griff nahm er Lettys Arm und führte sie die Kirchentreppe hinunter. »Mein Jeep steht direkt vor er Tür.«

»Nun...«, Letty warf erst ihrem Vater und dann Joel einen raschen Blick zu. »Wenn es Ihnen nichts ausmacht...«

»Ganz im Gegenteil.«

Joel hatte gehofft, daß Letty sich durch seine eigene Entschlossenheit beeinflussen lassen würde. Tatsächlich klemmte sie ihre Tasche unter den Arm und ließ sich von Joel mitziehen.

Na bitte, dachte Joel. Es würde so leicht werden wie einem kleinen Kind den Lutscher wegzunehmen. Auch Charlie hatte ihm keine großen Schwierigkeiten bereitet.

Nur jetzt, am Ende seines Lebens, hatte der gute alte Charlie ihm einen Strich durch die Rechnung gemacht.

»Au, mein Arm«, beschwerte sich Letty. »Sie tun mir weh.«

»Entschuldigung.« Joel bemühte sich, seinen Griff zu lockern.

Charlie, du Mistkerl, wie konntest du mir das nur antun?

Letty fühlte sich unbehaglich, als Joel den Jeep durch den kleinen Ort in den Bergen steuerte und dann auf die Landstraße einbog, die an dem schmalen Flußbett entlangführte. Sie umklammerte ihre Handtasche und warf ihrem Geschäftsführer von der Seite einen raschen Blick zu. Die Spannung, die von Joel Blackstone ausging, überraschte sie.

Natürlich war eine Beerdigung ein gefühlsbeladenes Ereignis, aber hier ging es um etwas anderes als die Trauer um den Boß. Joel Blackstone war rastlos und ungeduldig – das sah sie an dem Ausdruck in seinen goldbraunen Augen. Jeder Muskel seines schlanken Körpers schien angespannt.

Letty ließ sich nicht dadurch täuschen, daß er seine Gefühle geschickt verbarg und äußerlich einen ruhigen, selbstbeherrschten Eindruck machte. Sie spürte, daß er wütend war. Unwillkürlich schauderte sie.

Wütende Männer waren gefährlich.

Dieser Eindruck wurde durch Joels kantige Gesichtszüge noch verstärkt. Er hat ein wildes Gesicht, dachte Letty. Ein Gesicht, das die uralten Jagdinstinkte verriet, die jeder zivilisierte Mann in der heutigen Zeit eigentlich längst hätte ablegen sollen. Bei Joel Blackstone war das offensichtlich nicht der Fall. Letty schätzte ihn auf sechsunddreißig oder siebenunddreißig, aber irgend etwas an ihm ließ ihn älter erscheinen.

Letty war hin- und hergerissen zwischen kaum bezähmbarer Neugier und dem Gefühl einer ebenso starken Vorsicht. Sie war noch nie einem Mann begegnet, der so großen Argwohn bei ihr ausgelöst hatte. Es war eine Empfindung, die sie sich selbst nicht erklären konnte.

»Wie lange haben Sie für meinen Großonkel gearbeitet, Mr. Blackstone?« fragte sie schließlich höflich, um das bedrückende Schweigen zu beenden.

»Knapp zehn Jahre.«

»Aha.« Letty fuhr sich mit der Zunge über die Lippen. »Er... er hat immer sehr lobend von Ihnen gesprochen. Er meinte, Sie seien sehr klug und hätten den richtigen Instinkt für das Geschäft.«

»Ja. Ich brachte Instinkt statt eines akademischen Grads mit.« Joel warf ihr einen amüsierten Blick zu. »Er hat auch von Ihnen sehr freundlich gesprochen, Miß Thornquist. Er sagte, Sie seien ein gescheites kleines Mädchen.«

Letty zuckte leicht zusammen. »Ich glaube nicht, daß Großonkel Charlie viel Wert auf einen Universitätsabschluß legte. Er machte sich eher darüber lustig.«

»Er war ein Selfmademan und hielt nicht viel vom Leben in einem Elfenbeinturm.«

»Das tun Sie wohl auch nicht, oder?« Letty hatte Mühe, freundlich zu bleiben.

»Charlie und ich hatten einiges gemeinsam. Unter anderem auch diese Einstellung.«

Letty verzog den Mund. »Offensichtlich nicht ganz. Ich habe den Eindruck, Sie verachten so etwas – und das tat Charlie nicht.«

»Ach, wirklich?« fragte Joel gedehnt.

»Charlie nahm meinen Vater zu sich, nachdem meine Großeltern gestorben waren. Er hat Dads Ausbildung bis zum Abschluß finanziert. Sie sehen also, eine Akademikerlaufbahn war ihm wichtig.«

Joel zuckte die Schultern. »Charlie hat immer daran geglaubt, daß jeder Mensch sein Leben leben sollte, wie es ihm gefällt. Alles, was er verlangte, war, daß man ihn in Ruhe ließ, damit er so oft wie möglich zum Fischen gehen konnte.«

»Ja, das stimmt wohl.« Letty betrachtete damit ihren Versuch, die Spannung durch leichte Konversation aufzulokkern, als gescheitert. Sie fragte sich, mit welchem Typ Frau Joel Blackstone sich amüsierte. Verheiratet war er wohl nicht – sonst hätte er seine Frau zur Beerdigung mitgebracht.

Die Frauen, die ihm gefielen, waren sicher sehr sinnlich. Ein Mann wie Joel Blackstone wünschte sich bestimmt eine Frau, die körperlich stark auf ihn reagierte.

Letty rief sich ins Gedächtnis, daß die meisten Männer sich so eine Frau wünschten. Sogar Philip, den sie zu Beginn anders eingeschätzt hatte, brauchte anscheinend eine Frau, die seinen Bedürfnissen mehr entgegenkam, als sie das konnte. Glücklicherweise hatte sich das noch während der Verlobungszeit, und nicht erst nach der Hochzeit herausgestellt.

»Wie lange werden Sie hier an der Küste bleiben, Miß Thornquist?«

»Sie können mich Letty nennen.«

»In Ordnung, Letty. Wie lange?«

»Das weiß ich noch nicht.«

Für einen Moment ließ Joel seine Maske fallen und zeigte deutlich seine Ungeduld. Letty spürte, wie aufgewühlt er war. »Was meinen Sie damit?« Joel hielt den Blick starr auf die schmale, kurvenreiche Straße gerichtet. »Müssen Sie nicht zu dem College zurück, an dem Sie arbeiten?«

»Nach Vellacott?«

»Ja, Vellacott, oder wie immer es auch heißen mag. Müssen Sie nicht zurück an Ihren Arbeitsplatz?«

»Nein.«

»Aber Charlie erzählte, Sie würden dort in der Bibliothek arbeiten.«

»Das habe ich auch getan. Die letzten sechs Jahre.« Letty klammerte sich am Armaturenbrett fest. »Könnten Sie bitte etwas langsamer fahren?«

»Was?« Joel runzelte die Stirn.

»Ich bat Sie, die Geschwindigkeit ein wenig zu drosseln«, erwiderte Letty vorsichtig.

»Ihr Vater hat uns bereits überholt. Er fährt einen hübschen Wagen.«

Letty beobachtete, wie der rote Porsche vor ihnen schnell und sicher die Kurven nahm. Morgan hatte das Verdeck zurückgeklappt, und Stephanie hatte einen weißen Schal um ihr silberblondes Haar gebunden. Letty fand, daß er ihr gut stand. Weiß betonte ihre kühle, unnahbare Schönheit.

»Der Porsche gehört Stephanie«, erklärte Letty. »Mein Vater fährt einen BMW.«

Joel hob die Augenbrauen. »Das klingt, als würde Ihnen das nicht gefallen. Mögen Sie keine schönen Autos?«

»Doch. Es ist nur etwas ungewöhnlich, eine Stiefmutter zu haben, die einen knallroten Porsche fährt, wenn man selbst nie über einen alten Buick hinausgekommen ist«, gab Letty zu. »Bitte fahren Sie langsamer. Keine Sorge – ich kenne den Weg zum Haus.«

Joel nahm den Fuß vom Gaspedal. »Sie sind der Boß.«

Letty lächelte erfreut. »Ja, das stimmt tatsächlich. Ein seltsames Gefühl.«

»Eine Firma wie Thornquist Gear aus heiterem Himmel zu erben? Ja, ich kann mir vorstellen, daß man sich dabei ein wenig komisch fühlt.« Joel umklammerte das Lenkrad mit beiden Händen. »Sagen Sie, Letty, haben Sie Erfahrung in der Geschäftswelt?«

»Nein, aber ich habe eine Menge Bücher und Artikel darüber gelesen, seit ich erfahren habe, daß Großonkel Charlie mir Thornquist Gear hinterlassen hat.«

»Bücher und Artikel? Sie sollten wissen, daß zwischen einem Unternehmen und einer Universität ein großer Unterschied besteht.«

»Tatsächlich?« Letty sah sich aufmerksam um. Rasch brach jetzt die Dämmerung herein. Die dicht bewaldeten Berge lagen bereits im Dunkeln und sahen ein wenig unheimlich aus. Letty war weite, offene Ebenen und sanfte Hügel gewöhnt. Diese schroffen Felsen waren überwältigend und beängstigend – wie Joel Blackstone.

»Ein himmelweiter Unterschied«, betonte Joel. »Ich

weiß nicht, ob Charlie jemals erwähnt hat, daß wir eine inoffizielle Vereinbarung hatten?«

»Nein. Worum ging es denn?«

»Ich sollte ihm in etwa einem Jahr die Firma abkaufen.«

»So?«

Joel warf ihr von der Seite einen kurzen Blick zu. »Ja. Ich weiß, es ist ein wenig zu früh, darüber zu sprechen, aber ich wollte Sie wissen lassen, daß ich bereit bin, diese Vereinbarung einzuhalten. Ich werde die Firma noch ein Jahr lang so weiterführen, wie ich es die vergangenen zehn Jahre getan habe. Dann – wenn ich meine finanziellen Angelegenheiten geklärt habe – könnte ich Sie auszahlen. Wie hört sich das an?«

»Sie müssen jetzt rechts abbiegen.«

Joels Gesichtszüge verhärteten sich. »Danke.«

Er bremste und bog nach rechts in eine sehr schmale Straße ein, die von dicht belaubten Bäumen gesäumt war. Das Gebäude am Ende des Wegs war nur dem Namen nach eine Hütte. In Wirklichkeit war es ein schönes, eindrucksvolles Haus, das liebevoll unter Verwendung von viel Holz und Glas entworfen worden war.

»Sie können hinter dem Porsche parken«, sagte Letty.

»Ein hübsches Anwesen«, bemerkte Joel und ließ seinen Blick anerkennend über das Haus gleiten. »Ich wußte nicht, daß Professoren so viel verdienen, um sich Porsches und Wochenendhäuser wie dieses leisten zu können.«

»Mein Vater ist einer der führenden Experten des Landes für mittelalterliche Philosophie. Sein Talent sowie seine Ausbildung haben ihn zu einem ausgezeichneten Logiker gemacht. Meine Stiefmutter hat einige der wichtigsten Arbeiten über syntaktische und semantische Analyse geschrieben, die in letzter Zeit veröffentlicht wurden.«

»Und?«

Letty lächelte. »Das heißt, daß beide brillante analytische Denker sind. Sie haben es daher hervorragend verstanden, ihr Geld anzulegen.«

»Ich werde daran denken, wenn ich einmal einen Rat über Aktien brauche.« Joel öffnete die Wagentür und stieg aus. Dann ging er um den Jeep herum, um die Beifahrertür zu öffnen.

Letty stieß die Tür auf und kletterte rasch aus dem Wagen. Sie wollte nicht, daß Joel glaubte, er müßte besonders zuvorkommend sein, nur weil er für sie arbeitete. Ihr Gefühl sagte ihr, daß sich zwischen ihr und Joel Blackstone sowieso einige Schwierigkeiten anbahnten.

Letty ging zögernd in die blitzblanke Küche. »Kann ich dir helfen?« fragte sie, obwohl sie die Antwort bereits kannte.

Stephanie stand am Spülbecken und puhlte Krabben. »Nein, danke, Letty.« Sie lächelte zurückhaltend. »Ich habe alles unter Kontrolle. Warum setzt du dich nicht zu deinem Vater und Joel?«

Stephanie hatte immer alles unter Kontrolle. Letty fragte sich, was wohl passieren müßte, um ihre immer beherrschte, kühle Stiefmutter aus dem Gleichgewicht zu bringen. »Bist du sicher, daß ich nichts für dich tun kann?«

»Wenn ich dich brauche, rufe ich dich«, versprach Stephanie.

»Wie du meinst. Was gibt es denn?«

»Schwarze Linguini mit Krabben und Muscheln.«

Letty zwinkerte erstaunt. »Ich kann mich nicht erinnern, jemals schwarze Linguini gegessen zu haben. Werden sie mit einem Lebensmittelfarbstoff gefärbt?«

»Meine Güte, nein«, erwiderte Stephanie entsetzt. »Mit Tintenfischtinte.«

»Oh.« Letty zog sich rasch aus der Küche zurück.

Sie wußte, daß Stephanie sie nicht um Hilfe bitten würde – sie wollte nicht, daß jemand in ihre gut organisierte, ordentliche Welt eindrang. Das Risiko, daß jemand etwas in Unordnung bringen könnte, war ihr viel zu groß.

Stephanie war eine ausgezeichnete Köchin. Das war nicht erstaunlich, denn alles, was sie anpackte, erledigte sie mit großem Sachverstand. Letty wunderte sich allerdings, wie Stephanie es schaffte, aufwendige exotische Gerichte zuzubereiten, ohne auch nur die geringste Unordnung in ihre weiß geflieste, chromblitzende Küche zu bringen.

Morgan und Joel standen an den hohen Fenstern und unterhielten sich, als Letty das Wohnzimmer betrat.

»Ah, da bist du ja, mein Schatz«, sagte Morgan. »Wir wollten gerade eine Flasche Yakima Valley Savignon Blanc öffnen. Ich glaube, der Wein wird dir schmecken.« Er wandte sich an Joel. »Letty hat noch nicht viel Zeit hier im Nordwesten verbracht. Wir versuchen gerade, ihr unsere Eßgewohnheiten nahezubringen.«

»Ich habe schon gehört, daß man in Seattle eine Menge vom Essen versteht«, meinte Letty trocken.

Joel zuckte die Schultern. »Ich weiß nur, daß wir gern essen. Und wir essen gern gut.«

»Das hat man mir bereits gesagt. In Ordnung. Dad – ich bin bereit, deine neueste Entdeckung zu kosten.« Letty setzte sich auf die weiße Ledercouch und beobachtete Joel, der angestrengt in die Dunkelheit hinaussah.

»Das ist wirklich etwas Besonderes.« Morgan ging zu der kleinen Bar hinüber, die in einer Ecke des Wohnzimmers eingebaut war. »Mild und süffig mit einem hervorragenden Bouquet. Wirklich ein exquisiter Wein.«

Früher hätte Professor Morgan eine Flasche Wein nie als ›exquisit‹ bezeichnet. Letty hatte sich immer noch nicht daran gewöhnt, wie sehr ihr Vater sich verändert hatte.

Allerdings mußte sie sich eingestehen, daß ihm das nicht schlecht zu Gesicht stand. Er war endlich die zehn Kilo Übergewicht losgeworden, die er mit sich herumgetragen hatte, solange Letty zurückdenken konnte. Außerdem hatte er aufgehört zu rauchen und sah gesund und glücklich aus. Selbst sein Gang schien beschwingter geworden zu sein. Es gab keinen Zweifel daran, daß ihm das Leben an der Pazifikküste gut tat.

Eigentlich freute Letty sich für ihn. Die Entscheidung, eine neue Familie zu gründen, fand sie in seinem Alter allerdings unangemessen. Sie konnte sich einfach nicht vorstellen, daß sie bald einen kleinen Bruder haben würde.

»Ich bin gleich soweit.« Morgan entkorkte geschickt die Flasche. »Eine herrliche Farbe, finden Sie nicht, Joel? Letty, gib mir dein Glas.«

Letty stand auf und reichte ihrem Vater das langstielige Weinglas. Morgan schenkte ein und stellte das Glas auf dem lackierten Art deco Tisch ab.

»Stephanie bekommt natürlich nichts davon«, erklärte Morgan. »Sie will keinen Tropfen Alkohol anrühren, bis Matthew Christopher geboren ist. Was ist mit Ihnen, Joel?«

Joel wandte seinen Blick vom Fenster ab und sah einen Moment die Weinflasche an. »Haben Sie auch Bier im Haus?«

Morgan grinste. »Selbstverständlich. Im Kühlschrank ist immer ein Vorrat von Charlies Lieblingssorten. Sie wissen sicher, wie sehr er das hier im Nordwesten gebraute Bier mochte.« Er ging zur Tür. »Stephanie, mein Liebling, würdest du bitte Joel eine Flasche von dem guten Ale bringen, das wir letzte Woche in der neuen Brauerei in Seattle besorgt haben?« rief er.

Wenig später erschien Stephanie und reichte Joel eine Flasche und ein Glas. »Bitte schön.«

»Danke.« Joel stellte das Glas beiseite und hob die Flasche in die Höhe. »Auf Charlie.« Er nahm einen langen Schluck.

»Auf Charlie.«

»Auf Charlie.«

»Auf Charlie.«

Letty nippte an dem Sauvignon Blanc, warf einen prüfenden Blick auf die gemischte Rohkostplatte, die Stephanie auf den Tisch gestellt hatte, und tauchte eine Erbsenschote in ein Schälchen mit Sauce.

»Was ist das?« fragte sie höflich. »Der Geschmack ist ganz neu für mich.«

»Das ist ein Dip auf Tofu-Basis«, erklärte Stephanie. »Schmeckt es dir?«

»Es schmeckt sehr... interessant. Und was ist das?« Letty deutete auf ein zweites Schälchen, das eine tiefrote dicke Sauce enthielt.

»Ein Aufstrich für die Kräcker. Ich bereite ihn aus in der Sonne getrockneten Tomaten zu. Wenn du möchtest, gebe ich dir das Rezept.«

»Vielen Dank«, murmelte Letty. Sie war sich bewußt, daß die anderen sie amüsiert beobachteten.

»Mögen Sie Sashimi?« fragte Joel betont höflich.

»Bei uns zu Hause verwenden wir Sashimi als Köder beim Angeln«, erwiderte Letty.

Morgan lachte nachsichtig. »Hier an der Küste ißt jeder Sushi und Sashimi. Nicht wahr, Joel?«

Joel nickte langsam, den Blick auf Letty gerichtet. »Von hier bis Vancouver findet man an jeder Ecke eine Sushi-Bar oder ein thailändisches Restaurant. Aber Letty bevorzugt wahrscheinlich Steaks.«

Stephanie setzte eine besorgte Miene auf. »Meine Güte, Letty, du ißt doch nicht etwa immer noch rotes Fleisch? Niemand tut das mehr.«

»Nun, wir in Indiana essen dagegen selten rohen Fisch. Ich habe in einem Artikel gelesen, daß man davon Würmer bekommen kann. Sie verursachen eine äußerst unangenehme Krankheit, die schwer zu heilen ist.«

»Unsinn«, sagte Stephanie, während sie zur Küche zurückging. »Statistisch gesehen besteht nur eine sehr geringe Gefahr, sich durch verdorbenen Fisch eine Magenverstimmung zu holen. Natürlich sollte man immer darauf achten, nur in erstklassigen Restaurants zu speisen.«

Morgan wandte sich wieder an Letty. »Warum erzählst du uns nicht von deinen Plänen? Immerhin besitzt du jetzt ein eigenes Unternehmen.«

»Ich habe viel darüber nachgedacht.« Letty trank einen kleinen Schluck aus ihrem Glas. Sie spürte, wie Joel sich anspannte; er schien auf einmal in einem Zustand äußerster Wachsamkeit. Erschrocken stellte sie fest, daß sie sich noch nie in ihrem ganzen Leben der Gegenwart eines Mannes so bewußt gewesen war – und diese Erkenntnis beunruhigte sie.

»Ja, Letty, erzählen Sie uns von ihren Plänen«, forderte Joel sie leise auf, ohne den Blick von ihr abzuwenden.

»Mir ist klargeworden, daß ich in meinem Leben einiges ändern muß«, murmelte Letty. »Die Erbschaft von Großonkel Charlie hätte zu keinem besseren Zeitpunkt kommen können. Vielleicht war es Schicksal. Auf dem Flug hierher habe ich beschlossen, nicht nach Vellacott zurückzukehren.«

Morgan sah sie überrascht, aber erfreut an. »Nun, ich bin froh, das zu hören. Normalerweise verhältst du dich sonst nicht so impulsiv, mein Liebling. Was hat dich dazu bewogen, eine so rasche Entscheidung zu treffen?«

Letty bestrich eine Scheibe Toast mit der roten Sauce aus getrockneten Tomaten und biß hinein. »Vor kurzem habe ich meine Verlobung mit Philip gelöst. Dann habe ich meinen Job gekündigt und beschlossen, nach Seattle zu ziehen, um Thornquist Gear zu übernehmen.«

Alle zuckten bei dem Geräusch von splitterndem Glas zusammen. Letty drehte sich um und sah, daß Joel die Bierflasche aus der Hand gefallen war.

Er betrachtete einen Moment die Scherben auf dem Boden, dann sah er Letty durchdringend an.

»Entschuldigung«, sagte er leise. Seiner Stimme war keine Gefühlsregung anzumerken. »Ein Mißgeschick. Keine Sorge – ich werde sofort saubermachen.«

2

Joel wachte schweißgebadet auf. Einige Bilder aus dem Traum standen ihm noch klar vor Augen. Er sah, wie das Auto über die Klippe stürzte und im Meer versank. Wie immer erschien das Gesicht seines Vaters am Fenster der Fahrerseite. Er starrte seinen Sohn wütend an und preßte die Hand gegen die Scheibe. Joel konnte seine Schreie hören, als der Wagen unterging. Die Worte seines Vaters klangen ihm immer noch in den Ohren.

»Das ist alles deine Schuld«, hatte sein Vater geschrien.

Alles deine Schuld.

Joel lag einen Moment ganz still da und versuchte, sich an die fremde Umgebung zu gewöhnen. Das Heulen des Windes in den Bäumen brachte ihn rasch in die Wirklichkeit zurück. Er warf die Decke zurück und setzte sich auf die Bettkante.

In letzter Zeit hatte er diesen Traum wieder häufiger. Er brauchte keinen Psychiater, der ihm erklärte, warum. Nach fünfzehn Jahren war er endlich kurz davor, Rache nehmen zu können. Das brachte alte Erinnerungen zurück und wühlte ihn auf. Mit ein wenig Glück würde dieser verdammte Traum ihn nicht mehr verfolgen, wenn alles erledigt war. Nur noch einige Wochen, dann würde es vorüber sein.

Aus Erfahrung wußte er, daß er nicht wieder einschlafen konnte, bis der Adrenalinstoß verebbt war. In seiner Wohnung in Seattle hätte er sich jetzt an den Trimmgeräten im Gästezimmer abreagiert. Leider gab es in dem Haus der Thornquists weder Hanteln noch ein Trimmfahrrad.

Aber es gab genügend Platz, um zu laufen. Joel zog sich Jeans und Turnschuhe an, holte sich ein Handtuch aus dem Bad und schlich die Treppe hinunter.

Als er an Lettys Schlafzimmer vorbeiging, hatte er das unbestimmte Gefühl, daß auch sie nicht schlief. Unbeirrt ging er ins Wohnzimmer und öffnete gerade die Glasschiebetüren, als er ihre Stimme hinter sich hörte.

»Was um alles in der Welt haben Sie vor?« fragte sie erstaunt. »Es ist ein Uhr mitten in der Nacht.«

Er drehte sich um und sah einen Geist mit wilder Mähne in einem langen weißen Baumwollnachthemd vor sich. Die Brille auf der Nase machte aus Letty ein äußerst intellektuell aussehendes Gespenst. In dem schwachen Mondlicht konnte Joel erkennen, daß das lange, mit Volants besetzte Nachthemd einen Matrosenkragen hatte. Die Enden des roten Seidenbands, oben sorgfältig zu einer Schleife gebunden, reichten bis zur Taille.

Das bläuliche Licht des Mondes spiegelte sich in Lettys runden Brillengläsern wider. Sie runzelte die Stirn, musterte ihn von Kopf bis Fuß und stellte offensichtlich mißbilligend fest, daß er nur eine Jeans trug. Joel fragte sich, ob sie gleich ein Lineal herausholen und ihm damit auf die Finger schlagen würde.

»Keine Sorge«, sagte er. »Ich habe nicht vor, mit dem Familiensilber durchzubrennen. Ich wollte mir nur ein wenig Bewegung verschaffen.«

»Bewegung?« Sie starrte auf seine nackte Brust, als hätte sie so etwas noch nie zuvor gesehen. »Aber es ist mitten in der Nacht. Das kann nicht Ihr Ernst sein.«

»O doch.« Er schob die Glastür auf. Die kühle Luft strich wie klares, kaltes Wasser über sein Gesicht – sie würde die letzten Bilder seines Alptraums vertreiben.

»Warten Sie, Joel. Sie können um diese Zeit nicht allein hinausgehen.«

Joel drehte sich zögernd um, als er hörte, wie sie mit nackten Füßen über den Holzboden lief. »Was, zum Teufel, ist denn los, Letty? Ich will doch nur eine Runde laufen. Gehen Sie wieder ins Bett und schlafen Sie endlich.«

»Das kann ich nicht zulassen.« Sie kam rasch auf ihn zu und blieb direkt vor ihm stehen. »Das geht einfach nicht, Joel.«

Er sah sie mit wachsender Neugier an. »Also gut, ich gebe auf. Warum können Sie das nicht zulassen?«

Ihre Augen hinter den Brillengläsern schienen noch größer zu werden. »Weil es gefährlich ist. Was ist denn los mit Ihnen? Sind Sie verrückt geworden? Sie können in einer so verlassenen Gegend um diese Uhrzeit nicht allein durch die Landschaft rennen. Es könnte alles mögliche passieren. Erst vor ein paar Tagen habe ich einen Artikel über einen Serienmörder in den Bergen gelesen.«

Joel verschränkte die Arme vor der Brust. Trotz seiner schlechten Laune war er belustigt. »Stand in dem Artikel auch, wo genau der Mörder sein Unwesen getrieben hat?«

»Ich glaube, irgendwo in Kalifornien«, murmelte sie. »Aber das ist doch völlig unwichtig. Es ist einfach gefährlich, in der Nacht allein herumzulaufen. Es gibt eine Menge verrückter Leute auf der Welt.«

»Denen kann ich davonrennen.«

»Und was ist mit den Bären?« fragte sie beharrlich. »Können Sie auch einem Bären davonlaufen?«

»Das weiß ich nicht – ich habe es noch nicht versucht.«

»Außerdem ist es ziemlich kalt draußen.«

»Sobald ich mich bewege, wird mir warm.«

»Ich habe einen Artikel über eine schreckliche Kreatur gelesen, die hier in den Bergen des Nordwestens leben soll.« Letty sah beinahe verzweifelt aus.

Joel verkniff sich mit Mühe das Lachen. »Sie glauben doch nicht etwa an Bigfoot, oder?«

»Nein, natürlich nicht. Trotzdem halte ich es für keine gute Idee, allein loszulaufen.«

Joel spürte den kühlen Luftzug, der durch die offene Tür hereindrang. »Ich habe Ihre Einwände zur Kenntnis genommen, Miß Thornquist. Jetzt entschuldigen Sie mich bitte – ich möchte endlich los.«

Sie legte sanft ihre Hand auf seinen Arm. »Es wäre mir lieber, Sie würden es lassen. Ich mache mir sonst große Sorgen.«

Ungeduldig schüttelte er den Kopf. Dann trat er auf die Veranda hinaus und hängte das Handtuch über das Geländer. Als er bemerkte, daß Letty ihm bis zur Tür folgte, runzelte er die Stirn. »Verdammt, ich will nichts mehr hören. Gehen Sie wieder ins Bett.«

Sie hob trotzig das Kinn. »Nein, das werde ich nicht tun.«

Joel seufzte. »Was wollen Sie dann tun?«

»Wenn Sie sich von diesem dummen Vorhaben nicht abbringen lassen, werde ich Wache halten. Der Mond scheint hell, und ich kann von hier aus die Straße sehen. Ich werde Sie im Auge behalten.«

Er sah sie ungläubig an. »Sie wollen warten, bis ich zurück bin?«

»Es bleibt mir anscheinend keine andere Wahl. Ich kann sowieso nicht schlafen, wenn Sie wie eine lebendige Zielscheibe dort draußen herumlaufen.«

Joel gab auf. »Wie Sie wollen. Ich verschwinde jetzt.«

Ohne sich noch einmal umzusehen, sprang er die Treppen hinunter. Er war sicher, daß die kühle, klare Nachtluft ihm helfen würde, den quälenden Ärger und die Frustration zu vertreiben, die ihn den ganzen Tag geplagt hatten.

Leichtfüßig lief er los, bis er seinen Rhythmus gefunden hatte. Dann sah er sich kurz um. Er konnte Letty hinter der Glastür kaum erkennen, sah aber, daß sie die Nase an die Scheibe preßte. In diesem Moment wirkte sie ganz und gar nicht wie eine spröde Bibliothekarin aus dem Mittelwesten. Mit dem weißen Nachthemd und der wilden Lockenmähne glich sie eher einem Zauberwesen der Nacht. Sie strahlte eine faszinierende Sinnlichkeit aus, wirkte aber gleichzeitig lieb und unschuldig.

Joel schüttelte beunruhigt den Kopf. Das war wirklich nicht der richtige Zeitpunkt, um an Sex zu denken.

Mühsam konzentrierte er sich auf das Laufen. Was war nur los mit ihm? Letty Thornquist stellte ein großes Problem für ihn dar. Er durfte diese schwierige Situation nicht auch noch mit irgendwelchen Gefühlen komplizieren.

Wahrscheinlich hielt Miß Thornquist sowieso nichts von Sex. Sicher hatte sie einen Artikel über die vielen Gefahren studiert, die heutzutage damit verbunden waren.

Sogar er hatte einiges darüber gelesen.

Joel lief mit gleichmäßigen Schritten die kurvenreiche Straße entlang, die neben dem Fluß herführte. Das Ufer fiel so steil ab, daß er kaum das Wasser sehen konnte. Charlie Thornquist war oft zum Fischen hierhergekommen.

Erneut versuchte er, nur noch an seine Schritte zu denken und damit seine Frustration in Energie umzuwandeln. Das war eine erprobte Taktik, die er immer anwandte, wenn die Ruhelosigkeit ihm zu schaffen machte. Bei Nacht war es gewöhnlich am schlimmsten.

Andererseits konnte er in der Nacht sehr gut nachdenken. Ideen, die ihm oft wochenlang im Kopf herumgegangen waren, nahmen mit einemmal Gestalt an. Probleme, die bei Tag scheinbar unüberwindlich gewesen waren, ließen sich dann plötzlich lösen.

Joel konnte viele Arbeiten am besten in der Nacht erledigen. Er hatte die Erfahrung gemacht, daß sich bestimmte Dinge, wie zum Beispiel Rachepläne, in den Stunden vor dem Morgengrauen hervorragend durchdenken ließen.

Die kleine, unschuldige Miß Thornquist wäre wahrscheinlich höchst schockiert, wenn sie von seinem Plan wüßte, die Firma zu benutzen, um einen alten Feind zur Strecke zu bringen. Joel grinste verbissen und beschleunigte seine Schritte.

Als er sich auf den Rückweg machte, spürte er befriedigt den Schweißfilm auf seiner Brust und den Schultern. Er atmete tief und gleichmäßig. Die kühle Nachtluft hatte seinen Alptraum vertrieben. Jetzt konnte er wieder klar denken.

Seine Pläne waren also vorläufig vereitelt worden. Letty wollte nach Seattle ziehen, um Thornquist Gear zu übernehmen. Aber wie lange würde sie bleiben? Innerhalb eines Monats begriff sie höchstwahrscheinlich, daß das eine Schnapsidee gewesen war.

Letty hatte keine Ahnung von dem Geschäft. Er konnte sie von interessanten und wichtigen Aufgaben so lange fernhalten, bis ihr der Job langweilig wurde. Wenn er es geschickt anstellte, würde sie nur eine Zeitlang den Betrieb ein wenig stören. Schon bald wäre ihr klargeworden, daß es besser für sie war, wieder ihr Leben im Elfenbeinturm im Vellacott College aufzunehmen.

Kein Zweifel. Innerhalb eines Monats hätte sie begriffen,

daß sie fehl am Platz war. Sie würde einsehen, daß es am besten wäre, Joel die Firma noch ein Jahr führen zu lassen, bis er sie auszahlte. Dann bekäme sie eine Menge Geld, und er hätte endlich die Kontrolle über Thornquist Gear.

Es gab keinen Grund, warum er in der Zwischenzeit seine Pläne, Victor Copeland zu vernichten, nicht weiterverfolgen sollte. Letty würde nie etwas davon erfahren, und selbst wenn, könnte Joel immer noch sagen, es handle sich um eine übliche Vorgehensweise. Es war an der Tagesordnung, daß Firmen wie Thornquist kleinere Unternehmen wie Copeland Marine Industries übernahmen und dann auflösten.

Das ist in der Geschäftswelt so üblich, Miß Thornquist. Sie sollten sich mit den Tatsachen vertraut machen. Wenn Ihnen das nicht gefällt, dann kehren Sie besser in Ihren Elfenbeinturm zurück. Vielleicht nimmt Sie Ihr Verlobter wieder in Gnaden auf, wenn Sie ihn schön darum bitten.

Joel runzelte nachdenklich die Stirn. Er fragte sich, welcher Typ von Mann sich mit Letty einließ. Ihr Verlobter war sicher ein langweiliger, zerstreuter Literaturprofessor. Joel versuchte sich vorzustellen, wie er ungeschickt unter der Bettdecke herumfummelte und dabei im Geiste seine Unterlagen für die Vorlesung über einen Roman des neunzehnten Jahrhunderts durchging, die er am kommenden Tag halten wollte.

Vielleicht liebte Letty es, im Bett über Austen und Thackeray zu diskutieren.

Joel überlegte, ob Miß Thornquist jemals einen Orgasmus erlebt hatte – keine kurz anhaltende Erleichterung, sondern einen richtigen Höhepunkt, der ihr unwillkürlich einen Schrei entlockte. Einen Höhepunkt, bei dem sie sich an ihren Partner klammerte und ihm die Nägel in den Rücken grub. Wenn er an ihr unschuldiges Gesicht dachte, zweifelte er daran.

Joel stöhnte und zwang sich, noch schneller zu laufen.

Als er kurz vor dem Haus war, verlangsamte er seinen Schritt. Letty stand nicht mehr hinter der Glastür. Wahrscheinlich hatte sie beschlossen, ihn seinem Schicksal in der Wildnis zu überlassen.

Joel wartete, bis seine Atemzüge und sein Pulsschlag ruhiger wurden, stieg dann die Verandatreppe hinauf und nahm das Handtuch vom Geländer. Er hatte jetzt das Gefühl, wieder alles unter Kontrolle zu haben. Mit ein wenig Glück würde er ungestört schlafen können.

Er rieb sich mit dem Handtuch ab und schob die Türen auf.

Letty hatte sich auf einem der weißen Sofas zusammengerollt. Als Joel auf sie zuging, wachte sie auf und streckte sich.

»Oh, Sie sind zurück.« Sie öffnete die Augen und gähnte.

»Gesund und munter. Aber das habe ich wohl nicht Ihnen zu verdanken. Sie sind ja ein schöner Schutzengel.« Joel lächelte. »Wäre irgend jemand oder irgend etwas über mich hergefallen, hätten Sie einfach alles verschlafen.«

Letty dachte einen Moment nach und schüttelte dann heftig den Kopf. »Sie umzubringen dürfte nicht so einfach sein. Bestimmt würden Sie vorher ziemlichen Krach schlagen, und dann wäre ich bestimmt aufgewacht.«

Joel kniff erstaunt die Augen zusammen. »Sind Sie mitten in der Nacht immer zu solchen Scherzen aufgelegt?«

»Das weiß ich nicht. Normalerweise schlafe ich um diese Zeit. Und wie ist das bei Ihnen?«

Er zuckte die Schultern. »Ich brauche nicht viel Schlaf.«

»Jeder Mensch braucht seine Nachtruhe. Ich habe einen Artikel gelesen, in dem es hieß, man sollte sich bei Schlaflosigkeit gründlich untersuchen lassen. Es könnte sich um ein gesundheitliches Problem handeln.«

Joel grinste. »Seien Sie ganz unbesorgt – mir geht es sehr gut.«

Sie runzelte die Stirn. »Es könnte sich auch um ein psychologisches Problem handeln. Manche Menschen fühlen sich ganz gesund, haben aber eine Art Neurose, die sie am Einschlafen hindert.«

»Ich habe besseres zu tun, als meine Zeit mit Neurosen zu verschwenden.«

Joel musterte sie genau und stellte mit Entsetzen fest, daß ihr Anblick ihn erregte. Im Mondschein sah sie sehr zart und verletzlich aus. Ihr Nachthemd war bis zu den Knien hochgerutscht und entblößte wohlgeformte Beine.

Das war verrückt – solche Gefühle konnte er jetzt nicht brauchen. Wo, zum Teufel, blieb sein gesunder Menschenverstand? Er mußte sich auf seinen Plan konzentrieren. In den nächsten Monaten würde er mit Dynamit jonglieren – er konnte es sich nicht leisten, abgelenkt zu werden.

Trotzdem war seine Neugierde geweckt. Joel hatte in den letzten Jahren gelernt, Probleme zu lösen, bevor sie ihm über den Kopf wuchsen. Und er hielt viel davon, immer so gut wie möglich vorbereitet zu sein. Je mehr er über Letty Thornquist wußte, um so leichter würde er seine Pläne durchführen können.

»Sie erwähnten heute abend, Ihre Verlobung mit einem gewissen Philip sei in die Brüche gegangen«, begann Joel vorsichtig.

»Dr. Philip Dixon, außerordentlicher Professor am Vellacott College, Verwaltungsressort. Einige seiner Abhandlungen wurden in namhaften Zeitschriften veröffentlicht. Er berät diverse Industrieunternehmen und ist Vorsitzender in einigen wichtigen Komitees der Fakultät.« Letty verschränkte die Arme hinter dem Kopf und sah mit halbgeschlossenen Augen zum Fenster hinaus.

Der Mann war also doch kein Literaturprofessor. »Tut mir leid, daß es nicht geklappt hat.«

»Danke.«

Joel ließ rasch seinen Blick über die sanften Wölbungen gleiten, die sich in Brusthöhe unter Lettys Nachthemd abzeichneten. »Vielleicht ändern Sie Ihre Meinung, und alles wird wieder gut.«

»Das kann ich mir nicht vorstellen.«

»Wer hat die Verlobung gelöst?«

»Ich.«

Joel dachte einen Moment nach. Er fragte sich, warum Letty sich von einem Mann getrennt hatte, der anscheinend der perfekte Partner für sie war. »War die Beziehung ein Mißverständnis?«

»Das könnte man so sagen.«

Letty ließ sich jedes Wort aus der Nase ziehen, aber Joel gab nicht auf. »Haben Sie sich plötzlich für einen anderen Mann interessiert?«

»Nein.«

»Hat er... Interesse an einer anderen Frau gefunden?«

Letty drehte sich um und sah ihn schläfrig an. »Wollen Sie wirklich wissen, was passiert ist?«

Joel war gespannt, ließ sich aber nichts anmerken. »Wenn Sie darüber sprechen möchten, höre ich gerne zu«, meinte er unverbindlich.

»Ich habe es noch keiner Menschenseele erzählt. Es war mir zu peinlich.« Letty richtete den Blick wieder auf die Veranda. »Wir waren etwa sechs Wochen verlobt. Vor zehn Tagen wollte ich Philip in seinem Büro besuchen. Er erwartete mich nicht. Ich klopfte einmal, öffnete dann die Tür – und fand ihn nicht allein. Eine hübsche junge Studentin – sie heißt Gloria – war bei ihm.«

»Sie haben die beiden in einer kompromittierenden Situation überrascht, nicht wahr?«

»Philip saß mit gespreizten Beinen und offener Hose auf einem Stuhl. Gloria kniete vor ihm. Es war...« Letty schwieg einen Moment. »Es war verblüffend«, fuhr sie dann fort.

Joel atmete tief ein. »Ich kann mir vorstellen, daß Sie etwas außer Fassung geraten sind.«

Lettys Schultern begannen zu zucken. Sie legte eine Hand auf den Mund und keuchte erstickt. Beunruhigt sah Joel sie an. Meine Güte, sie fing an zu weinen. Er konnte mit weinenden Frauen nicht umgehen. Was sollte er jetzt tun? »Bitte nicht, Letty. Es tut mir leid, daß ich davon angefangen habe. Hören Sie...«

»Nein, Sie verstehen das nicht.« Sie warf ihm einen raschen Blick zu, sah aber sofort wieder zur Seite. Dann hörte Joel noch einen erstickten Laut, bevor Letty lauthals zu kichern begann.

Erleichtert stellte er fest, daß sie sich vor Lachen kaum mehr halten konnte.

»Natürlich war ich zuerst schockiert«, gab Letty zu und

rang nach Luft. »Vielleicht sollte ich eher sagen, ich war überrascht. Aber dann begriff ich, daß ich in meinem ganzen Leben noch nie etwas so Lächerliches gesehen hatte. Er sah so dumm aus mit seinem, nun, mit seinem... Sie wissen schon, was ich meine.«

»Mit seinem erigierten Glied?« schlug Joel trocken vor.

Letty brach wieder in Gelächter aus. Sie nickte heftig. »Genau. Mit seinem Glied in ihrem, also zwischen ihren...«

»Mit seinem Glied zwischen ihren roten Lippen?«

»Ja. Es sah einfach lächerlich aus.«

»Das kann ich mir gut vorstellen.«

»Es war ziemlich abstoßend.«

»Das kommt wahrscheinlich auf den Standpunkt an«, meinte Joel unbestimmt.

Letty hörte auf zu kichern und lächelte verlegen. »Sie hätten das selbst sehen müssen.«

»Nun, ich bin eigentlich ganz froh, daß ich nicht dabei war.«

»Ich meine damit, Sie müßten Philip kennen, um zu verstehen, wie lächerlich er wirkte«, erklärte Letty. »Normalerweise ist er das Abbild eines Professors. Er trägt Tweed-Jacketts, Slipper mit Quasten, zugeknöpfte Hemden und gemusterte Krawatten. Er sieht beinahe aus wie...« Sie schwieg.

»Wie wer?« fragte Joel.

Letty winkte ab. »Niemand. Ich denke nur manchmal, daß er sich fast so kleidet und benimmt wie Dad. Vielleicht habe ich deshalb..., aber lassen wir das.«

Joel begriff, daß sie nicht weiter darüber sprechen wollte. »Nun, das hört sich nicht so an, als hätten Sie noch viel für diesen Dixon übrig.«

»Nein.« Letty seufzte. »Es war natürlich zu Beginn sehr erniedrigend, aber ich habe bald eingesehen, daß es so am besten ist. Philip und ich hatten einiges gemeinsam, aber die Beziehung war wohl sehr oberflächlich. Außerdem hatte er die schreckliche Angewohnheit, alles zu analysieren.«

»Was?«

Letty lächelte müde. »Wenn wir uns einen Film angesehen hatten, analysierte er ihn anschließend bis ins letzte Detail. Nach einer Theatervorstellung kritisierte er jeden Darsteller. Es war mir immer peinlich, mit ihm in ein Restaurant zu gehen, weil er jedesmal etwas in die Küche zurückgehen ließ. Und seiner Meinung nach hatte er immer recht. Er glaubte, mich ständig belehren zu müssen, weil er mehr akademische Grade erworben hatte als ich. Nach sechs Monaten Eheleben hätte ich wahrscheinlich genug davon gehabt.«

»Sicher schon eher.«

»Sie haben bestimmt recht.« Letty sah ihn offen an. »In meiner Beziehung zu Philip fehlte etwas. Ich denke, das wußte ich bereits von Anfang an, wollte es aber nicht zugeben. Vielleicht hoffte ich, er würde es nicht bemerken.«

»Was meinen Sie damit?« fragte Joel neugierig.

Letty runzelte angestrengt die Stirn. »Ich weiß nicht, wie ich es beschreiben soll. Mir fehlte der überspringende Funke, die Leidenschaft. Auf alle Fälle bin ich mir sicher, daß ich mir selbst in meinen wildesten Träumen nicht vorstellen könnte, vor Philip Dixon zu knien, wenn er mit offener Hose vor mir sitzt.«

»Aha.«

»Ich denke, wenn dieser Beziehung zumindest ein Funke Leidenschaft innegewohnt hätte, wäre ich in der Lage gewesen, mir so eine Situation auszumalen. Damit will ich nicht sagen, daß ich es dann auch getan hätte. Es ist ja ziemlich...« Letty verhaspelte sich.

»Gewagt?« schlug Joel hilfreich vor.

»Ja«, stimmte Letty erleichtert zu. »Wie bereits gesagt – ich denke, ich hätte es mir zumindest vorstellen können, wenn unsere Beziehung leidenschaftlicher gewesen wäre. Glauben Sie das nicht auch?«

Joel versuchte vergeblich, das Bild aus seinem Kopf zu verdrängen. »Ja, natürlich.« Verdammt, jetzt würde er noch eine Runde rennen müssen, um zur Ruhe zu kommen.

»Vor kurzem habe ich erkannt, daß ich mit Leidenschaft in meinem bisherigen Leben nicht konfrontiert wurde«, fuhr Letty ernsthaft fort. »Und zwar in jedem Bereich meines Lebens: in meiner Karriere, in meiner Vergangenheit – und voraussichtlich auch in meiner Zukunft. Ich befinde mich in einer Sackgasse, aus der ich heraus will.«

»Das verstehe ich.«

»Seit einiger Zeit fühle ich mich, als würde ich neben mir stehen. Normalerweise habe ich immer ein Ziel vor Augen, aber im Moment empfinde ich nur den starken Wunsch, mein Leben neu einzurichten. Großonkel Charlie hat mir eine Chance dazu gegeben. Thornquist Gear wird mein Leben von Grund auf verändern.«

Joel wußte nicht, was er lieber getan hätte: mit Letty das zu machen, was Philip mit seiner Studentin angestellt hatte, oder ihr den Hals umzudrehen. Thornquist Gear gehörte ihm!

»Haben Sie sich das gut überlegt, Letty? Ich kann mir vorstellen, daß Ihnen die Idee gefällt, Chefin einer großen Firma zu sein, aber so leicht ist das nicht. Sie haben keine Erfahrung im Einzelhandel, und schon gar nicht mit Sportartikeln. Wahrscheinlich waren Sie noch nicht einmal beim Camping.«

Letty hob die Augenbrauen. »Na und?«

»Campingzubehör gehört zu unseren Hauptprodukten. Im letzten Jahr haben wir Zelte im Wert von über eineinhalb Millionen verkauft.«

Letty sah ihn erstaunt an. »Ich verstehe nicht ganz, warum ich ein Experte sein muß, um ein bestimmtes Produkt zu verkaufen. Mich interessiert das Management der Firma. Ich will das Unternehmen weiterentwickeln und nicht mein eigenes Zelt aufbauen.«

Joel hatte Mühe, sich zu beherrschen. »Sie wissen nicht, worauf Sie sich einlassen, Miß Thornquist. Eine aufstrebende Firma zu leiten, ist kein Spiel. Und es ist auch kein Ausweg, um über eine geplatzte Verlobung hinwegzukommen.«

Letty preßte die Lippen zusammen. »Ich bin mir absolut bewußt, worauf ich mich einlasse, und ich bin bereit, alles zu tun, um so rasch wie möglich zu lernen, was nötig ist, um Erfolg zu haben. Glauben Sie mir – ich lerne sehr schnell.«

»Denken Sie denn wirklich, Sie könnten sich einfach auf den Chefstuhl setzen und alle Entscheidungen treffen? Glauben Sie, Sie hätten dafür eine natürliche Begabung?«

»Natürlich nicht.« Letty lächelte. »Ich habe Ihnen bereits erzählt, daß ich nicht unvorbereitet an die Sache herangehe.«

»Ja, ich weiß – Sie haben einige Artikel gelesen.«

»Wie Sie wissen, bin ich Bibliothekarin.«

»Erinnern Sie mich nicht daran.«

»Es besteht kein Grund, sich so aufzuregen«, sagte sie beschwichtigend. »Sie sind viel zu angespannt. Ich habe einige Artikel über Frauen im Geschäftsleben gelesen, und alle weisen auf einen entscheidenden Punkt hin.«

»Was, zum Teufel, meinen Sie damit?« fragte er ungehalten.

»Ich brauche einen Mentor.«

»Einen Mentor?« fragte er verblüfft. »Was reden Sie da?«

»Ich meine einen Mentor, einen Lehrer. Jemanden, der mir zeigt, wo es langgeht. Die meisten erfolgreichen Menschen in der Geschäftswelt haben es nur mit Hilfe eines Mentors geschafft, der sie angeleitet und vorangebracht hat.«

»Ich hatte nie einen Mentor«, entgegnete Joel barsch.

»Aber natürlich – Großonkel Charlie. Sie haben ihn nur nie als solchen angesehen, weil Ihnen der Ausdruck fremd war.«

»Unsinn. Glauben Sie wirklich, Charlie wäre mein Mentor gewesen?« Joel ballte eine Hand zur Faust. »Hören Sie gut zu, Miß. Vor zehn Jahren bewarb ich mich bei Charlie Thornquist wegen eines Jobs. Er stellte mich ein. Ich sollte mich um sein kleines Geschäft in der First Avenue in Seattle kümmern, damit er mehr Zeit hätte, zum Fischen zu gehen. Er zeigte mir, wie die Kasse funktionierte und welche Türen ich abends abschließen mußte. Dann verschwand er für zwei Wochen aus der Stadt.«

Letty sah ihn interessiert an. »Wirklich? Und was geschah dann?«

»Als er zurückkam, erklärte ich ihm, wir sollten viel mehr

verschiedene Schlafsäcke auf Lager haben. Er war einverstanden und reiste sofort wieder ab – zum Hochseefischen. Ich sah ihn erst nach vier Wochen wieder.«

»Und wie ging es weiter?«

»Als er sich beim nächsten Mal blicken ließ, sagte ich ihm, die neuen Zelte würden sich sehr gut verkaufen, und schlug ihm vor, Skiausrüstungen zum Verleih anzubieten. Er meinte, ich solle tun, was ich für richtig hielte. Das ließ ich mir nicht zweimal sagen, und so machte ich Thornquist Gear zu dem, was es heute ist.«

Letty lächelte erfreut. »Sie sind eindeutig der richtige Mentor für mich.«

»Ich? Ihr Mentor? Machen Sie Witze?« Er hatte gute Lust, Letty an ihren schlanken Fesseln zu packen und Kopf nach unten über das Geländer baumeln zu lassen. Bevor er ihr erklärte, wie seine Firma funktionierte, sollte ihn lieber der Teufel holen.

»Ich glaube, wir könnten eine perfekte Partnerschaft eingehen, Joel.«

»Ich werde jetzt duschen und dann ins Bett gehen.« Joel drehte sich um und stakste hinaus. In seinem Schlafzimmer wurde ihm klar, daß er heute nacht kein Auge zutun würde.

Als Letty am nächsten Morgen aufwachte, fühlte sie sich so gut wie schon lange nicht mehr. Sie blieb eine Weile still liegen, sah aus dem Fenster und beobachtete, wie die Sonne aufging.

Eigentlich kaum zu fassen, daß sie vergangene Nacht ein so intimes Gespräch mit Joel Blackstone geführt hatte. Trotzdem war sie froh darüber. Was sie ihm anvertraut hatte, war schließlich nur die Wahrheit gewesen.

Ihr war plötzlich klar, daß sie in Seattle finden würde, was ihr bisher in ihrem Leben gefehlt hatte. Sie freute sich darauf, Thornquist Gear zu übernehmen.

Letty sprang aus dem Bett und lief in das weiß gekachelte Badezimmer. Ihre Laune war so gut, daß sie beschloß, sogar Stephanie gegenüber etwas toleranter zu sein.

Natürlich blieb ihr sowieso nichts anderes übrig. Immerhin würde sie bald einen kleinen Bruder bekommen – egal, ob sie damit einverstanden war oder nicht.

Matthew Christopher. Irgendwie war es seltsam, den Namen und das Geschlecht des Babys zu wissen, noch bevor es auf der Welt war. Stephanie hatte ihr erklärt, daß sie sich wegen ihres Alters einigen Tests habe unterziehen müssen. Dabei wurde festgestellt, daß das Kind gesund sei und ein Junge war. Stephanie und Morgan waren begeistert.

Letty konnte sich zwar weder Stephanie noch Morgan beim Windelwechseln vorstellen, war sich aber darüber im klaren, daß dies bald Realität sein würde.

Abgesehen davon war es ihr im Moment viel wichtiger, ihr eigenes Leben neu zu organisieren.

Wenige Minuten später hatte sie sich eine sorgfältig gebügelte graue Tweedhose und eine blaßgelbe Bluse übergestreift und war in bequeme Slipper geschlüpft. Sie ging die Treppe hinunter, öffnete die Küchentür und blinzelte einige Sekunden, um sich an das Sonnenlicht zu gewöhnen, das die weißen Fliesen und die blitzende Chromspüle zurückwarfen.

»Guten Morgen«, murmelte Joel mißmutig.

Letty runzelte besorgt die Stirn, als sie bemerkte, wie abgespannt er aussah. »Sie haben wohl nicht gut geschlafen?«

»Ich werde es überleben.« Joel klammerte sich an seiner Kaffeetasse fest als hätte er Angst, man könnte sie ihm stehlen. Seine Augen funkelten, und er sah Letty so scharf an, als wäre sie ein außergewöhnliches Insekt.

Als Letty sich an die vertraulichen Dinge erinnerte, die sie ihm in der vergangenen Nacht erzählt hatte, stieg ihr die Röte ins Gesicht. »Sie sollten wirklich versuchen herauszufinden, warum Sie an Schlaflosigkeit leiden.«

»Ich weiß zumindest genau, warum ich letzte Nacht nicht schlafen konnte.«

»Oh...«

Glücklicherweise kam Stephanie in diesem Moment in einem schwarz-weißen Umstandskleid in die Küche. Sie sah wie immer frisch und gepflegt aus, und ihr Make-up war tadellos.

»Guten Morgen.« Sie hob die Augenbrauen. »Ich sehe, Sie haben die Kaffeemaschine gefunden, Joel. Normalerweise mache ich den Kaffee, aber das haben Sie anscheinend schon für mich erledigt. Bitte bediene dich, Letty.«

»Danke.« Letty nahm sich eine Tasse und schenkte sich ein. Ihr war klar, daß Stephanie ein wenig irritiert war, weil Joel es gewagt hatte, in ihre Küche einzudringen. Verzweifelt suchte sie nach den richtigen Worten, aber es war ihr schon immer schwergefallen, sich mit Stephanie zu unterhalten. Manchmal hatte sie das Gefühl, ihre Stiefmutter käme von einem anderen Stern – sie hatten einfach nichts gemeinsam. »Möchtest du auch eine Tasse Kaffee, Stephanie?«

»Auf keinen Fall«, erklärte Stephanie bestimmt. »Während meiner Schwangerschaft nehme ich kein Koffein zu mir. Ich trinke Fruchtsaft.«

»Ja, natürlich«, erwiderte Letty leise. Sie kam sich wie ein Idiot vor, weil sie nicht daran gedacht hatte. Aus dem Augenwinkel sah sie, daß Joel sie hämisch musterte. Ohne ihn zu beachten, nahm sie einen Schluck von dem Kaffee und verzog unwillkürlich das Gesicht.

»Stimmt was nicht?« fragte Joel.

»Der Kaffee schmeckt so – angebrannt. Soll ich frischen aufsetzen?«

»Das mache ich, wenn es notwendig ist«, erwiderte Stephanie rasch.

»Er ist nicht angebrannt«, erklärte Joel. »Aber er ist scharf geröstet. Letty ist an diesen Geschmack wohl nicht gewöhnt, aber wir mögen den Kaffee hier so, nicht wahr, Stephanie?«

»Das stimmt.« Stephanie lächelte herablassend. »Du wirst dich schon noch daran gewöhnen, Letty.«

In diesem Moment erschien Morgan. »Guten Morgen allerseits.«

Alle murmelten einen Gruß. Stephanie machte sich daran, rasch und geschickt das Frühstück zuzubereiten. Letty fragte sich gerade, ob sie ihr wenigstens gestatten würde, den Tisch zu decken, als plötzlich das Telefon klingelte.

Stephanie schloß die Kühlschranktür und nahm den Hörer ab. »Hallo?« Sie lauschte kurz und sah dann Letty an. »Ja, sie ist hier. Einen Moment, bitte.«

»Wer ist das?« fragte Letty beunruhigt.

»Ein gewisser Philip Dixon«, erwiderte Stephanie leise und hielt Letty den Hörer hin.

Letty wich einen Schritt zurück und streckte abwehrend die Arme aus. »Sag ihm, daß ich nicht hier bin«, flüsterte sie. »Bitte sag ihm, ich wäre spazierengegangen. Ich möchte nicht mit ihm sprechen.«

»Lassen Sie mich das erledigen.« Joel stand auf und nahm Stephanie den Hörer aus der Hand. »Hier spricht Joel Blackstone. Ich bin Miß Thornquists Geschäftsführer. Was kann ich für Sie tun, Mr. Dixon?«

Letty starrte ihn verblüfft an. Auch Stephanie und Morgan schwiegen überrascht.

»Nein, tut mir leid, das ist nicht möglich. Ich bin sicher, Sie verstehen, daß Miß Thornquist in ihrer jetzigen Stellung auf ihre Reputation achten muß. Als Chefin von Thornquist Gear kann sie es sich nicht leisten, mit einem Idioten zu telefonieren, der dumm genug war, sich dabei erwischen zu lassen, wie er sich von einer ehrgeizigen Studentin einen runterholen ließ.«

Joel knallte den Hörer auf die Gabel, ohne auf Antwort zu warten, und setzte sich wieder an den Tisch. Anscheinend unbekümmert nahm er einen Schluck aus seiner Tasse.

Letty faßte sich als erste und räusperte sich verlegen. »Idiot? Runterholen? Könnte man das nicht auch anders ausdrücken?«

»Sie wollten mich doch als Mentor haben«, meinte Joel leise. »Das bedeutet, ich bin der Lehrer und Sie die Schülerin, nicht wahr?«

»Nun ja, das stimmt wohl.«

»Dann hören Sie mir gut zu, denn ich werde alles nur einmal sagen. Dies war die erste Lektion. Sie heißt: Wie vermeide ich unerwünschte Telefonate.«

»Ich glaube, ich sollte mir Notizen machen«, murmelte Letty.

3

»Entschuldige bitte«, sagte Letty, als sie das Wohnzimmer betrat. »Ich wollte dich nicht stören.«

Stephanie saß mit überkreuzten Beinen auf dem Boden, hatte die Hände auf die Knie gelegt und meditierte in der Nachmittagssonne, die durch die Fenster schien.

»Das ist schon in Ordnung – ich bin gerade fertig. Ich meditiere jeden Nachmittag eine halbe Stunde lang. Matthew Christopher beruhigt das sehr.«

»Verstehe.« Letty zermarterte sich den Kopf, wie sie die Unterhaltung weiterführen könnte. Joel war am frühen Morgen nach Seattle abgereist, und seitdem fühlte sie sich rastlos. »Wie geht's dir denn?«

»Sehr gut, vielen Dank.« Stephanie nahm die Frage anscheinend wörtlich. »Letzte Woche war ich bei meiner Ärztin – ich lasse mich jeden Monat gründlich untersuchen. Sie meinte, alles würde sich normal entwickeln.«

»Das zu hören ist bestimmt sehr beruhigend.«

Stephanie nickte ernst. »Sie ist eine hervorragende Ärztin. Eine der besten Geburtshelferinnen in diesem Staat. Natürlich hat sie zwei Facharztexamen abgelegt.«

»Natürlich.«

»Sie hat bei mir alle wichtigen Untersuchungen durchgeführt. Ultraschall, einen Alpha-Fetoprotein-Test und eine Amnioskopie. Alles scheint sich völlig normal zu entwickeln.«

»Das freut mich«, sagte Letty.

»Morgan und ich haben uns natürlich die Abteilung für Neugeborene in dem von uns ausgewählten Krankenhaus genau angesehen. Alle medizinischen Geräte sind auf dem neuesten Stand. Die Ärzte dort sind auf alle Schwierigkeiten, die sich ergeben könnten, bestens vorbereitet.«

»Dann wirst du Matthew Christopher also nicht mit Hilfe einer Hebamme zu Hause bekommen?« Letty bedauerte ihre scherzhafte Bemerkung sofort, nachdem sie sie ausgesprochen hatte.

Stephanie sah sie entsetzt an. »Meine Güte, nein. Dieses Baby wird die beste und fortschrittlichste Betreuung haben, die es auf der Welt gibt.«

Das erstaunte Letty nicht im geringsten. Sie fragte sich, was Matthew Christopher wohl dazu sagen würde, wenn er wüßte, wieviel Geld und Zeit investiert wurde, um ihm eine Geburt Erster Klasse zu bieten.

Morgan kam mit einer Tasse Kaffee in der Hand herein. »Bist du fertig mit deiner Meditation, Liebes?«

»Ja.« Stephanie ließ sich von Morgan auf die Beine helfen. »Es ist schon drei Uhr – Zeit für meine Proteine.«

»Sollen wir einen kleinen Spaziergang machen, während Stephanie ihre Zwischenmahlzeit zu sich nimmt?« Morgan sah Letty fragend an.

»Sehr gern«, erwiderte Letty lächelnd. Sie war erleichtert, für kurze Zeit aus dem Haus zu kommen. Stephanies übertriebener Sinn für Ordnung und geregelte Lebensplanung ging ihr ein wenig auf die Nerven.

Zum ersten Mal, seit sie zu Großonkel Charlies Beerdigung angereist war, hatte sie Gelegenheit, allein mit ihrem Vater zu sprechen. Sie freute sich darauf, ihn eine Weile nur für sich zu haben. Es erinnerte sie an die Zeit, bevor Morgan die verhängnisvolle Reise nach Seattle angetreten hatte. Das war nun schon zwei Jahre her.

Er war zu einer akademischen Konferenz zum Thema Logik bei Sprachstudien gebeten worden, und Letty hatte sich darüber sehr gefreut, weil sie sich große Sorgen um ihren Vater machte. Seit dem Tod ihrer Mutter schien er plötzlich rasch zu altern und keinen Lebensmut mehr zu haben.

Nach Seattle hatte sich das schlagartig geändert. Letty freute sich, daß er anscheinend seinen Lebensmut wiedergefunden hatte, war aber sehr überrascht, als er ihr mitteilte, er werde eine Stellung am Ridgemore College annehmen.

Drei Monate später fiel sie aus allen Wolken, denn Morgan erzählte ihr am Telefon, daß er wieder heiraten wolle.

Und jetzt war ein Baby unterwegs.

Hätte sie sich mit Stephanie besser verstanden, wäre es ihr wohl leichter gefallen, sich damit abzufinden. Aber Stephanie war so unnahbar wie eine Amazone und hatte keinerlei Ähnlichkeit mit Lettys Mutter.

Mary Thornquist war die perfekte Ehefrau gewesen – warmherzig, offen und charmant. Sie hatte zwar keinen Doktortitel vorzuweisen gehabt und auch nie beeindrukkende Artikel geschrieben, aber eine Begabung dafür besessen, ein gemütliches Heim zu schaffen. Außerdem hatte sie genau gewußt, wie sie mit Morgan umgehen mußte, wenn er sich einmal steif oder wichtigtuerisch verhielt. Im Haus der Thornquist war oft und herzlich gelacht worden.

»Wie gefällt dir Ridgemoor?« fragte Letty ihren Vater, während sie langsam die Straße entlanggingen, auf der sich Joel in der Nacht abgekühlt hatte.

»Sehr gut. Ich muß nicht allzu viele Vorlesungen halten, sitze in einem Büro mit einem großen Fenster und habe viel Zeit, um an meinen Abhandlungen zu schreiben. Und es gibt glücklicherweise am Freitagnachmittag keine obligatorischen Treffen, bei denen man gemeinsam ein Glas Sherry trinkt.«

»Ich weiß, daß du so etwas noch nie leiden konntest.«

Morgan lächelte. »Ich hatte einfach die Nase voll von Eliteuniversitäten und zum Aussterben verurteilten Traditionen. Ich denke, dir geht es ebenso. Es tut mir leid, daß Dixon so ein Mistkerl ist – aber ich bin froh, daß du das noch rechtzeitig vor der Hochzeit herausgefunden hast.«

»Ja, ich auch.«

Morgan schwieg einen Augenblick. »Hast du ihn wirklich in seinem Büro überrascht, während er...«, fuhr er dann fort.

»Bitte sprich es nicht aus«, murmelte Letty verlegen und spürte, wie ihr die Röte ins Gesicht stieg. »Ja. Ich wünschte nur, ich hätte Joel Blackstone nichts davon erzählt. Was ist nur letzte Nacht in mich gefahren?«

»Du brauchtest wahrscheinlich jemanden, mit dem du

darüber sprechen konntest. In Vellacott hast du dich sicher niemandem anvertraut.«

»Nein. Das ist keine Sache, die man gern mit seinen Kollegen bespricht. Ich habe keine Ahnung, warum ich es ausgerechnet Joel Blackstone gesagt habe. Wahrscheinlich war ich mitten in der Nacht einfach zu müde, um richtig nachzudenken. Auf jeden Fall habe ich daraus etwas gelernt.«

»Was meinst du damit?«

Lettys Augen funkelten wütend. »Du weißt doch, wovon ich spreche. Ich traute kaum meinen Ohren, als ich hörte, was Joel heute morgen zu Philip sagte. Als ich letzte Nacht den Fehler begangen habe, mich ihm anzuvertrauen, reagierte er so höflich und verständnisvoll. Ich hätte nie gedacht, daß er sich so ordinär ausdrücken könnte.«

Morgan lachte leise. »Vielleicht kommt dir sein Verhalten etwas ungeschliffen vor, aber irgend etwas sagt mir, daß er genau weiß, was er tut. Charlie erzählte mir, er hätte den großen Erfolg von Thornquist Gear nur ihm zu verdanken.«

»Ich zweifle nicht an Joel Blackstones Fähigkeiten als Geschäftsmann. Im Gegenteil.« Letty straffte die Schultern. »Ich bin fest entschlossen, alles von ihm zu lernen, was ich nur kann.«

»Alles?«

Letty nickte überzeugt. »Alles. Er wird mein Mentor sein und mir beibringen, wie man Thornquist Gear leitet.«

»Das stelle ich mir sehr interessant vor.«

»Was willst du damit sagen?«

Morgan hob nachdenklich die buschigen Augenbrauen. »Blackstone ist ganz anders als alle Männer, die du jemals kennengelernt hast, Letty. Er legt keinen Wert auf Theorie, sondern bevorzugt die Praxis.«

»Das weiß ich.«

»Ich bezweifle ernsthaft, daß er jemals ein Sensitivitätstraining gemacht hat«, meinte Morgan trocken.

Letty lächelte schwach. »Da hast du sicher recht.«

»Er hält sich nicht an die üblichen Verhaltensweisen, sondern stellt lieber seine eigenen Regeln auf.«

»Willst du damit sagen, daß sein Geschäftsgebaren nicht dem Berufsethos entspricht?« fragte Letty besorgt.

»Nein. Ich wollte dich nur warnen, daß sein Begriff von Fair play sich höchstwahrscheinlich von deinem sehr unterscheidet.«

»Sollte ich herausfinden, daß er sich auf irgendeine Weise unehrlich oder hinterhältig benimmt, werde ich ihn sofort feuern.«

»Machst du dir da nicht selbst etwas vor?« fragte Morgan bedächtig.

»Dad, er arbeitet für mich. Hast du das vergessen? Ich kann ihn jederzeit hinauswerfen.«

»Verlaß dich nicht darauf, mein Liebling.«

»Verdammt, Thornquist Gear gehört mir«, erwiderte Letty zornig. »Ich kann damit machen, was ich will.«

Morgan grinste. »Du hörst dich tatsächlich schon an wie eine geborene Firmenbesitzerin.«

»Was ist los mit dir, Daddy?« fragte Letty beleidigt. »Glaubst du etwa, ich könnte nicht lernen, wie man dieses Unternehmen führt? Als Leiterin der Nachschlagebibliothek habe ich jahrelang Mitarbeiter unter mir gehabt.«

»Die Leitung von Thornquist Gear hat nicht viel mit deiner bisherigen Aufgabe in Vellacott zu tun. Ich weiß, daß du ein kluges Mädchen bist, Letty, und ich habe dir immer empfohlen, deinen Willen durchzusetzen. Trotzdem möchte ich dich vor Blackstone warnen – mit diesem Typ von Mann kennst du dich nicht aus. Bitte sei vorsichtig, bis du dir über deine Pläne vollkommen im klaren bist.«

»In Ordnung, Dad.«

»Eigentlich bin ich sehr froh über deine Entscheidung, dein Leben zu verändern«, fuhr Morgan fort. »Ich glaube, das wird dir gut tun – vielleicht noch mehr als damals mir selbst. Auf jeden Fall wird dein Umzug nach Seattle die Routine in deinem Leben unterbrechen und dich empfänglich für neue Einflüsse machen. Wenn es dir nicht gefallen sollte, Thornquist Gear zu führen, dann hast du immer noch die Möglichkeit, die Firma an Joel Blackstone zu verkaufen. In der Zwischenzeit wirst du sicher aufschlußreiche Erfahrungen sammeln. Trotzdem bitte ich dich, vorsichtig zu sein.«

»Zu diesem Thema bist du genau der richtige Gesprächspartner, Dad. Was ich vorhabe, erscheint mir ziemlich unbedeutend im Gegensatz zu dem, was du getan hast.« Letty biß sich auf die Unterlippe. »Ich kann immer noch nicht glauben, daß ich bald einen kleinen Bruder haben werde.«

Morgan runzelte die Stirn. »Ich wußte, daß wir irgendwann darüber sprechen müssen. Du hast es noch nicht verwunden, daß ich Stephanie geheiratet habe, nicht wahr?«

»Das stimmt nicht. Ich habe mich mittlerweile daran gewöhnt«, erwiderte Letty vorsichtig. »Aber ich gebe zu, daß es mir manchmal noch sehr seltsam vorkommt. Es ging alles einfach zu schnell.«

»In meinem Alter hat man keine Zeit mehr zu verlieren«, sagte Morgan leise.

»Du bist erst dreiundfünfzig, Dad.«

»Und Stephanie gibt mir das Gefühl, wieder dreißig zu sein.«

Letty seufzte. »Das erklärt wohl alles.«

»Ja, mein Liebling.«

»Sie ist ganz anders als Mutter.«

»Deine Mutter war eine wunderbare Frau, Letty, und ich habe sie dreißig Jahre lang geliebt. Aber sie hat uns verlassen, und ich weiß, sie hätte sich gewünscht, daß ich wieder glücklich werde.«

»Natürlich, Dad. Aber mit einer Frau wie Stephanie?« Letty biß sich entsetzt auf die Lippen. Jetzt war sie wohl zu weit gegangen.

Morgan runzelte erneut die Stirn, bis die buschigen Augenbrauen eine gerade Linie über seinen grünen Augen bildeten. »Stephanie ist jetzt meine Frau, Letty. Und sie erwartet ein Kind von mir. Ich kann dich nicht zwingen, Zuneigung zu ihr zu empfinden, aber ich werde dafür sorgen, daß du sie mit gebührendem Respekt behandelst.«

Letty fühlte sich schuldig. »Es tut mir leid, Dad. Du weißt, ich würde nie unfreundlich zu ihr sein. Um deinetwillen versuche ich, sie als Familienmitglied anzusehen.«

»Tu das, denn sie *ist* ein Mitglied unserer Familie.«

Letty hob das Kinn. »Willst du wissen, was das eigentliche Problem zwischen Stephanie und mir ist?«

»Du denkst wahrscheinlich, sie will Mutters Platz einnehmen.«

»Nein. Wenn ich ehrlich bin, fühle ich mich von ihr eingeschüchtert.«

Morgan warf ihr einen erstaunten Blick zu. »Eingeschüchtert? Was meinst du damit?«

»Das ist schwer zu erklären«, sagte Letty zögernd und wünschte, sie hätte das Thema nicht zur Sprache gebracht. »Sie ist nur elf Jahre älter als ich.«

»Willst du mir etwa vorwerfen, ich hätte eine Frau geheiratet, die viel zu jung für mich ist?«

Letty schüttelte den Kopf. Stephanie war natürlich zu jung für ihren Vater, aber es hatte keinen Sinn, ihm das zu sagen. »Nein. Ich wollte damit zum Ausdruck bringen, daß sie mir das Gefühl vermittelt, ein naives kleines Mädchen zu sein – und das, obwohl sie nur einige Jahre älter ist als ich.«

»Naiv?«

Letty dachte einen Moment nach. »Vielleicht ist das nicht der richtige Ausdruck. In ihrer Gegenwart fühle ich mich weltfremd. Linkisch. Wie ein Bauerntrampel. Verstehst du, was ich meine?«

Morgan lächelte. »Ich denke schon. Mir ging es am Anfang genauso. Aber hinter dieser perfekten Fassade verbirgt sich ein liebenswürdiger, herzlicher Mensch. Ich möchte gern, daß du die wirkliche Stephanie kennenlernst und dich mit ihr anfreundest.«

»Das versuche ich doch, Dad.«

»Du mußt dir ein wenig mehr Mühe geben.«

»Wie soll ich das anstellen?«

»Ich möchte dich um einen Gefallen bitten, Letty. Stephanie hat sich für einige Kurse über Schwangerschaft und Säuglingspflege angemeldet. Es wäre schön, wenn du sie hin und wieder begleiten könntest. Wenn ihr mehr Zeit miteinander verbringt, kommt ihr euch sicher näher.«

Letty starrte ihn verblüfft an. »Ich soll Kurse über Säuglingspflege besuchen?«

»Tu es für mich, Letty. Und für Matthew Christopher.«

Zwei Tage später saß Letty mit Stephanie in einem Vorlesungssaal in Seattle unter lauter schwangeren Frauen. Professor Harold Blanchford war Experte hinsichtlich der Entwicklung des ungeborenen Kindes im Mutterleib, und seine Ausführungen waren eigentlich recht interessant. Letty sah aus dem Augenwinkel, daß Stephanie sich leicht vorbeugte und ihre ganze Aufmerksamkeit dem Vortrag widmete. Währenddessen machte sie sich fein säuberlich Notizen.

»Es gibt viele Beweise dafür, daß ein Fötus im dritten Abschnitt der Schwangerschaft Geräusche erkennen kann und darauf reagiert. Anhand einiger Untersuchungen wurde nachgewiesen, daß ein Neugeborenes auf die Stimme der Mutter anspricht, weil es sie – noch im Mutterleib – einige Wochen wahrgenommen hat und sich daran erinnert.«

Letty fühlte sich ein wenig unbehaglich unter all den schwangeren Frauen. Die Situation zwang sie, sich mit einem Thema zu beschäftigen, das sie in letzter Zeit verdrängt hatte. Jetzt fiel es ihr allerdings schwer, sich selbst vorzumachen, daß auch sie einmal eine eigene Familie haben würde.

Früher oder später mußte sie sich vielleicht damit abfinden, daß ihre Aussichten auf einen Ehemann und Kinder nicht allzu gut standen. Das Fiasko mit Philip hatte ihr gezeigt, daß sie wahrscheinlich nie fähig sein würde, richtig auf einen Mann zu reagieren.

»Tests an Neugeborenen, denen von den werdenden Müttern während der Schwangerschaft Geschichten vorgelesen wurden, haben eindeutig bewiesen, daß ein Kind sich später daran erinnern kann«, fuhr der Professor fort.

Letty beugte sich zu Stephanie hinüber. »Vielleicht solltest du Matthew Christopher vor der Geburt ein Kochbuch vorlesen«, flüsterte sie. »Das könnte aus ihm einen Chefkoch machen, noch bevor er überhaupt laufen kann. Damit ließe sich viel Geld verdienen.«

Stephanie schrieb weiter, ohne aufzusehen. »Bitte sei still, Letty. Ich versuche, mich zu konzentrieren.«

»Tut mir leid.« Letty lehnte sich unbehaglich wieder zurück und musterte Professor Blanchford. Sie hatte das dumpfe Gefühl, dieser Nachmittag könne sich noch eine Weile hinziehen. Glücklicherweise würde sie morgen ihre Arbeit bei Thornquist Gear aufnehmen – damit hatte sie eine plausible Entschuldigung, Stephanie nicht mehr zu den Kursen am Nachmittag begleiten zu müssen.

Leider blieben da noch die Abendkurse, für die Stephanie sich eingeschrieben hatte.

»Deshalb sollten Sie sich sorgfältig überlegen, was Sie Ihrem ungeborenen Kind vorlesen«, betonte Professor Blanchford. »Wir müssen uns vor Augen halten, daß das Gedächtnis des Kindes auch in diesem Wachstumsstadium bereits funktioniert. Sie, die Mutter, müssen also darüber entscheiden, an was Ihr Baby sich später erinnern soll.«

»Die armen Mütter«, murmelte Letty. »Als ob sie während der Schwangerschaft keine anderen Probleme hätten.«

»Letty, bitte.« Stephanie runzelte die Stirn.

Fünfzehn Minuten später war die Vorlesung beendet. Letty war erleichtert. Sie beobachtete, wie Stephanie Professor Blanchfords Buch und einige Tonbänder kaufte. Das Geschäft mit ungeborenen Babys funktionierte offensichtlich prächtig.

»Wie fandest du den Vortrag?« fragte Stephanie auf dem Weg zum Auto.

»Nun, sehr beeindruckend.« Letty zerbrach sich den Kopf, was sie noch sagen könnte. »Wirst du Matthew Christopher etwas vorlesen?«

»Selbstverständlich. Ich werde mit Shakespeare beginnen.«

»Ein Kinderbuch wäre ihm vielleicht lieber.«

Stephanie fand das offenbar nicht lustig. »Ich denke, ich sollte ihm auch etwas vorspielen. Mozart oder Vivaldi eignen sich wohl am besten.«

Letty hätte am liebsten vorgeschlagen, sie sollte es stattdessen mit einer Heavy Metal Band versuchen. »Ich bin schon gespannt, ob er bei der Geburt eine Melodie summt«, murmelte sie.

Glücklicherweise überhörte Stephanie diese Bemerkung. »Ich kann es kaum erwarten, Morgan zu erzählen, wie gut es heute gelaufen ist«, sagte sie und setzte sich hinter das Steuer des roten Porsche. »Er wird begeistert sein.«

»Ja, das denke ich auch.« Letty stieg in den Wagen und schloß den Sicherheitsgurt.

»Dein Vater ist über meine Schwangerschaft ebenso begeistert wie ich, Letty.« Stephanie steuerte den Porsche geschickt aus der Parklücke.

»Ja.« Letty suchte verzweifelt nach den richtigen Worten, um eine leichte Konversation in Gang zu bringen. »Er scheint sich wirklich auf das Baby zu freuen«, sagte sie schließlich lahm.

»Ich habe großes Glück gehabt, Morgan begegnet zu sein.«

Letty nickte und beobachtete bewundernd, wie routiniert Stephanie sich in den Verkehr einreihte. Wenn sie nur auch einen Sportwagen so souverän beherrschen könnte...

»Bist du sicher, daß die Sache zwischen dir und diesem Philip Dixon vorbei ist?« fragte Stephanie.

»Ja.«

»Ich kann dich gut verstehen.« Stephanie hob die Stimme, um sich in dem Straßenlärm verständlich zu machen. »Von meinem ersten Mann habe ich mich scheiden lassen, weil er mich mit seiner Sekretärin betrog. Als ich es herausfand, war mir klar, daß er nicht der richtige Vater für meine Kinder wäre. Eine Ehe muß auf Vertrauen aufgebaut sein.«

»Das stimmt.«

»Morgan ist ganz anders als Grayson«, fuhr Stephanie fort. »Schon als ich ihn zum ersten Mal sah, wußte ich, er würde einen ausgezeichneten Vater abgeben.«

»Hast du ihn deshalb geheiratet?« Letty war über sich selbst entsetzt. Sie schloß die Augen und wünschte verzweifelt, sie könnte die Frage zurücknehmen. »Es tut mir leid. Das hätte ich nicht sagen sollen.«

»Schon gut.« Stephanie schien eher amüsiert als verletzt. »Ich gebe zu, daß diese Tatsache mir am Anfang unserer Bekanntschaft sehr wichtig war. Doch als ich Morgan besser kennenlernte, stellte ich fest, daß er viele andere wunderbare Eigenschaften besitzt.«

Letty preßte nervös die Handflächen zusammen und warf Stephanie von der Seite einen raschen Blick zu. Stephanie trug eine verspiegelte Sonnenbrille, deshalb konnte sie den Ausdruck in ihren Augen nicht sehen. »Ich weiß, ich habe kein Recht, dich das zu fragen – aber liebst du meinen Vater wirklich?«

»Selbstverständlich.« Stephanie lächelte gelassen und bog in den Parkplatz eines Supermarkts ab. »Ich könnte mir allerdings vorstellen, daß deine Definition von Liebe anders ist als meine. Ich hoffe, es macht dir nichts aus, wenn wir hier kurz halten? Ich brauche noch Feta-Käse und Salsa.«

»Nein, natürlich nicht.«

Einige Stunden später lag Letty in ihrem Bett und lauschte den gedämpften Stimmen, die durch das offene Fenster hereindrangen. Ihr Vater und Stephanie saßen noch auf der verglasten Terrasse, die einen herrlichen Blick auf die Lichter der Stadt und die Elliot Bay bot.

»Glaubst du, sie wird in Seattle bleiben, Morgan?«

»Ich bin mir nicht sicher. Aber sie braucht eine Veränderung. Es täte ihr nicht gut, jetzt nach Vellacott zurückzukehren.«

»Du hast wahrscheinlich recht. Sie tut mir leid, weil sie einen etwas verlorenen Eindruck macht. Vielleicht hat die geplatzte Verlobung sie doch mehr mitgenommen, als wir ahnen.«

»Letty ist stark – sie wird schnell wieder auf die Beine kommen. Es ist sehr lieb von dir, daß du dir Gedanken um sie machst, Stephanie.«

»Sie ist deine Tochter, also ist es selbstverständlich, daß ich besorgt bin.« Es folgte ein kurzes Schweigen. »Ich glaube nicht, daß sie unsere Beziehung versteht und akzeptiert«, fügte sie dann hinzu.

»Gib ihr ein wenig Zeit.«

Beide schwiegen. Letty drehte sich auf die Seite und zog die Beine hoch. Nach einer Weile hörte sie wieder Stephanies Stimme.

»Der Kurs heute war wundervoll, Morgan. Ich werde morgen anfangen, Matthew Christopher akustisch zu stimulieren.«

Morgan lachte leise. »Du wirst schon bald mit ihm sprechen können, während du ihn in den Armen hältst.«

»Noch zwei Monate.«

Letty bemerkte, daß in Stephanies Stimme freudige Erwartung lag, aber auch eine gewisse Spannung mitschwang. Sie dachte daran, wie ernsthaft Stephanie jedes Wort von Professor Blanchfort notiert hatte. Es hatte beinahe den Anschein gehabt, als hätte sie Angst, etwas zu versäumen.

Angst. Plötzlich begriff Letty. Das war genau das richtige Wort. Aber irgendwie ergab das keinen Sinn. Stephanie war unerschütterlich, nicht aus der Ruhe zu bringen. Sie war immer beherrscht und hatte alles unter Kontrolle.

»Ich muß mich nach dem italienischen Bettchen erkundigen, das wir bestellt haben – es müßte mittlerweile abholbereit sein«, meinte Morgan.

»Der Künstler, der das Mobile dafür entwirft, sagte mir heute, es sei fast fertig. Er hat sich für Motive aus der Pflanzenwelt entschieden.«

Letty lauschte den leisen Stimmen noch eine Weile. Sie fühlte sich im Haus ihres Vaters plötzlich als Außenseiterin.

Es wurde höchste Zeit, auszuziehen. Sie beschloß, sich baldmöglichst nach einer eigenen Wohnung umzusehen.

Schon morgen würde sie bei Thornquist Gear im Büro des Firmeninhabers sitzen. Der Gedanke erfüllte sie mit Vorfreude. Ein neues Leben wartete auf sie.

Joel studierte aufmerksam den Computerausdruck auf seinem Schreibtisch. Alles war gut vorbereitet. Die kleinen Enten waren sorgfältig in einer Linie aufgereiht – er brauchte nur noch die Geschütze abzufeuern. Copeland Marine Industries war so gut wie erledigt.

Eigentlich sollte er ein stärkeres Gefühl der Zufriedenheit empfinden. Immerhin hatte er fünfzehn Jahre auf diesen Moment gewartet. In einem Monat würde alles vorbei sein.

Warum war er dann heute so gereizt? Joel stand auf und ging zum Fenster hinüber. Es mußte an Letty Thornquist liegen. Morgen würde sie hier hereinschneien, um die Chefetage zu übernehmen.

Chefetage – der Begriff war nicht sehr treffend. Thornquist Gear war bisher auch gut ohne so etwas ausgekommen. Die Räume hatten die meiste Zeit sowieso leer gestanden. Wenn Charlie hin und wieder an seinem Schreibtisch gesessen hatte, dann nur um Köder an seinen Angelruten zu befestigen.

Vier Stockwerke unter Joels Büro befanden sich die Verkaufsräume von Thornquist Gear. Dort wurde im Augenblick hart gearbeitet. Die Campingsaison war vorüber, und man mußte sich auf die Skisaison vorbereiten. Schon jetzt fragten die ersten Kunden nach Skistiefeln.

Vor zehn Jahren hatte Thornquist Gear aus einem kleinen Laden in der First Avenue bestanden. Jetzt gab es ein großes Bürogebäude und mehrere Geschäfte in Seattle und Portland.

In den unteren beiden Stockwerken der Zentrale befanden sich die Verkaufsräume, und in den oberen beiden Etagen waren Büros für die Buchhaltung, Marketing und die verschiedenen anderen Verwaltungsbereiche untergebracht. Immer wenn Joel die Firma betrat, erfüllte ihn Stolz und Zufriedenheit.

Die First Avenue war belebt wie immer. Vom Fenster seines Büros sah Joel ein thailändisches Restaurant, ein Wäschegeschäft, einen Delikatessenladen, der Spezialitäten aus der Mittelmeerregion anbot, ein Kino und ein Pfandhaus. Gegenüber hatte ein renommiertes Hotel gestanden, das bereits um die Jahrhundertwende eröffnet worden war. Erst vor kurzem hatte man das Haus umgebaut und aufwendige Eigentumswohnungen eingerichtet.

Joel beobachtete ein Flugzeug, das über der Elliot Bay zum Landeanflug ansetzte. Das Meer hatte die Farbe von grauem Stahl. Laut Wettervorhersage würde es bald Regen geben. Viele Leute konnten sich nie an das Wetter in Seattle gewöhnen. Sie kamen in die Stadt und suchten nach sechs Monaten wieder das Weite, weil sie den ständig bedeckten Himmel und den Nebel nicht mochten.

Joel fragte sich hoffnungsvoll, ob vielleicht auch Letty sich von den grauen Wolken vertreiben lassen würde. Dann wäre es viel leichter, sie davon zu überzeugen, daß es das Beste wäre, ihm die Firma zu verkaufen.

Aber bei seinem derzeitigen Pech würde sie den Regen wahrscheinlich romantisch finden.

Hinter ihm meldete sich seine Sekretärin über die Sprechanlage.

»Mr. Blackstone, hier ist ein Anruf auf Leitung zwei«, ertönte ihre klare, strenge Stimme. »Es ist Manford von der Marketingabteilung. Er sagte, es sei dringend.«

Joel ging an seinen Schreibtisch. »Danke, Mrs. Sedgewick, ich nehme den Anruf entgegen. Ach, übrigens, Mrs. Sedgewick?«

»Ja, Mr. Blackstone?«

»Wie steht es mit Miß Thornquists Büro?«

»Es sollte morgen fertig sein. Ich habe auch einen Sekretär für sie gefunden. Arthur Bigley von der Buchhaltung«, sagte sie bedeutungsvoll. »Ich glaube, er ist genau der Richtige für den Posten. Und er ist begeistert über die unerwartete Beförderung.«

»Gut. Würden Sie ihn bitte zu mir schicken? Ich möchte ihn persönlich über seinen neuen Aufgabenbereich informieren.«

»In Ordnung, Mr. Blackstone.«

Joel drückte auf einen Knopf an der Telefonanlage. »Hier ist Blackstone. Was gibt's, Cal?«

»Wir müssen noch einige Entscheidungen im Hinblick auf die neue Werbekampagne treffen, bevor wir uns mit der

Agentur in Verbindung setzen. Wenn wir die Dinge noch länger aufschieben, können wir unsere Termine nicht einhalten. Für den Vertrag brauchen wir noch ihr Einverständnis, Joel.«

»Gut. Ich werde am Wochenende einen Blick darauf werfen. Setzen Sie für Montag morgen eine Besprechung an.«

»In Ordnung.« Cal räusperte sich. »Soll ich... soll ich Miß Thornquist darüber informieren?«

»Wir sollten sie nicht gleich in der ersten Woche mit solchen Dingen belästigen«, erklärte Joel ruhig. »Sie wird genug zu tun haben, das Unternehmen erst einmal kennenzulernen.«

»Natürlich. Also bis Montag morgen. Ich werde Ihrer Sekretärin Bescheid geben.«

Joel legte auf und spielte einige Minuten mit dem Kugelschreiber in seiner Hand. Normalerweise fielen ihm Entscheidungen nicht schwer, aber bei der Werbekampagne hatte er sich einfach noch nicht festlegen können. Er wußte genau, was er erreichen wollte, war sich aber nicht sicher, welcher Weg der beste war.

Während der letzten zehn Jahre hatte er traditionelle Werbemethoden bevorzugt. Er verstand die Menschen, die hier im Nordwesten am Pazifik zu Hause waren. Seine Familie lebte seit drei Generationen im Staat Washington, und Joel wußte instinktiv, wie man eventuelle Kunden erreichen konnte.

Die neue Kampagne barg jedoch einige Risiken. Joel wollte damit Leute ansprechen, die für die herrliche Landschaft um sie herum nur ein beifälliges Kopfnicken übrig hatten.

Jetzt, wo immer mehr begeisterungsfähige Menschen sich in Oregon und Washington niederließen, bot der Markt für Firmen wie Thornquist Gear völlig neue Möglichkeiten. Joel war davon überzeugt, daß viele dieser potentiellen Neukunden zwar gern im Nordwesten lebten, aber nicht so recht wußten, was sie in ihrer Freizeit hier anfangen sollten. Er plante, diesen vielversprechenden

Markt mit einer neuen Produktlinie zu fördern, die den Leuten Lust auf Camping machen sollte.

Allerdings war er sich nicht sicher, wie die Sache am besten anzupacken war. Die kleine Marketingabteilung hatte ihm bereits einige Ideen vorgelegt, aber Joel war von keiner so recht begeistert. Jetzt lief ihm die Zeit davon – er mußte so bald wie möglich einige Entscheidungen treffen.

Ruhelos stand er auf und ging wieder zum Fenster hinüber. Er hatte einfach zu viel im Kopf. Charlies Tod, Letty Thornquists Ankunft, die neue Werbekampagne, Copeland Marine Industries sorgfältig geplanter Untergang – die Situation war äußerst brisant.

Das Summen der Sprechanlage riß ihn aus seinen Gedanken. »Arthur Bigley ist hier, Sir.«

»Schicken Sie ihn herein, Mrs. Sedgewick.«

Die Tür öffnete sich, und ein junger Mann mit kurzgeschnittenen braunen Locken kam herein. Er trug eine metallgefaßte Brille und machte einen sehr nervösen Eindruck.

»Sie wollten mit mir über meine neue Position sprechen, Mr. Blackstone?« Hektisch rückte Arthur Bigley seine Krawatte zurecht.

Joel lehnte sich in seinem Stuhl zurück. »Nehmen Sie Platz, Bigley. Sie werden ab morgen für Miß Thornquist arbeiten.«

»Ja, Sir.« Bigley setzte sich. »Ich bin ein wenig aufgeregt, Mr. Blackstone. Diese plötzliche Beförderung hätte ich nie erwartet – ich bin Ihnen sehr dankbar, Sir.«

Joel lächelte grimmig. »Das freut mich. Nun, Sie werden in erster Linie dafür sorgen, daß Miß Thornquist nicht mit Routineangelegenheiten belästigt wird. Ist das klar?«

»Ich denke schon, Sir«, sagte Arthur zögernd. »Und wie genau soll ich das bewerkstelligen?«

»Sie werden Mrs. Sedgewick über alles auf dem laufenden halten, was in Miß Thornquists Büro geschieht. Mrs. Sedgewick wird dann mich informieren, und ich werde die Situation beobachten. Sollte es nötig sein, werde ich mich einschalten. Diese Informationskette darf nicht unterbrochen werden. Glauben Sie, daß Sie diese einfachen Anweisungen ausführen können?«

»Ja, Sir. Natürlich.«

»Ausgezeichnet. Ich möchte über alles Bescheid wissen, was im Büro der Chefin vor sich geht. Bevor Sie Gespräche durchstellen, fragen Sie hier nach. Außerdem werden Sie mir alle Besucher melden, die zu Miß Thornquist wollen. Sie werden dann jeweils Anordnungen bekommen, was zu tun ist.«

»Ja, Sir.«

»Mrs. Sedgewick wird Sie in die täglichen Routinearbeiten einweisen. Sie können jetzt gehen.«

»Ja, Sir.« Arthur sprang auf. Auf dem Weg zur Tür blieb er mit dem Schuh an einer Teppichkante hängen und stolperte. Haltsuchend streckte er den Arm aus und warf dabei einen Stuhl um.

»Ich glaube, Sie werden einen ausgezeichneten Sekretär für Miß Thornquist abgeben«, sagte Joel, während Arthur sich hochrappelte und hastig das Büro verließ.

4

Zwei Wochen später blieb Joel vor der Eingangstür zu den Büroräumen stehen, die man für die neue Chefin von Thornquist Gear hergerichtet hatte. Alle Türen standen offen, und er sah sofort, daß Letty nicht da war.

Er warf Arthur Bigley einen finsteren Blick zu. Arthur trug ein weißes Hemd und eine Krawatte und tippte fleißig. Als er Joel bemerkte, zuckte er zusammen und sah ihn nervös an. Joel bemerkte, daß Bigley keine Brille trug und heftig zwinkerte. Anscheinend hatte er sich Kontaktlinsen besorgt.

»Wo ist Miß Thornquist, Bigley? Ich dachte, sie wäre in ihrem Büro.«

Arthur zwinkerte noch heftiger. Er war offensichtlich beunruhigt, Joel könnte ihn dafür verantwortlich machen, daß Letty sich nicht dort aufhielt, wo er sie vermutet hatte. »Ich glaube, sie ist im Konferenzraum im dritten Stock, Mr. Blackstone.«

»Es ist aber keine Konferenz angesetzt, Bigley«, erwiderte Joel schroff. Nicht nur Arthur, sondern auch der Rest der Belegschaft hatten in den letzten Wochen seine schlechte Laune zu spüren bekommen. Joel hatte ungehalten festgestellt, daß sich die neue Chefin von Thornquist Gear anscheinend ganz in ihrem Element fühlte.

»Das weiß ich, Sir. Sie sagte, sie habe ein spezielles Projekt auf dem Programm.«

»Welches Projekt?«

Arthur erstarrte und zwinkerte unaufhörlich. »Das weiß ich nicht, Sir. Sie hat es mir nicht gesagt.«

Joel seufzte. Aus diesem Trottel war nichts herauszuholen. Anscheinend wußte er wirklich nicht Bescheid. »Dann muß ich wohl selbst nachsehen, was es damit auf sich hat.«

»Ja, Sir«, erwiderte Arthur erleichtert. »Oh, beinahe

hätte ich es vergessen. Dieser Philip Dixon hat einige Male angerufen. Ich habe Mrs. Sedgewick Bescheid gegeben.«

»Haben Sie ihm gesagt, was ich Ihnen aufgetragen habe?«

»Ja, Mr. Blackstone.« Arthur lächelte schüchtern. »Ich habe ihm mitgeteilt, Miß Thornquist wäre nicht für ihn zu sprechen.«

»Und Sie haben Miß Thornquist nichts davon erzählt?«

»Aber nein, Sir. Sie haben ausdrücklich angeordnet, daß sie nicht gestört werden darf, und ich habe Ihre Anweisungen genauestens befolgt.«

»Sehr gut, Bigley. Miß Thornquist hat im Moment schon genug um die Ohren – sie kann sich nicht auch noch mit diesen unerfreulichen Anrufen beschäftigen.« Joel nickte ihm anerkennend zu. »Sie machen das sehr gut, Bigley. Weiter so.«

»Danke, Sir.« Arthur schien sich vor Erleichterung kaum fassen zu können. Hastig nahm er ein Blatt Papier in die Hand und spannte es in die Schreibmaschine ein. Plötzlich sprang er wie von der Tarantel gestochen auf. »O nein!«

Joel runzelte die Stirn. »Was, zum Teufel, ist los, Bigley?«

»Nichts, Sir. Ich habe nur gerade eine Kontaktlinse verloren. Ich werde sie sicher gleich wiederfinden, Sir.« Arthur kniete sich auf den Boden und fuhr vorsichtig mit der Hand über den Teppich.

Joel verließ lächelnd das Büro. Er war zufrieden, daß seine Vorsichtsmaßnahmen in der Präsidentensuite funktionierten. Rasch ging er zum Treppenhaus. Er nahm nie den Aufzug – ihm kam es immer so vor, als müßte man eine Ewigkeit auf das verdammte Ding warten. Den meisten Angestellten schien das nichts auszumachen – im Flur standen immer einige Leute und vergeudeten ihre Zeit damit.

Während er die Treppe hinunterlief, fragte er sich, was ihn wohl im Konferenzraum erwarten würde. Während der letzten beiden Wochen hatte er feststellen müssen, daß Letty eine äußerst energische und unberechenbare Frau war. Und hatte begriffen, daß sie ihm gefährlich werden könnte.

Letty hatte sich voll und ganz in ihre Arbeit gestürzt und

war begierig, alles über Thornquist Gear zu lernen. Sie verbrachte mindestens zwölf Stunden am Tag in der Firma und arbeitete sowohl im Verkauf als auch in der Buchhaltung und im Lager.

Vor drei Tagen hatte er beobachtet, wie sie in den Verkaufsräumen einige Daunenjacken anprobiert hatte. Bei der Erinnerung daran mußte er unwillkürlich lächeln. Sie war in den dick gepolsterten Jacken beinahe verschwunden, doch ihre wohlgeformten Rundungen waren durch die Watteeinlagen noch stärker betont worden – sie hatte ausgesehen wie eine Taube mit aufgeplusterten Federn.

Das Grinsen war ihm schnell vergangen, als sie ihm gutgelaunt mitgeteilt hatte, daß Thornquist Gear ab sofort Daunenjacken in kleinen Größen ins Programm aufnehmen sollte.

»Diese Jacken sehen sicher gut aus, wenn man einsachtzig groß ist«, sagte Letty. »Aber die Leute, die nur einssechzig oder noch kleiner sind, ertrinken förmlich darin.«

»Darüber sprechen wir später«, bestimmte Joel hastig, bevor der Abteilungsleiter sich einmischen konnte.

Letty nickte. »Dann können wir uns auch gleich über die Farbpalette unterhalten. Sehen Sie sich diese Jacken an – sie sind alle entweder dunkelblau, blaßgrün oder dunkelrot. Das finde ich nicht sehr ansprechend.«

»Wir nennen das Mitternachtsblau, Khaki und Burgunder«, erwiderte Joel verärgert. »Daunenjacken werden in diesen Farben am liebsten getragen.«

»Nun, ich denke, wir sollten Gelb, ein kräftiges Rot und Türkis in unser Programm nehmen«, betonte Letty. »Zumindest in der Damenabteilung. Frauen mögen kräftige Farben.«

Der Abteilungsleiter nickte bestätigend.

»Auch das sollten wir wohl ein andermal besprechen.« Joel gab sich große Mühe, höflich zu bleiben.

»Natürlich. Ich mache mir nur rasch eine Notiz.« Letty kramte einen Stift aus ihrer Tasche und kritzelte etwas auf den Notizblock, den sie ständig mit sich herumtrug.

Joel hatte allen Angestellten ausdrücklich befohlen, Miß

Thornquist mit dem ihr zustehenden Respekt zu behandeln, sie aber nicht mit Kleinigkeiten zu belästigen. Leider hatte sich herausgestellt, daß Letty es immer wieder gelang, detaillierte Informationen zu bekommen. Vergangenen Mittwoch hatte er sie in ihrem Büro überrascht, als sie gerade den umfassenden Bericht über die Verkaufszahlen des letzten Quartals studierte. Er mußte außerdem feststellen, daß sie sich in jeder Abteilung ausführlich erkundigt hatte und nun genau über die finanzielle Lage von Thornquist Gear Bescheid wußte. Es war ein reiner Glücksfall, daß sie nicht über die Informationen gestolpert war, die Copeland Marine Industries betrafen.

Joel war sofort in die Buchhaltungsabteilung gegangen und hatte schärfere Kontrollen angeordnet. Er hatte befohlen, daß alle Computerausdrucke, die vom Büro der Präsidentin angefordert wurden, zuerst ihm vorgelegt werden sollten. Er selbst würde dann die Unterlagen mit der neuen Firmeninhaberin durchgehen.

Ihm war klar, daß er früher oder später mit Letty über Copeland Marine Industries sprechen mußte. Wenn er erst einmal alle Register gezogen hatte, gab es keinen Weg mehr, die Übernahme geheimzuhalten. Deshalb mußte er sich gründlich vorbereiten und eine schlüssige Erklärung parat haben.

Sein größtes Problem – das hatte Joel mittlerweile erkannt – war die Tatsache, daß Letty Thornquist ihn faszinierte. So sehr er sich auch dagegen wehrte – er mußte sich eingestehen, daß er sie begehrte, obwohl er nicht genau wußte, warum.

Das Gefühl, das er in der Nacht im Haus ihres Vaters für sie empfunden hatte, war anscheinend nicht nur vom Mondschein und seinem erhöhten Adrenalinspiegel hervorgerufen worden. Er war immer noch verrückt nach ihr.

Joel hatte versucht, sich einzureden, es läge nur daran, daß sie ganz anders war als alle Frauen, die er bisher kennengelernt hatte. Aber er mußte sich eingestehen, daß ihn nicht nur ihre Begeisterungsfähigkeit und ihre hübsche Figur faszinierten; auch ihre sprühende Lebensfreude, die sofort vergessen ließ, daß sie keine Schönheit im herkömmlichen Sinn war, konnte nicht allein der Grund sein.

Irgend etwas an ihr zog ihn unwiderstehlich an, und das bereitete ihm Kopfzerbrechen. Letty war eine liebenswerte Frau, die seine Beschützerinstinkte wach rief – und das war in der gegebenen Situation natürlich lächerlich. Eigentlich brauchte er selbst Schutz. Solange ihr Thornquist Gear gehörte, war sie äußerst gefährlich für ihn.

Obwohl ihm das bewußt war, konnte er sich seiner Gefühle nicht erwehren. Immer wenn sie sich in seiner Nähe aufhielt, spürte er Verlangen und einen gewissen Besitzanspruch.

In den letzten Tagen hatte Joel erkannt, daß er selbst nicht nur versuchte, ein wenig zu zaubern, sondern daß er sich auch auf einen Balanceakt einließ. Vielleicht hätte er besser zum Zirkus gehen sollen – in letzter Zeit glich Thornquist Gear sowieso einem Theater.

Als er die Treppenhaustür öffnete, die zu dem großen Konferenzzimmer führte, hörte er Lettys Stimme. Entweder führte sie Selbstgespräche, oder sie hatte jemanden bei sich.

»Das kann nicht stimmen!« rief Letty energisch. »Lesen Sie mir die Stelle noch einmal vor, Cal.«

»Stecken Sie den Winkel in die Stange B mit der Nummer drei«, zitierte Cal Manford.

»Das ist doch lächerlich. Es paßt einfach nicht zusammen. Sind Sie sicher?«

»So steht es hier, Miß Thornquist.«

»Wer hat denn diese Anleitung verfaßt?«

Cal zögerte. »Es muß wohl jemand aus der Produktionsabteilung gewesen sein.«

Als Joel die Tür zum Konferenzraum öffnete, bot sich ihm ein Bild des Chaos. Eines der Zelte, die Thornquist Gear in das neue Programm aufgenommen hatte, war zur Hälfte aufgebaut.

Mit einem ironischen Lächeln verglich Joel insgeheim seinen eigenen Zustand mit dem des Zelts. Natürlich lag es auch diesmal an Letty.

Sie befand sich anscheinend irgendwo in dem Zelt, das

sich gefährlich zur Seite neigte. Joel entdeckte einen ihrer kleinen, hübschen Füße und ein Stück der wohlgeformten Wade, die unter der Plane herausragten.

Cal Manford, der Leiter der Marketingabteilung, stand hilflos daneben und beugte sich über die Bedienungsanleitung. Er hatte sein Jackett ausgezogen und die Hemdsärmel aufgerollt.

Manford war Mitte Fünfzig, hatte ergrautes Haar und einen dicken Bauch; deshalb zeigte er sich normalerweise nie ohne Jackett. Offensichtlich war es so anstrengend für ihn gewesen, Letty beim Aufbau des Zelts zu helfen, daß er diesmal seine Eitelkeit vergessen hatte. Joel bemerkte, daß Cals Hemd unter den Armen feucht war und daß er seine Aufmerksamkeit eher Lettys Bein als der Anleitung widmete.

»Wenn alle Anleitungen so geschrieben sind, müssen wir uns gründlich damit beschäftigen«, ertönte Lettys Stimme aus dem wackelnden Zelt. »Niemand, der sich damit nicht auskennt, könnte dieses Zelt in weniger als zwei Stunden aufstellen. Und selbst dann ist noch nicht gewährleistet, daß das Ding auch hält.«

»Nun, ich... ich werde Mr. Blackstone von diesem Problem in Kenntnis setzen, wenn Sie es wünschen«, schlug Cal unsicher vor. Er starrte noch immer auf Lettys Bein und hatte Joel nicht bemerkt. »Mr. Blackstone hat diese neuen Produkte ins Verkaufsprogramm aufgenommen.«

»Machen Sie sich keine Mühe – ich werde selbst mit ihm darüber reden. Jetzt werden wir die Sache erst einmal zu Ende bringen. Lesen Sie weiter.«

Joel lehnte sich gegen den Türrahmen und verschränkte die Arme vor der Brust. »Hören Sie auf damit. Sie müssen noch einmal von vorne beginnen, weil Sie die Firststange nicht richtig befestigt haben.«

Die Zeltplane bewegte sich. »Sind Sie das, Mr. Blackstone? Wovon sprechen Sie überhaupt?«

Zu Beginn hatte es Joel amüsiert, daß sie im Büro auf formell korrekte Anrede achtete, jetzt begann es ihm auf die Nerven zu fallen. »Ja ich bin es, Miß Thornquist.«

Cal Manford drehte sich überrascht um; er sah gleichzeitig enttäuscht und erleichtert aus. »Ich helfe gerade Miß Thornquist dabei, eines der neuen Zelte zu testen.«

»Das sehe ich«, meinte Joel trocken. »Anscheinend gibt es ein Problem mit der Anleitung.«

»Das können Sie laut sagen!« rief Letty und drehte sich im Zelt um, wobei sie mit dem Ellbogen den festen Nylonstoff nach außen drückte. »Mr. Manford sagte mir, diese Zelte seien für Camping-Neulinge gedacht. Ich fragte ihn, ob man sie schon einmal an Leuten getestet hat, die nichts davon verstehen. Als er verneinte, dachte ich, ich sollte dieses Experiment selbst machen. Es war wirklich sehr lehrreich.«

»Offensichtlich.« Joel verzog das Gesicht und lächelte Manford geringschätzig an. Dieses Lächeln tauschten Männer seit Generationen aus, wenn sie sich über die technischen Fähigkeiten von Frauen unterhielten. Cal grinste, sah aber trotzdem besorgt aus.

»Ich möchte sehen, wie weit ich komme, wenn ich genau die Instruktionen befolge. Probleme löst man am besten, wenn man sich an Ort und Stelle damit beschäftigt.« Sie drehte sich noch einmal in dem Zelt um, und ihr Bein verschwand unter der Plane.

Joel betrachtete unbehaglich die schwankende Firststange. »Kommen Sie da heraus, Miß Thornquist. Ich werde Ihnen gern zeigen, wie man ein Zelt aufstellt, wenn es Sie interessiert.«

»Nein, nein. Darum geht es nicht. Wenn ich, ein absoluter Neuling auf diesem Gebiet, mit dem Aufbau des Zelts in Schwierigkeiten gerate, dann haben wir insgesamt mit dieser neuen Produktlinie ein großes Problem. Verstehen Sie denn nicht, was ich damit meine?«

Joel war überrascht und unangenehm berührt. Es war ihm peinlich, als er spürte, daß seine Wangen sich röteten. Cal Manford beobachtete ihn unsicher.

Mit einemmal war er zornig. Es gehörte sich nicht, daß die Firmeninhaberin ihren Geschäftsführer in Anwesenheit eines Angestellten zurechtwies. Manford mußte, wie allen anderen Mitarbeitern auch, klargemacht werden, wer hier die Zügel in der Hand hielt.

»Wenn Sie sich endlich dazu entschließen könnten, dieses Zelt zu verlassen, gehe ich gern die Anleitung mit Ihnen durch«, sagte Joel betont ruhig. »Schritt für Schritt, wenn Sie es wünschen. Dann werden wir ja sehen, ob es Probleme damit gibt. Sollte das der Fall sein, können wir sofort etwas dagegen unternehmen. Nicht wahr, Manford?«

Cal hustete verlegen und schluckte. »Ja, Sir.«

In diesem Moment fiel eine der Aluminiumstangen um, und das Zelt brach zusammen.

»Meine Güte!« schrie Letty. »Joel, tun Sie doch etwas. Befreien Sie mich!«

Letty war unter den gelben Nylonplanen begraben und zappelte wie ein Fisch im Netz.

»Sind Sie in Ordnung, Miß Thornquist?« fragte Cal entsetzt.

»Nein.« Lettys Stimme klang gedämpft.

»Ich werde mich darum kümmern«, erklärte Joel und streckte die Hand aus. »Geben Sie mir die Anleitung, Manford. Ich helfe Miß Thornquist bei ihrem Experiment.«

»Ja, Sir.« Cal lächelte nervös und reichte Joel die Unterlagen. »Wenn Sie mich nicht mehr brauchen, gehe ich jetzt zurück in mein Büro.«

»Tun Sie das.« Joel entließ ihn mit einer Handbewegung und ging zu dem Zelt hinüber. Dann bückte er sich und hob einige lose Stangen und die Plane hoch.

Letty krabbelte mühsam auf allen vieren aus dem Zelt. Die Brille saß schief auf ihrer Nase, und ihr Haarknoten hatte sich gelöst.

Einige widerspenstige Locken fielen ihr in Stirn und Nacken, und ihr graues Kostüm sah noch zerknitterter aus als sonst. Der Rock war ihr über die Knie gerutscht und hatte sich verschoben, und ihre pfirsichfarbenen Seidenbluse hing lose um den Bund.

Joel erhaschte einen Blick auf ihren bloßen Rücken und entdeckte ein Grübchen. Mit gemischten Gefühlen stellte er fest, daß sie wirklich einen hübschen, wohlgeformten Po besaß.

Vorher war er überrascht gewesen, als er registriert hatte, daß der Anblick ihres Fußes ihn erregte. Jetzt wunderte er sich allerdings nicht mehr über seine Gefühle. Kurven an der richtigen Stelle hatten ihn bei einer Frau schon immer fasziniert. Und Letty schien unterhalb des Rückens wirklich hervorragend gebaut zu sein.

Einen Moment lang vergaß er beinahe, wie verärgert er war. Er packte Letty am Arm und half ihr auf die Beine. »Alles in Ordnung?«

»Ja, natürlich. Vielen Dank, Joel. Ich meine, Mr. Blackstone.«

»Es ist niemand hier, der Anstoß daran nehmen könnte, wenn Sie mich mit meinem Vornamen ansprechen.«

»Ich sollte mir das hier in der Firma besser nicht angewöhnen.« Letty rückte die Brille zurecht und schob die Bluse in den Rockbund. »Diese Gebrauchsanweisung ist eine Katastrophe. Ein Neuling kann sie nicht verstehen.«

»Aber das ist das einfachste Zelt in unserem neuen Programm.«

»Es ist auf alle Fälle nicht einfach, dieses Ding aufzubauen. Wenn ich nur daran denke, daß man es in einem Sturm oder bei strömendem Regen versuchen sollte... Das wäre ein absolut frustrierendes Erlebnis.«

Joel bemühte sich, ruhig zu bleiben. »Warum gehen wir nicht in Ihr Büro? Ich werde Ihnen dann alles genau erklären.«

»Begreifen Sie denn nicht, was ich meine? Diese neue Produktlinie hat als Zielgruppe doch Camping-Anfänger, oder?«

»Stimmt.«

»Ich bin Anfängerin. Und ich bin intelligent und motiviert. Trotzdem konnte ich das Zelt nicht allein aufstellen. Das sagt doch alles.«

»Ach ja?« Joel hob die Augenbrauen.

»Natürlich. Entweder muß die Anleitung neu geschrieben werden, oder das Zelt ist Mist.«

Joel holte tief Luft. »Wir haben bereits fünfhundert dieser Zelte geliefert bekommen, Letty. Sie sind noch im Lager und werden in zwei Monaten zum Verkauf angeboten, wenn wir die neue Werbekampagne gestartet haben. Dieses Produkt ist vollkommen in Ordnung!«

Letty runzelte die Stirn und trat einen Schritt zurück. »Es gibt keinen Grund zu schreien.«

»Ich schreie nicht.«

Sie lächelte beschwichtigend. »Ich schlage vor, wir gehen in mein Büro und lesen die Anleitung gemeinsam durch. Dann kann ich Ihnen genau sagen, an welchen Stellen ich Schwierigkeiten hatte. Wenn die Konstruktion des Zelts in Ordnung ist, muß es an der Anleitung liegen.«

»Meine Güte«, murmelte Joel und versuchte verzweifelt, sich zu beruhigen. Er rief sich seine Pläne ins Gedächtnis – in dieser Situation konnte er es sich einfach nicht erlauben, die Selbstbeherrschung zu verlieren.

»Joel? Ich meine, Mr. Blackstone?« Letty sah ihn besorgt an. »Stimmt etwas nicht?«

»Alles in Ordnung. Also gehen wir in Ihr Büro und sprechen über die Gebrauchsanleitung.«

»Nur gut, daß es sich um lose Blätter handelt«, meinte Letty fröhlich. »Wir müssen nur die Seiten korrigieren, die unverständlich geschrieben sind, und sie neu drucken lassen.«

»Ich werde daran denken.« Joel nahm ihren Arm und führte sie zur Tür.

»Warten Sie. Meine Schuhe. Und meine Jacke.« Letty riß sich los und lief quer durch den Raum. Dann schlüpfte sie in ihre Schuhe, hob ihren Blazer und ihren Notizblock auf und lächelte strahlend. »So, jetzt bin ich bereit.«

Joel schob sie durch die Tür auf den Gang hinaus. »Diese Anleitung wurde von Experten verfaßt, Letty.«

»Das ist wahrscheinlich genau das Problem. Machen Sie sich keine Sorgen, Joel. Auf diesem Gebiet kann ich Ihnen helfen. Immerhin war ich Bibliothekarin.«

»Das habe ich nicht vergessen. Ich denke oft über ihren eigentlichen Beruf nach.«

»Meinen früheren Beruf«, berichtigte sie ihn. »Dabei habe ich gelernt, Informationen zu sammeln und einzuordnen. Ich denke, ich werde mich mit einem der Konstrukteure dieser Zelte unterhalten und ... Oh, nehmen wir die Treppe?«

»Ja.«

»Gut. Nun, wie schon gesagt, werde ich mich mit einem der Konstrukteure treffen und ihn bitten, mir genau zu beschreiben, was er sich bei dem Entwurf des Zelts gedacht hat.«

»Das kann ich Ihnen auch erklären – sobald wir in Ihrem Büro sind.«

Joel stieß die Tür auf und schob Letty in das Treppenhaus. Er lief die Stufen so rasch hinauf, daß Letty Mühe hatte, mit ihm Schritt zu halten.

Auf dem Weg zu ihrem Büro sprach Letty unaufhörlich davon, wie sie die Anleitung verbessern wollte. Als sie endlich vor der Tür zum Vorzimmer standen, hätte Joel sie am liebsten geknebelt.

Arthur hatte anscheinend in der Zwischenzeit seine Kontaktlinse wieder gefunden. Er sah erst Joel und dann Letty an. »Sind Sie in Ordnung, Miß Thornquist?« fragte er besorgt. »Was ist denn passiert?«

»Ein Zelt ist zusammengebrochen, und leider steckte ich darunter«, erklärte Letty. »Keine Sorge, Arthur, das gehört wohl zum Berufsrisiko. Hat jemand für mich angerufen?«

»Ja, Madam. Ein Mr. Rosemont läßt ausrichten, daß die Wohnung fertig ist. Sie können die Schlüssel heute abholen.«

Letty lächelte erfreut. »Wunderbar. Ich bin heilfroh, wenn ich endlich einziehen kann.« Sie öffnete die Tür zu ihrem Büro. »Kommen Sie herein, Mr. Blackstone. Wir werden uns gleich mit der Gebrauchsanleitung beschäftigen.«

Joel preßte die Lippen zusammen. Er war es nicht gewohnt, Befehle entgegenzunehmen – schon gar nicht von einer unberechenbaren Bibliothekarin, die sich in alles einmischte und sich einbildete, sie könnte Thornquist Gear leiten. Als er an dem Schreibtisch des Sekretärs vorbeiging, bemerkte er, daß Bigley ihn mit ebenso unverhohlener Neugier ansah, wie Cal Manford es vor wenigen Minuten getan hatte.

Ebenso wie Manford schien Bigley sich zu fragen, wer denn nun hier der Boß war.

Joel war klar, daß sich bald alle Angestellten darüber Gedanken machen würden, wenn er die Dinge nicht schnellstens zurechtrückte.

Er knallte die Tür zu Lettys Büro hinter sich zu und ging zum Fenster hinüber. Letty saß bereits an ihrem Schreibtisch und blätterte in der Anleitung.

»Wir beginnen am besten auf der ersten Seite.«

»Ja, das denke ich auch.« Joel drehte sich um, ging rasch zu Lettys Schreibtisch und legte beide Hände auf das glatte Holz. »Miß Thornquist, ich glaube, Sie haben die Strukturen bei Thornquist Gear noch nicht durchschaut.«

Sie hob den Kopf, schob sich eine Haarsträhne aus der Stirn und sah ihn verwirrt an. »Wie meinen Sie das?«

»Ich werde versuchen, es Ihnen zu erklären. Dies ist eine Firma. Ich weiß nicht, wie man in einer Universitätsbibliothek vorgeht, aber hier ist der Geschäftsführer verantwortlich.«

»Natürlich – der Geschäftsführer muß sich darum kümmern, daß der Laden läuft, und er trifft wichtige Entscheidungen.«

»Gut. Ich bin froh, daß Sie das kapiert haben. Außerdem ist es von entscheidender Bedeutung, daß die Chefin der Firma die Autorität ihres Geschäftsführers nicht in Anwesenheit anderer unterminiert. Sie muß den Eindruck vermitteln, daß sie ihm ganz und gar vertraut. Ist das klar?«

Letty sah ihn unbehaglich an. »Aber ja. Versuchen Sie mir etwa zu sagen, ich würde Ihre Stellung bei Thornquist Gear untergraben?«

»Noch nicht. Aber das könnte schnell geschehen, wenn Sie mich weiterhin wie einen gut bezahlten Assistenten der Geschäftsleitung behandeln. Ich bin kein Laufbursche, Miß Thornquist. Mein Job hier ist es, die Firma zu leiten.«

»Meine Güte, ich hatte nicht die Absicht, Sie wie einen gewöhnlichen Assistenten zu behandeln.«

Als Joel den schuldbewußten Ausdruck auf ihrem Gesicht sah, konnte er nur mit Mühe ein zufriedenes Grinsen unterdrücken. So war es schon besser. »Unsere Angestellten fragen sich allmählich, wer hier die Befehle gibt, und das darf nicht sein. Verstehen Sie das, Miß Thornquist?«

»Ja. Ja, natürlich«, erwiderte sie leise.

Joel richtete sich auf. »Diese Firma gehört Ihnen«, sagte er ernst, »und Sie haben natürlich ein Recht darauf, alles zu erfahren, was im Zusammenhang damit von Bedeutung ist. Wenn Sie allerdings meine Entscheidungen rückgängig machen oder in Gegenwart anderer kritisieren, führt das zu großen Problemen. Die Belegschaft spürt einen Machtkampf auf Führungsebene ebenso rasch, wie ein Hai Blut im Wasser riecht.«

»Aber es gibt keinen Machtkampf«, erwiderte Letty beunruhigt. »Ich respektiere die Tatsache, daß Sie die Geschäfte führen – ich weiß, was Sie in den letzten zehn Jahren geleistet haben.«

»Danke. Dann tun Sie uns bitte beiden einen Gefallen und mischen sich nicht in das Tagesgeschäft ein. Sie verwirren damit nur unsere Angestellten und stellen meine Autorität in Frage. Verstehen Sie das, Miß Thornquist?«

»Ja.«

Joel sah, daß es Letty wirklich leid tat, und er lächelte sie ermutigend an. »Nachdem wir diesen Punkt geklärt haben, können wir uns jetzt die Gebrauchsanweisung ansehen.«

Sie nickte. »Gern. Ich werde Ihnen sagen, wo ich zum erstenmal Schwierigkeiten hatte.«

Zu Beginn hörte Joel ihr nur mit halbem Ohr zu. Es hat funktioniert, dachte er. Er hatte seinen Willen durchgesetzt, ohne die Beherrschung zu verlieren – jetzt war er wieder Herr der Lage. Es war wirklich ein Kinderspiel gewesen. Trotzdem mußte er auf der Hut sein. Charlie hatte recht gehabt – Letty Thornquist war ein kluges Mädchen.

Eine Stunde später lehnte Letty sich zurück und streckte sich. Als sie die Arme über den Kopf hob, rutschte ihr die Bluse wieder aus dem Rock. Auf ihrem grauen Blazer zeigten sich einige weitere Knitterfalten. »Nun, was halten Sie von meinen Ideen?«

Joel trommelte mit den Fingern auf den Tisch und starrte auf die Anleitung. Er war hin- und hergerissen zwischen dem Bedürfnis, die Geschäftsinteressen zu wahren und dem Wunsch, Letty daran zu hindern, ihre neugierige Nase in alles zu stecken.

Immerhin mußte er zugeben, daß sie in einigen Punkten recht hatte. Verdammt, er hätte das neue Zelt und die Gebrauchsanweisung an einigen unerfahrenen Leuten testen lassen sollen.

»Na gut, ich sehe einige Schwachstellen.« Plötzlich kam ihm ein Einfall. »Ich könnte Sie darum bitten, sich um die Korrektur der Anleitung zu kümmern. Was halten Sie davon?« Er beugte sich erwartungsvoll vor.

Sie strahlte ihn begeistert an. »Gute Idee.«

»Warum sollte die Firma nicht von Ihren Talenten profitieren?« Diese Aufgabe würde sie auf Trab halten – damit wäre sie eine Weile beschäftigt und könnte keinen weiteren Ärger anrichten.

»Mr. Blackstone?« Letty räusperte sich und warf rasch einen Blick zur Tür, um sich zu vergewissern, daß sie geschlossen war. Dann senkte sie ihre Stimme. »Joel?«

»Ja?« Joel blätterte gedankenverloren in der Gebrauchsanleitung. Warum hatte er sich nicht gleich zu Beginn intensiver darum gekümmert? Natürlich wollten Anfänger ganz simple Instruktionen, die ihnen Schritt für Schritt alles erklärten.

»Wie Sie wissen, ziehe ich heute abend in meine neue Wohnung ein.« Letty klopfte nervös mit einem Stift auf den Schreibtisch.

»Ja, das habe ich gehört. Meinen herzlichen Glückwunsch.« Joel blätterte zur nächsten Seite.

»Nun, ich dachte... Vielleicht könnten Sie morgen abend auf einen Drink vorbeikommen? Oder zum Abendessen. Ich möchte die Wohnung einweihen.«

Joel hob ruckartig den Kopf. »Wie bitte?«

Letty wurde rot, wandte den Blick aber nicht ab. »Ich möchte Sie auf einen Drink einladen. Oder zum Abendessen. Wenn Sie schon anderweitig verabredet sind, habe ich dafür natürlich Verständnis.«

»Nein. Ich habe morgen abend noch nichts vor.« Joel spürte, wie sich sein Magen zusammenkrampfte. Vorsichtig ordnete er die losen Blätter. »Ich werde Champagner mitbringen.«

Letty hatte Joel nicht aus einer Laune heraus eingeladen, sondern seit Tagen darüber nachgedacht. Nachdem er ihr in ihrem Büro höflich, aber bestimmt die Leviten gelesen hatte, hätte sie sich beinahe nicht mehr getraut.

Sie öffnete den Backofen und sah nach der Lasagne. Der Gedanke, daß sie Joel während der letzten beiden Wochen unabsichtlich verletzt hatte, entsetzte sie.

Immerhin führte er die Geschäfte seit zehn Jahren – es war kein Wunder, daß er Thornquist Gear in gewisser Weise als seine Firma betrachtete. Natürlich war ihr auch klar, wie wichtig eine eindeutige Befehlsstruktur in jedem Unternehmen war.

Trotzdem – die Firma gehörte jetzt ihr, und sie hatte ein Recht darauf, sich mit der Organisation vertraut zu machen. Sie betrachtete es sogar als ihre Pflicht.

Das Klingeln des Telefons riß Letty aus ihren Gedanken. Sie schloß rasch die Herdklappe und ging an den Apparat. Als sie den Hörer abnahm, befürchtete sie plötzlich, es könnte Joel sein, der in letzter Minute absagte.

»Hallo?«

»Letty, bist du das?«

Die tiefe männliche Stimme war unverkennbar.

Letty runzelte die Stirn. »Ja, Philip, ich bin es.«

»Na endlich. Ich versuche schon seit Tagen, dich zu erreichen«, erklärte Philip Dixon. »Dein Sekretär hat sich geweigert, mich zu verbinden, also überprüfe ich seit einer Woche die neuen Telefonanschlüsse. Ich wußte, daß du dir früher oder später eine Wohnung suchen würdest. Wie geht es dir? Alles in Ordnung?«

»Ja, natürlich. Mir geht es gut«, erwiderte Letty verwirrt. »Was willst du, Philip? Und was sagst du da über meinen Sekretär?«

»Ich will mit dir sprechen, meine Liebe. Seit du verschwunden bist, versuche ich, dich zu erreichen. Als ich im Wochenendhaus deines Vaters angerufen habe, hat ein ungehobelter Bursche namens Blackstone einfach aufgelegt. Er besaß die Frechheit zu behaupten, er wäre dein Geschäftsführer.«

»Er hat recht.«

»Nun, du solltest dir Gedanken darüber machen, wie du ihn los wirst«, meinte Philip. »Selbst nach den wenigen Worten, die ich mit ihm gewechselt habe, weiß ich, daß er nicht der geeignete Mann für eine Führungsposition bei Thornquist Gear ist. Er hat sehr schlechte Manieren. Letty, was ist denn eigentlich los? Man hat mir gesagt, du hättest deinen Job in Vellacott fristlos gekündigt.«

»Das stimmt.«

»Aber Liebling, das paßt gar nicht zu dir. Du handelst doch sonst nie unüberlegt.« Philip sprach mit sanfter Stimme weiter. »Es war wegen uns, nicht wahr? Letty, bitte glaube mir – was in meinem Büro geschehen ist, tut mir sehr leid. Es bedeutete nichts für mich – rein gar nichts.«

»Aber für mich.«

»Liebling, sie war nur eine kleine Studentin. Du kannst diese Sache unmöglich ernst nehmen.«

»O doch, Philip.«

»Hör zu, Letty. Ich wollte es eigentlich nicht ansprechen, aber du läßt mir keine andere Wahl.«

Letty verzog das Gesicht. Philip schlug jetzt wieder den schulmeisterlichen Ton an. »Was meinst du damit?«

»Dieser unglückselige Vorfall in meinem Büro hätte sich nicht ereignet, wenn unsere Beziehung normal verlaufen wäre.«

Das tat weh. »Mir war nicht klar, daß unsere Beziehung für dich unnormal war.«

Insgeheim mußte Letty sich schuldbewußt eingestehen, daß er recht hatte. Die Verlobung hatte eineinhalb Monate gedauert, und in den letzten beiden Wochen hatte Letty sich gefühlsmäßig zurückgezogen. Und was die körperliche Seite betraf – nun, da hatte sie Philip von Anfang an nicht sehr viel erlaubt.

Philip hatte augenscheinlich alle Qualitäten, die einen perfekten Ehemann ausmachten. Er sah sehr gut aus, war groß, blond und hatte ein gewandtes Auftreten. Außerdem bewegte er sich in ihren Kreisen, und Letty hatte geglaubt, sie hätten einiges gemeinsam. Philip war intelligent und gebildet und schien sich auf die Verantwortung zu freuen, die er als Ehemann übernehmen würde.

Kaum hatte er ihr den Verlobungsring an den Finger gesteckt, bestand er darauf, mit ihr zu schlafen. Bis dahin hatte sie seine Bemühungen zurückgewiesen, weil sie eine tiefsitzende, altmodische Vorstellung von einer festen Beziehung hatte. Nach der Verlobung gab es allerdings keine Gründe mehr, ihn zurückzuweisen.

Im nachhinein erkannte sie, daß ihre Ausflüchte eine innere Warnung gewesen waren.

Die kurzen und äußerst unbefriedigenden Ringkämpfe in Philip Dixons Bett hatten Lettys geheime Befürchtungen bestätigt. Vor Philip hatte sie nur wenige sexuelle Erfahrungen gemacht. Schon damals hatte sie sich gefragt, ob mit ihr etwas nicht stimmt, sich aber eingeredet, es läge daran, daß sie noch nicht dem richtigen Mann begegnet war.

Nach den Erlebnissen mit Philip sah sie sich gezwungen, den Tatsachen ins Auge zu sehen. Anscheinend war sie keine sehr sinnliche Frau.

Mit neunundzwanzig Jahren war sie alt genug, um zu wissen, daß nicht alle Frauen leicht zu einem Orgasmus gelangten. Sie hatte viel darüber gelesen – in einem Artikel hieß es, daß die geschätzte Anzahl der Frauen, die nie einen wirklichen Höhepunkt erlebten, erschreckend hoch war.

Bevor sie Philip kennenlernte, hatte Letty sich eingeredet, sie könne damit leben. Schließlich könnte sie trotzdem eine halbwegs glückliche Ehe führen und Kinder bekommen.

Nach den Erlebnissen mit Philip beschlichen sie allerdings Zweifel. Wenn sie im Bett nicht genügend Leidenschaft vortäuschen konnte, um Philip zu halten, würde sie wahrscheinlich auch bei allen anderen Männern scheitern.

Philip war ein sehr ichbezogener Mensch, aber sogar er hatte gespürt, daß sich bei ihr nichts regte.

Letty hatte nicht erwartet, daß die Erde aufhören würde, sich zu drehen, wenn sie zum ersten Mal mit Philip schlief. Sie hatte allerdings gehofft, daß sie sich dadurch näherkämen.

Wenn sie jetzt an die wenigen sexuellen Begegnungen mit Philip dachte, fiel ihr in erster Linie ein, wie er dabei gestöhnt und gegrunzt hatte. Er hatte sie an ein bestimmtes Tier erinnert, das auf einem Bauernhof im Futtertrog herumwühlte.

Sie war dankbar gewesen, daß es nie lange gedauert hatte.

Eigentlich war für Letty die Beziehung bereits gescheitert gewesen, noch bevor sie Philip mit der Studentin Gloria in seinem Büro ertappt hatte.

»Ich weiß nicht, warum du angerufen hast, Philip. Auf jeden Fall sollten wir das Gespräch jetzt beenden. Ich habe noch einiges zu erledigen.«

»Wir hatten Probleme in unserer Partnerschaft«, fuhr Philip unbeirrt und ohne sich um ihren Einwand zu kümmern fort. »Wir hätten uns diese Probleme gemeinsam bewußt machen sollen. Ich hätte dir helfen müssen, auf vernünftige Weise damit umzugehen – schließlich sind wir beide erwachsen. In den letzten Wochen habe ich viel darüber nachgedacht, und mir ist klar geworden, daß du professionelle Hilfe brauchst, mein Liebling.«

»Professionelle Hilfe?«

»Eine Therapie«, erklärte Philip liebenswürdig.

»Ich glaube nicht, daß ein Therapeut mir helfen könnte, Philip.«

»Unsinn. Du brauchst jemanden, der dich unterstützt. Du mußt lernen, mit deiner Unfähigkeit umzugehen, Leidenschaft zu empfinden und einen Höhepunkt zu erreichen.«

Letty wurde rot. Sie war zornig und fühlte sich gedemütigt.

»Philip, bitte!«

»Selbstverständlich bin ich bereit, dich zu den Sitzungen zu begleiten. Wir sind ein Paar und müssen uns den Problemen gemeinsam stellen. Vielleicht bin ich selbst schuld, daß es so weit gekommen ist. Ich hätte sofort auf einer Therapie bestehen sollen, als ich spürte, daß du Hilfe brauchst. Stattdessen habe ich es zugelassen, daß meine eigene Frustration immer stärker wurde.«

»Ich lege jetzt auf, Philip.«

»Nur aus Verzweiflung suchte ich dann Trost bei einer anderen Frau.«

»Leb wohl, Philip.«

»Auf gewisse Weise habe ich es für uns getan, Letty.«

»Meine Güte, Philip. Du erwartest doch wohl nicht, daß ich dir das abkaufe?«

»Du darfst jetzt nicht auflegen. Wir müssen miteinander reden.«

»Ich habe keine Lust, über unsere Beziehung zu sprechen, Philip. Das deprimiert mich.«

»Das verstehe ich«, sagte er beruhigend. »Wir müssen ganz langsam vorgehen. Ich weiß, daß du im Moment unter großem Druck stehst. Deine Freundin Connie hat mir erzählt, daß du die Firma deines Großonkels geerbt hast. Sie sagte, du hättest allen Ernstes vor, sie selbst zu leiten.« Philip lachte leise. »Das ist eine große Verantwortung, Letty.«

»Ja, das stimmt. Ich werde mich in meinen neuen Aufgabenbereich stürzen – das ist billiger als eine Therapie.«

Letty legte den Hörer auf die Gabel und runzelte die Stirn. Sie fragte sich, was Philip damit gemeint hatte, als er behauptete, ihr Sekretär hätte seine Gespräche nicht durchgestellt. Es mußte sich um ein Mißverständnis handeln. Sie schob den Gedanken beiseite – Joel mußte jeden Moment eintreffen.

Als es läutete, verließ Letty rasch die Küche, um die Tür zu öffnen. Joel hielt eine Flasche Champagner in der Hand.

»Hier riecht es nicht nach Sushi«, erklärte er.

Letty lächelte. Sie war froh, daß er gekommen war und offensichtlich keinen Groll mehr gegen sie hegte. Trotzdem war sie unerklärlich nervös.

»Ich habe nur ein wenig grüne Gelatine und ein paar Limabohnen zusammengerührt«, erwiderte sie schlagfertig. »Sie glauben gar nicht, was man alles mit grüner Gelatine machen kann. Gibt man ein paar Marshmallows dazu, hat man eine Nachspeise. Mit Käse aus der Tube entsteht daraus eine Vorspeise. Zum Hauptgericht serviert man sie mit Hamburgern.«

Joel kniff die Augen zusammen. »Ich glaube, Sie nehmen mich auf den Arm, Miß Thornquist.«

»Richtig vermutet, Mr. Blackstone. Ich habe eine Lasagne mit herrlich frischem Spinat zubereitet, den ich auf dem Markt am Pike Place gekauft habe.«

»Klingt großartig. Darf ich hereinkommen und den Champagner öffnen?« fragte Joel höflich.

Letty trat rasch einen Schritt zurück. »Ja, bitte.«

»Eine hübsche Wohnung.« Joel sah sich anerkennend um und bewunderte dann die Aussicht auf Elliott Bay.

»Danke.« Letty schloß die Tür hinter ihm. Heute nachmittag war ihr die Wohnung noch riesig erschienen – jetzt kam sie ihr plötzlich viel zu klein vor. Rasch ging sie wieder in die Küche. »Ich bin natürlich noch nicht ganz eingerichtet, aber in ein paar Tagen werde ich soweit sein. Seit heute habe ich sogar ein Telefon.«

»Stört Sie der Regen?« Joel folgte ihr und stellte die Champagnerflasche auf den Küchentisch. »In letzter Zeit scheint es pausenlos zu regnen.«

»O nein.« Letty öffnete den Herd und beugte sich über die Lasagne. »Ich liebe Regen.«

Joel lachte leise, als hätte sie einen gelungenen Scherz gemacht. »Ich dachte mir schon, daß Sie das sagen würden.« Geschickt entkorkte er die Flasche. »Haben Sie Gläser?«

»Hier.« Letty schloß die Herdklappe und nahm zwei langstielige Sektkelche aus dem Schrank.

Joel schenkte ein und reichte ihr ein Glas. Als Letty sah, wie er sie musterte, erschauerte sie unwillkürlich.

»Wenn ich auch nur einen Funken Verstand hätte, würde

ich mich nicht darauf einlassen«, sagte Joel nachdenklich und berührte leicht ihre Hand. Dann beugte er sich vor und drückte seine Lippen sanft auf ihren Mund. »Die Situation ist schon kompliziert genug.«

Letty sah ihn verblüfft an. Joel hatte sie geküßt! In seinen Augen entdeckte sie Verlangen. Deshalb war sie so nervös und voller Vorfreude gewesen.

Dabei wußte sie, daß so etwas nicht ihr Spiel war. Ein Mann wie Joel würde viel mehr von einer Frau erwarten, als sie geben konnte. Es war Zeit, den bewährten Menschenverstand einzuschalten.

»Sie haben recht. Die Dinge sind bereits sehr kompliziert«, sagte sie atemlos. »Wenn Sie glauben, es wäre besser, unsere Beziehung auf die Geschäftsstunden zu beschränken, verstehe ich das. Wahrscheinlich war es keine gute Idee, Sie heute einzuladen. Ich war auch nicht sicher, ob Sie kommen würden.«

»Letty...«

»Ich hoffe, Sie haben die Einladung nicht deshalb angenommen, weil Sie glaubten, Sie könnten dem Boß keinen Korb geben. Natürlich würde ich es schätzen, wenn Sie nicht nur mein Mitarbeiter, sondern auch ein Freund wären, aber ich möchte nicht, daß Sie sich verpflichtet fühlen, nur weil mir die Firma gehört.«

Joel legte sanft einen Finger auf ihre Lippen.

»Letty, hast du jemals um etwas gespielt?«

»Nein.«

»Dann müssen wir beide hoffen, daß ich weiß, was ich tue.« Er zog den Finger zurück und küßte sie wieder.

Leidenschaftlich.

5

Letty stellte mit zitternden Fingern das Glas auf den Tisch. Sie holte tief Luft und legte die Arme um Joels Nacken. Dann erwiderte sie seinen Kuß.

Leidenschaftlich.

Es war herrlich – ganz anders als alles, was sie bisher erlebt hatte. Sie fühlte sich plötzlich ungehemmt, frei und voll Energie.

Ihre Brillengläser beschlugen. Das war ihr weder mit Philip noch mit einem anderen Mann bei einem Kuß je passiert.

»Verdammt«, murmelte Joel heiser. »Das habe ich befürchtet.« Er stellte ebenfalls sein Glas auf den Tisch und preßte Letty gegen das Küchenbuffet.

Mit einer Hand liebkoste er ihren Nacken, mit der anderen stützte er sich am Schrank ab. Selbst durch die Kleidung konnte sie seine Körperwärme spüren.

Sie hielt den Atem an, als Joel sein Knie sanft zwischen ihre Beine schob. Plötzlich schien sich alles um sie zu drehen.

Ihre beige Flanellhose bot keinen ausreichenden Schutz gegen Joels muskulösen Schenkel. Die Hitze seiner Haut drang durch seine Jeans und den Wollstoff ihrer Hose.

Letty hatte das Gefühl, als hätte Joel sie bereits vollständig entkleidet.

Er streichelte ihr Gesicht und seufzte leise. Dann preßte er seinen Oberschenkel noch fester zwischen ihre Beine und hob sie hoch, bis sie den Boden unter den Füßen verlor. Letty klammerte sich an seine Schultern, während er mit der Zunge die Innenseite ihrer Lippen streichelte.

Plötzlich erfaßte sie Panik.

»O Gott, Joel. Nicht. Warte.« Atemlos hob sie den Kopf und öffnete die Augen. Selbst durch ihre verrutschte, beschlagene Brille sah sie den Ausdruck des Begehrens in seinen Augen.

Es ging alles zu schnell. Natürlich war sie selbst schuld – immerhin hatte sie ihn eingeladen. Aber zunächst mußte sie die Situation wieder in den Griff bekommen – und ihre Brillengläser putzen.

»Letty?«

»Die Lasagne.« Sie lächelte schwach. Ihr Atem ging schnell und flach. »Sie ist jetzt fertig. Ich muß sie aus dem Herd holen.«

»Natürlich. Ich möchte nicht daran schuld sein, daß das Abendessen anbrennt.« Joel grinste und ließ sie sanft herunter, bis sie wieder auf ihren Füßen stand. Er senkte rasch den Blick, und als er sie wieder ansah, war das begehrliche Glitzern aus seinen Augen verschwunden.

Er nahm die Hand von Lettys Nacken, und sie schwankte leicht. Irgendwie war sie sogar ein wenig enttäuscht, daß die gefährliche Situation vorüber war.

Aber sie hatten noch viel Zeit. Wenn sich zwischen Joel und ihr wirklich etwas entwickeln sollte, würde es früher oder später geschehen. Es gab keinen Grund zur Eile.

Letty nahm zwei Topflappen aus einer Schublade und öffnete den Herd. Die Lasagne duftete herrlich.

»Letty?«

»Ja?« Vorsichtig holte sie die Kasserolle aus dem Herd – die mindestens eine Tonne zu wiegen schien. Sie fragte sich, ob es ein Fehler gewesen war, die Zutaten zu verdoppeln. Aber Joel war ein großer Mann, der bestimmt ordentlich essen mußte, um bei Kräften zu bleiben. Es wäre ihr unangenehm gewesen, wenn die Portion nicht ausgereicht hätte.

»Ich glaube, es wird mir gefallen, dein Mentor zu sein«, sagte Joel leise.

Letty stellte geräuschvoll die Pfanne auf den Tisch und drehte sich um. Joels durchdringender Blick machte ihr ein wenig Angst. »Ich möchte etwas klarstellen, Joel.«

»Laß mich raten.« Er lächelte. »Du willst nichts überstürzen, nicht wahr?«

Sie lachte erleichtert. »Stimmt. Ich war mir nicht sicher, was du empfindest. Ich fragte mich, ob du genauso an mir interessiert bist, wie ich an dir, und glaubte schon, meine Fantasie hätte mir einen Streich gespielt.«

»Aber jetzt weißt du Bescheid, oder?«

Letty sah ihm in die Augen. »Glaubst du?«

»Ich bin interessiert.« Er nahm sein Glas in die Hand und lehnte sich gegen den Schrank. »Sehr sogar.«

Letty holte tief Luft. »Das bin ich auch. Aber dort, wo ich herkomme, lassen wir uns etwas mehr Zeit für solche Dinge.«

»Du bist nicht mehr in Kansas.« Joel grinste.

»Ich komme nicht aus Kansas, sondern aus Indiana.«

Er hob beschwichtigend die Hand. »Na gut, ich werde das berücksichtigen.«

»Ich finde, du solltest noch etwas wissen«, fuhr Letty entschlossen fort.

»Ja?«

»Ich bin nicht an einem Abenteuer für eine Nacht oder an einer kurzen Affäre interessiert.«

»Ich auch nicht. Das ist mir zu anstrengend und zu gefährlich.«

Sie spielte mit einem Topflappen. »Wenn wir... wenn du und ich... Tut mir leid, es ist mir etwas peinlich, darüber zu sprechen. Ich meine, es sollte sich zwischen uns nur etwas anbahnen, wenn wir beide an eine gemeinsame Zukunft glauben. Hoffentlich verstehst du, was ich damit sagen will.«

»Ja, Letty. Du möchtest wissen, ob ich ehrliche Absichten habe. Kommt diese Frage nicht ein wenig zu früh?« Er sah sie amüsiert an.

»Es ist für einige Dinge noch ein wenig zu früh.«

»Bist du nicht auf der Suche nach Leidenschaft und Abenteuern hierhergekommen?«

»Ja, aber ich habe nicht mit einem so schnellen Erfolg gerechnet«, gab sie zu.

Joel lachte und reichte ihr ein Sektglas. »Keine Sorge – wir werden uns nach deinem Zeitplan richten. Schließlich bist du der Boß.«

Letty entspannte sich. Ja, sie war der Boß. Sie hatte diese

Sache ins Rollen gebracht und durfte die Zügel jetzt nicht aus der Hand geben. Nach vorsichtiger Prüfung würde sich über kurz oder lang herausstellen, ob Joel der Richtige für sie war.

»Auf uns und Thornquist Gear.« Letty prostete ihm zu.

»Ja, auf dich, mich und Thornquist Gear.«

Nach dem Essen bat sie ihn zu gehen, und er fügte sich – wenn auch widerwillig. Letty ging früh zu Bett und betrachtete noch eine Weile lächelnd den strömenden Regen durch das Fenster.

Sie war froh, nach Seattle gezogen zu sein. Hier würde sie alles finden, was sie in Indiana vermißt hatte.

Am nächsten Morgen saß Letty hinter ihrem Schreibtisch im vierten Stock und dachte über das Telefonat mit Philip nach.

Er hatte gesagt, er hätte tagelang versucht, sie in der Firma zu erreichen. Letty beschloß, sich darüber mit ihrem Sekretär zu unterhalten.

Sie drückte auf den Knopf der Sprechanlage. »Arthur, würden Sie bitte einen Moment hereinkommen?«

»Ja, Miß Thornquist.«

Wenige Sekunden später ging die Tür auf, und Arthur stolperte hastig herein. Er zupfte nervös an seiner Krawatte und zwinkerte heftig. »Was gibt es, Miß Thornquist? Stimmt etwas nicht?«

»Bitte setzen Sie sich. Ich möchte mit Ihnen sprechen.«

Arthur riß erschrocken die Augen auf und ließ sich auf einen Stuhl fallen. In einer Hand hielt er einen Notizblock, mit der anderen umklammerte er einen Stift. »Bitte schikken Sie mich nicht zurück in die Buchhaltung, Miß Thornquist. Ich weiß, meine Beförderung kam zu schnell. Ich habe Mr. Blackstone gewarnt, daß ich nicht alle Qualifikationen aufweisen kann, die Sie von mir erwarten, aber er meinte, es würde schon gehen. Ich bemühe mich sehr. Wirklich, Miß Thornquist.«

Letty lächelte ihm beruhigend zu. »Das glaube ich Ihnen, Arthur. Ich habe keinen Grund zur Beschwerde.«

»Danke«, sagte Arthur erleichtert. »Ich befürchtete schon, Sie wären böse auf mich.«

»Nein, aber ich habe einige Fragen. Haben Sie Anrufe von einem Professor Philip Dixon entgegengenommen?«

Arthurs Miene hellte sich auf. »Ja, Madam. Einige sogar. Und ich habe mich genau an Mr. Blackstones Anweisungen gehalten. Er sagte mir, Sie wollten nicht belästigt werden, also habe ich Mr. Dixon erklärt, daß Sie nicht zu sprechen seien.«

»Ich verstehe.« Nachdenklich klopfte Letty mit ihrem Füller auf den Schreibtisch. »Hat Mr. Blackstone Ihnen noch andere Anweisungen gegeben, die Ihre Aufgaben betreffen?«

»Ja, Miß Thornquist.« Arthur wurde wieder nervös und zwinkerte noch heftiger. »Ich habe mich genau an seine Instruktionen gehalten. Das kann ich beschwören. Wenn ich unsicher bin, halte ich immer Rücksprache mit Mrs. Sedgewick.«

»Was genau hat Mr. Blackstone angeordnet?«

»Er sagte mir, ich müßte alle Besucher für Sie zuerst bei ihm anmelden. Er meinte, er würde sich um alles kümmern, bis Sie sich bei Thornquist Gear eingelebt hätten. Außerdem sollte ich seine Sekretärin über eventuelle Schwierigkeiten informieren. Und er bestand darauf, über alles auf dem laufenden gehalten zu werden, was hier in diesem Büro geschieht.«

»Ach, wirklich? Wie aufmerksam von ihm.« Letty dachte erbittert an Joels Lektion – die Angestellten sollten keinen Zweifel daran haben, wer hier die Zügel in der Hand hielt. Offensichtlich hatte er seine Vorsichtsmaßnahmen etwas übertrieben.

»Habe ich etwas falsch gemacht, Miß Thornquist?«

»Nein, Arthur. Sie haben Mr. Blackstones Anweisungen genau befolgt.« Letty zwang sich zu einem Lächeln. »Es ist jetzt allerdings nicht mehr nötig, mich von Anrufern oder Besuchern abzuschirmen. Ich habe mich bereits sehr gut eingelebt. Sie können Mr. Blackstones Instruktionen als nichtig betrachten.«

»Nichtig? Wie meinen Sie das?« fragte Arthur unsicher.
»Das heißt, sie gelten nicht mehr.«
Arthur hüstelte. »Weiß Mr. Blackstone davon?«
»Ich werde es ihm sagen«, erklärte Letty grimmig. »Und zwar sofort.«
»Gut. Könnten Sie bitte auch Mrs. Sedgewick Bescheid geben?« Arthur schien immer noch beunruhigt.
»Mrs. Sedgewick?«
»Sie ist eine sehr energische Person«, sagte Arthur unbehaglich. »Es wäre schön, wenn sie wüßte, daß ich nun nicht mehr für alles ihr Einverständnis einholen muß.«
»Ich werde mit Mrs. Sedgewick sprechen«, beruhigte Letty ihn.
»Danke«, erwiderte Arthur erleichtert. »Was soll ich tun, wenn Mr. Dixon wieder anruft?«
»Sie informieren mich, wenn Professor Dixon am Apparat ist – ich werde dann selbst entscheiden, ob ich Zeit für ihn habe oder nicht.«
»Ja, Madam.« Arthur stand auf. »Ist das alles?«
»Ja, Arthur. Sie können jetzt gehen.«
Letty wartete, bis er die Tür hinter sich geschlossen hatte. Dann nahm sie einen Computerausdruck von dem Stapel, den sie in der Buchhaltung angefordert hatte. Sie konnte sich nicht erinnern, diese Daten verlangt zu haben. Der Ausdruck mußte versehentlich in die Unterlagen gerutscht sein. Sie studierte die Zahlen gründlich, bevor sie schließlich aufstand und sich auf den Weg zu Joels Büro machte.
»Ist Mr. Blackstone hier, Mrs. Sedgewick?«
Joels imposante Sekretärin, die wie ein Drache sein Vorzimmer bewachte, blickte auf. Sie war eine kräftige Frau unbestimmbaren Alters und trug ihr graues Haar hochtoupiert. »Er ist in seinem Büro, Miß Thornquist. Ich werde Sie anmelden.«
»Tun Sie das«, murmelte Letty.
Mrs. Sedgewick drückte auf den Knopf der Sprechanlage. »Miß Thornquist möchte Sie sprechen, Mr. Blackstone.«

»Schicken Sie sie herein.«

»Danke.« Letty hatte bereits die Hand auf der Türklinke, drehte sich aber noch einmal um. »Ach, Mrs. Sedgewick?«

»Ja, Miß Thornquist?«

»Arthur Bigley hat sich mittlerweile gut eingearbeitet und braucht Ihre Unterstützung nicht mehr. Sie müssen Ihre Zeit nicht mehr opfern, um ihm Anweisungen zu geben. Habe ich mich klar ausgedrückt, Mrs. Sedgewick?«

Mrs. Sedgewick verzog mißbilligend den Mund. »Das verstehe ich nicht, Miß Thornquist. Arthur ist noch ein Neuling auf diesem Gebiet – ich wurde ausdrücklich darum gebeten, ihm detaillierte Instruktionen zu geben und ihn anzuleiten.«

»Darum werde ich mich ab jetzt selbst kümmern.«

Ohne eine Antwort abzuwarten, stieß Letty die Tür zu Joels Büro auf und ging hinein.

Joel studierte gerade eine der Akten, die sich auf seinem Schreibtisch türmten. Wie immer war er lässig gekleidet. Letty hatte es bis jetzt eigentlich nicht weiter gestört, daß er grundsätzlich in Turnschuhen, Jeans und Freizeithemden zur Arbeit erschien, aber heute mißfiel es ihr.

»Guten Morgen, Mr. Blackstone.«

Er lächelte und musterte sie mit unverhohlener Bewunderung. »Du siehst sehr gut aus, Chefin. Das Kostüm gefällt mir.«

»Danke.« Unwillkürlich zog Letty ihre Bluse glatt. Sie durfte sich von ihm nicht aus der Ruhe bringen lassen. Es ging um eine ernste Angelegenheit. Immerhin bestand die Möglichkeit, daß er sein Interesse an ihr nur vorgetäuscht hatte. Vielleicht hatte er am Abend zuvor nur prüfen wollen, ob er sie mit Sex manipulieren konnte. Wie hatte sie nur vorbehaltlos annehmen können, daß er sich wirklich zu ihr hingezogen fühlte?

Sie setzte sich und lächelte ihn so an, wie sie es bei ihren weniger angenehmen Kollegen von der Fakultät in Vellacott oft genug praktiziert hatte.

»Sehe ich einigermaßen intelligent aus, Mr. Blackstone?«

Joel kniff die Augen zusammen. »Ich glaube nicht, daß du jemals anders aussehen könntest.«

»Sehr charmant. Dann würdest du mir also zutrauen, kleine Alltagsprobleme selbständig zu lösen? Denkst du, ich könnte einige Telefonate und Termine bewältigen? Vielleicht sogar rechtzeitig zu einem Meeting kommen, wenn ich mich sehr anstrenge? Natürlich nur, wenn mich jemand entsprechend informieren würde.«

Joel warf seinen Stift auf den Schreibtisch und lehnte sich zurück. »Würdest du mir verraten, um welches Spiel es sich hier handelt?«

»Das ist eine gute Frage.« Sie lächelte kühl. »Ich habe den Eindruck, daß du selbst dieses Spiel erfunden hast. Auf alle Fälle haben wir es bisher nach deinen Regeln gespielt.«

»Du benimmst dich heute sehr seltsam, Letty. Warum sagst du mir nicht einfach, was los ist? Bist du wegen gestern abend verärgert? Dazu gibt es keinen Grund. Ich dachte, wir hätten uns geeinigt.«

»Das dachte ich auch.« Letty knallte den Computerauszug auf den Tisch. »Ich habe gestern mit meinem Ex-Verlobten gesprochen.«

»Dixon hat dich angerufen?«

»Ja. In meiner Wohnung. Sicher kannst du dir meine Überraschung vorstellen, als ich erfuhr, daß er tagelang versuchte, mich in der Firma zu erreichen. Anscheinend hatte mein Sekretär die Anweisung, diese Gespräche nicht durchzustellen.«

Joel zuckte unbekümmert die Schultern. »Ich habe Bigley gesagt, er solle dich damit nicht belästigen.«

»Du hast ihm auch noch einige andere Anweisungen gegeben«, erklärte Letty ruhig. »Anweisungen, die mich von den Geschäften der Firma fernhalten sollten.«

»Hör zu, Letty. Dir gehört zwar diese Firma, aber du leitest sie nicht. Anscheinend hast du diesen Unterschied immer noch nicht begriffen. Ich sagte dir schon gestern, daß die Angestellten wissen müssen, wer hier die Entscheidungen trifft.«

»Deshalb hast du große Anstrengungen unternommen, diesen Punkt klarzustellen.«

»Du machst eine hervorragende Lasagne, Letty, und du

bist verteufelt sexy, aber du leitest dieses Unternehmen nicht. Ich bin der Geschäftsführer – entweder läuft hier alles so, wie ich es will, oder es geschieht gar nichts.«

Verteufelt sexy? Letty verdrängte diese Bemerkung rasch – damit würde sie sich später beschäftigen. »Ich habe dir gesagt, daß ich deine Position als Geschäftsführer respektiere. Du scheinst nur zu vergessen, daß Thornquist Gear mir gehört.«

»Keine Sorge – daran denke ich ständig.«

»Ich bestehe darauf, über alles informiert zu werden. Mein Sekretär wird ab sofort nur noch meine Anweisungen entgegennehmen. Außerdem werde ich selbst entscheiden, mit wem ich sprechen möchte. Und ich werde an allen wichtigen Sitzungen teilnehmen. Hör endlich auf, so zu tun, als gehörte die Firma immer noch dem guten alten Großonkel Charlie. Jetzt bin ich die Firmeninhaberin.«

Joel beugte sich vor und funkelte sie zornig an. »Verdammt, Letty...«

»Im Büro bin ich für dich Miß Thornquist.«

»Also gut, Miß Thornquist. Wenn Charlie noch leben würde, wäre er jetzt dabei, einen Verkaufsvertrag aufzusetzen. Wir hatten geplant, daß ich die Firma übernehme. Thornquist sollte mir gehören.«

»Nun, jetzt bin ich die Besitzerin.«

»Zum Teufel, das weiß ich.«

Lettys Hände zitterten leicht, als sie spürte, wie aufgebracht Joel war. »Ich will keinen Streit, Joel.«

»Dann geh zurück in dein Büro und kümmere dich um die verdammte Gebrauchsanweisung für das neue Zelt. Und laß mich in Ruhe Thornquist Gear leiten.«

»Ich möchte, daß wir zusammenarbeiten.«

»Kein Problem – solange du dich nicht in meine Arbeit einmischst.«

Letty holte tief Luft. »Du möchtest, daß ich verschwinde, nicht wahr?«

»Ich habe dir schon gesagt, was ich will. Verkauf mir die Firma.«

»Dazu bin ich nicht bereit.«

»Ich weiß. Du möchtest Thornquist benutzen, um dich selbst zu finden, oder?« Er stand auf und ging zum Fenster hinüber. »Die Firma, für die ich zehn Jahre meines Lebens geopfert habe, soll Schwung in dein Leben bringen. Du bist auf der Suche nach Abenteuern und Leidenschaft. Dieses Unternehmen soll dir dabei helfen.«

Letty warf ihm einen entsetzten Blick zu. »Das stimmt nicht, Joel.«

»O doch. Verdammt, leugne es nicht. Wir wissen doch beide, daß du Thornquist Gear übernommen hast, weil dich dein Leben in Indiana gelangweilt hat.«

Letty hatte plötzlich ein unangenehmes Gefühl im Magen. »Ich möchte dich etwas fragen, Joel.«

»Nur zu. Du bist der Boß«, sagte er sarkastisch.

Nervös fuhr sie sich mit der Zunge über die Lippen. »Ich möchte wissen, warum du gestern zum Abendessen zu mir gekommen bist.« Sie überlegte kurz und fuhr dann fort. »Hast du mich nur geküßt und mich in dem Glauben gelassen, du wärst an einer Beziehung mit mir interessiert, weil du dachtest, du könntest so Kontrolle über mich ausüben?«

»Meine Güte«, murmelte Joel und drehte sich um.

»Ich muß das wissen, Joel. War es nur ein weiterer Schachzug? Vergleichbar mit den Anweisungen, die du meinem Sekretär gegeben hast? Wenn ja, muß ich dir leider sagen, daß das bei mir nicht funktioniert.«

»Ach, wirklich?« Er warf ihr über die Schulter einen eisigen Blick zu.

»Ja. Frag Philip, wenn du mir nicht glaubst.« Letty stand rasch auf. Sie befürchtete, jeden Moment in Tränen auszubrechen, wollte sich aber vor Joel keine Blöße geben.

Als sie zur Tür ging, lief Joel ihr nach und packte sie am Arm. »Was, zum Teufel, soll das heißen?«

»Vergiß es.« Sie wünschte, sie hätte dieses Thema nicht angeschnitten.

»Du wirst das Büro nicht verlassen, bevor du mir diese Bemerkung erklärt hast.«

Letty schob ihre Brille zurecht und sah ihn an. »Ich meinte es genauso, wie ich es sagte. Auf diesem Gebiet bin ich nicht sehr empfänglich. Sex gehört nicht zu meinen Lieblingsbeschäftigungen.« Sie spürte, wie ihre Wangen sich röteten.

Joel warf ihr einen ungläubigen Blick zu. »Und das soll ich glauben? Nach dem Kuß gestern abend?«

»Ich behaupte ja nicht, daß ich daran nicht interessiert bin«, erklärte sie steif. »Aber ich finde, die ganze Sache wird ziemlich überbewertet. Das heißt, es wird dir nichts nützen, mit deinem Boß zu schlafen, Mr. Blackstone. Das solltest du wissen.«

»Danke für den Hinweis. Ich werde daran denken.«

Letty fühlte sich jetzt besser – stärker. Sie wußte, daß sie nicht anfangen würde zu weinen. »Du solltest dir auch darüber im klaren sein, daß sich hier in der Firma einiges ändern wird.«

»Ach, wirklich?«

»Ja.«

Letty straffte die Schultern, ging zum Schreibtisch und nahm den Computerausdruck in die Hand, den sie mitgebracht hatte. »Ab sofort möchte ich über alles informiert werden. Und als erstes möchte ich wissen, warum Thornquist Gear einundfünfzig Prozent einer Firma mit dem Namen Copeland Marine Industries besitzt, die kurz vor der Pleite steht.«

6

Er haßte diese Stadt. Wie sehr, hatte er erst heute begriffen.

Vor fünfzehn Jahren hatte er Echo Cove verlassen und war seitdem nicht mehr hier gewesen. Soweit er feststellen konnte, hatte sich nicht viel verändert.

Echo Cove war immer noch Victor Copelands Königreich.

Während er seine Krawatte band, hörte er Letty im Nebenzimmer herumlaufen. Wahrscheinlich zog sie gerade eines der geschäftsmäßig aussehenden Kostüme an, die bei ihr schon nach kurzer Zeit unglaubliche Knitterfalten aufwiesen.

Es war allein ihre Schuld, daß er sich jetzt in diesem verdammten Motelzimmer zum Dinner mit Victor Copeland umzog. Letty hatte das sorgfältig vorbereitete Feuerwerk vorzeitig gezündet, und Joel mußte achtgeben, daß es nun nicht in seinen Händen explodierte.

Er verzog das Gesicht, als er an die Szene in seinem Büro dachte.

»Warum besitzt Thornquist Gear einundfünfzig Prozent von Copeland Marine Industries?« hatte sie gefragt.

Natürlich hatte Joel diese Frage erwartet. Es war unvermeidlich, daß Letty früher oder später davon erfuhr und neugierig wurde.

Leider war Joel genau an diesem Morgen vor zwei Tagen nicht genügend vorbereitet gewesen. Erst hatte sie ihm an den Kopf geworfen, sie würde es ab sofort nicht mehr dulden, daß er ihrem Sekretär Befehle erteilte. Dann hatte sie ihn auch noch bezichtigt, sie mit Sex manipulieren zu wollen.

Während er noch darüber nachdachte, was Letty mit ihren Bemerkungen gemeint hatte, sprach sie schon das Thema Copeland Marine Industries an.

Joel versuchte, sich an die vorbereitete Antwort zu erinnern. »Copeland Marine Industries ist eine kleine Firma, die sich auf Bootszubehör und Reparaturen spezialisiert hat. Sie handelt mit Schiffsmotoren und allen Dingen, die an Deck gebraucht werden. Ihr Sitz ist nahe am Hafen in Echo Cove.«

»Und warum besitzen wir die Mehrheit an dem Unternehmen?«

»Die Firma befindet sich seit einiger Zeit in finanziellen Schwierigkeiten«, sagte Joel vorsichtig. »Vor einem Jahr kontaktierte uns die Geschäftsleitung – die Firma brauchte dringend Kapital und bot uns an, einundfünfzig Prozent zu kaufen.«

»Und darauf bist du eingegangen? Einfach so? Copeland Marine hat nichts mit Sportartikeln zu tun.«

»Charlie sah es anders«, erklärte Joel. »Du weißt doch, daß dein Großonkel sich mit allem gern beschäftigte, was mit Angeln zu tun hatte. Er schloß das Geschäft gegen meinen Willen ab. Dies war eine der wenigen Transaktionen in den letzten zehn Jahren, bei denen er nicht auf mich gehört hat.« Das war natürlich gelogen. Charlie hatte nichts davon gewußt – es hatte ihn nicht interessiert. Er hatte einfach alles unterschrieben, was Joel ihm vorgelegt hatte.

Letty runzelte die Stirn. »Die Unterlagen zeigen, daß Copeland sich immer noch in Schwierigkeiten befindet.«

»Ja, leider. Die Firma steht jetzt sogar schlechter da als vor einem Jahr.«

»Und was werden wir nun tun?«

»Unter diesen Umständen gibt es nur eine Möglichkeit. Wir müssen die Firma übernehmen und sie liquidieren.«

»Liquidieren? Ich habe einige Artikel darüber gelesen. Würde das nicht bedeuten, daß viele Menschen ihren Arbeitsplatz verlieren?«

»So ist das eben im Geschäftsleben«, erwiderte Joel kühl.

»Weiß Copeland darüber Bescheid?«

»Bis jetzt nicht. Wenn die Zeit gekommen ist, werde ich der Geschäftsführung mitteilen, was wir vorhaben.«

Joel plante, diese Aufgabe persönlich zu übernehmen.

Er wollte Victor Copelands Gesicht sehen, wenn er begreifen mußte, wer wirklich hinter Thornquist Gear steckte und welches Schicksal ihm bevorstand.

Er wollte Copeland in die Augen sehen, wenn er ihm klarmachte, daß sein kleines Königreich untergehen würde.

Leider hatte er nicht mit Letty gerechnet. Nachdem sie sich die ganze Sache offensichtlich einen Tag lang überlegt hatte, war sie in sein Büro marschiert und hatte ihm erklärt, sie wolle sich Copeland Marine Industries selbst anschauen und erst dann eine endgültige Entscheidung treffen.

Bevor Joel etwas unternehmen konnte, bat sie ihren Sekretär, Victor Copeland anzurufen und ihm mitzuteilen, die neue Firmeninhaberin von Thornquist Gear würde nach Echo Cove kommen, um sich selbst ein Bild von der Situation zu machen.

Joel hatte gerade noch Zeit gehabt, von Mrs. Sedgewick zwei Zimmer im Marina Motel reservieren zu lassen.

Dann überzeugte er Letty davon, daß er besser mitkommen sollte. Auf der zweistündigen Fahrt an die Küste sprach er pausenlos auf sie ein. Er erklärte ihr ausführlich, daß es in der Geschäftswelt oft hart herginge und daß Thornquist Gear es sich nicht leisten könne, Geld zum Fenster hinauszuwerfen. Copeland Marine mußte auf jeden Fall liquidiert werden.

Allerdings bezweifelte er, ob Letty ihm wirklich zuhörte. In ihren Augen lag ein abwesender Ausdruck. Sie schien ganz in ihre Gedanken vertieft zu sein.

Als sie vor einer Stunde das Motel erreicht hatten, wartete bereits eine Einladung von Victor Copeland zum Abendessen auf Letty.

»Du kannst gern mitkommen, Joel«, meinte Letty, während sie sich den Schlüssel zu ihrem Zimmer geben ließ. »Ich hoffe, du hast ein Jackett und eine Krawatte mitgebracht. Wie du weißt, handelt es sich um ein Geschäftsessen.«

Zum Teufel, es machte ihm nichts aus, eine Krawatte zu tragen, wenn er Victor Copeland endlich sagen konnte, daß für ihn alles aus war.

Er rückte die Krawatte zurecht und nahm das Jackett vom Bett. Es war auf dem Rücksitz des Jeeps leicht verknautscht worden, aber Joel war sicher, daß Lettys Kostüm noch verknitterter wirken würde. Lässig warf er sich die Jacke über die Schulter und klopfte an die Verbindungstür zu Lettys Zimmer.

»Einen Moment, bitte.«

Kurz darauf öffnete sich die Tür, und Letty musterte ihn nachdenklich. Joel verbarg nur mit Mühe ein Grinsen. Lettys Tweedkostüm sah aus, als hätte sie bereits darin geschlafen. Ihr Haar war widerspenstig wie immer und löste sich bereits aus der Spange im Nacken.

Obwohl Joel böse auf sie war, weil sie ihn in diese Situation gebracht hatte, hätte er sie am liebsten umarmt. Er mußte sich immer wieder ins Gedächtnis rufen, daß sie ihm gefährlich werden konnte.

Letty rückte ihre Brille zurecht und nickte anerkennend. »Du siehst gut aus.«

»Hast du gedacht, ich würde in Jeans erscheinen?«

»So wie du dich normalerweise im Büro kleidest, konnte ich nicht sicher sein, was du zu einem Geschäftsessen tragen würdest.« Letty drehte sich um und schlüpfte in hochhackige Schuhe. »Bist du fertig? Wir müssen in zwanzig Minuten im Restaurant sein.«

»Keine Sorge. Das Lokal liegt auf der anderen Seite des Hafens. Wir können es zu Fuß in zehn Minuten erreichen.«

Lettys Miene hellte sich auf. »Gut. Ich möchte gerne mehr von der Stadt sehen, um ein Gefühl dafür zu bekommen.«

»Wozu?«

Sie warf ihm einen unbestimmbaren Blick zu. »Nur so.«

»Tu, was du für richtig hältst.«

Letty lächelte betont freundlich. »Das werde ich – immerhin bin ich der Boß, nicht wahr?«

»Das stimmt«, bestätigte Joel leise. »Aber vergiß nicht, daß eine Menge Geld auf dem Spiel steht. Du solltest heute abend keine voreiligen Entscheidungen treffen.«

»Ich möchte Copeland persönlich kennenlernen, bevor ein endgültiger Beschluß über die Liquidation gefaßt wird.«

»Das ist bereits geschehen«, erklärte Joel. »Es gibt kein Zurück mehr. Ich habe dich auf dem Weg hierher über die Zahlen in Kenntnis gesetzt. Uns bleibt jetzt nur noch die Aufgabe, Copeland beizubringen, daß wir seinen Kredit nicht verlängern können und keine weiteren Zuschüsse gewähren werden.«

»Sag ihm das um Himmels willen nicht während des Abendessens.«

»In Ordnung. Ich kann warten«, meinte Joel.

Aber er wußte, das würde nicht nötig sein. Sobald Victor Copeland ihm gegenüberstand, würde dieser wissen, daß er geliefert war.

Letty betrachtete interessiert die Lichter am Hafen, während sie mit Joel die Uferpromenade entlangging. Nur einige wenige buntbemalte Privatjachten lagen vor Anker. Die meisten Boote dienten eindeutig dem Fischfang.

In der Flotte entdeckte sie sowohl kleine Außenborder wie auch größere Schleppnetzboote. Bei einigen war die Farbe abgeblättert, aber alle sahen ordentlich und gepflegt aus. Auf den Decks waren Netze und Seile sorgfältig gestapelt. Ein starker Geruch nach Fisch hing in der Luft.

»Das ist also Echo Cove«, sagte Letty, um das unangenehme Schweigen zu brechen.

»Ja.«

»Kein sehr großer Ort.«

»Nein.«

»Copeland Marine ist wohl eines der bedeutendsten Unternehmen hier?«

»Ja, die größte Firma der Stadt. Es gibt noch ein anderes Unternehmen, das sich auf kommerziellen Fischfang spezialisiert hat, aber im Gegensatz zu Copeland ist es sehr klein.«

Letty dachte einen Moment nach. »Dann ist Copeland wohl der Hauptarbeitgeber hier?«

Joel warf ihr einen raschen Blick zu. »Ja.«

Schweigend legten sie den restlichen Weg zum Restaurant zurück. Letty fragte sich, was mit Joel los war. Seit sie heute nachmittag in die Stadt gekommen waren, schien er völlig verändert.

Sie spürte, daß seine innere Anspannung von Minute zu Minute wuchs. Sicher war das eine der Nächte, in denen er um ein Uhr früh das Bedürfnis hatte, eine Runde zu laufen.

Das Restaurant Echo Cove Sea Grill warb mit einem riesigen, hell erleuchteten Plastikfisch auf dem Dach und einem Schild, das einen herrlichen Blick auf den Hafen versprach. Joel hielt Letty die Tür auf. Im Eingang befand sich ein Steinofen, in dem ein prasselndes Feuer loderte.

Letty lächelte die Bedienung freundlich an. »Ich glaube, Mr. Victor Copeland erwartet uns bereits.«

Die Kellnerin war Anfang Vierzig, stark geschminkt und trug ein Kleid, das für ihre füllige Figur zu eng war. Ihr strohblondes Haar war sorgfältig frisiert. Sie warf Letty einen raschen Blick zu, konzentrierte dann aber ihre Aufmerksamkeit sofort auf Joel.

»Mr. Copeland sagte, er würde nur einen Gast erwarten«, sagte sie, ohne Joel aus den Augen zu lassen.

»Es gab eine kurzfristige Änderung. Ich hoffe, das bereitet keine Probleme«, erwiderte Letty gereizt. Diese Frau konnte sich offensichtlich an Joel nicht satt sehen. Joel hingegen hatte ihr nur kurz zugenickt und sah sich jetzt aufmerksam in dem Lokal um.

»Nein, natürlich nicht.« Die Kellnerin nahm eine zweite Speisekarte in die Hand. »Ich werde gleich noch einen Stuhl holen lassen.« Sie starrte Joel wieder an. »Entschuldigen Sie bitte – kenne ich Sie? Sie kommen mir so bekannt vor.«

»Blackstone«, erwiderte Joel ruhig. »Joel Blackstone.«

Ihre Augen weiteten sich vor Überraschung. »Hol mich der Teufel. Ich dachte mir schon, daß du es bist. Ich bin Marcy Stovall. Erinnerst du dich? Ich arbeitete in der Bowlingbahn, als du auf der High-School warst.«

»Ja, ich weiß.«

»Was um alles in der Welt tust du hier?« Sie sah ihn verblüfft an. »Warte mal. Du bist mit Miß Thornquist hier? Und du triffst heute abend die Copelands?«

Joel lächelte kühl. »Sieht ganz so aus.«

»Meine Güte.« Marcy atmete tief aus. »Das kann ja interessant werden.« Sie wandte sich wieder an Letty. »Bitte hier entlang.«

Letty warf Joel einen empörten Blick zu, während sie der Bedienung in den schwach erleuchteten Speiseraum folgte. »Was ist denn hier los?« flüsterte sie.

»Ich habe früher in Echo Cove gelebt. Wahrscheinlich habe ich vergessen, das zu erwähnen.«

»Allerdings«, entgegnete sie wütend. »Was um alles in der Welt...?«

Es war zu spät, um ihn auszufragen. Marcy blieb vor einem Tisch stehen, der für vier Personen gedeckt war. Zwei Männer und eine Frau hatten bereits Platz genommen.

Der Ältere war ein massiger, schwergewichtiger Mann mit breiten Schultern. Sein enormer Bauch drohte das graue Jackett zu sprengen. Die blassen Augen schienen in dem dicken roten Gesicht zu versinken. Schwerfällig stand er auf und streckte Letty freundlich lächelnd eine Riesenpranke entgegen.

»Miß Thornquist? Ich bin Victor Copeland. Das mit Charlie Thornquist tut mir leid. Wir haben uns nie persönlich kennengelernt, aber einige Geschäfte miteinander gemacht.«

»Danke«, sagte Letty, während er ihr kraftvoll die Hand schüttelte. »Darf ich Ihnen meinen Geschäftsführer vorstellen? Joel Blackstone.«

»Wir kennen uns bereits.« Joel trat einige Schritte näher, bis das Licht der Tischlampe auf sein Gesicht fiel.

Victor Copeland und die hübsche Frau, die neben ihm saß, starrten ihn entgeistert an. Der andere Mann am Tisch nickte höflich – er schien Joel nicht zu kennen.

»Verdammt, was tun Sie hier?« murmelte Copeland und kniff die Augen zusammen.

»Joel!« Die Frau sah aus, als wäre sie einem Gespenst begegnet. »Meine Güte. Was geht hier vor?«

»Es geht nur um geschäftliche Dinge.« Joel rückte einen Stuhl für Letty zurecht und lächelte kühl, während er sich setzte. »Nichts Persönliches. Wie geht es dir, Diana?«

»Verzeihung, aber ich glaube, wir haben uns noch nicht vorgestellt«, sagte der Mann mit dem sandfarbenen Haar neben Diana ruhig und wandte sich an Letty. »Ich bin Keith Escott. Das ist meine Frau Diana – sie ist Victors Tochter.«

»Schön, Sie kennenzulernen.« Letty lächelte die attraktive Frau an, aber Diana hatte nur Augen für Joel.

Keith warf seiner Frau einen unbehaglichen Blick zu. »Ich hoffe, es stört Sie nicht, daß wir mitgekommen sind«, sagte er dann zu Letty. »Victor meinte, wir sollten ihn begleiten, weil wir auch auf die eine oder andere Weise mit Copeland Marine zu tun haben. Wenn Sie allerdings lieber allein mit Victor...«

»Aber nein«, unterbrach Letty ihn freundlich. Keith schien sehr nett zu sein.

Er war etwa Mitte Dreißig, hatte ein attraktives, offenes Gesicht und kurzgeschnittenes blondes Haar. Seine besonnene Art erinnerte Letty an einige ernsthafte Studenten in Vellacott, die intelligent genug waren, um zu begreifen, daß man eine Karriereleiter nicht ohne weiteres erklimmen konnte.

Diana Escott lächelte gezwungen. »Bitte entschuldigen Sie, aber Joel hier zu sehen, war eine große Überraschung. Freut mich, Sie kennenzulernen, Miß Thornquist.«

»Ganz meinerseits.«

Dianas Alter war schwer zu schätzen – wahrscheinlich war sie einunddreißig oder zweiunddreißig. Sie war eine äußerst attraktive Frau mit zarter weißer Haut und rabenschwarzem Haar. Ihre großen dunklen Augen hatte sie geschickt mit einem Hauch von Lidschatten betont, doch selbst das perfekte Make-up konnte den Ausdruck der Anspannung und Verbitterung in ihrem Gesicht nicht verbergen.

Als Letty ihren Blick über Dianas hellrot geschminkte Lippen gleiten ließ, fiel ihr unwillkürlich die Situation ein, in der sie ihren Verlobten überrascht hatte. Rasch verdrängte sie den Gedanken daran. Sie war sich allerdings sicher, daß ihr Instinkt sie nicht täuschte. Joel und Diana waren mehr als nur gute Freunde gewesen, das spürte sie.

»Wir hatten keine Ahnung, daß Joel für Thornquist Gear arbeitet«, meinte Diana spöttisch und sah ihren Vater an. »Nicht wahr, Daddy?«

»Nein, das wußten wir nicht«, erwiderte Copeland schroff. »Würden Sie uns bitte erklären, was hier vor sich geht?« fragte er Letty, ohne Joel anzusehen. »Wir hatten eine Vereinbarung mit Ihrem Onkel. Alles lief glänzend. Welche Pläne haben Sie als neue Besitzerin der Firma?«

Letty sah Joel verstohlen von der Seite an. Er erinnerte sie an einen Löwen, der darauf wartete, seine Zähne in die weiche Kehle einer Gazelle schlagen zu können.

»Ich möchte heute abend noch nicht über Einzelheiten sprechen, Mr. Copeland«, erklärte sie bestimmt. »Wir wissen beide, daß sich Copeland Marine in Schwierigkeiten befindet, aber ich möchte mir zuerst ihre Firma ansehen, bevor ich eine Entscheidung treffe.«

»Sie wollen sich bei mir umsehen? Hören Sie, Miß Thornquist...«

»Bitte nennen Sie mich Letty.«

Copeland grinste erfreut. »Sehr gern. Ich brauche nur ein wenig mehr Zeit und Geld, Letty. Damit kann ich Copeland Marine aus den roten Zahlen holen – das wird etwa ein Jahr dauern. Haben Sie sich die Umsatzzahlen des letzten Quartals angesehen? Im Gegensatz zum vorherigen Vierteljahr sind sie gestiegen.«

»Aber sie werden immer noch mit roter Tinte geschrieben, Daddy«, sagte Diana sarkastisch. »Und ich wette, daß Joel darüber genau Bescheid weiß.«

»Die Zahlen des letzten Berichts waren nur wegen des saisonellen Aufschwungs etwas besser als die vorherigen«, erklärte Joel. »Im nächsten Quartal wird es wieder steil bergab gehen.«

»Verdammt, was wissen Sie denn schon über mein Geschäft?« zischte Copeland.

»Als Charlies Geschäftsführer gehörte es zu meinen Aufgaben, Copeland Marine im Auge zu behalten.« Joels Stimme klang eisig. »Wir haben viel Geld in Ihr Unternehmen investiert – und wir besitzen einundfünfzig Prozent der Firma.«

Letty warf Joel einen warnenden Blick zu. »Ich sagte, ich würde lieber erst morgen über Einzelheiten sprechen. Habe ich mich klar ausgedrückt?«

Einen Augenblick blitzte Zorn in Joels Augen auf, doch er hatte sich schnell wieder unter Kontrolle.

»Natürlich, Boß. Wie du wünschst.«

»Danke.« Letty vertiefte sich in die Speisekarte.

»Das klingt ja wundervoll: ›Natürlich, Boß. Wie du wünschst‹«, wiederholte Diana ironisch. Dann trank sie hastig einen großen Schluck Wein. »Wie fühlt man sich, wenn man eine eigene Firma besitzt, Letty?«

»Sehr gut«, antwortete Letty höflich lächelnd.

»Es muß Spaß machen, einen Mann wie Joel herumkommandieren zu können«, meinte Diana und lachte leise. »Wenn er für mich arbeiten würde, wüßte ich genau, was er zu tun hätte.«

Letty brauchte Joel nicht anzusehen, um seine Reaktion auf diese spitze Bemerkung zu prüfen. Sie spürte, wie verärgert er war.

»Ich denke, das reicht, Diana«, murmelte Keith.

Diana lächelte ihn strahlend an. »Aber Liebling, ich habe noch gar nicht angefangen.«

»Halt den Mund, Diana. Du hast zu viel getrunken.« Victor Copeland warf seiner Tochter einen warnenden Blick zu, bevor er sich wieder an Letty wandte. »Möchten Sie einen Drink, Letty?«

»Ja, gern.« Sie sah die junge Kellnerin an, die neben dem Tisch stand. »Ein Glas Weißwein, bitte.«

»Wir haben Sauvignon Blanc, Chardonnay oder Riesling«, erklärte die Bedienung.

»Ein Glas Chardonnay«, bestimmte Joel, bevor Letty antworten konnte. »Und ich nehme ein Bier vom Faß.«

Aus dem Augenwinkel beobachtete Letty, wie Diana die Augenbrauen hochzog.

»So, nun sind Sie also die Besitzerin von Thornquist Gear«, begann Victor gönnerhaft. »Das ist eine große Verantwortung für eine junge Dame.«

»Das hat man mir schon öfter gesagt.« Letty versuchte,

sich ihren Ärger über Copelands herablassenden Tonfall nicht anmerken zu lassen und warf Joel einen bedeutsamen Blick zu. »Manche Leute denken, ich hätte mir zuviel vorgenommen.«

Keith blickte sie interessiert an. »Was haben Sie getan, bevor Sie Thornquist Gear geerbt haben?«

»Ich war Bibliothekarin in einem College in Indiana.«

Diana verschluckte sich beinahe an ihrem Wein. »Eine Bibliothekarin? Das wird ja immer besser. Also eine Bibliothekarin wird Copeland Marine den Garaus machen.« Sie lächelte boshaft. »Natürlich mit Hilfe eines niederträchtigen Emporkömmlings, der seine Instinkte nicht unter Kontrolle hat.« Diana drehte sich zu ihrem Vater um. »Hast du Joel nicht vor fünfzehn Jahren so beschrieben, Daddy?«

Alle reagierten betroffen über Dianas plötzlichen Gefühlsausbruch – nur Joel grinste amüsiert.

Keith starrte seine Frau an, als hätte er sie noch nie zuvor gesehen. »Meine Güte, Diana. Was, zum Teufel, ist nur los mit dir?«

Auf Victors Gesicht bildeten sich dunkelrote Flecken. »Schaff sie hier raus, Escott. Sofort.«

Keith stand auf und packte Diana am Arm.

»Das ist nicht nötig.« Letty erhob sich rasch. »Ich denke, wir sollten unser Gespräch auf morgen verschieben. Wenn es Ihnen recht ist, werde ich Sie gegen neun Uhr in Ihrem Büro anrufen, Victor.«

»Es tut mir sehr leid.« Victor Copeland versuchte verzweifelt, die Lage wieder unter Kontrolle zu bringen. »Meiner Tochter geht es momentan nicht gut. Sie leidet an Depressionen, sagt der Arzt. Ich dachte, ein Abendessen außer Haus würde ihr gut tun, aber da habe ich mich wohl getäuscht. Escott soll sie heimbringen, und Sie schicken Blackstone zurück ins Motel. Es gibt keinen Grund, warum wir beide nicht gemeinsam essen sollten.«

»Ich bleibe hier«, erklärte Diana und nahm einen weiteren Schluck aus ihrem Glas. »Um alles in der Welt würde ich das nicht verpassen wollen.«

»Damit werden Sie sich wohl abfinden müssen.« Letty

rückte ihre Brille zurecht und hob ihre Handtasche auf. »Als Inhaberin von Thornquist Gear kann ich es nicht zulassen, daß meine Angestellten in der Öffentlichkeit beleidigt werden. Ich bin sicher, Sie verstehen das. Komm, Joel, wir gehen.«

»Natürlich, Boß.« Joel setzte noch einmal sein Glas an die Lippen, stellte es dann auf den Tisch und stand auf. »Bis bald. Es war wirklich ein Vergnügen, euch wiederzusehen.« Er lächelte humorlos. »Es gibt doch nichts Schöneres, als alte Freunde in seiner Heimatstadt zu treffen. Ich wünsche euch guten Appetit.«

Schweigend folgte er Letty hinaus in die kühle Nachtluft.

Letty schob fröstelnd die Hände in die Jackentaschen. Sie spürte Joels Anspannung und hatte das Gefühl, sie müßte sich nun vorsichtig durch ein Minenfeld bewegen. »Möchtest du mir nicht erklären, worum es eigentlich ging?«

»Das sind alte Bekannte von mir.«

»Wer? Die Copelands?«

»Ja.«

Letty stellte sich Joel in den Weg und zwang ihn so, stehenzubleiben. »Zum Teufel, Joel, was soll das alles bedeuten?«

Seine Augen funkelten. »Nichts Besonderes, Boß. Es geht nur um die Firma. Wir werden Copeland Marine übernehmen und das Unternehmen dann liquidieren. Ein üblicher Geschäftsvorgang.«

Letty hatte noch niemals ein so starkes Bedürfnis verspürt, einem Mann ins Gesicht zu schlagen. »Sag mir endlich, worum es eigentlich geht«, forderte sie scharf.

»Du hast die Akten studiert und weißt Bescheid. Wir müssen die Interessen von Thornquist Gear wahren.«

»Es geht nicht nur um die Firma, sondern ganz eindeutig um persönliche Angelegenheiten. Bitte erkläre mir jetzt die Zusammenhänge.«

»Warum sollte ich das tun? Für mich spielen vielleicht auch private Dinge eine Rolle, aber das hat mit dir oder

der Firma nichts zu tun. Die Situation ist eindeutig – Copeland Marine ist erledigt. Die einzige Lösung besteht darin, das Unternehmen zu liquidieren.«

Joel ging so schnell weiter, daß Letty Mühe hatte, ihm zu folgen.

»Warte einen Moment.« Letty lief hinter ihm her. »Ich erwarte einige Antworten von dir.«

»Und ich bin am Verhungern. In der Nähe des Motels gab es früher ein Schnellrestaurant. Wollen wir nachsehen, ob es noch existiert?«

Letty wollte protestieren, sah aber ein, daß es keinen Sinn hatte. Also versuchte sie mühevoll, in ihren hochhackigen Schuhen mit Joel Schritt zu halten.

Nach einer Weile blieb Joel stehen und deutete auf ein Neonschild. »Das hätte ich mir denken können. Der alte Ed hat den Laden an eine Fast-Food-Kette verkauft. Komm, Letty. Du zahlst.«

»Danke für die Einladung.« Letty kramte ihre Geldbörse hervor.

»Das bist du mir schuldig«, meinte Joel, nachdem er zwei Portionen Pommes frites und Fischburger bestellt hatte. »Eigentlich hätte Victor Copeland mein Abendessen bezahlen sollen.«

»Ich bezweifle, daß einer von uns das Essen in dieser Atmosphäre genossen hätte.«

»Mir hätte es großes Vergnügen bereitet.«

»Das verstehe ich nicht.« Letty nahm eine Tüte mit Pommes frites in die Hand und folgte ihm zu einer Sitzecke. »Nach dem, was dir von Mrs. Escott an den Kopf geworfen wurde... Hat Victor Copeland dich wirklich einmal so bezeichnet?«

»Er hat noch viel schlimmere Dinge zu mir gesagt.« Joel setzte sich und öffnete den Karton mit seinem Sandwich. »Zum Teufel damit. Für mich ist das alles Vergangenheit. Ich bin kein nachtragender Mensch.«

Letty schwieg einen Moment. »Du kannst mir nichts vormachen«, sagte sie dann. »Ich bin nicht der Meinung, daß für dich alles erledigt ist, was hier vor fünfzehn Jahren geschah.«

»Mach dir darüber keine Gedanken – es betrifft dich nicht.« Joel biß in sein Sandwich. »Du wolltest unbedingt nach Echo Cove fahren, und jetzt sind wir hier«, fuhr er fort. »Ich persönlich halte den Ausflug für Zeitverschwendung. Wir sollten morgen früh abreisen.«

»Du weißt, daß ich zwei Tage hierbleiben wollte.«

»Aber wir müssen uns in Seattle um die Firma kümmern.«

»Die Geschäfte werden auch zwei Tage ohne uns laufen.«

Letty sah ein, daß es keinen Sinn hatte, mit ihm zu streiten. Er war offensichtlich auch nicht in der Verfassung, sich ihr anzuvertrauen. Die drei Menschen in dem kleinen Restaurant hatten ihn so wütend gemacht, daß für den Abend nichts mehr mit ihm anzufangen war.

Morgen würde sie versuchen herauszufinden, warum es zwischen Joel und den Copelands böses Blut gab. Sie mußte einfach wissen, was vor fünfzehn Jahren passiert war.

Einige Stunden später schreckte Letty aus dem Schlaf. Sie setzte sich auf und lauschte. Nebenan hörte sie Joel herumlaufen.

Rasch setzte sie ihre Brille auf und sah auf die Uhr. Es war ein Uhr morgens. Sie schlug die Bettdecke zurück und stieg aus dem Bett. Dann ging sie zu der Verbindungstür und legte ihr Ohr daran.

Den Geräuschen nach zog Joel sich gerade an. Letty klopfte leise.

»Joel? Was hast du vor?«

Die Tür öffnete sich. Joel, nur mit Jeans bekleidet, sah sie stirnrunzelnd an. »Warum, zum Teufel, bist du noch wach?«

Letty starrte ihn an. »Meine Güte, du willst wieder eine Runde laufen, wie?«

»Stimmt. Geh ins Bett zurück, Letty.«

»Es ist ein Uhr morgens, Joel. Ich kann nicht zulassen, daß du als Geschäftsführer von Thornquist Gear um diese

Zeit in Echo Cove herumläufst. Die Leute könnten denken, du wärst verrückt geworden. Wahrscheinlich würde dich sogar die Polizei aufhalten.«

»Mach dir darüber keine Sorgen, Letty.«

»Denk doch an das Image der Firma«, forderte sie beharrlich. »Du bist immerhin Stellvertreter unseres Unternehmens.«

»Du hast recht. Image ist natürlich ein wichtiger Faktor. Aber glaube mir, Letty – die Leute von Echo Cove können heute nicht schlechter über mich denken als vor fünfzehn Jahren. Und jetzt geh wieder schlafen.«

»Nein.« Sie schob ihn beiseite und betrat sein Zimmer. Der Baumwollstoff ihres hochgeschlossenen weißen Nachthemds floß um ihre Knöchel. »Wir werden darüber sprechen.«

»Zum Teufel, nein.« Joel war mit wenigen Schritten bei ihr, legte seine Hände auf ihre Schultern und zog sie an sich.

»Joel!«

Er küßte sie hart und hob dann den Kopf. Seine Augen glitzerten herausfordernd. »Wenn du nicht möchtest, daß ich jetzt in Echo Cove herumlaufe, solltest du dir etwas einfallen lassen, um mich zu beruhigen. Hast du eine Idee, wie du das anstellen könntest?«

Letty starrte ihn durch beschlagene Brillengläser schweigend an, fuhr sich mit einem Finger über ihre Lippen und legte dann die Hand auf seine nackte Brust. »Nein. Tut mir leid, aber mir fällt nichts ein.«

»Aber mir.« Er beugte sich herunter und küßte sie wieder.

Letty rang nach Luft und rückte ihre Brille zurecht. »Ich bin nicht sicher, ob ich damit einverstanden bin, Joel.«

»Ich bin es auf jeden Fall.« Er streifte mit seinen Lippen sanft ihren Mund. Seine Stimmung schlug plötzlich von Zorn in Leidenschaft um. Sein nächster Kuß war langsam und zärtlich. »Ich bin ganz sicher«, murmelte er.

Letty legte ihre Arme um seinen Nacken und schüttelte leicht den Kopf. »Du weißt doch, daß das nicht funktioniert – du kannst mich auf diese Art nicht beherrschen.«

»Ich habe eine bessere Idee.«

»Wie bitte?«

»Warum bist nicht du es, die versucht, mich mit Sex unter Kontrolle zu bringen?«

Dieser Gedanke erschien Letty so absurd, daß sie anfing zu lachen. Sie kicherte nervös und stellte zu ihrem Entsetzen fest, daß sie damit nicht mehr aufhören konnte.

Joel löste dieses Problem – er beugte sich über sie und preßte seine Lippen auf ihren Mund.

7

Joel hob schweratmend den Kopf. Letty öffnete die Augen, konnte aber durch die beschlagenen Brillengläser sein Gesicht kaum erkennen.

»Joel?«

»Ich glaube, so ist es angenehmer für dich.« Joel nahm ihr sanft die Brille ab und legte sie auf den Tisch. Dann beugte er sich wieder über sie.

Seine Lippen fühlten sich gut an. Nicht so naß und weich wie Philips Mund. Letty seufzte leise und schlang ihre Arme um Joels Nacken. Instinktiv schmiegte sie sich noch enger an seine muskulöse Brust.

»Du könntest dir also doch vorstellen, mit mir zu schlafen, nicht wahr?« murmelte Joel.

»Ja. Nein. Ich meine, ich bin nicht grundsätzlich dagegen.« Letty öffnete die Augen. Sogar ohne Brille konnte sie den Ausdruck des Begehrens in seinen Augen lesen. »Ich möchte nur nicht, daß du auf falsche Gedanken kommst.«

»Ich weiß, was du meinst.« Joel fuhr ihr mit den Fingern zärtlich durch das dichte Haar. »Du möchtest klarstellen, daß ich dich nicht mit Sex kontrollieren kann.«

»Stimmt.«

»Warum eigentlich nicht?« fragte er und lächelte belustigt.

Letty runzelte nachdenklich die Stirn. »Ich bin wohl keine sehr sinnliche Frau.«

»Heißt das, du magst Sex nicht?« Langsam strich er mit den Händen über ihre Schultern und Arme.

Als sie seine warmen, sehnigen Finger spürte, lief ihr ein Schauer über den Rücken. »Ich lasse mich gern umarmen, aber alles andere wird meiner Meinung nach überbewertet. Und so denke nicht nur ich«, verteidigte sie sich. »Ich habe einige Artikel darüber gelesen – es gibt viele Frauen, die so empfinden.«

Er nickte ernst. »Aha. Du bist also nicht verrückt nach Sex und glaubst deshalb, daß ich dich damit nicht kontrollieren kann. Habe ich das richtig verstanden? Und mein Vorschlag, daß du mich mit Sex beherrschst, bringt dich zum Lachen.«

Letty lächelte zaghaft. »Nun, der Gedanke erscheint mir einfach unsinnig. Ich glaube nicht, daß irgend jemand dich entscheidend beeinflussen könnte.«

»Denkst du denn, ich wäre so stark?«

»Ja, das glaube ich«, erwiderte sie ehrlich.

»Warum versuchst du es nicht einfach?« fragte er leise.

Letty sah ihn unsicher an. »Was meinst du damit?«

»Warum versuchst du nicht, mich mit Sex zu beeinflussen?« Der Griff seiner Hände an ihren Schultern verstärkte sich. »Du bist doch der Boß, nicht wahr?«

»Das stimmt.« Letty fuhr sich nervös mit der Zunge über die Lippen.

»Also, warum probierst du es heute abend nicht einfach aus?« Joel knabberte zärtlich an ihrem Ohrläppchen. »Es ist ganz einfach. Du gibst die Befehle, und ich befolge sie. So wie man es von einem guten, respektvollen Angestellten erwartet.«

Lettys Mund war plötzlich wie ausgetrocknet. »Ich soll dir Befehle geben? Dafür?«

»Du sagst mir einfach, was du willst und wie du es willst.« Joel küßte sie auf die Nasenspitze. »Meine Aufgabe ist es, dich zufriedenzustellen.«

Ihre Wangen röteten sich. »Joel, das ist mir sehr peinlich. Bitte nimm mich nicht auf den Arm.«

»Ich meine das ganz ernst. Sag mir, was ich tun soll.«

»Was soll ich dir denn befehlen?« Letty starrte verlegen auf seine nackte Brust.

»Weißt du nicht, was dir gefällt?«

»Nicht genau«, murmelte sie.

»Aber du hast sicher einige Artikel darüber gelesen.«

Letty stöhnte leise und verbarg den Kopf an seiner Schulter. »Das stimmt. Ich habe sogar mehrere Bücher über dieses Thema studiert.«

»Das dachte ich mir. Schließlich bist du Bibliothekarin.« Joel strich ihr sanft über das Haar. »Gab es etwas, das dich besonders interessiert hat?«

Sie nickte schweigend. Geschah das wirklich, oder träumte sie?

»Nenn mir etwas, was dich neugierig gemacht hat.« Joel strich langsam mit einem Finger an dem Ausschnitt ihres Nachthemds entlang.

Letty holte tief Luft. »Küß mich.«

»Wo? Hier?« Er legte seine Lippen auf ihre Wange.

»Nein. Auf den Mund. So wie du es vorher getan hast.« Sie hob den Kopf.

»Wie du möchtest.« Joel küßte sie sanft auf die Lippen. Seine Berührung war sehr zärtlich, und er schien keine Gegenleistung zu erwarten.

»Fester«, flüsterte Letty und stellte sich auf die Zehenspitzen.

»Wie du wünschst, Boß.«

Joel preßte seine Lippen auf ihren Mund. Letty versuchte, ihm noch näher zu kommen. Sie legte eine Hand auf seinen Hinterkopf und zog ihn zu sich heran.

»Und nun?« flüsterte Joel. »Was willst du, Letty?«

»Öffne deinen Mund«, wisperte sie.

Vorsichtig ließ Letty ihre Zunge über seine Unterlippe gleiten, bis er stöhnte und sie noch näher an sich zog. Es erregte sie, daß sie eine solche Reaktion bei ihm hervorrufen konnte.

»Und jetzt du«, sagte sie mit erstickter Stimme.

»Was meinst du?«

»Tu genau das, was ich eben getan habe.«

»Dein Wunsch ist mir Befehl, Boß.«

Letty hielt den Atem an, als sie seine Zunge auf ihren Lippen spürte. Sie preßte sich noch dichter an ihn.

»Und jetzt tiefer – in den Mund.«

Joel befolgte gehorsam ihren Befehl und streichelte mit seiner Zunge die ihre. Letty überlief ein Schauer.

»Gefällt dir das, Boß?«

»Ja. O ja, es gefällt mir sehr.«

»Gut.«

Eine Weile genoß Letty das Gefühl, das Joels Kuß in ihr hervorrief. Sie spürte, daß sich in ihrem Körper etwas zu regen begann...

»Joel?«

»Ja?« Seine Stimme klang rauh.

»Berühre mich.«

»Wo?«

»An meiner... an meiner Taille. Leg die Hände darauf«, befahl sie nervös.

»In Ordnung. So?« Joel legte seine Hände sanft auf die Stelle über ihren Hüften. »Gefällt dir das?«

»Vielleicht ein wenig höher?«

»Das klingt nicht sehr überzeugt.«

»Versuch es einfach.«

»Wie du willst, Boß.« Er ließ die Hände nach oben gleiten bis zum unteren Rand ihrer Brüste. »Und jetzt?«

Letty dachte an die Artikel und Bücher, die sie über Sex gelesen hatte. Ihr fiel ein, daß darin immer wieder von erogenen Zonen die Rede gewesen war.«

»Meine Brüste«, murmelte sie.

»Was ist damit?«

»Berühr sie.«

»So vielleicht?« Joel ließ seinen Daumen langsam über die Spitze einer Brust kreisen.

»Ja, genau so. Bitte noch einmal.«

»Und die andere?«

»Die auch, bitte.«

»Mit Vergnügen.« Joel streichelte die andere Brust.

»Und jetzt zieh mir das Nachthemd aus.« Sobald sie diesen Befehl ausgesprochen hatte, biß Letty sich entsetzt auf die Unterlippe. Sie konnte kaum glauben, daß sie das gesagt hatte.

Doch sie konnte es nicht mehr rückgängig machen – Joel öffnete bereits die Knöpfe. Letty schloß verlegen die Augen, als er ihr das Nachthemd über die Schultern zog.

»Recht so?«

»Meine Güte.« Letty wagte es nicht, die Augen zu öffnen.

Der Gedanke, daß sie jetzt nackt vor ihm stand, beschämte sie. Rasch klammerte sie sich an ihn. »Und jetzt tu das, was du in der einen Nacht in meiner Wohnung gemacht hast.«

»Was meinst du?«

»Du hast ein Bein zwischen meine Schenkel geschoben.«

»Ja, natürlich. Das hat dir gefallen, nicht wahr?«

»Ja«, bestätigte sie atemlos. »Bitte tu es noch einmal.«

»Selbstverständlich, Madam.« Joel drückte sie sanft gegen die Wand und stützte sich mit einer Hand ab, bevor er ihre Beine auseinanderdrückte.

Der rauhe Jeansstoff an ihrer nackten Haut rief unbeschreibliche Gefühle in Letty hervor. Als Joel sein Bein langsam weiter nach oben schob, spürte sie, wie es in ihrem Schoß zu pulsieren begann. Sie warf den Kopf zurück und grub ihre Nägel in seinen Rücken.

Joels Knie drängte sich nun ganz nach oben, und Letty spürte, wie er sie langsam damit hochhob. Plötzlich geriet sie in Panik – sie fühlte sich mit einemmal so hilflos.

»Joel!«

»Hast du deine Meinung geändert?« Vorsichtig bewegte er sein Bein wieder nach unten.

»Nein. Bitte mach es noch einmal.« Letty umklammerte seine Schultern, während sie die Wärme seines Knies zwischen ihren Schenkeln genoß. Es war das erotischste Erlebnis, das sie jemals gehabt hatte.

»Noch etwas, Boß?« fragte Joel und küßte ihren Hals.

»Das Bett«, erwiderte sie keuchend. »Bitte leg mich auf das Bett. O Gott, ich muß verrückt geworden sein!«

Schweigend hob Joel sie hoch und trug sie zum Bett. Sanft legte er sie auf das zerknitterte Laken.

Als er sich erhob, öffnete Letty die Augen und packte ihn am Arm. »Nein, warte. Komm her.«

»Heißt das, du bist noch nicht zufrieden?«

»Genau.« Letty fuhr sich mit der Zunge über die Lippen. »Ich möchte noch einige andere Dinge ausprobieren.«

»Das habe ich mir beinahe gedacht.« Lächelnd legte Joel sich zu ihr und stützte sich auf den Ellbogen. »Also was hast du noch in deinen Büchern gelesen?«

»Berühr mich.«

»Hier?« Mit den Fingerspitzen fuhr er wieder über ihre Brustwarzen. »Du hast wunderschöne Brüste, Letty.«

»Danke.« Von Philip hatte sie nie ein solches Kompliment gehört. »Tiefer bitte.«

»Hm?« Joel fuhr mit der Zunge langsam über ihre Brustwarzen.

Letty schluckte und nahm ihren ganzen Mut zusammen. Sie mußte jetzt einfach wissen, ob es funktionieren würde. »Streichle mich weiter unten.«

»Hier?« Joel strich mit der Hand sanft über ihren Bauch.

»Noch tiefer«, sagte sie leise.

Seine warmen Finger strichen über die honigbraunen Löckchen, bis sie ihr Ziel fanden. »Hier?«

»Ja.« Letty war zuerst wie gelähmt, dann grub sie ihre Hände in das Kissen. Ihre Zehen krümmten sich, und ihre Knie hoben sich unwillkürlich.

»Ein wenig höher, bitte«, befahl sie mit kaum hörbarer Stimme.

»So?«

Joel streichelte sie mit quälender Langsamkeit, bis seine Finger eine Stelle erreichten, von der Letty schon einiges gelesen hatte. Bisher war sie sich allerdings nicht sicher gewesen, ob bei ihr alles genauso war wie in den Büchern.

»Ja. Genau da.«

»Soll ich dich dort streicheln – oder ein wenig darum kreisen? Was möchtest du, Boß?«

»Ich weiß es nicht. Versuchen wir beides.« Sie atmete so heftig, als würde sie joggen. Dann konzentrierte sie sich ganz auf die unglaublichen Gefühle in ihrem Schoß. Hin und wieder fragte Joel leise nach, was ihr am besten gefiele, bis sie genau den richtigen Rhythmus gefunden hatten.

»O Joel, das fühlt sich so fantastisch an. Ich kann es einfach nicht glauben.«

»Mir geht es genauso«, murmelte er. Dann flüsterte er etwas, was sie nicht verstand.

»Was?« fragte sie atemlos.

»Nichts, mein Schatz. Möchtest du noch etwas anderes ausprobieren?«

»Ich weiß nicht. So etwas habe ich noch nie erlebt, Joel. Es ist einfach wundervoll. Ich glaube nicht, daß ich es noch lange aushalten kann.« Letty hob unwillkürlich die Hüften und preßte ihren Schoß gegen seine Finger. »O Joel!«

»Ich bin hier, mein Liebling. Bist du sicher, daß du mir keine weiteren Befehle mehr geben willst?«

Es gab tatsächlich noch etwas, worauf Letty sehr neugierig war, aber sie brachte es nicht fertig, ihn darum zu bitten. Zumindest nicht heute nacht. Zuerst mußte sie herausfinden, wie er darüber dachte.

»Nein, Joel. Was du jetzt tust, ist einfach unglaublich.«

»Hast du über das hier jemals einen Artikel gelesen?« Joel ließ seine Lippen über ihren Bauch bis hinunter zu ihrem Schamhaar wandern.

»Joel!«

»Weißt du, was ich meine?«

»Ja, natürlich. Aber ich würde dich nie darum bitten. Das kann ich einfach nicht.«

»Aber du gibst heute die Befehle – also sag mir, was du möchtest.«

»Meine Güte, Joel, das ist kaum etwas, was eine Frau von einem Mann verlangen würde.«

»Versuch es doch einfach.«

Sein warmer Atem und die aufreizenden Bewegungen seiner Hand machten sie beinahe verrückt. »Also gut. Tu es.«

»Wie du wünschst, Boß.«

Als er mit seinen Lippen und der Zunge ihren Schoß streichelte, hielt Letty den Atem an. Noch nie hatte sie eine so überwältigende Erregung verspürt.

»O Joel!« rief sie, als in ihr plötzlich etwas mit einer solchen Gewalt zu explodieren schien, daß sie einen Moment glaubte, die Welt hätte aufgehört, sich zu drehen.

Als es vorüber war, sank sie in sich zusammen. Sie wußte nicht, ob sie weinen oder lachen sollte. Erschöpft schloß sie die Augen.

Irgendwann bemerkte sie, daß Joel sich neben sie legte und eine Decke über sie breitete. Sie drehte sich zur Seite und schmiegte sich an ihn. Er trug immer noch seine Jeans.

»Joel?«

»Schlaf jetzt, Letty.«

»Philip glaubt, ich brauche eine Therapie.«

»Warum?«

»Er ist der Meinung, ich könne nicht richtig auf einen Mann reagieren – sexuell.«

»Wenn du heute noch heftiger reagiert hättest, wäre das Motel in Flammen aufgegangen, mein Liebling. Und jetzt ruh dich aus.«

Sie kuschelte sich zufrieden an ihn. Dann fiel ihr plötzlich etwas ein. »Joel, du hast nicht... Ich meine, du bist nicht...«

»O doch«, brummte er. »Ich gebe zu, es ist mir im Alter von sechzehn Jahren zum letzten Mal passiert, daß ich es nicht rechtzeitig geschafft habe, meine Hose auszuziehen. Was soll's? Ich bin eben nur ein Mann, und du bist wie Dynamit.«

Letty lächelte glücklich. Sie fühlte sich plötzlich sehr selbstsicher – wie eine richtige Frau. »Glaubst du das wirklich?«

»Ich weiß es. Meine Finger wären beinahe verbrannt.« Er schwieg eine Weile und zog sie dann an sich.

»Letty?«

»Hm?«

»Ich habe mich noch nicht dafür bedankt, was du heute für mich getan hast.«

Sie gähnte. »Was meinst du?«

»Du hast dich mit Victor Copeland angelegt, weil du es nicht zulassen wolltest, daß dein Geschäftsführer in der Öffentlichkeit beleidigt wird.«

»Ach, das.«

»Ja. Vielen Dank. Noch nie hat jemand so für mich Partei ergriffen.«

»Ich komme stets meinen Verpflichtungen nach«, erklärte Letty würdevoll und kicherte.

Joel zwickte sie scherzhaft in den Arm. »Sei ruhig und schlaf endlich.«

Dieses Mal fügte sie sich.

Das Läuten des Telefons riß Letty am nächsten Morgen aus dem Schlaf. Ohne die Augen zu öffnen, tastete sie nach dem Hörer. »Hallo?« Sie hörte nur das Freizeichen.

»Das ist der falsche Apparat«, murmelte Joel und drückte seinen Kopf noch tiefer in das Kissen. Er hatte die Arme und Beine so weit ausgebreitet, daß er fast das ganze Bett besetzte.

Beim nächsten Klingelzeichen begriff Letty endlich. »Oh, es läutet in meinem Zimmer.«

»Kümmere dich einfach nicht darum.«

Doch Letty sprang nackt aus dem Bett und setzte die Brille auf. Dann zog sie sich rasch ihr Nachthemd über den Kopf und lief durch die Verbindungstür in ihr Zimmer.

»Hallo?«

»Guten Morgen, Letty. Hier spricht Victor Copeland. Ich hoffe, ich habe Sie nicht geweckt.«

»Nein.« Blinzelnd setzte Letty sich auf die Bettkante. »Kein Problem. Was kann ich für Sie tun?«

»Ich wollte Sie zum Frühstück einladen. Und ich möchte mich für das Verhalten meiner Tochter entschuldigen.«

»Das ist nicht nötig.«

»Bitte.« Victor seufzte. »Wir beide wissen, daß einiges auf dem Spiel steht, und ich bezweifle, daß wir eine Lösung finden können, wenn Joel Blackstone sich in Ihrer Begleitung befindet. Er haßt mich wie die Pest.«

»Hören Sie, Mr. Copeland...«

»Nennen Sie mich Victor. Ich muß mit Ihnen sprechen, Letty. Sie sind die neue Chefin von Thornquist Gear, und ich leite Copeland Marine. Wir sollten wie normale, vernünftige Menschen über unsere Geschäftsbeziehung reden. Denken Sie nicht, daß Sie mir das schuldig sind?«

Letty bemerkte, daß Joel an der Tür stand. Er trug immer noch seine Jeans und warf ihr einen argwöhnischen Blick zu. Ihr war klar, daß Copeland recht hatte: Solange Joel bei ihr war, würde eine Geschäftsbesprechung mit Victor kaum problemlos verlaufen.

»Also gut, Victor, treffen wir uns zum Frühstück. In vierzig Minuten?«

»Ja, gern. Wenn Sie vom Motel aus hundert Meter nach links gehen, finden Sie ein kleines Café. Ich werde dort auf Sie warten.« Victor schwieg einen Moment. »Vielen Dank, Letty. Ich weiß das zu schätzen«, fügte er dann hinzu.

»Dieser verdammte Mistkerl denkt, er könnte dich entwickeln«, sagte Joel leise.

»Er will doch nur mit mir sprechen.«

»Quatsch.«

»Er verdient eine Chance, mir seinen Standpunkt zu schildern, bevor ich eine endgültige Entscheidung treffe, Joel.«

»Du schuldest Victor Copeland überhaupt nichts. Außerdem sind die Würfel längst gefallen. Triff dich nicht mit ihm, Letty.«

Sie verschränkte entschlossen die Arme vor der Brust. »Ich werde mir anhören, was er zu sagen hat, weil ich fair sein möchte; deshalb bin ich hierhergekommen. Wenn ich an seiner Stelle wäre, würde ich auch gern für mich selbst sprechen.«

»Ich werde dich begleiten.«

»Es tut mir leid, Joel, aber das halte ich für keine gute Idee. In deiner Gegenwart könnte ich mir schwerlich ein objektives Bild von der Situation machen.«

»Du kennst die Bilanzen. Die Lage ist eindeutig, und das weißt du auch.«

Letty hob energisch das Kinn. »Ich werde mit ihm sprechen, Joel.« Sie fragte sich, wo die heftige Leidenschaft der letzten Nacht geblieben war.

In dem Hotelzimmer herrschte plötzlich bedrückendes Schweigen.

»Ganz wie du willst, Boß.« Joel stampfte zur Verbindungstür und schlug sie hinter sich zu.

Letty war drauf und dran, hinter ihm herzulaufen und sich in seine Arme zu werfen. Sie wollte ihm sagen, daß es ihr leid täte, wollte ihn bitten, ihr die vertrackte Situation in

Echo Cove zu erklären, damit sie ihm helfen konnte. Er sollte sie umarmen und berühren, wie er es letzte Nacht getan hatte.

Entsetzt betrachtete sie sich im Spiegel, als sie erkannte, welche Richtung ihre Gedanken nahmen. Sie durfte nicht zulassen, daß Joel Blackstone ihr Verlangen nach Sex benutzte, um an ihre Firma zu kommen.

Falls er dachte, er hätte sie nach den Ereignissen der letzten Nacht unter seiner Gewalt, dann täuschte er sich!

Letty sprang auf und lief ins Badezimmer.

Sie mußte sich eingestehen, daß es fantastisch gewesen war und daß sie sich heute morgen wie neugeboren fühlte. Aber sie hatte geglaubt, es wären ihre Befehle gewesen, die Joel willig befolgt hatte. Machte sie sich damit nicht selbst etwas vor?

Seufzend stellte sie die Dusche an und hielt ihren Kopf unter den harten Wasserstrahl.

Victor Copeland nahm seine Kaffeetasse in die Hand und musterte Letty aufmerksam. Das Café war um diese Zeit gut besucht, aber Copeland hatte die Bedienung um einen abgelegeneren Tisch gebeten.

Beinahe alle Besucher hatten ihm respektvoll zugenickt, als er sich schwerfällig durch den schmalen Gang bewegte. Letty war das nicht entgangen. Victor Copeland war zweifellos ein bedeutender Mann in Echo Cove.

»Ich nehme an, Sie wissen inzwischen, daß Joel Blackstone und ich uns schon sehr lange kennen«, meinte Victor schroff.

»Ja.« Letty bemerkte, daß Victors Gesicht auch am frühen Morgen hektische rote Flecken aufwies. Sie fragte sich, ob er vor kurzem krank gewesen war oder ob sein starkes Übergewicht ihm zu schaffen machte.

»Ich muß zugeben, daß unsere Beziehung nicht gerade sehr angenehm verlaufen ist«, gab er seufzend zu. »Er hat früher für mich gearbeitet.«

»Das wußte ich nicht.«

»Er und sein Vater.« Victor schüttelte nachdenklich den

Kopf. »Hank Blackstone arbeitete beinahe sein ganzes Leben für mich, bis er eines Tages betrunken mit seinem Auto von einer Klippe außerhalb der Stadt stürzte.«

»Joels Vater ist tot?« fragte Letty bestürzt.

»Schon seit fünfzehn Jahren. Ich mochte Hank. Er war ein aufrichtiger Mann und ein fleißiger Arbeiter. Leider ist sein Sohn nicht nach ihm geraten. Joel wollte sein Glück schon immer auf die schnelle Art machen. Verstehen Sie, was ich meine?«

Letty dachte daran, daß Joel zehn Jahre seines Lebens investiert hatte, um Thornquist Gear von einem kleinen Laden zu einem bedeutenden Unternehmen aufzubauen. »Nein, eigentlich nicht, aber das spielt keine Rolle. Ich bin nicht an Ihrer Meinung über Joel interessiert.«

Victor wirkte verletzt. »Ich wollte Ihnen nur die Zusammenhänge erklären, damit Sie verstehen, warum es böses Blut zwischen uns gibt. Hank war ein zuverlässiger, ehrlicher Mann, aber sein Sohn hat immer nur Ärger gemacht. Das können Ihnen eine Menge Leute in dieser Stadt bestätigen.«

»Ich finde, wir sollten unser Gespräch auf geschäftliche Dinge beschränken, Mr. Copeland.«

Er schüttelte langsam den Kopf und kniff die Augen zusammen. »Es gibt einen Grund, warum ich niemals mit ihm Geschäfte machen kann, Letty. Er sinnt auf Rache. Das ist alles, was er will.«

»Rache?«

»Ja. Ich wußte es sofort, als ich ihn gestern in dem Restaurant sah. Charlie Thornquist ist gestorben, und Joel will jetzt seine Position nutzen, um mir Copeland Marine wegzunehmen. Und es stört ihn überhaupt nicht, daß er damit nicht nur mein Unternehmen, sondern auch die ganze Stadt zugrunde richtet.«

»Glauben Sie denn, daß die Stadt Schaden erleidet, wenn Ihr Unternehmen geschlossen wird?«

Victor sah sie eindringlich an. »Das weiß ich genau. Zum Teufel, Echo Cove würde ohne Copeland Marine nicht existieren. Das ist eine Tatsache. Jeder hier kann Ihnen das bestätigen. Wenn Copeland liquidiert wird, geht die ganze Stadt vor die Hunde.«

Das hatte Letty befürchtet. Nachdenklich trank sie einen Schluck Kaffee. Noch vor wenigen Wochen hätte er ihr wohl geschmeckt, doch jetzt fand sie ihn viel zu schwach und geschmacklos. Wahrscheinlich hatte sie sich schon an die stärkere Röstung in Seattle gewöhnt.

»Vielleicht sollten Sie mir erzählen, warum Joel Ihre Firma vernichten will«, schlug sie vor.

Copelands Augen funkelten. »Ich dachte, Sie hätten es nach dem gestrigen Abend bereits erraten.«

»Nein, tut mir leid.« Sie war viel zu sehr mit anderen Dingen beschäftigt gewesen.

»Ich habe Ihnen bereits gesagt, daß Joel Blackstone es sich immer so leicht wie möglich machen wollte. Vor fünfzehn Jahren hat dieser Mistkerl...«

Letty hob warnend die Hand. »Bitte sprechen Sie nicht in diesem Ton von meinem Geschäftsführer.«

Victor runzelte die Stirn. »Vor fünfzehn Jahren erkannte Joel Blackstone, daß er sich ein schönes Leben machen könnte, wenn er meine Tochter heiratete.«

Letty sah ihn verblüfft an. »Diana?«

Victor nickte traurig. »Ja. Damit wollte er sich ins gemachte Nest setzen. Er dachte, als mein Schwiegersohn würde ich ihm früher oder später die Firma übergeben, und er könnte für den Rest seines Lebens seine Füße auf meinen Schreibtisch legen.«

Letty stellte mit zitternden Fingern die Tasse auf den Tisch. »Sie waren also mit der Heirat nicht einverstanden?«

»Zum Teufel, nein. Blackstone wußte genau, daß ich meine Tochter nie einem Taugenichts wie ihm anvertrauen würde, also verführte er sie.« In Victors Augen blitzte Haß auf, und die roten Flecken in seinem Gesicht verstärkten sich. »Dieses Schwein hat sich an meiner Tochter vergriffen. Bitte entschuldigen Sie, Letty, aber anders kann ich es nicht ausdrücken. Wahrscheinlich dachte er, ich müßte einer Heirat zustimmen, wenn sie schwanger wäre. Ich habe ihn selbst auf frischer Tat ertappt.«

»Was geschah dann?« fragte Letty vorsichtig.

Copeland zuckte die Schultern und zog eine Grimasse. »Ich tat, was jeder Vater in so einer Situation tun würde – ich machte ihm klar, daß ich ihn erschießen würde, wenn er es noch einmal wagen sollte, meine Tochter anzufassen. Dann sagte ich ihm, er solle verschwinden. Einige Tage später verließ er die Stadt.«

»Einfach so?«

Copeland seufzte tief. »Nein. Am nächsten Tag kam er in mein Büro und bedrohte mich. Ich ließ ihn von meinen Männern hinauswerfen. Danach habe ich ihn nicht mehr gesehen. Bis gestern abend.«

»Es muß ein Schock für Sie gewesen sein, als Sie herausfanden, daß er hinter der Übernahme von Copeland Marine steckt.«

»Natürlich. Ein gewaltiger Schock, Letty.« Victor warf ihr einen seltsamen Blick zu. »Wollen Sie noch etwas wissen?«

»Was?«

»Als Diana vor drei Jahren diesen Schwächling Escott heiratete, kamen mir Zweifel, ob ich vor fünfzehn Jahren nicht einen Fehler gemacht hatte. Blackstone hat zumindest Mut – das muß ich ihm lassen.«

Letty blieb vor dem kleinen Backsteingebäude stehen, das ihr auf dem Weg zum Café bereits aufgefallen war. Die Gravur in der Steinplatte über dem Eingang verriet, daß es sich um die öffentliche Bibliothek von Echo Cove handelte. Sie ging die Stufen hinauf und öffnete die Tür.

Die Bücherei war sehr klein, aber Letty fühlte sich sofort wie zu Hause. Eine Bibliothek verband sie wie immer mit den Gedanken an Kultur und Zivilisation – hier konnte man die besten Dinge finden, die sich die Menschheit seit den Tagen des antiken Alexandria ausgedacht hatte.

Letty sah in diesen Einrichtungen eine große Hoffnung für die Zukunft. Wenn die verschiedenen Völker genug Menschenverstand aufbrächten und Informationen sammelten, so daß sie jedermann zugänglich wären, würde sich vielleicht eines Tages jemand finden, der diesen Erfahrungsschatz nutzen könnte, um Kriege zu beenden oder all die anderen Leiden der Menschheit zu bekämpfen.

Letty fand ihre Arbeit als Chefin eines großen Unternehmens sehr interessant, aber in ihrem Innersten war sie immer noch eine leidenschaftliche Bibliothekarin.

»Kann ich Ihnen helfen?« fragte die Frau mittleren Alters hinter dem Informationstisch freundlich.

»Bewahren Sie Ausgaben der örtlichen Zeitungen auf?«

»Natürlich. Sie werden alle sechs Monate auf Mikrofilm gespeichert. An welchem Zeitraum sind Sie interessiert?«

»Ich möchte mir mehrere Exemplare ansehen«, erwiderte Letty ausweichend.

»Selbstverständlich.« Die Frau stand auf und führte sie zu einem Lesegerät in der gegenüberliegenden Ecke. Dann deutete sie auf einen kleinen Schrank. »Hier finden Sie die Filme – sie sind nach Jahreszahlen geordnet.«

»Vielen Dank. Letty zog eine der Schubladen heraus.

Die Bibliothekarin räusperte sich. »Sie sind Miß Thornquist, nicht wahr? Joel Blackstone ist mit Ihnen hierhergekommen.«

Letty hob die Augenbrauen. »Das hat sich ja schnell herumgesprochen.«

»Ich bin Angie Taylor«, sagte die Bibliothekarin und lächelte verlegen. »Mein Mann und ich waren gestern abend auch im Sea Grill. Es kommt nicht oft vor, daß jemand es wagt, Victor Copeland einfach sitzenzulassen. Er war nicht sehr erfreut darüber.«

»Es war für alle eine peinliche Situation«, murmelte Letty.

»Nur Joel Blackstone machte einen sehr zufriedenen Eindruck. Jeder weiß, daß er Copeland haßt. Es geht mich eigentlich nichts an, aber mein Mann arbeitet für das Unternehmen. Wir haben den größten Teil unseres Lebens in dieser Stadt verbracht. Stimmt es wirklich, daß Copeland in finanziellen Schwierigkeiten steckt?«

»Tut mir leid, Mrs. Taylor, aber darüber kann ich nicht sprechen.«

Angie seufzte enttäuscht. »Das habe ich befürchtet.« Sie schüttelte den Kopf. »Jeder im Restaurant wußte sofort, daß es Ärger geben würde, als Joel Blackstone hereinkam. Es gibt nur einen Grund für ihn nach Echo Cove zurückzukommen – er will sich an Victor Copeland rächen.«

»Kannten Sie Joel gut?« fragte Letty vorsichtig.

»Nein. Ich glaube, das tat niemand hier. Joel war schon als Teenager ein sehr verschlossener Mensch. Als ich anfing, in dieser Bücherei zu arbeiten, ging er noch zur Schule.«

»Kam er oft hierher?«

Angie nickte. »Nachdem seine Mutter gestorben war, verbrachte er viel Zeit in unserer Bibliothek. Sein Vater fing zu trinken an – er konnte den Tod seiner Frau nicht überwinden. Natürlich wurde das Leben für Joel dadurch noch schwerer. Er mußte mit seinem Schmerz allein fertig werden. Damals, in jenem Sommer, nahm er dann einen Job bei Copeland Marine an. Er stürzte sich in die Arbeit, und in seiner Freizeit vergrub er sich in Büchern.«

Letty konnte sich gut vorstellen, wie Joel als einsamer junger Mann versucht hatte, sich durch Lesen von seiner Trauer abzulenken. Auch sie hatte immer Zuflucht in Büchern gesucht. »Dann war diese Bücherei sicher sehr wichtig für ihn.«

»Ja, er hat viele Stunden hier verbracht.« Angie lächelte traurig. »Wenn Copeland Marine schließen muß, wird es die Bibliothek wohl nicht mehr lange geben. Es wäre ein Jammer, wenn wir sie schließen müßten. Joel war nicht er einzige, der hier Trost suchte.«

Eine halbe Stunde später fand Letty auf einem Mikrofilm, wonach sie gesucht hatte. Der Artikel war nicht sehr ausführlich. In wenigen Absätzen wurde berichtet, daß Harold – Hank – Blackstone am Abend zuvor bei einem Autounfall ums Leben gekommen war. Er hinterließ einen Sohn mit dem Namen Joel.

8

Joel lief im Zimmer umher wie ein Löwe im Käfig. Eigentlich sollte ich mich eher fühlen wie ein eingesperrter Vogel, dachte er erbittert. Nur ein Idiot mit einem Spatzenhirn konnte sich in so eine verzwickte Situation bringen.

Er spürte, wie ihm die Kontrolle über seine Pläne aus der Hand glitt.

Jedesmal, wenn er vom Fenster zur Tür lief, mußte er am Bett vorbeigehen. Das Zimmermädchen war noch nicht erschienen, und der Anblick der zerwühlten Laken machte ihn beinahe verrückt. Das Bett erinnerte ihn daran, wie Letty vergangene Nacht in seinen Armen gelegen hatte.

Er blieb davor stehen, hob das Laken auf und preßte es gegen sein Gesicht. Dann atmete er tief ein.

Es roch eindeutig nach Letty. Diesen berauschenden Duft würde er sein Leben lang nicht mehr vergessen – er reichte aus, um ihn sogar jetzt in Erregung zu versetzen.

Verdammt, er hätte es nicht zulassen dürfen, daß sie sich mit Copeland zum Frühstück traf.

Joel ließ das Laken fallen und ging wieder zum Fenster. Er wußte, er hätte sie nicht aufhalten können. Schließlich war sie der Boß.

»Du bist der Boß. Sag mir, was du möchtest, Letty.«

»O Joel, das tut so gut. Ich kann es kaum fassen.«

Es war ihr erster richtiger Orgasmus gewesen – darauf ging er jede Wette ein. Und er hatte ihn ihr verschafft. Hoffentlich vergaß sie das nicht.

Die Reaktionen ihres Körpers waren unglaublich – so etwas hatte er noch bei keiner anderen Frau erlebt. In Letty steckte eine wilde Leidenschaft, die erst geweckt werden mußte, damit sie sie genießen konnte. Sie brauchte nur ein wenig Erfahrung mit dem richtigen Mann.

Falsch, sie brauchte Erfahrung mit ihm! Je mehr, desto besser.

Beim nächsten Mal wollte er in ihr sein, wenn er zum Höhepunkt kam. Er wollte spüren, wenn sich ihre Bauchmuskeln zusammenzogen und die Anspannung dann nach dem Gipfel nachließ. Sie sollte ihre Nägel in seinen Rücken graben und ihn ganz tief in sich aufnehmen.

Am Ausdruck ihrer Augen würde er sehen, ob sie nur bei ihm so stark reagierte. Er hoffte es sehr – es mußte einfach so sein. Aber machte er sich da nicht etwas vor? Letty war eine sehr sinnliche Frau, das hatte er von Anfang an gewußt.

Er riß seinen Blick vom Bett los und starrte zum Fenster hinaus auf den Hafen. Egal, was Copeland, dieser Mistkerl, ihr heute erzählen würde – es war zu spät. Letty würde einsehen müssen, daß Copeland Marine unhaltbar war. Sie konnte es nicht verantworten, auch nur einen weiteren Pfennig in das marode Unternehmen zu stecken.

Als es an der Tür klopfte, fuhr er zusammen. Das mußte Letty sein. Er drehte sich rasch um und durchquerte den Raum mit langen Schritten.

»Es wird aber auch Zeit, daß du zurückkommst«, meinte er, als er die Tür aufriß. Verblüfft starrte er die Frau an, die vor ihm stand. »Diana? Was, zum Teufel, willst du hier?«

Sie warf ihm einen scheuen Blick zu. »Ich muß mit dir sprechen, Joel. Denkst du nicht, daß ich das von dir erwarten kann?«

Er zwang sich zur Ruhe. Hier ging es um geschäftliche Dinge, deshalb mußte er seinen Zorn hinunterschlucken, um klar und vernünftig denken zu können. »Ich glaube nicht, daß ich dir etwas schuldig bin«, erwiderte er kühl und sah auf seine Armbanduhr. »Aber ich habe einige Minuten Zeit. Also, um was geht es?«

»Du haßt mich wirklich«, flüsterte sie.

Joel runzelte die Stirn. »Nein, das stimmt nicht.«

»Das freut mich.« Sie schenkte ihm ein wehmütiges Lächeln. Vor fünfzehn Jahren hätte es ihm das Herz zerrissen. Meine Güte, war er wirklich so dumm gewesen?

»Diana, ich...«

»Kann ich hereinkommen?« Ihr dichtes, schulterlanges

schwarzes Haar glänzte im Sonnenlicht. Vor fünfzehn Jahren hatte sie einen Stufenschnitt bevorzugt. Jetzt trug sie ihr Haar glatt und in der Mitte gescheitelt, so daß ihr klassisches Profil betont wurde. Der schwarze Pullover und die enganliegende schwarze Hose unterstrichen ihr elegantes Aussehen.

Schon damals war sie das hübscheste Mädchen in der Stadt gewesen.

»Ja, natürlich, komm herein.« Joel warf rasch einen Blick in den Flur, bevor er einen Schritt zur Seite trat. Von Letty war keine Spur zu sehen. »Das Zimmermädchen war noch nicht hier. Möchtest du lieber hinuntergehen?«

»Wir wollen doch kein Publikum für unser Gespräch, oder? Das hatten wir gestern abend bereits.«

Er zuckte die Schultern und schloß die Tür. »Die Show hat nicht sehr lange gedauert. Meine Chefin wollte nicht länger bleiben, als der Tonfall beleidigend wurde. In einigen Dingen ist sie sehr empfindlich.«

»Ein richtiger kleiner Schutzengel.« Diana ging langsam zum Fenster hinüber und ließ dabei ihren Blick über das Bett wandern.

»Das stimmt. Sie bemüht sich stets, ihren Verpflichtungen nachzukommen.«

Diana ignorierte Joels Bemerkung und sah auf den Hafen hinaus. »Du bist also zurückgekommen.«

»Keine Sorge. Ich werde nicht lange bleiben.«

»Lange genug, um uns wissen zu lassen, daß du derjenige bist, der für die Liquidierung von Copeland Marine verantwortlich ist.«

»So kann man das nicht sagen. Dein Vater hat das Schiff zum Sinken gebracht. Ich habe nur zugelassen, daß das Leck immer größer wurde.«

»Sehr schlau.« Diana zwinkerte, und zwei große Tränen liefen ihr über die Wangen. »Du willst Daddy ruinieren, nur weil er vor so vielen Jahren gegen unsere Beziehung war.«

»Hör auf damit, Diana. Ich mache mir schon lange nichts mehr aus dramatischen Auftritten. Warum bist du nicht ehrlich? Wir wissen doch beide, daß nicht dein Vater, sondern du selbst unsere Heirat verhindert hast. Ich habe dich gebeten, mit mir die Stadt zu verlassen, aber du hast dich geweigert.«

»Ich war erst neunzehn, und ich hatte Angst.«

»Natürlich – weil du befürchtest hast, deinen Vater zu verärgern. Und weil du Angst hattest, dein Geld und alle anderen Annehmlichkeiten zu verlieren, die du in Echo Cove als Tochter von Victor Copeland genossen hast. Ich verstehe genau, was du damals empfunden hast, Diana.«

»O Joel, es tut mir so leid. Ich kann dir gar nicht sagen, wie sehr.« Sie drehte sich um. Ihr Gesicht war tränenüberströmt. »Als ich dich gestern abend sah, dachte ich zuerst an einen Geist. Ich glaubte, das Gespenst, das mich all die Jahre verfolgt hatte, sei nun zurückgekehrt.

»Ich bin noch sehr lebendig«, erklärte Joel trocken.

»Bitte quäle mich nicht, Joel. Ich weiß, du bist wegen mir – wegen uns – zurückgekommen. Du willst deine Rache. Aber du mußt verstehen, warum ich vor fünfzehn Jahren nicht mit dir weggelaufen bin. Ich war zu jung, um eine so wichtige Entscheidung zu treffen. Und ich hatte Angst. Dafür hast du doch Verständnis, oder?«

»Natürlich.« Joel ließ sich auf einen Stuhl fallen und lehnte sich mit gespreizten Beinen zurück. Er fragte sich, welche Lügen Copeland in diesem Moment Letty auftischte. »Du warst noch ein Kind. Ich war selbst erst einundzwanzig und hatte nur fünfzig Dollar in der Tasche. Das war nicht einmal genug, um dich für eine Nacht in einem der gehobenen Hotels unterzubringen, an die du gewöhnt warst.«

Dianas Augen füllten sich wieder mit Tränen. »Du bist so verbittert. So zornig. Und ich kann dir deswegen keinen Vorwurf machen.« Sie ging auf ihn zu.

Joel begriff zu spät, was sie vorhatte. Bevor er aufstehen konnte, kniete sich Diana vor ihm nieder und legte ihre Hände auf seine Oberschenkel.

»Bitte, hör mir zu, Joel«, sagte sie flehentlich. »Wenn ich noch einmal die Wahl hätte, würde ich mit dir gehen. Du weißt nicht, wie sehr ich meinen Fehler bereue.«

In diesem Moment öffnete sich die Verbindungstür, und Letty kam herein.

Joel bemerkte, wie ihre Augen sich vor Schreck weiteten, als sie Diana zwischen seinen gespreizten Beinen knien sah. Er wußte genau, was jetzt in ihr vorging. Sie dachte daran, wie sie ihren Ex-Verlobten mit der Studentin ertappt hatte.

»Meine Güte.« Joel sprang auf wie von der Tarantel gestochen und stieß Diana beiseite.

»Joel, warte. Du mußt mir zuhören.« Diana streckte beschwörend ihre Hand aus. »Ich flehe dich an. Bitte laß mich alles erklären.«

Er packte sie am Arm und zog sie unsanft auf die Beine. »Verdammt, Diana, hör endlich auf, dich zu benehmen wie eine Schauspielerin auf der Bühne«, fuhr er sie an.

»Ich bitte um Entschuldigung, wenn ich störe.« Lettys Stimme klang frostig. »Ich wollte Joel nur sagen, daß wir heute nachmittag Copeland Marine besichtigen werden.«

Diana warf Letty einen hastigen Blick zu und wandte sich sofort wieder an Joel. Sie ballte die schmalen Hände zu Fäusten und begann zu weinen.

»Ich dachte, du kämst zurück, Joel«, schluchzte sie und trommelte mit den Fäusten gegen seine Brust. »Verdammt, ich habe auf dich gewartet. Du solltest doch kommen, um mich zu retten.«

Sie lief zur Tür und rannte aus dem Zimmer. Kurz darauf war das klappernde Geräusch ihrer Absätze verklungen.

Letty warf einen Blick auf ihre Armbanduhr. »Ich habe Victor gesagt, wir würden gegen halb zwei Uhr kommen. Hoffentlich kannst du das mit deiner Terminplanung vereinbaren.« Sie ging in ihr Zimmer zurück und schloß die Tür hinter sich.

Mit einem Satz war Joel an der Verbindungstür und riß sie wieder auf. »Verdammt, Letty, es war nicht so, wie du denkst.«

»Dein Privatleben geht mich nichts an, Joel.«

»Unsinn. Nach dem, was letzte Nacht geschehen ist, sollten wir...«

»Ja, das dachte ich mir.« Joel ging wütend auf sie zu.

Letty wich zurück, bis sie an das Bett stieß. »Joel, ich...«

»Du willst einfach nicht zugeben, daß es dir gefallen hat, nicht wahr? Was ist los mit dir, Letty? Kannst du dir nicht eingestehen, daß *ich* dir dieses Vergnügen verschafft habe? Ich, und nicht dieser verdammte Professor in Vellacott? Glaubst du denn, ein Mann müßte einen akademischen Grad besitzen, um eine Frau wie dich zum Orgasmus bringen zu können?«

»Hör auf, Joel. Warum schreist du mich so an? Es ist nicht meine Schuld, daß ich dich vor einigen Minuten mit Diana überrascht habe, während sie wie eine glühende Verehrerin vor dir kniete.«

»Wie bitte?« Er starrte sie verblüfft an.

»So war es doch. Sie betete dich förmlich an. Und es war eindeutig, welchen Körperteil sie an dir bewunderte.«

»Vielleicht wärst du an diesem Körperteil ebenfalls interessiert. Du müßtest mir nur eine Chance geben, rechtzeitig meine Jeans auszuziehen«, erwiderte Joel impulsiv. Er schloß stöhnend die Augen und versuchte, sich zu beherrschen. »Meine Güte, ich kann das einfach nicht glauben.«

»Mir geht es ebenso. Würdest du mich bitte vorbeilassen, Joel?«

Joel trat einen Schritt zurück, und Letty verschränkte die Arme vor der Brust und funkelte ihn zornig an.

Er zwang sich, tief durchzuatmen. »Also gut, Letty. Zuerst möchte ich dir die Situation erklären.«

»Das ist nicht nötig.«

»O doch«, erwiderte Joel grimmig. »Diana hat uns eine kleine Szene aus ihrem Repertoire vorgespielt.«

»Das habe ich gesehen.«

»Sie wollte einen dramatischen Auftritt inszenieren, und das ist ihr gelungen. Seit ich sie kenne, legt sie großen Wert darauf, im Mittelpunkt zu stehen. Sie bildet sich ein, ich wolle Copeland Marine vernichten, weil ich angeblich nicht vergessen könne, was vor fünfzehn Jahren hier geschehen ist.«

Letty hielt den Blick starr auf ein Bild an der Wand gerichtet und strich sich nervös mit den Händen über die Arme.

»Ich weiß von Victor, daß du mit Diana ein Verhältnis hattest«, murmelte sie. »Er hat mir alles erzählt.«

Joel musterte sie kühl. »Alles?«

Sie nickte peinlich berührt und wurde rot. »Ja, alles. Er schilderte mir, wie er dich mit Diana überraschte und dir befahl, sie in Ruhe zu lassen. Dann vertrieb er dich aus der Stadt.«

»Und sonst hat er dir nichts erzählt?«

Sie blickte ihn ernst an. »Er sagte, er begreife nun, daß er damals einen Fehler begangen habe. Seiner Meinung nach hättest du einen besseren Schwiegersohn abgegeben als Keith Escott. Das dürfte wohl eine Befriedigung für dich sein.«

»Es ist mir verdammt gleichgültig, wie er darüber denkt.«

»Ich glaube, es hat wenig Sinn, diese Unterhaltung fortzusetzen. Wir beide wissen, daß du meine Firma benutzt, um dich an Copeland zu rächen.«

»*Deine* Firma?« In Joel stieg wieder unkontrollierbare Wut hoch.

»Ja. Thornquist Gear gehört mir – ob es dir gefällt oder nicht. Das solltest du endlich akzeptieren.«

»Du willst anscheinend nicht, daß ich dir die Sachlage erkläre. Nun gut, vergessen wir die Vergangenheit. Was hat Copeland beim Frühstück mit dir besprochen?«

»Das habe ich dir bereits gesagt.«

Joel hob ungeduldig die Hand. »Ich spreche nicht von früher. Was für eine rührselige Geschichte hat er sich ausgedacht, um seine Firma behalten zu können?«

»Hier geht es um Tatsachen«, erwiderte Letty empört. »Ich bin sicher, du weißt, was auf dem Spiel steht. Meine Befürchtungen haben sich leider bestätigt. Wenn wir Copeland Marine schließen, hat das eine verheerende Wirkung auf die wirtschaftliche Lage in Echo Cove.«

»Geschäft ist Geschäft. Was, zum Teufel, soll die Einladung in das Werk?«

»Copeland will uns herumführen, das ist alles.«

»Und du wirst hingehen?«

»Natürlich. Möchtest du nicht mitkommen?«

»Das sollte ich wohl besser tun. Wenn ich nicht dabei bin, wird Copeland sich sicher noch einige herzerweichende Geschichten für dich einfallen lassen.«

Letty hob trotzig das Kinn. »Und ich werde ihm zuhören.«

»Wie du willst, Letty. Es gibt kein Zurück mehr. Du kannst Thornquist nicht aufs Spiel setzen, um Copeland Marine zu retten. Wenn du versuchst, Copeland über Wasser zu halten, gefährdest du damit deine eigene Firma. Nimmt Thornquist Gear Schaden, werden dreimal so viel Menschen arbeitslos wie hier in Echo Cove. Das solltest du dir vor Augen führen, Boß.«

»Nenn mich nicht Boß!« schrie sie ihn an.

Joel war verblüfft über ihren plötzlichen Gefühlsausbruch. Bisher hatte sie sich ruhig und vernünftig verhalten. »Schon gut, Letty. Reg dich nicht auf.«

»Ich werde noch einen kleinen Spaziergang durch Echo Cove machen, bevor wir zu Copeland gehen. Ich brauche dringend frische Luft.« Letty ging zum Schrank und nahm eine Hose heraus. »Wenn du mich jetzt entschuldigen würdest – ich möchte mich umziehen.«

»Ich werde dich begleiten und dir einiges zeigen.«

»Nein, danke. Ich finde mich schon selbst zurecht. Keine Sorge, ich werde mich nicht verlaufen.«

Joel sah sie enttäuscht an. Er mußte sich eingestehen, daß er ihr heute wohl nichts recht machen konnte. Vielleicht brauchte sie ein wenig Zeit für sich, um sich zu beruhigen. »In Ordnung. Wie du willst.« Zögernd wandte er sich zur Tür.

»Joel?«

Er blieb unvermittelt stehen und drehte sich um. »Ja?«

»Diana sagte, du hättest sie vor fünfzehn Jahren retten sollen. Wovor?«

»Es gab keinen Grund, sie zu retten«, sagte Joel. »Diana lebte wie eine Prinzessin. Sie hatte alles, was sie wollte: schöne Kleider, ein neues Auto, einen Platz in einem exklusiven Privatcollege – einfach alles. Wenn sie sich etwas wünschte, brauchte sie es nur ihrem Daddy zu sagen, und am nächsten Tag gehörte es ihr.«

»Nur dich konnte sie nicht haben. Victor ließ es nicht zu.«

»Stimmt.« Joel ging in sein Zimmer und wollte die Tür hinter sich schließen.

»Joel?«

»Was?«

»Mir ist klargeworden, daß du wegen Diana nach Echo Cove zurückgekehrt bist. Du hast sie damals nicht gerettet. Willst du das jetzt nachholen?«

Joel schüttelte angewidert den Kopf. »Du hast einen völlig falschen Eindruck von der Sache, Boß. An dieser Geschichte bin ich schon lange nicht mehr interessiert.«

Eine halbe Stunde später stand Letty in einem kleinen Park am Ufer und sah auf das Meer hinaus. Die Sonne schien noch, aber es zogen allmählich Wolken auf. Eine sanfte Brise spielte mit ihrem Haar.

Zum ersten Mal, seit sie Indiana verlassen hatte, fühlte sie sich nervös und entmutigt. Als sie vor einigen Wochen den Beschluß gefaßt hatte, ihren Job aufzugeben und nach Seattle zu ziehen, war ihr alles so einfach erschienen. Thornquist Gear und ein neues Leben hatten auf sie gewartet. Die Gelegenheit schien perfekt, und sie war überzeugt gewesen, daß ihre Entscheidung richtig war.

Dann erinnerte sie sich daran, wie Großonkel Charlie ihr einmal gesagt hatte, daß es auf dieser Welt nichts umsonst gäbe.

Letty begriff allmählich, wie sehr Joel Blackstone ihr neues Leben beeinflußte. Er war ihr immer noch ein Rätsel. Wenn sie mit ihm zusammen war, lief ständig etwas schief, und nichts geschah so, wie sie es sich vorgestellt hatte.

Bis auf letzte Nacht, dachte sie wehmütig. Joel hatte sie von ihrer geheimen Angst befreit, nie so starke Gefühle empfinden zu können. Anscheinend hatte es bisher doch daran gelegen, daß sie dem Richtigen noch nicht begegnet war.

Leider war der richtige Mann versessen auf Rache und Zerstörung.

Mit gemischten Gefühlen gestand sie sich ein, daß sie dabei war, sich zu verlieben.

Um halb drei führte Victor Copeland Letty und Joel in sein Büro. Vom Fenster aus hatte man einen ausgezeichneten Blick über das Werksgelände, das sie gerade besichtigt hatten.

Trotz der finanziellen Probleme herrschte rege Betriebsamkeit. Dutzende von Männern mit Schutzhelmen und in Overalls arbeiteten an mehreren Jachten, Schiffen und Fischerbooten im Trockendeck.

Überall sah man Seilrollen, Winden und Ketten. Das Geräusch der Elektromotoren und der Geruch nach Farbe und Teer drangen durch das Bürofenster.

Auf Copelands Schreibtisch stapelten sich Kataloge für Bootszubehör, Blaupausen und Aktenordner.

»Verstehen Sie jetzt, was ich meine, Letty? Copeland Marine hat etliche Aufträge. Ich habe hier einen ausgezeichneten Ruf – das war schon immer so. Vor einigen Jahren gerieten wir durch die allgemein schlechte Wirtschaftslage in Schwierigkeiten. Ich muß zugeben, daß ich damals wegen einiger Neuanschaffungen keine Reserven hatte.«

»Sie steckten bis zum Hals in Schulden, Copeland.« Joel steckte die Hände in die Taschen und lächelte kalt. »Sie konnten kaum mehr die Zinsen für Ihre Bankkredite bezahlen. Spätestens nach einem halben Jahr hätten Sie alles verloren. Ihre Zwangslage können Sie schlechtem Management zuschreiben.«

Victor ignorierte ihn ebenso wie während der Besichtigung des Werks und wandte sich an Letty. »Da ich etwas knapp bei Kasse war, ging ich auf Thornquists Angebot ein. Ich konnte ja nicht wissen, daß es sich um eine Falle handelte. Jetzt läuft alles wie geplant. Wenn Sie mir noch ein wenig Zeit geben, hole ich die Firma aus den roten Zahlen.«

»Ihre Zeit ist abgelaufen, Copeland.« Joel sah Letty beschwörend an. »Wir haben genug gesehen. In den letzten fünfzehn Jahren hat sich hier nichts verändert. Victor Copeland führt diesen Betrieb immer noch, als wäre es eine kleine private Reparaturwerkstatt in einer Garage. Selbst in hundert Jahren könnte er die Firma nicht retten.«

Copelands Gesicht färbte sich dunkelrot. Zum erstenmal an diesem Nachmittag sah er Joel direkt an. »Sie halten den Mund! Ich spreche jetzt mit der Besitzerin von Thornquist Gear. Ihnen gehört die Firma ja wohl nicht, Blackstone.«

Joel hielt den Blick fest auf Letty gerichtet. »Es hat keinen Sinn, noch länger hierzubleiben.«

»Einen Moment!« brüllte Copeland. »Ich habe ein Recht darauf, ihr alles zu erklären. Verdammt, hier geht es ums Geschäft.«

Letty runzelte besorgt die Stirn. Während der Werksbesichtigung hatten sich beide Männer ruhig verhalten, doch jetzt schien der Waffenstillstand vorüber zu sein.

»Verzeihen Sie«, warf sie rasch ein. »Ich würde mir gern noch die anderen Büros ansehen.«

Victor drehte sich überrascht um und sah sie finster an. »Was? Wovon sprechen Sie?«

Sie lächelte. »Ich möchte mir einen Eindruck von der Verwaltung verschaffen.«

»Verwaltung? Copeland Marines Verwaltung bin ich. Das war schon immer so. Dieses Unternehmen gehört mir.«

»Ich weiß. Aber es gibt doch sicher ein Büro für die Buchhaltung, wo zum Beispiel die Lohnabrechnungen gemacht werden«, erwiderte Letty freundlich.

»Ach so. Ja, natürlich.« Victor ging an Joel vorbei, ohne ihn anzusehen, und öffnete die Tür. »Hier entlang.«

Letty folgte ihm auf den Flur und stieß unvermittelt mit Keith Escott zusammen.

»Bitte entschuldigen Sie, Miß Thornquist.« Keith ergriff rasch ihren Arm, um sie zu stützen, und sah sie besorgt an. »Das wollte ich wirklich nicht. Alles in Ordnung?«

»Bestimmt«, murmelte Joel.

Keith warf ihm einen kurzen Blick zu. »Das freut mich. Wie war die Besichtigung?«

»Sehr interessant«, antwortete Letty ausweichend. Sie dachte daran, wie Diana sich vor Joel auf die Knie geworfen hatte, und verspürte plötzlich Mitleid mit Keith. Ob er wohl wußte, daß seine Frau heute morgen im Motel Joel besucht hatte? Sie hoffte, er würde es nie erfahren. Keith schien ein empfindsamer Mensch zu sein.

»Wir sind in Eile«, sagte Victor ungeduldig. »Bis später, Escott.«

Keiths Augen verengten sich bei Victors herrischem Tonfall, aber er hatte sich rasch wieder unter Kontrolle. »Ich dachte, Miß Thornquist wäre vielleicht an den Zahlen interessiert, die meine Langzeitplanung für Copeland Marine ergeben haben«, sagte er ruhig und hielt Victor eine Aktenmappe entgegen.

Mit einer abwehrenden Bewegung schlug Victor ihm die Mappe aus der Hand. Als sie zu Boden fiel, rutschten einige lose Blätter heraus. »Du und deine verdammte Langzeitplanung! Verschwinde, Escott. Geh wieder an deinen Computer und spiel damit herum. Ich sagte bereits, wir sprechen uns später. Kommen Sie, Letty.«

Doch Letty hatte sich bereits gebückt und sammelte die Papiere ein. »Lassen Sie mich Ihnen helfen, Keith.«

»Vielen Dank, ich glaube, wir haben alles.« Keith erhob sich und nickte steif. »Bis später, Letty.«

Joel hatte die Szene mit grimmiger Miene beobachtet, schwieg aber.

Letty schenkte Victor ein kühles Lächeln. »Können wir jetzt weitermachen?«

»Natürlich. Bringen wir die Sache hinter uns.« Victor drehte sich um. »Es gibt allerdings nicht viel zu sehen.«

Gegen Mitternacht schreckte Letty mit dem beunruhigenden Gefühl hoch, daß etwas nicht stimmte. Eine Weile lauschte sie. Dann hörte sie wieder das Geräusch, das sie geweckt hatte. Joel versuchte, die Verbindungstür zu öffnen.

Der Mann hat Nerven, dachte Letty wütend. Nach allem, wie er sich heute verhalten hatte, erwartete er tatsächlich, jetzt da weitermachen zu können, wo er vergangene Nacht aufgehört hatte.

Sie schob die Bettdecke zur Seite, setzte die Brille auf und sprang aus dem Bett. Glücklicherweise hatte sie daran gedacht, das Schloß von innen zu verriegeln.

Als sie fast an der Tür war, gab Joel auf. Letty überlegte, ob sie ihn zur Rede stellen oder besser so tun sollte, als hätte sie ihn nicht bemerkt.

Bevor sie sich entscheiden konnte, hörte sie plötzlich andere Geräusche. Eine Schranktür wurde geöffnet und wieder geschlossen. Die Federn eines Sessels quietschten. Dann hörte Letty, wie Joel durch das Zimmer ging und die Tür zum Flur öffnete. Mit einemmal wurde ihr klar, was er vorhatte.

Sie hastete zur Außentür und schob rasch den Riegel zurück. Barfuß trat sie auf den kalten Steinboden.

Die kalte Nachtluft nahm ihr beinahe den Atem. Joel schloß gerade die Tür zu seinem Zimmer ab und ging dann zur Treppe. Er trug Jeans und eine graue Windjacke. Sicher hatte er sie gehört, aber er sah sich nicht um.

»Joel?« rief Letty leise.

Er drehte sich auf der Treppe um und warf ihr über die Schulter einen Blick zu. »Was, zum Teufel, willst du?« Im grellen Licht der Außenbeleuchtung wirkte sein Gesicht hart. Er sah aus wie ein Krieger auf dem Weg zum Schlachtfeld.

»Wohin gehst du?« fragte Letty stirnrunzelnd.

»Ich gehe aus«, erwiderte er barsch.

Letty zuckte zusammen. »Ich habe dir schon einmal gesagt, daß ich nicht möchte, daß du mitten in der Nacht in Echo Cove herumläufst. Das macht keinen guten Eindruck, Joel.«

»Ich habe nicht vor zu joggen, Madam«, erklärte Joel betont höflich.

Sie zwinkerte und schob die Brille zurecht. »Was willst du dann um diese Zeit tun?«

»Ich gehe in eine Kneipe«, sagte er. Seine Stimme klang frostig. »Sie heißt Anchor und ist nicht weit entfernt. Vor fünfzehn Jahren war sie der Treffpunkt der Männer, die ihren nörgelnden Frauen und schwierigen Bossen entfliehen wollten.«

Letty richtete sich zornig auf. »Joel...«

»Ich bin vorher daran vorbeigegangen, und es scheint sich nichts verändert zu haben. Nachdem ich mich im Moment sogar mit beiden herumplagen muß – einer nörgelnden Frau und einem schwierigen Boß –, werde ich tun, was man seit Generationen in Echo Cove in diesem Fall tut: Ich gehe ins Anchor. Bist du nun zufrieden?«

Letty starrte ihn entgeistert an. »Du willst dich in eine schäbige Kneipe setzen? Um diese Uhrzeit? Das kannst du nicht machen, Joel.«

»Hast du einen anderen Vorschlag?« Er musterte sie spöttisch von Kopf bis Fuß.

»Du wirst nicht in diese Kneipe gehen und dich betrinken«, erwiderte sie wütend. »Das verbiete ich dir.«

»Also weißt du etwas Besseres.« Joel grinste anzüglich.

»Joel, bitte denk an das Image der Firma. Es würde keinen guten Eindruck machen, wenn der Geschäftsführer von Thornquist Gear sich in einer Bar vollaufen läßt.«

»Ich pfeife auf das Image der Firma.« Joel kam auf sie zu. »Und auf die Chefin der Firma ebenfalls.«

Letty zog sich hastig in ihr Zimmer zurück und schlug die Tür zu. Vorsichtshalber schob sie den Riegel vor. Dann lehnte sie sich gegen die Wand und schloß die Augen, während sie hörte, wie Joels Schritte sich langsam entfernten.

9

Als Joel die Kneipe betrat, fiel sein Blick sofort auf Keith Escott. Er schloß daraus, daß nörgelnde Frauen ein allumfassendes Problem darstellten, das vor Standesunterschieden nicht halt machte. Und das Anchor war für alle da.

In einer größeren Stadt hätte ein Mann in Escotts Position wahrscheinlich ein anderes Lokal gewählt, um seinen Ärger hinunterzuspülen, aber in Echo Cove gab es keine große Auswahl.

Escott saß auf einem Barhocker und beugte sich tief über sein Whiskyglas. Er trug einen weiß-braun gestreiften Pullover und eine dazu passende Hose mit Aufschlag. Durch seine elegante Kleidung unterschied er sich von den anderen Gästen, die fast alle in schweren Stiefeln, Jeans und karierten Hemden erschienen waren.

Plötzlich tat Escott ihm leid. Es war sicher nicht einfach, mit der Prinzessin von Echo Cove verheiratet zu sein. Und unter Victor Copeland zu arbeiten, mußte einem Aufenthalt in der Hölle gleichen. Joel begriff mit einemmal, daß er vor fünfzehn Jahren gerade noch davongekommen war. Es war nicht das erste Mal, daß ihm dieser Gedanke durch den Kopf schoß.

Vor fünfzehn Jahren hatte er sich eingebildet, Diana aus ihrem goldenen Käfig befreien zu können. Sie hatte ihn davon überzeugt, daß er sie aus den Klauen ihres Vaters retten müsse.

Joel hatte geglaubt, sie zu lieben, und darauf gebaut, daß sie sein Gefühl erwiderte. Deshalb hatte er sich in die Rolle des Ritters drängen lassen, der selbst vor moralischen Hindernissen nicht zurückschreckte. Wenn er jetzt daran dachte, konnte er sich nur über sein naives Verhalten wundern.

Diana hatte nie Hilfe benötigt, und sie wollte auch nicht gerettet werden. Sie hatte nur den Reiz des Verbotenen gesucht, und Joel Blackstone war dafür genau der Richtige gewesen.

Joel war nicht in der Stimmung für Gespräche, deshalb wählte er einen Barhocker am hinteren Ende der Theke.

»Was darf's sein?« fragte der beleibte Barkeeper mit schütterem Haar.

»Ich nehme ein Bier, Stan. Ein starkes vom Faß.«

Stan runzelte verblüfft die Stirn. »Kennen wir uns?« Dann lächelte er. »Blackstone! Ich habe schon gehört, daß du in der Stadt bist. Du arbeitest für diese Lady von Thornquist Gear, nicht wahr?«

»Richtig«, erwiderte Joel knapp.

»Stimmt es, daß Copeland Marine zum Teil Thornquist gehört?«

»Ja.«

Stan stützte sich auf die Ellbogen und lehnte sich vor. »Man sagt, daß Thornquist Gear die Firma von Copeland schließen will«, sagte er leise.

»Die Gerüchteküche in Echo Cove ist also noch in Betrieb. Bringst du mir jetzt mein Bier, Stan, oder soll ich es mir selbst zapfen?«

Stan richtete sich seufzend auf und schob ein Glas unter den Zapfhahn. Kurz darauf stellte er Joel das Bier auf die Theke. »Und?«

»Was?«

»Stimmt es, was man sich erzählt?«

»Ja.«

»Meine Güte«, flüsterte Stan erschüttert. »Das wird die ganze Stadt ruinieren.«

Joel senkte den Blick und starrte auf das Glas in seiner Hand. »Das habt ihr Copeland zu verdanken. Er hat das Unternehmen zugrunde gerichtet. Thornquist Gear hat ihn in den vergangenen Jahren über Wasser gehalten, aber...«, er nahm einen kräftigen Schluck, »aber ihr könnte nicht von uns erwarten, daß wir ihn für immer unterstützen.«

Stan musterte ihn nachdenklich. »Du konntest Copeland noch nie leiden, oder?«

»Da bin ich nicht der einzige.«

»Na gut, er ist ein Mistkerl. Die meisten Leute in seiner Position sind es ebenfalls. Aber er hat in den letzten dreißig Jahren für eine Menge Jobs gesorgt – das muß man ihm lassen.«

»Er hat die Leute aber nicht nur eingestellt, Stan«, erwiderte Joel leise. »Er hat einige ebenso schnell wieder gefeuert.«

Stan schwieg eine Weile. »Was hast du denn erwartet, nachdem er dich mit seiner Tochter erwischt hatte?« fragte er dann.

Joel zuckte die Schultern. »Ich dachte, er würde mich zusammenschlagen und dann aus der Stadt jagen.«

»Also bist du noch gut davongekommen. Er hat dich nicht verprügelt.«

»Aber er hat es versucht.« Joel dachte an die Szene in der alten Scheune. »Mit einem großen Holzprügel.«

Stan sah Joel gedankenvoll an und nahm ein Glas in die Hand, um es abzutrocknen. »Das wußte ich nicht. Aber du hast es anscheinend überlebt.«

»Nur, weil Copeland vor fünfzehn Jahren auch schon so dick und schwerfällig war«, erklärte Joel.

»Er hat dich also aus der Stadt vertrieben, und du mußtest auf das Mädchen verzichten.« Stan warf Escott einen raschen Blick zu und wandte sich dann wieder Joel zu. »Wenn du mich fragst, hast du Glück gehabt.«

»Das habe ich mir auch schon gedacht.«

»Du arbeitest also für Thornquist Gear, und dieses Unternehmen will Copelands Laden schließen. Das ist doch kein Zufall, stimmt's?«

Joel lächelte freudlos. »Du warst schon immer schlauer als du aussiehst, Stan. Du hast recht – es ist kein Zufall.«

Stan runzelte die Stirn. »Du versuchst also, diese Miß Thornquist dazu zu bringen, Copeland Marine und damit einen Teil der Stadt zu vernichten, nur weil du vor fünfzehn Jahren dieses Mädchen nicht haben konntest?«

»Nein«, entgegnete Joel. »Nicht deshalb.«

»Warum dann?«

»Nur aus geschäftlichen Gründen, Stan.« Joel hob sein

Glas an die Lippen. »Es hat nichts mit meinen Privatangelegenheiten zu tun.«

»Quatsch. Ich hoffe, du weißt, daß du damit einige Leute in große Schwierigkeiten bringst.«

»Welche Leute? Menschen wie dich, Stan? Es interessiert mich nicht, was aus euch wird.«

Stan sah ihn unbehaglich an. »Hör zu, Blackstone. Ich hatte nichts mit der Sache zu tun. Und es ist nicht meine Schuld, daß dein Vater betrunken von einer Klippe stürzte.«

»Du konntest nichts dafür? Hast du nicht die Getränke ausgeschenkt? Du wußtest genau, wieviel er getrunken hatte.«

»Ja, zum Teufel, er war betrunken. Ich weiß, du glaubst mir nicht, aber dein Dad war voll bis unter die Haube. Und es ist nicht mein Job, meine Kunden vom Trinken abzuhalten«, sagte Stan barsch. Dann sah er Joel über die Schulter, nickte kurz und ging zum anderen Ende der Theke.

Joel drehte sich um. Hinter ihm stand Keith Escott.

»Guten Abend. Kann ich Ihnen einen Drink spendieren?«

»Sie haben wirklich Nerven, Sie Mistkerl.« Keiths Stimme klang leise und leicht schleppend. Ungeschickt hievte er sich neben Joel auf einen Barhocker und stützte sich an der Theke ab. Sein Atem roch stark nach Alkohol. »Was glauben Sie eigentlich, wer Sie sind?«

Joel hob sein Glas. »Sie sind also nicht gekommen, um sich nett mit mir zu unterhalten?«

Keith sah ihn aus glasigen Augen zornig an. »Ich weiß, was heute los war, Sie Schwein. Alles.«

»Ja? Was meinen Sie damit?«

»Diana hat Sie in Ihrem Motelzimmer besucht. Ich weiß, daß sie bei Ihnen war.«

Joel stellte das Glas langsam auf die Theke zurück. »Nur keine Aufregung, Escott. Es war nicht so, wie Sie denken«, sagte er ruhig.

»Haben Sie wirklich geglaubt, ich würde nichts davon erfahren? Sie haben wohl vergessen, daß Echo Cove eine Kleinstadt ist.«

»Nein, das weiß ich sehr wohl.«

Keiths Gesicht lief rot an. »Sie glaubt, Sie wären zurückgekommen, um sie mitzunehmen – um sie zu retten!«

»Sie weiß genau, daß das nicht stimmt. Hören Sie, Escott, ich bin nicht an Diana interessiert. Ich bin nicht wegen ihr zurückgekommen, und ich habe nicht vor, sie mitzunehmen. Haben Sie mich verstanden?«

»Verdammt, geben Sie doch zu, daß Sie wegen der Geschichte hier sind, die sich vor fünfzehn Jahren ereignet hat.«

»Es hat mit der Vergangenheit etwas zu tun, aber nicht mit Diana«, erklärte Joel bestimmt.

»Aber Sie wollten sie damals heiraten!«

»Ich habe es mir anders überlegt.«

Keith hielt sich an der Theke fest und stand auf. »Sie sollten besser sagen, *sie* änderte ihre Meinung. Sie weigerte sich, mit Ihnen durchzubrennen. Warum hätte sie das auch tun sollen? Sie waren immerhin nur ein unbedeutender Taugenichts, der für ihren Vater arbeitete. Sicher ganz nett, um eine Weile Spaß zu haben, aber kein Mann zum Heiraten.«

»Das stimmt. Warum hätte sie mich heiraten sollen? Ich hatte Diana nichts zu bieten – das gab sie mir deutlich zu verstehen.«

»Aber jetzt ist das anders.« Keiths Stimme wurde lauter. »Sie sind als Geschäftsführer eines bedeutenden Unternehmens zurückgekommen, und Diana denkt, Sie wären ein Ritter in schimmernder Rüstung. Ein Held, der sie aus dieser Stadt herausholen wird.« Er hob erregt den Arm und stieß dabei sein Glas von der Theke.

Der Mann neben ihm sprang erschrocken auf, als das Glas auf dem Boden zersplitterte. Plötzlich herrschte Schweigen im Anchor, und alle drehten sich zu Joel und Escott um.

»Bleiben Sie ruhig, Escott«, sagte Joel leise. »Ich bestelle Ihnen noch einen Whisky.«

»Von Ihnen würde ich nicht einmal ein Glas Wasser annehmen.« Keith schwankte leicht. »Ich weiß Bescheid über Sie, Blackstone. Copeland hat recht – Sie sind immer noch ein Mistkerl. Das hat sich in den letzten fünfzehn Jahren nicht geändert. Vielleicht haben Sie jetzt mehr Geld in der Tasche, aber wir alle wissen ja, woher das kommt.«

»Halten Sie den Mund«, befahl Joel kalt.

»Sie haben Geld und eine einflußreiche Stellung, weil Sie mit der Besitzerin von Thornquist Gear schlafen. Das stimmt doch, oder? Wie fühlt man sich, wenn man sich auf diese Weise den Weg zum Erfolg sichert? Ist es ein angenehmes Gefühl, den ›Privatsekretär‹ von Miß Thornquist zu spielen? Sind Sie vierundzwanzig Stunden am Tag für sie verfügbar?«

Wütend sprang Joel auf. Obwohl Keith betrunken war, reagierte er erstaunlich schnell und setzte zu einem Kinnhaken an.

Joel duckte sich, versetzte ihm einen Schlag in die Magengrube und trat dann rasch einen Schritt zurück.

Keith taumelte und krümmte sich zusammen. »Sie Schwein. Ich werde Ihnen beibringen, was passiert, wenn man verheiratete Frauen nicht in Ruhe läßt. Diana bekommen Sie nicht.« Er torkelte auf Joel zu.

Die anderen Gäste schoben hastig ihre Stühle aus dem Weg und bildeten schweigend einen Kreis um die beiden Männer. Keiner machte Anstalten, sich einzumischen. Joel wußte, warum. Hier ging es um einen Streit zwischen Copelands auserwähltem Schwiegersohn und dem Mann, der nach Echo Cove zurückgekommen war, um die Stadt zu zerstören.

Keith schlug mit verblüffender Treffsicherheit zu und traf Joel an der Wange. Für einen Moment sah Joel Sterne. Escott war nicht so verweichlicht, wie er wirkte, versuchte auch sofort, seinen Vorteil zu nutzen, und holte wieder aus.

»Eine Schlägerei löst die Probleme nicht«, knurrte Joel und blockte den Schlag mit dem Arm ab. »Das ist mir vor langer Zeit klar geworden.«

»Sie hätten eben nicht zurückkommen sollen, Sie Bastard!« Keith hob das linke Bein und trat Joel mit aller Kraft gegen den Oberschenkel.

Joel verlor das Gleichgewicht und stürzte. Meine Güte,

er machte vor allen Leuten einen Narren aus sich! Warum hatte er sich nur dazu hinreißen lassen?

In der Ferne heulte eine Sirene.

Keith holte wieder aus und versetzte ihm einen Tritt in die Rippen. Rasch packte Joel ihn am Knöchel und zog kräftig daran. Laut polternd ging Keith zu Boden. Joel stürzte sich auf ihn und drückte seine Schultern nach unten.

In diesem Moment erhellte das Blaulicht eines Streifenwagens die Bar, und die Tür flog auf.

»Liegenbleiben!« rief der junge Polizist. »Ihr beide auf dem Boden – wagt es nicht, euch zu bewegen!«

»Mist«, murmelte Joel. Letty würde von seinem kleinen Abenteuer wohl kaum begeistert sein.

Letty wurde klar, daß an Schlaf nicht zu denken war, bis Joel zurückkam. Seufzend stand sie wieder auf und stellte den Fernseher an.

Nach fünfzehn Minuten hatte sie vom Spätprogramm mehr als genug. Es lief ein Interview mit einer berühmten Persönlichkeit. Der Schauspieler hatte gerade seine vierte Entziehungskur in einer Prominentenklinik hinter sich und versicherte dem Talkmaster und dem Publikum langatmig, daß er nun endgültig geheilt sei. Anschließend riß der Talkmaster einer Reihe geschmackloser Witze über das Dekolleté eines weiblichen Gasts. Schließlich stand Letty entnervt auf und schaltete ab.

Sie ging zum Fenster und starrte in die Dunkelheit und den Nebel hinaus, der Echo Cove einhüllte und alle Geräusche verschluckte.

Das Gefühl des Unbehagens wurde immer stärker. Ärgerlich marschierte Letty im Zimmer auf und ab.

Joel saß sicher in einer heruntergekommenen Kneipe und amüsierte sich prächtig. Wahrscheinlich trank er ein Bier nach dem anderen, fütterte die Jukebox mit Münzen und tanzte mit allen weiblichen Gästen.

Mit ihr hatte er noch nie getanzt. Kein einziges Mal. Er hatte zwar eine Nacht mit ihr verbracht, sie aber noch nie zum Tanzen aufgefordert.

Er hielt sie für eine Nörglerin – und für einen schwierigen Boß. Und das nur, weil sie ihm bei der Durchführung seiner Rachepläne im Weg stand.

Plötzlich beschlich sie Furcht. Hoffentlich brachte Joel sich nicht in Schwierigkeiten. Er war impulsiv genug, um etwas Verrücktes anzustellen.

In der Ferne heulte die Sirene eines Polizeiwagens. In Seattle gewöhnte man sich an dieses Geräusch, aber in einer Kleinstadt wie Echo Cove klang es beunruhigend.

Letty biß sich nachdenklich auf die Unterlippe. Dann beschloß sie, Joel aus dem Anchor herauszuholen und ins Motel zurückzubringen, bevor er die Firma in Verruf brachte. Das war sie als Firmeninhaberin dem Unternehmen schuldig.

Während sie sich anzog, gestand sie sich zähneknirschend ein, daß es ihr eigentlich nicht um das Image der Firma ging. Sie machte sich große Sorgen um Joel und wollte verhindern, daß er sich selbst Schaden zufügte.

Letty hängte sich ihre Handtasche über die Schulter und verließ das Motel. Joel hatte erwähnt, daß das Lokal nicht weit entfernt war. Entschlossen machte sie sich auf den Weg.

Der Nebel ließ die Straßen von Echo Cove gespenstisch aussehen. Letty umklammerte ihre Tasche und ging schneller. Der Gedanke, daß sie bei Nacht allein in einer fremden Stadt herumlief, machte ihr plötzlich angst.

Als sie kurz darauf die Neonbeleuchtung über der Eingangstür des Anchors sah, atmete sie erleichtert auf. Im Geist ging sie noch einmal durch, was sie zu Joel sagen wollte. Sie hoffte, er war noch nicht zu betrunken, um ihr zuzuhören.

Dann sah sie das blinkende Blaulicht. Der Polizeiwagen stand direkt vor der Eingangstür der Bar. Beunruhigt beschleunigte sie ihren Schritt.

Kurz bevor sie den Eingang erreichte, flog die Tür auf, und Joel kam heraus. Letty sah entsetzt, daß er Handschellen trug. Dicht hinter ihm folgte ein Polizist. Er packte Joel am Arm und schob ihn zum Wagen.

»Joel!« rief Letty fassungslos.

Joel sah sie kurz an und richtete dann den Blick zum Himmel. »Ich habe schon damit gerechnet, daß du genau im richtigen Moment erscheinst, Boß.«

Rasch stellte sich Letty dem Polizisten in den Weg und straffte die Schultern. Dann setzte sie eine entschlossene Miene auf – genauso, wie sie es in der Bibliothek immer getan hatte, wenn jemand versuchte, einen ihrer Mitarbeiter einzuschüchtern.

»Einen Moment, bitte. Ich möchte wissen, was hier vor sich geht. Dieser Mann gehört zu mir.«

Joel und der Polizist starrten sie an, als wäre sie verrückt geworden.

»Was meinen Sie damit, Madam?« fragte der Polizist vorsichtig.

»Das haben Sie doch gehört. Er arbeitet für mich. Ich bin seine Chefin.«

Der Polizist nickte höflich. »Ich verstehe. Das mag schon sein, aber ich muß ihn trotzdem mitnehmen. Er hat hier einigen Ärger gemacht. Wenn Sie ihn gegen Kaution auslösen wollen, müssen Sie aufs Revier kommen. Es befindet sich in der Holt Street.«

»Kaution?« rief Letty mit unnatürlich hoher Stimme. »Ich habe in meinem ganzen Leben noch niemanden gegen Kaution aus dem Gefängnis geholt!«

»Meinetwegen mußt du damit jetzt auch nicht anfangen«, murmelte Joel, während der Polizist ihn auf den Rücksitz des Wagens schob. »Geh zurück ins Motel.«

Letty ignorierte seine Bemerkung. »Bitte, Officer, für mich ist das etwas Neues. Wie läuft das ab? Muß nicht zuerst jemand Klage erheben?«

»Richtig«, erwiderte der Polizist gelangweilt. Sein Namensschild verriet, daß er Echler hieß. »Das ist in diesem Fall Stan. Er hat uns angerufen.«

»Wer ist Stan?«

»Der Besitzer des Anchor.« Echler schlug die Wagentür hinter Joel zu und ging zur Fahrerseite.

Letty klopfte an das Fenster. »Joel? Hörst du mich, Joel?

Ich werde dich aus dem Gefängnis holen. Hast du mich verstanden?«

Joel antwortete nicht. Er lehnte sich zurück und starrte mit ausdrucksloser Miene geradeaus.

Mit einemmal begriff Letty, daß ihm die Angelegenheit entsetzlich peinlich war. »Zu Recht«, murmelte sie leise, während Echler den Wagen startete. Wenn sie Joel aus dem Schlamassel herausgeholt hatte, würde sie ein ernstes Wort mit ihm reden. Doch jetzt mußte sie sich zuerst um etwas anderes kümmern.

Entschlossen drehte sie sich zu der kleinen Gruppe um, die sich vor dem Anchor versammelt hatte, um die Ereignisse zu verfolgen. Die Männer unterhielten sich angeregt und lachten spöttisch.

Letty stemmte die Hände in die Hüften. »Freut mich, daß Sie sich gut amüsieren«, sagte sie laut. »Ich finde die Situation allerdings nicht besonders komisch.«

Die Männer verstummten und musterten Letty neugierig.

»Wer ist sie?« flüsterte jemand.

»Ich hörte, wie sie sagte, Blackstone gehöre zu ihr.«

Die Gäste des Anchor brachen in schallendes Gelächter aus.

Letty zwängte sich durch die Menge und ging auf die Eingangstür zu. »Wer von euch ist Stan?«

»Stan ist im Lokal. Der große Mann mit der weißen Schürze. Sie können ihn nicht übersehen«, erklärte jemand bereitwillig.

»Vielen Dank«, erwiderte Letty kühl.

Als sie die Tür aufstieß, fiel ihr Blick sofort auf Keith Escott. Er saß allein an einem Tisch und preßte ein nasses Tuch gegen sein Kinn.

Gegenüber wischte ein großer Mann in einer weißen Schürze verschüttete Getränke auf.

Lettys Magen krampfte sich zusammen, als sie sich in der Bar umsah. Joel und Keith hatten sich offenbar geprügelt, und ihr war klar, warum. Sie ging zu Keith hinüber und setzte sich neben ihn.

»Alles in Ordnung mit Ihnen, Keith?«

Er stöhnte. »Sehe ich vielleicht so aus?«

»Es gab wohl ein Mißverständnis zwischen Joel und Ihnen?« fragte sie behutsam.

»Dieses Schwein hat sich heute morgen mit meiner Frau im Motel getroffen. Er glaubt wohl, er könne einfach zurückkommen und weitermachen, wo er vor Jahren aufgehört hat. Ich hätte den Mistkerl umbringen sollen.«

Letty befahl sich, ruhig zu bleiben. Keith war offensichtlich betrunken und durch den Kampf völlig durcheinander. Er machte nicht den Eindruck, als ob er an Schlägereien in Bars gewöhnt sei.

»Meinen Sie damit den Besuch, den Ihre Frau mir und Joel heute morgen abgestattet hat, um über Copeland Marine zu sprechen?« Sie bemühte sich, ihrer Stimme einen geschäftsmäßigen Ton zu verleihen.

Keith zwinkerte verwirrt. Anscheinend hatte er Schwierigkeiten, die Frage zu verstehen. »Sie war in seinem Zimmer...«

»Das weiß ich. Ich war schließlich dabei«, erklärte Letty gelassen. »Joel und ich haben angrenzende Zimmer mit einer Verbindungstür. Wir drei hatten eine kurze geschäftliche Besprechung. Ihre Frau ist sehr besorgt, daß wir uns gezwungen sehen könnten, die Firma ihres Vaters zu liquidieren. Wir haben ihr versichert, daß wir alles versuchen, um eine Alternative zu finden, aber leider sieht es momentan nicht sehr gut aus.«

Keith sah sie mit trüben Augen an. »Was reden Sie da? Sie wollte zu ihm!«

»Ja, wegen Copeland Marine. Ich habe Ihnen bereits gesagt, daß ich dabei war.« Letty verkreuzte im Geist ihre Finger. Es war keine richtige Lüge, eher ein kleiner Kunstgriff. Leitende Angestellte und überarbeitete Bibliothekarinnen mußten manchmal darauf zurückgreifen. »Wo liegt das Problem?«

»Sie waren dabei?« fragte Keith ungläubig.

»Ja. Wie gesagt, Joels Zimmer ist durch eine Verbindungstür mit meinem verbunden.«

»Ich wußte es«, murmelte Keith. »Der Mistkerl schläft mit seiner Chefin.«

Letty wurde rot; nur gut, daß die Kneipe schwach beleuchtet war. »Ich kann Ihnen versichern, daß ich meinen Geschäftsführer mit niemandem teile. Egal zu welchem Zweck. Habe ich mich klar ausgedrückt, Mr. Escott?«

»Er war nicht mit Diana im Bett?«

»Sicher nicht.« Letty stand auf. »Wie kommen Sie jetzt nach Hause, Keith?«

»Mein Wagen steht vor der Tür.«

»Sie sind nicht in der Verfassung, selbst zu fahren. Ich werde ein Taxi für Sie rufen.«

»In Echo Cove gibt es keine Taxis.«

»Dann werde ich Ihre Frau anrufen.«

Keith richtete sich auf und wirkte mit einemmal ernüchtert. »Nein. Um Himmels willen, tun Sie das nicht.«

»Warum sollten wir ihr den Spaß vorenthalten?« erwiderte Letty kühl. »Wie ist Ihre Telefonnummer?«

Keith sank wieder in sich zusammen. »Fünf-fünf-fünf-sieben-zwei-drei-eins.«

Letty marschierte entschlossen zur Theke. »Wo ist das Telefon, Stan?« fragte sie den Mann in der weißen Schürze.

Stan sah sie erstaunt an. »Dort drüben. Warum?«

»Können Sie sich das nicht denken? Ich möchte es benutzen.« Letty nahm rasch den Hörer ab und wählte. Bereits nach dem zweiten Klingelzeichen hörte sie Dianas Stimme.

»Hallo? Wer ist da? Bist du das, Keith? Wo steckst du?«

»Hier spricht Letty Thornquist. Ihr Mann war im Anchor in eine Schlägerei verwickelt. Er hat meinen Geschäftsführer mit Faustschlägen traktiert. Ich bin entsetzt über sein Verhalten.«

»Ist Joel verletzt?«

»Ja. Er wurde grundlos angegriffen. Ich denke daran, Klage zu erheben«, erklärte Letty. »Schließlich kann ich nicht zulassen, daß meine Angestellten von eifersüchtigen Ehemännern zusammengeschlagen und dann auch noch ins Gefängnis geworfen werden.«

»Wovon sprechen Sie da?« fragte Diana erschrocken.

»Ihr Mann wollte heute abend Ihre Ehre verteidigen, Mrs. Escott. Dadurch ist er jetzt leider nicht mehr in der Lage, sich hinter das Steuer seines Wagens zu setzen. Ich schlage vor, Sie kommen hierher und holen ihn ab.«

»Keith? In einen Kampf verwickelt? Meine Güte, das klingt verrückt«, sagte Diana leise.

»Ganz meine Meinung. Wenn Sie in fünfzehn Minuten nicht hier sind, werde ich Ihren Mann ins Motel bringen, Mrs. Escott. Er kann dann in Joels Zimmer schlafen.«

Letty knallte den Hörer auf die Gabel und nickte Stan kurz zu.

»Was, zum Teufel, geht hier vor?« fragte er verblüfft. »Sind Sie etwa diese Miß Thornquist?«

»Ja, ich bin Miß Thornquist, die Inhaberin von Thornquist Gear, und der Mann, den man ungerechtfertigterweise zur Polizeistation geschleppt hat, ist mein Geschäftsführer. Ich bin über die Ereignisse nicht sehr glücklich.«

Stan setzte eine mürrische Miene auf. »Ich auch nicht. Sehen Sie sich mein Lokal an. Joel kann es nicht schaden, eine Nacht im Gefängnis zu verbringen.«

»Thornquist Gear wird für den Schaden aufkommen. Aber ich möchte noch etwas mit Ihnen besprechen, Stan.«

»Ja?«

»Ich habe erfahren, daß Sie Mr. Blackstone verklagen wollen.«

»Zum Teufel, das werde ich.«

»Vielleicht sollten Sie sich das noch einmal überlegen, Stan.« Letty kletterte auf einen Barhocker und legte ihre Tasche auf den Schoß. »Sie haben sicher die Gerüchte über Thornquist Gears Beteiligung an Copeland Marine gehört.«

»Habe ich.«

Letty lächelte betont freundlich. »Dann ist Ihnen wohl klar, daß sich ganz Echo Cove in einer äußerst delikaten Lage befindet.«

»Delikate Lage? Sehr vornehm ausgedrückt.«

»Danke. Nun, ich würde sagen, die Situation ist für alle hier sehr unsicher.« Letty hob die Hände. »Schon bald werden wichtige Entscheidungen getroffen, die das Schicksal der ganzen Stadt beeinflussen können. Als Inhaberin von Thornquist Gear hängt viel von mir ab.«

Stan hörte auf, die Theke abzuwischen, und sah sie mißtrauisch an. »Was wollen Sie damit sagen?«

»Nun, die Lage ist so heikel, daß selbst eine kleine Unstimmigkeit die Angelegenheit zum Kippen bringen könnte«, sagte Letty. »Im Augenblick scheint es mir nicht ausgeschlossen, daß ich Copeland Marine morgen früh um acht Uhr schließen lasse. Verstehen Sie, was ich meine, Stan?«

»Sie drohen mir also?« fragte Stan empört.

»Was denken Sie, wie die Copelands sich fühlen werden, wenn sie erfahren, daß Ihnen nicht einmal mehr Zeit zum Verhandeln bleibt? Und das nur wegen Ihnen, Stan.«

»Verdammt, das ist Erpressung. Sie sind wirklich eine knallharte Geschäftsfrau.«

»Danke.«

Stan griff zum Telefon. »Ich werde Echler anrufen und ihm sagen, daß ich keine Klage erheben will.«

»Eine weise Entscheidung, Stan. Ich verspreche Ihnen, das Unternehmen morgen früh nicht zu schließen. Und ich werde Victor Copeland gegenüber nicht erwähnen, wie sehr es mich verärgert hat, daß Sie meinen Geschäftsführer um Mitternacht ins Gefängnis gebracht haben. Was die Zukunft der Firma angeht, kann ich allerdings für nichts garantieren.«

»Verdammt«, murmelte Stan und wählte mit zitternden Fingern die Nummer der Polizeistation.

Als Letty wenige Minuten später das Lokal verließ, fuhr ein gelber Mercedes vor. Diana Escott stieg aus und funkelte Letty wütend an. »Was soll das Ganze? Haben Sie noch nicht genug Ärger verursacht? Wenn Sie die Firma meines Vaters vernichten wollen, dann tun Sie es doch endlich. Bringen Sie die Sache zu Ende, bevor es zu weiteren Gewalttätigkeiten kommt.«

»Das wird nicht geschehen«, sagte Letty mit fester Stimme.

»Sie wissen nicht, wovon Sie sprechen. Anscheinend ist Ihnen nicht bewußt, wie schlimm die Situation werden könnte. Führen Sie Ihre Pläne durch und verschwinden Sie von hier. Je eher die Angelegenheit vorüber ist, um so besser für alle Beteiligten.« Diana drehte sich um und betrat das Lokal.

Letty wartete, bis die Tür sich wieder öffnete und Keith und Diana herauskamen. Sie stiegen in den Mercedes, ohne ein Wort miteinander zu wechseln.

Rasch machte Letty sich auf den Weg zum Polizeirevier. Als sie eintrat, sah sie, wie Officer Echler gerade Joels Brieftasche und einige andere persönliche Gegenstände hervorholte.

»Wen haben wir denn da? Meine Chefin persönlich.« Joel steckte seinen Geldbeutel in die Hosentasche und ging mit unbewegter Miene auf sie zu. »Ich habe gehört, du hast deinen Einfluß geltend gemacht. Wie fühlst du dich dabei?«

Letty betrachtete den Bluterguß unter seinem linken Auge. »Mir scheint, du hast heute abend verloren.«

»Wer behauptet das?«

»Ich. Du hast dich mit Keith wegen seiner Frau geschlagen, das setzt dich ins Unrecht. Deshalb erkläre ich dich zum Verlierer. Können wir jetzt gehen?«

Joel pfiff leise durch die Zähne. »Du bist ziemlich wütend, nicht wahr?«

»Allerdings.« Letty wandte sich zur Tür und öffnete sie.

Joel folgte ihr rasch die Stufen hinunter. »Warum hast du mich da herausgeholt, Letty?«

»Ich versuche nur, das Image der Firma zu schützen.«

»Das hätte ich mir denken können.« Joel ging eine Weile schweigend neben ihr her. »Du wirst deine Meinung wohl nicht ändern, wenn ich dir sage, daß Escott mit der Prügelei angefangen hat, oder?«

»Nein. Der arme Mann steht unter großem Druck. Er weiß, daß Diana dich heute morgen im Motel besucht hat.«

»Dafür kann ich nichts. Ich habe sie nicht eingeladen.«

Letty riß der Geduldsfaden. Sie blieb stehen und sah ihn zornig an. »Du bist wegen Diana nach Echo Cove zurückgekommen. Glaubst du, Keith weiß das nicht? Wie würdest du dich an seiner Stelle fühlen?«

»Verdammt, ich sage es dir jetzt zum letzten Mal – ich bin nicht wegen Diana hier.«

»Warum dann? Warum hast du dir soviel Mühe gemacht, Copeland Marine und diese Stadt in Angst und Schrecken zu versetzen?«

»Weil es Victor Copelands Firma und auch seine Stadt ist. Ich bin hier, um Victor Copeland zu vernichten«, erwiderte Joel erregt.

»Aber warum, um alles in der Welt?«

Joels Augen funkelten. »Möchtest du das wirklich wissen? Gut, ich werde es dir sagen. Weil dieser Mistkerl meinen Vater umgebracht hat.«

10

Joels erster Gedanke am nächsten Morgen war, daß er sich vor Letty zum Narren gemacht hatte.

Dann stellte er fest, daß sie bemerkenswert ruhig geblieben war und nicht einmal eine Erklärung verlangt hatte, warum er Copeland vorwarf, am Tod seines Vaters schuldig zu sein. Letty hatte sich einfach bei ihm untergehakt und war schweigend mit ihm zum Motel gegangen.

»Morgen kannst du mir dann alles erzählen«, hatte sie leise gesagt, bevor sie in ihr Zimmer ging. »Heute abend sind wir beide nicht mehr in der Verfassung, uns vernünftig zu unterhalten.«

Vielleicht glaubte sie, er hätte durchgedreht, wäre psychotisch, paranoid oder einfach verrückt. Für die Chefin eines Unternehmens war es sicher schwer, zu einem psychotischen Geschäftsführer Vertrauen zu haben.

Joel lehnte sich zurück und sah durch das Fenster in den strömenden Regen hinaus. Er wußte, daß er Letty eine Erklärung schuldete. Erstaunt stellte er fest, daß er sogar den Wunsch verspürte, ihr alles zu erzählen. Ihm lag viel daran, daß sie ihn verstand.

Dieses Gefühl war für ihn völlig neu. Bisher hatte er nie das Bedürfnis gehabt, sein Innenleben mit jemandem teilen zu wollen. Zumindest hatte er niemals geglaubt, einem Menschen Rechenschaft ablegen zu müssen.

Mit Letty war alles anders.

Er hatte noch nie jemanden wie Letty kennengelernt.

Verwundert schüttelte er den Kopf, als er an die Ereignisse der letzten Nacht dachte. Die kleine Letty Thornquist, eine angesehene Angestellte der Bibliothek in Vellacott College, Ex-Verlobte eines aufgeblasenen Professors, hatte sich ganz allein gegen die Gesetzeshüter in Echo Cove, Washington behauptet.

Das bedeutete, sie hatte sich erfolgreich gegen Copelands

Einfluß zur Wehr gesetzt. Sie hatte ihren Geschäftsführer aus dem Kittchen geholt und erreicht, daß alle Klagen fallengelassen wurden.

Wirklich – sie entwickelte sich zu einer guten Vorgesetzten. Vielleicht hatte er in seiner Rolle als Mentor schon Erfolg gehabt. Joel grinste bei diesem Gedanken.

Als er sich im Bett aufsetzte, verzog er schmerzlich das Gesicht. Escott sah vielleicht aus wie ein Schwächling, aber er hatte einige gezielte Schläge gelandet.

Joel streifte die Decke zurück und sah sich mißmutig um. Er hatte genug von diesem Motel. Es wurde Zeit, aus Echo Cove zu verschwinden. Bevor sie abreisten, wollte er Letty aber noch einige Dinge erklären. Sie hatte ein Recht darauf, alles zu erfahren.

Eine halbe Stunde später betrat Letty den Frühstücksraum. Joel beobachtete, wie sie auf ihn zukam. Sie schien die neugierigen Blicke und das Getuschel der anderen Gäste nicht zu bemerken.

Nur Letty konnte in einem verknitterten blauen Kostüm so frisch aussehen. Sie hatte ihre kleine runde Brille fest auf die Nase gedrückt und ihre wilde Mähne mit zwei goldenen Kämmen gebändigt. Ihre Augen funkelten angriffslustig.

Joel lehnte sich zurück und musterte Letty mit Besitzermiene. Er konnte sich nicht erinnern, seit wann er sie als seine Frau ansah, aber das Gefühl der Zusammengehörigkeit gefiel ihm, und er hoffte, daß es nicht einseitig war.

Wie war das letzte Nacht gewesen? ›Dieser Mann gehört zu mir‹, hatte sie gesagt, bevor er abgeführt worden war.

»Es freut mich, daß wenigstens dir das Lachen nicht vergangen ist«, sagte Letty trocken und setzte sich ihm gegenüber. »Was amüsiert dich so? Ich dachte, du würdest dich heute morgen schrecklich fühlen. Aussehen tust du zumindest so.«

»Tut mir leid, Boß, ich wollte dich nicht verärgern. Nach dem gestrigen Abend wissen wir alle, daß man dich besser nicht reizen sollte.« Joel deutete eine respektvolle Verbeugung an.

»Ich bin nicht zum Scherzen aufgelegt, Joel. In meinem

ganzen Leben war ich noch nie so aufgebracht und außer Fassung wie letzte Nacht, als der Polizist dich in seinen Wagen stieß und zum Revier fuhr.«

»Nicht einmal als du Dixon mit der Studentin Gloria erwischt hast?«

Lettys Wangen röteten sich. »Wenn du auch nur einen Funken Verstand hast, solltest du heute keine solchen dummen Bemerkungen mehr machen.«

»Verstanden, Boß.«

»Und laß diesen sarkastischen Tonfall. Dafür bin ich heute nicht in der Stimmung.«

Joel hob beschwichtigend die Hand. »In Ordnung. Ich werde daran denken.«

Letty lehnte sich zurück. »Was du gestern getan hast, ist unentschuldbar. Du bist Geschäftsführer eines großen Unternehmens. Wie konntest du dich nur auf eine Schlägerei in einer Bar einlassen?«

»Habe ich dir nicht schon gesagt, daß Escott damit angefangen hat?«

»Das spielt keine Rolle. Ich kann ein solches Verhalten in Zukunft nicht mehr tolerieren. Habe ich mich klar ausgedrückt?«

»Ja.«

»Du hast dich äußerst kindisch benommen.«

»Ja.«

»Und unprofessionell.«

»Ja, aber man sollte einem Angestellten nicht vor Zuhörern die Leviten lesen, Boß.« Joel deutete mit einer Kopfbewegung auf die anderen Gäste, die sich mit gespitzten Ohren über ihre Kaffeetassen beugten. Sie unterhielten sich kaum miteinander – alle lauschten angestrengt. »Das ist nur ein kleiner Tip von deinem Mentor.«

Letty preßte die Lippen zusammen und sprach dann leiser weiter. »Du schuldest mir eine Erklärung. Ich möchte wissen, was es mit dieser Sache mit deinem Vater auf sich hat.«

Joel stellte die Tasse auf den Tisch und stand auf. »Komm mit. Hier können wir uns nicht ungestört unterhalten.« Er griff nach ihrem Arm.

»Warte, Joel. Ich habe noch nicht gefrühstückt.«

»Wir besorgen uns in dem Fast-Food-Restaurant etwas und fahren dann ein wenig spazieren.« Angewidert ließ er den Blick über die anderen Gäste gleiten. »In diesem Kaff wurde man schon immer ständig beobachtet.«

Joel nahm den Fuß vom Gaspedal und steuerte den Jeep langsam vor das verwitterte, mit Schindeln gedeckte Haus am Rande der Stadt. Verwundert stellte er fest, daß es bewohnt war. In der Einfahrt parkte ein kleiner Lieferwagen, und auf dem Rasen lag ein Basketball. Unter dem Fenster hatte jemand Blumen gepflanzt.

»Warum hältst du hier?« fragte Letty und betrachtete das alte Gebäude.

»Ich bin hier aufgewachsen.«

Letty sah durch das Fenster in den strömenden Regen hinaus. »War das euer Haus?«

»Nach Moms Tod wohnte ich mit Dad hier. Ich konnte mir keine eigene Wohnung leisten – wir mußten die Arztrechnungen abzahlen. Copeland Marine bot seinen Angestellten keine Krankenversicherung an. Das hat sich übrigens bis heute nicht geändert.«

»Woran starb deine Mutter?«

»An Brustkrebs. Ich war damals achtzehn Jahre alt.«

Letty schloß für einen Moment die Augen. »Das muß schrecklich für euch gewesen sein.«

»Durch ihren Tod veränderte sich alles. Das Haus sieht nicht besonders hübsch aus, aber als Mom noch lebte, machte es einen sehr netten Eindruck.«

»Sie hat euch ein Heim geschaffen.«

»Ja. Auch Dad war damals ein anderer Mensch. Er lachte viel und unternahm ständig etwas mit mir. Wir sprachen oft über die Zukunft und schmiedeten Pläne.« Joel schwieg einen Augenblick. »Nachdem Mom gestorben war, wollte er davon nichts mehr wissen«, fügte er dann hinzu.

»O Joel...«

Er zuckte die Schultern. »Nach drei Jahren hatten Dad und ich es gemeinsam geschafft, die Krankenhausrechnungen abzuzahlen. Ich wollte in dem Sommer ausziehen, in dem Dad ums Leben kam. Endlich war ich frei. Ich freute mich darauf, in einer Großstadt zu leben.«

»Mit Diana«, stellte Letty leise fest.

Joel lächelte grimmig. »Ja, ich dachte, sie würde mit mir kommen. Ich hätte es besser wissen müssen.« Er gab langsam Gas. »Sie wollte ihren Daddy nicht verärgern und all die Annehmlichkeiten aufgeben, die er ihr bot. Nicht für einen mittellosen Mann aus der Arbeiterschicht, wie ich es war.«

»Nun, du hast es weit gebracht«, bemerkte Letty trokken. »Vielleicht tröstet es dich, daß Diana offensichtlich ihren Entschluß bereut.«

»Das ist mir völlig gleichgültig. Ich bin dankbar, daß sie sich vor fünfzehn Jahren so entschieden hat.«

»Wirklich?«

»Ganz bestimmt. Hör zu, Letty, ich sage es dir zum letzten Mal: Diana Copeland Escott interessiert mich nicht mehr. Verstanden?«

»Wenn du das sagst«, erwiderte Letty zögernd.

Joel runzelte die Stirn und fuhr schweigend weiter. Im Geiste legte er sich zurecht, was er Letty alles sagen wollte. Plötzlich stellte er überrascht fest, daß er unbewußt in den Weg eingebogen war, der zu der alten Scheune führte. Er nahm den Fuß vom Gaspedal.

»Warum halten wir?« fragte Letty leise.

»Ich weiß selbst nicht. Früher bin ich oft hierhergekommen.« Joel stellte den Motor ab, stützte die Arme auf das Lenkrad und starrte durch den strömenden Regen auf das baufällige Gebäude. »Hier störte mich niemand. Die Scheune stand schon damals einige Jahre leer. Erstaunlich, daß sie noch nicht abgerissen wurde.«

»Du kamst also hierher, wenn du allein sein wolltest?«

»Ja.«

Letty lächelte. »Ich hatte auch einen besonderen Ort, an den ich mich zurückziehen konnte. Es war nur ein kleiner Schuppen in unserem Garten. Ich bin sicher, Mom und Dad wußten genau, wohin ich von Zeit zu Zeit verschwand, aber sie sprachen mich nie darauf an oder störten mich dort.«

»Es scheint, als hätten wir doch einiges gemeinsam«, sagte Joel.

»Vielleicht.« Letty öffnete den Sicherheitsgurt. »Komm, wir sehen uns an, was in all den Jahren aus deiner Scheune geworden ist.«

Erinnerungen schossen Joel durch den Kopf. Dianas Schreie. Copelands wütendes Gesicht. Das Krachen des Holzprügels.

»Warte, Letty.« Joel streckte die Hand aus, aber es war zu spät. Letty war bereits aus dem Jeep geklettert und öffnete den Regenschirm.

Zögernd stieg Joel aus und blieb neben dem Wagen stehen. Letty kam rasch zu ihm herüber und hielt den Schirm über seinen Kopf.

»Hast du keinen Hut?«

»Nein, es geht schon.«

Langsam ging er auf das halbverfallene Gebäude zu. Es hatte sich in den letzten fünfzehn Jahren kaum verändert. An den Mauern wucherte Unkraut, einige Fenster waren zerbrochen, und die Tür hing schief in den Angeln, aber das verwitterte Dach hielt immer noch dem Regen stand.

Joel sah sich aufmerksam in der düsteren Scheune um und entdeckte einige verrostete Landwirtschaftsmaschinen und leere Futtertröge. Instinktiv ging er zu den Pferdeboxen hinüber. Die Tür quietschte laut, als er sie aufstieß. Dieses Geräusch hatte ihm vor fünfzehn Jahren das Leben gerettet. Er hatte sich gerade noch rechtzeitig zur Seite werfen können, um dem Schlag mit dem Holzprügel auszuweichen.

»Da liegen sogar noch alte Pferdedecken«, sagte Letty mit einem Blick über seine Schulter.

Joel starrte auf die Decken. Hier war er in jener Nacht mit Diana gelegen. Nichts hatte sich verändert. Sein Magen krampfte sich zusammen.

Er hätte nicht hierherkommen dürfen. Nicht mit Letty.

»Laß uns gehen.« Rasch griff er nach Lettys Handgelenk und wollte sie zur Tür ziehen.

»Warte, Joel. Ich möchte mich noch ein wenig umsehen.«

»Aber ich nicht.«

Letty sah ihn mit großen Augen überrascht an. »Was ist denn los mit dir, Joel?«

»Nichts.« Er versuchte verzweifelt, seine Gefühle unter Kontrolle zu bekommen. Schließlich konnte er Letty nicht sagen, daß er mit Diana hier gewesen war, als Victor Copeland sie überraschte. Er wollte auch nicht darüber sprechen, daß die Erinnerungen daran ihm beinahe den Atem nahmen. Warum, zum Teufel, war er nur hierhergekommen?«

Letty musterte ihn aufmerksam. »Ich glaube, du solltest mir endlich von Copeland und deinem Vater erzählen.«

»Ja, du hast recht. Wahrscheinlich denkst du, ich wäre verrückt. Ich habe keine Beweise oder Zeugen. Nur mein Instinkt sagt mir, daß an der Sache etwas faul war.«

Letty legte sanft ihre Hand auf seinen Arm. »Erzähl mir alles. Von Anfang an.«

»Das meiste weißt du bereits. Ich traf mich mit Diana Copeland. Ihr Vater durfte davon nichts wissen. Diana sagte, wir sollten noch warten. Wir wußten beide, daß er von unseren Heiratsplänen nichts hielt, und allmählich wurde ich ungeduldig. Ich erklärte Diana, ich würde selbst mit ihm sprechen, wenn sie es nicht bald täte. Da fing sie an zu toben.«

»Sie tobte?« fragte Letty stirnrunzelnd.

»Ja. Sie schrie und weinte. Ich mußte ihr versprechen, nicht mit ihrem Vater zu reden, bevor sie im Herbst wieder auf dem College wäre. Damals begriff ich nicht, warum ich solange warten sollte; heute denke ich, es war nur eine Verzögerungstaktik. Verdammt, ich wollte ihr helfen, sich von ihrem Vater zu lösen. Sie beklagte sich jeden Tag darüber, wie sehr er sie tyrannisierte.«

»Das hört sich an, als hätte sie Angst gehabt, ihrem Vater die Wahrheit zu sagen.«

Joel zuckte die Schultern. »Vielleicht. Ich glaube eher, sie wollte mich gar nicht heiraten. Es reizte sie nur, sich mit einem Mann zu treffen, den ihr Vater niemals akzeptieren würde. Schließlich erwischte uns Copeland.«

»Das hat er mir erzählt. Er muß furchtbar wütend gewesen sein.«

»O ja. Wenn Victor Copeland in Wut gerät, verliert er völlig die Beherrschung.« Joel beschloß, Letty die Einzelheiten zu ersparen. »Natürlich feuerte er mich sofort und befahl mir, die Stadt zu verlassen.«

»Und du hast dich gefügt?«

Joel atmete tief aus. »Ich war froh, endlich wegzukommen. Als ich Diana noch einmal fragte, ob sie mit mir kommen wolle, wurde sie hysterisch. Sie sagte, das wäre unmöglich – so hätte sie das nicht geplant.«

»Sie hatte Angst vor einer endgültigen Entscheidung. Immerhin war sie damals noch sehr jung.«

»Mach dir nichts vor. Diana wußte genau, was sie wollte.« Joel bemerkte, daß er mit den Zähnen knirschte. Sein Zahnarzt hatte ihm schon vor einem halben Jahr gesagt, daß er dagegen etwas unternehmen müsse. Er zwang sich, seine Nackenmuskeln zu entspannen. »Ich will es kurz machen. Als ich zu Hause ankam, war es bereits zwei Uhr morgens. Ich ging zu Bett, ohne Dad aufzuwecken – über die schlechten Nachrichten konnte er sich auch noch am nächsten Morgen ärgern.«

»Was geschah dann?«

»Dad verließ das Haus, während ich noch schlief, und ich verbrachte den Tag damit, meine Sachen zu packen. Als mein Vater abends nach Hause kam, wer er außer sich. So hatte ich ihn noch nie erlebt. Copeland hatte ihn gefeuert. Dad schrie, er wäre zu alt, um einen anderen Job zu finden. Er glaubte, jetzt endgültig ruiniert zu sein.«

Letty sah ihn mitfühlend an. »Copeland feuerte deinen Vater? Wegen dir?«

»Ja, weil ich – wie Dad es formulierte – nicht genug Verstand gehabt hatte, um die Finger von Diana Copeland zu lassen.« Joel fuhr sich mit der Hand durch das feuchte Haar. Er spürte, wie die bekannte Spannung in ihm wuchs. Normalerweise wurde es nur in der Nacht so schlimm, und dann joggte er gewöhnlich sofort ein paar Runden. Heute konnte er seinen Gefühlen nicht davonlaufen.

»Das war sehr ungerecht von Copeland. Ich kann verstehen, daß er dich in seinem Zorn feuerte, aber er hatte kein Recht, deinem Vater zu kündigen.«

Joel lächelte grimmig. »Copeland legte keinen Wert auf Gerechtigkeit. Er war fest entschlossen, alle Blackstones zu bestrafen. Mein Vater hatte über zwanzig Jahre für Copeland Marine gearbeitet, aber das war Victor Copeland egal. Er hat Dad umgebracht.«

Letty sah ihn eindringlich an. »Das verstehe ich nicht. Wie meinst du das?«

»Dad konnte es nicht verkraften, seinen Job zu verlieren. Seine Arbeit war alles, was ihn nach dem Tod meiner Mutter noch am Leben erhielt.«

»Aber er hatte dich.«

Joel lehnte sich gegen die Stalltür und dachte an den Ausdruck der Leere in den Augen seines Vaters. »Nachdem Mom gestorben war, bedeutete ihm niemand mehr etwas. Auch ich nicht. Wir lebten zwar im selben Haus, aber es war mehr eine Art Wohngemeinschaft. Er schien innerlich wie abgestorben.«

»Anscheinend litt er an schweren Depressionen.«

»Mag sein. Der Verlust seines Arbeitsplatzes gab ihm den Rest. Er ging ins Anchor. Stan schwor, er hätte sich dort vollaufen lassen, aber ich habe von einigen anderen Männern gehört, daß er noch relativ nüchtern war, als er das Lokal verließ. Sie sagten, wenn er betrunken gewesen wäre, hätten sie ihn nach Hause gefahren. Ich glaube ihnen – es waren alte Freunde meines Vaters.«

»Was geschah dann?«

»Auf dem Heimweg stürzte er mit dem Wagen über eine Klippe ins Meer. Die Leute hier behaupteten, er wäre entweder betrunken gewesen oder hätte Selbstmord begangen. Alle wußten, daß er nie über Moms Tod hinweggekommen war.«

»Mein Gott.« Letty sah ihn entsetzt an.

»Aber ich machte mir meine Gedanken«, fuhr Joel langsam fort. »Dad nahm in dieser Nacht mein Auto, weil der Tank seines Pick-ups leer war. Als er nach Hause fuhr, regnete es in Strömen. Niemand konnte erkennen, wer hinter dem Steuer saß.«

Lettys Augen weiteten sich vor Schreck. »Willst du damit sagen, daß...«

Joel knirschte wieder mit den Zähnen. »Es kann gut sein, daß Victor Copeland meinen Wagen auf der schmalen, kurvenreichen Straße bemerkte. Vielleicht sah er dann seine Chance, mich ein für allemal loszuwerden. Er könnte Dad mit seinem großen Lincoln von der Straße abgedrängt haben.«

»Das ist eine schwere Anschuldigung.«

»Ich weiß. Und ich kann sie nicht beweisen. Nachdem man Dad gefunden hatte, ging ich zu Copeland in die Firma und stellte ihn zur Rede. Er wurde fuchsteufelswild und ließ mich von seinen Männern hinauswerfen.«

»Er hat mir erzählt, daß du in seinem Büro warst.«

»Leider hat es nichts genützt. Abgesehen davon – selbst wenn mein Vater verunglückt ist oder sich umgebracht hat, gebe ich Copeland daran die Schuld.«

»Ich kann verstehen, wie du dich fühlst«, sagte Letty sanft.

Joel schwieg einen Moment. »Am meisten bedrückt mich, daß ich nie erfahren habe, was in dieser Nacht wirklich geschehen ist«, fuhr er dann fort. »Wahrscheinlich träume ich deshalb manchmal davon. Die Ungewißheit, ob es ein Unfall, Selbstmord oder Mord war, quält mich.«

»Natürlich. Für dich sind noch viele Fragen offen, und das belastet dich.«

»Weißt du, was Dad zu mir sagte, bevor er sich auf den Weg in die Kneipe machte?«

»Was denn?«

»Er warf mir vor, es wäre alles meine Schuld.« Joel preßte eine Hand auf den Bauch. »Dad holte aus und schlug mir mit aller Kraft in den Magen. Dann sagte er: ›Das ist alles deine Schuld, du verdammter Idiot. Alles deine Schuld. Ich bin froh, daß deine Mutter nicht mehr erleben muß, was für einen Sohn sie in die Welt gesetzt hat.‹«

Letty schlang unwillkürlich die Arme um ihn. »O Joel, das

tut mir so leid.« Schweigend legte sie ihren Kopf an seine Schulter und schmiegte sich an ihn.

Joel war unfähig, sich zu bewegen. Er fühlte sich wie versteinert und völlig ausgebrannt. Seit dem Tod seiner Mutter hatte ihn niemand mehr in den Arm genommen, um ihn zu trösten.

Zumindest war es ihm vergönnt gewesen, sich von seiner Mutter zu verabschieden. Bevor sie gestorben war, hatten sie sich sagen können, wie sehr sie sich liebten.

Aber er hatte keine Gelegenheit gehabt, sich mit seinem Vater auszusöhnen. »Das ist nur deine Schuld, du verdammter Idiot«, hatte sein Vater ihm an den Kopf geworfen. »Du konntest dich nicht mit einem Mädchen aus unseren Kreisen zufrieden geben. Nein, du mußtest dich an die Tochter von Copeland heranmachen. Verdammt, hast du denn nicht eine Minute darüber nachgedacht, was du damit anstellst? Hast du denn nicht begriffen, daß sie nur mit dir spielte? Konntest du dir nicht denken, was Copeland mir antun würde, wenn er herausfand, was du mit seiner Tochter getrieben hast? Du bist schuld an allem.«

Es ist alles deine Schuld.

Joel spürte die Wärme, die Letty ausströmte, aber er war immer noch nicht in der Lage, darauf zu reagieren. Erst nach einigen Minuten löste sich die Spannung in ihm ein wenig. Er hob die Hand und strich sanft über Lettys Haar. Sie preßte sich noch enger an ihn, als wollte sie ihn nie wieder loslassen.

Schweigend standen sie engumschlungen da und lauschten, wie der Regen in einem gleichmäßigen, beruhigenden Rhythmus auf das Dach trommelte. Schließlich hob Letty den Kopf.

Joel bemerkte, daß ihre Augen schimmerten und ihre Lippen leicht geöffnet waren. Ohne zu zögern senkte er den Kopf und küßte sie auf den Mund.

Lettys Lippen waren warm und weich und erweckten ein nie gekanntes Verlangen in Joel. Er begehrte sie nicht nur körperlich, sondern sehnte sich nach der Wärme, die sie ihm geben konnte. Mit einemmal hatte er das Gefühl, er würde für den Rest seines Lebens zu keiner Empfindung mehr fähig sein, wenn er Letty jetzt nicht haben konnte. Er brauchte sie – nur sie konnte seinen Schmerz lindern.

Die Arme um ihre Taille gelegt, preßte er seinen Mund härter auf ihre Lippen. Letty schmiegte sich bereitwillig an ihn.

»O Letty – Letty. Ich sehne mich so nach dir.«

»Ich weiß, Joel. Alles wird gut.« Letty drängte sich noch dichter an ihn.

Joel wußte, diesmal würde er sich nicht zurückhalten können. In der Nacht im Motel hatte er sich Zeit genommen, um herauszufinden, wie stark Letty auf ihn reagierte. Jetzt war seine Erregung so groß, daß er sich kaum noch beherrschen konnte. Er mußte Letty haben – sofort.

Rasch ließ er seine Hände über ihre Hüften gleiten und schob den Rock nach oben. Als er Letty hochhob und ihren Schoß gegen sein schmerzhaft geschwollenes Glied drückte, seufzte sie leise und fuhr mit den Fingern durch sein Haar.

Dann legte sie ihre Beine um seine Hüften. Joel schwankte leicht. Er hatte plötzlich das Gefühl, in Flammen zu stehen.

Seine Jeans und Lettys Strumpfhose waren ein unerträgliches Hindernis. Joel ließ Letty herunter und schob sie sanft auf die alten Decken. Die Staubwolke störte ihn nicht – er zerrte hastig an Lettys Strumpfhose.

Als der Nylonstoff zerriß, keuchte Letty leise und streckte die Hand nach dem Reißverschluß seiner Jeans aus.

»Warte, ich helfe dir«, murmelte Joel. Einen Augenblick später spürte er Lettys Hände an seinem Glied. Er stöhnte, als sie ihn streichelte.

»O Letty«, flüsterte er heiser. »Das tut gut – so verdammt gut. Ich brauche dich, Letty.«

»Ich weiß.« Sie sah ihn zärtlich an.

Joel erwiderte ihren Blick, während er seine Hand zwischen ihre Schenkel schob und nach der Stelle tastete, wo die Strumpfhose eingerissen war. Dann zerrte er kräftig daran, um die Öffnung zu erweitern.

Er war erstaunt, wie feucht und heiß sich ihr Schoß anfühlte. Als er sanft einen Finger darüber gleiten ließ, stöhnte Letty auf.

»Joel...«

Gern hätte er ihre Reaktion noch länger ausgekostet, aber er spürte, daß er keine Zeit mehr hatte.

»Ich kann nicht mehr warten«, sagte er heiser. »Diesmal nicht.«

Letty nahm sein Gesicht zwischen ihre Hände und küßte ihn. »Komm zu mir, Joel«, flüsterte sie.

Ohne seine Jeans auszuziehen, legte er sich auf sie und drückte sie auf die schmutzigen Decken. Stöhnend drang er mit einem kräftigen Stoß in sie ein.

Joel spürte einen leichten Widerstand, dann umschloß sie ihn eng. Das Gefühl machte ihn beinahe rasend, und er bewegte sich immer schneller in ihr. Es gab keine Möglichkeit, diesen Rhythmus zu verlangsamen. Sein ganzes Denken war darauf ausgerichtet, Letty vollständig auszufüllen und sich in ihr zu verlieren.

Und dann zogen sich seine Muskeln zusammen. Joel bog unwillkürlich den Rücken durch und preßte die Zähne aufeinander, als sein Körper zu explodieren schien.

Er fühlte sich verloren und frei zugleich. In diesem Moment konnte er endlich alles hinter sich lassen und wurde wieder er selbst.

Erschauernd atmete er heftig und genoß das Gefühl der Befriedigung, das ihn durchströmte. Unbewußt nahm er wahr, daß Letty ihm sanft über das Haar strich.

Der Regen trommelte immer noch auf das Dach. Die monotonen Laute und die Wärme, die er unter sich spürte, lullten ihn ein.

Das Quietschen der Stalltür holte ihn ruckartig in die Wirklichkeit zurück.

Dieses Geräusch hatte ihm damals das Leben gerettet. Verwirrt rollte er sich zur Seite und sprang auf. Er hatte nur einen Gedanken im Kopf: Er mußte Letty beschützen.

Doch diesmal stand nicht Victor Copeland wutentbrannt vor ihm, sondern Diana.

»Hättest du sie nicht woanders hinbringen können, Joel?«

In Dianas Augen standen Tränen. »Mußtest du mit ihr hierherkommen? Das war unser Treffpunkt.«

»Verdammt, Diana.« Joel zog wütend seinen Reißverschluß zu. »Verschwinde.« Er ging einen Schritt auf sie zu.

Diana drehte sich rasch um und rannte aus der düsteren Scheune.

Joel blieb stehen, bis er hörte, wie der Motor ihres Wagens ansprang. Dann drehte er sich um.

Letty hatte sich aufgesetzt und versuchte vergeblich, ihre Kleidung in Ordnung zu bringen. »Du hast sie damals in dieser Nacht hierhergebracht, nicht wahr?«

»Es tut mir leid, Letty. Sie muß uns gefolgt sein. Ich weiß nicht, was mit ihr los ist.« Er streckte den Arm aus und half Letty auf die Beine. Als er sie musterte, konnte er ein Lächeln nicht unterdrücken. Er fühlte sich großartig – selbst der Schock, den er empfunden hatte, als Diana wie ein Gespenst aus der Vergangenheit aufgetaucht war, konnte seiner guten Laune nichts anhaben.

Letty sah entzückend unordentlich aus. Ihre Brille hing schief auf der Nase, ihr Haar wirkte, als wäre es elektrisch aufgeladen, und ihre Beine waren nackt.

Joel streckte die Hände aus. Er wollte sie wieder auf den Boden ziehen und sie noch einmal lieben.

»Dieses Mal wird es besser«, versprach er leise.

»Nein, Joel. Warte.« Letty trat rasch einen Schritt zurück und verhedderte sich dabei in ihrer Strumpfhose, die auf dem Boden lag. Verzweifelt versuchte sie, sich an der Stalltür festzuhalten.

»Ganz ruhig, mein Liebling.« Joel fing sie auf und drückte sie an sich. »Ich wollte dich nicht erschrecken, Letty. Ich weiß, es ging alles zu schnell. Ich habe die Kontrolle über mich verloren. Das wird nie wieder vorkommen. Ich verspreche es dir.«

»Darum geht es nicht«, flüsterte Letty. »Sag mir die Wahrheit, Joel. Warst du mit Diana in der Nacht hier, in der Copeland euch überraschte?«

»Ja, aber das hat nichts mit uns zu tun«, verteidigte er sich.

»Joel Blackstone, wenn wir wieder in Seattle sind, werde ich dich für ein Sensitivitätstraining anmelden.« Sie löste sich aus seiner Umarmung, schob die Brille zurecht und sah stirnrunzelnd auf die zerrissene Strumpfhose zu ihren Füßen. »Verflixt.« Mit einer heftigen Bewegung schleuderte sie sie zur Seite.

»Letty, was ist denn los?«

Sie deutete auf die alten Pferdedecken. »Dieselben Dekken? Derselbe Stall?«

»Um Himmels willen, Letty. Das ist fünfzehn Jahre her«, entgegnete er aufgebracht.

»Du hättest dir zumindest eine andere Box aussuchen können.« Letty stieg barfuß in ihre Schuhe und ging mit erhobenem Kopf an ihm vorbei. »Wir sollten ins Motel zurückfahren. Ich brauche dringend ein Bad. Dann werde ich packen. Allmählich habe ich von Echo Cove die Nase voll.«

11

»Es tut mir leid, Letty.«

Seit sie die Scheune verlassen hatten, war kein Wort zwischen ihnen gefallen. Letty warf Joel einen raschen Seitenblick zu und bemerkte, daß er das Lenkrad des Jeeps mit den Händen umklammerte. Als sie seinen verbissenen Gesichtsausdruck sah, regte sich trotz ihres Zorns Mitgefühl in ihr.

»Vergiß es.« Letty starrte durch die Windschutzscheibe auf die Hauptstraße von Echo Cove hinaus.

»Ich hätte nicht bei der verdammten Scheune anhalten sollen.«

»Ich bin froh, daß du mir erzählt hast, was vor all diesen Jahren hier geschehen ist. Zumindest verstehe ich jetzt, warum du Victor Copeland vernichten willst. Wahrscheinlich hätte er es sogar verdient. Aber du vergißt dabei, daß du damit die ganze Stadt triffst.«

»Das ist mir egal. Echo Cove ist Copelands Stadt.« Joel deutete mit dem Daumen auf eine kleine Gruppe, die sich vor der Bank versammelt hatte. »Nicht einer dieser feinen Bürger würde etwas dagegen unternehmen, wenn Victor Copeland plötzlich beschließen würde, auf dem Marktplatz einige Köpfe rollen zu lassen.«

»Du bist zu hart, Joel.«

»Ich versuche nur, dir die Tatsachen zu beschreiben. Spar dir dein Mitleid für die braven Bürger von Echo Cove. Sie haben es nicht verdient.«

Joel parkte den Wagen vor dem Motel und öffnete Letty die Tür. »Ich bin in fünfzehn Minuten fertig.«

»Gut.« Sie lächelte kühl. »Bei mir wird es etwa eine Stunde dauern. Ich muß zuerst duschen.« Sie hob die Hand und zupfte einige Strohhalme aus ihrem Haar.

Er verzog unwillig das Gesicht, wagte aber nicht zu widersprechen. Schweigend stiegen sie die Treppe hinauf. Als

Letty die Tür zu ihrem Zimmer hinter sich geschlossen hatte, atmete sie erleichtert auf.

Sie fühlte sich immer noch zittrig.

Das unglaubliche Erlebnis mit Joel und Dianas plötzliches Auftauchen hatte sie völlig aus der Fassung gebracht. Sie hoffte, eine heiße Dusche würde ihre Nerven beruhigen.

Rasch streifte sie die staubigen Schuhe von den Füßen und ging in das kleine Badezimmer, wo sie entsetzt in den Spiegel starrte.

Sie sah furchtbar aus. Alles an ihr schien zerzaust, verknittert oder zerrissen zu sein. Ihr blaues Kostüm war so schmutzig, daß sie es sofort in die Reinigung geben mußte. Ihre Brille war staubig, und ihr Haar sah aus, als wäre es versehentlich in einen Mixer geraten. Sie mußte es wohl waschen, bevor sie sich auf den Rückweg nach Seattle machte.

Aber ihr Teint war rosig, ihre Augen glänzten – und zwischen ihren Schenkeln spürte sie ein leichtes Wärmegefühl.

Überrascht stellte sie fest, daß sie immer noch ein wenig erregt war. Bei dem Gedanken daran nahmen ihre Wangen ein tiefes Rot an. Wenn Joel es geschafft hätte, sich mehr Zeit zu nehmen, hätte sie wieder einen erschütternden Höhepunkt erlebt. Sie war bereits kurz davor gewesen.

Letty schnitt ihrem Spiegelbild eine Grimasse. Anscheinend wurde sie allmählich sexbesessen.

Plötzlich erinnerte sie sich an einen Artikel, den sie vor kurzem gelesen hatte. Darin hatte es geheißen, daß Frauen erst mit dreißig ihre Sexualität richtig ausleben konnten. Immerhin wurde sie bald dreißig. Vielleicht war es jetzt auch für sie soweit.

Joel Blackstone hatte den Stein ins Rollen gebracht. Er hatte ihr gesagt, sie sei sinnlich und sexy. Letty Thornquist war vielleicht ein Spätzünder, aber ansonsten wohl eine völlig normale Frau. Und Joel hatte ihr das bewußt gemacht.

Eine halbe Stunde später fühlte sich Letty viel besser. Sie hatte eine Wollhose und einen dazu passenden Pullover übergestreift und versuchte gerade, ihr widerspenstiges Haar mit einer Spange zu bändigen, als es klopfte. Sie legte die Bürste beiseite und ging zur Tür, um zu öffnen.

Vor ihr stand Keith Escott. Er hatte ein blaues Auge und sah sie ernst und etwas beschämt an. In der Hand hielt er einen Aktenordner.

»Bitte entschuldigen Sie die Störung. Ich wollte unbedingt mit Ihnen unter vier Augen sprechen, und das scheint mir die letzte Möglichkeit dafür zu sein. Kann ich hereinkommen? Es wird nicht lange dauern.«

Letty warf unsicher einen Blick über die Schulter. Das Bett war noch nicht gemacht, und aus dem Badezimmer drang Dampf. Als Bibliothekarin war sie nie in eine solche Situation geraten.

»Sollen wir in das Café hinuntergehen?« fragte sie zögernd.

»Da sitzen eine Menge Leute, die mich kennen. Ich möchte lieber allein mit Ihnen sprechen.«

Letty nickte. »Natürlich. Entschuldigen Sie die Unordnung. Das Zimmermädchen war noch nicht hier.«

»Bei Copeland Marine sieht es derzeit viel schlimmer aus, das können Sie mir glauben. Deshalb wollte ich auch mit Ihnen reden.« Keith ging zielstrebig auf den Tisch am Fenster zu und setzte sich, ohne sich im Zimmer umzusehen. Dann breitete er die mitgebrachten Unterlagen aus.

»Was haben Sie da?« Letty folgte ihm langsam und nahm am anderen Ende des Tisches Platz.

»Das ist ein Fünf-Jahres-Plan zur Sanierung der Firma. Ich habe mit Hilfe einiger Computerkalkulationen sechs Monate lang daran gearbeitet.«

»Aha.«

»Bitte – werfen Sie nur einen Blick darauf und beurteilen sie den Plan objektiv. Ich glaube fest daran, daß wir Copeland Marine sanieren können, wenn wir Umschuldungen durchführen und einige Änderungen im Management veranlassen.«

»Victor Copeland denkt, das Unternehmen könnte in einigen Monaten aus den roten Zahlen herauskommen.«

Keith schüttelte ungeduldig den Kopf. »Auf keinen Fall. Nicht auf die Art, wie er sich das vorstellt. Blackstone hat recht. Copeland Marine steuert dem Ruin entgegen, und

Victor Copeland hat keine Ahnung, was er dagegen unternehmen soll. Er ist viel zu begriffsstutzig.«

»Meinen Sie damit, er will von Neuerungen nichts wissen?«

»Copeland ist nicht mit der Zeit gegangen – dafür muß er jetzt bezahlen. Seit drei Jahren versuche ich, ihm das klarzumachen.« Keith verzog das Gesicht. »Aber von mir will er keinen Rat annehmen.«

»Aber er hat Ihnen doch eine Schlüsselposition in seinem Unternehmen anvertraut.«

»Nur auf dem Papier«, entgegnete Keith bitter. »Natürlich habe ich Zugang zu den Umsatzzahlen, aber meistens erledige ich nur Routinearbeiten. Einen Großteil meiner Zeit verbringe ich damit, mit dem Computer neue Methoden zur Betriebsführung auszutüfteln, aber mein Schwiegervater hält nichts davon. Er glaubt, ich wäre ein Schwachkopf, der davon keine Ahnung hat.«

Letty überlegte einen Moment. »Mir scheint, Victor Copeland hat nur vor wenigen Menschen Respekt.«

»Copeland respektiert nur Typen, die größer, stärker und rücksichtsloser sind als er.«

»Ein altmodischer Mann«, murmelte Letty. »Warum geben Sie Ihren Job bei Copeland Marine nicht auf, wenn es Ihnen nicht gefällt, für Ihren Schwiegervater zu arbeiten?«

»Können Sie sich das nicht denken? Ich bin mit der Tochter des Chefs verheiratet. Diana will die Stadt nicht verlassen, und sie möchte, daß ich für Copeland Marine arbeite, solange es ihrem Vater gefällt. Ich habe in den letzten drei Jahren versucht, das Beste daraus zu machen.«

»Alles nur für Daddy?« Letty beugte sich interessiert vor.

Keith kniff die Augen zusammen. »Diana hat ihre Gründe. Zuerst dachte sie wohl, ihr Vater würde mir den Betrieb übergeben. Immerhin hat er uns zusammengebracht und sich für eine Heirat ausgesprochen.«

»Und jetzt will er davon nichts mehr wissen?«

Keith lächelte müde. »Ich dachte schon, ich könnte bei Copeland Marine erst etwas werden, wenn Victor Copeland einmal tot ist. Aber als Thornquist Gear vor einem Jahr die

Mehrheit erwarb, sah ich die Sache in einem anderen Licht.«

»Wären Sie denn bereit, die Leitung der Firma zu übernehmen?« Letty sah ihn forschend an.

Keith zuckte die Schultern. »Ich hoffe, es hört sich nicht arrogant an, aber ich bin der einzige, der das Unternehmen retten kann. Natürlich nur mit Ihrer Hilfe und der Unterstützung von Thornquist Gear. Die Firma ist es wert, gerettet zu werden. Die wirtschaftliche Lage der ganzen Stadt hängt davon ab. Es wird viele Menschen schwer treffen, wenn Copeland Marine schließen muß.«

»Den Eindruck habe ich inzwischen auch.«

Keith blickte sie ernst an. »Ich weiß, daß Thornquist Gear kein Wohltätigkeitsverein ist. Deshalb erwarte ich nicht, daß Sie Copeland Marine nur aus Mitgefühl für die Bevölkerung von Echo Cove am Leben erhalten. Aber ich glaube, Ihnen einen Plan vorlegen zu können, der funktionieren wird.«

»Und dieser Plan sieht vor, daß Sie das Management übernehmen?«

Keith nickte. »Copeland ist ein sturer, dickköpfiger alter Mann, der glaubt, er könne die Firma so weiterführen, wie er es seit dreißig Jahren tut. Er wird sich gegen jede Veränderung wehren. Nur Thornquist Gear kann ihn dazu zwingen. Sie könnten ein anderes Geschäftssystem einführen, Letty. Meine Vorschläge zur Neustrukturierung sind hier in diesem Ordner. Damit könnten Sie nicht nur das Unternehmen, sondern die ganze Stadt retten.«

»Und warum sollte sie das tun?« Joels Stimme klang hart und kalt.

Keith drehte sich rasch um und nickte Joel zu, der an der Verbindungstür stand. »Hallo, Blackstone.«

Letty funkelte Joel wütend an. »Du hättest anklopfen sollen.«

Joel ignorierte ihre Bemerkung und wandte sich wieder an Keith. »Sie haben meine Frage noch nicht beantwortet, Escott. Warum sollte Letty wohl Copeland Marine retten wollen?«

»Weil hier viel mehr auf dem Spiel steht, als Ihre persönliche Rache gegen Victor Copeland.« Keith stand auf. »Ich wollte mit Letty sprechen, weil ich denke, daß sie die Sache viel objektiver sieht, als Sie das tun.«

»Sie kamen zu Letty, weil Sie glaubten, Sie könnten sie rumkriegen.«

»Das stimmt nicht. Ich habe an ihre Vernunft appelliert, das ist alles«, entgegnete Keith.

»Ihrer Meinung nach handle ich also nicht vernünftig?«

»Wenn ich ehrlich bin, kann ich mir das nicht vorstellen. Ihr Urteilsvermögen ist durch die Ereignisse vor fünfzehn Jahren stark beeinträchtigt.«

»Und Sie sehen alles aus der Warte des Schwiegersohns des Chefs.«

Keith straffte die Schultern. »Das wären Sie wohl gern geworden, nicht wahr? Sind Sie deshalb nach Echo Cove zurückgekommen?«

»Das glauben Sie doch wohl selbst nicht. Obwohl – Sie sind ja auch so naiv, zu denken, Sie könnten Copeland Marine retten.«

»Bitte, meine Herren.« Letty sprang auf. »Hört sofort auf damit. Ihr wart bereits in eine Schlägerei verwickelt. Reicht das noch nicht? Ich werde keine weiteren Gewalttätigkeiten dulden. Ist das klar?«

Keith und Joel starrten sie verblüfft an.

Joel schob die Hände in die Hosentaschen. »Du bist hier nicht in Vellacott, um einige Studenten abzukanzeln, die sich danebenbenommen haben.«

»Nun, ich sehe da keinen großen Unterschied.«

Keith blickte beschämt zu Boden. »Es tut mir leid, Miß Thornquist. In letzter Zeit bin ich sehr gereizt.«

»Das geht Joel genauso.« Letty musterte die beiden Männer. »Mir ist bewußt, daß wir uns in einer schwierigen Situation befinden, aber ich erwarte, daß ihr euch wie zivilisierte Menschen benehmt. Jetzt reicht euch bitte die Hände.«

»Du sitzt hier nicht in deiner Bibliothek«, knurrte Joel. »Und wir befinden uns auch nicht im Kindergarten. Wir denken nicht daran, uns die Hände zu schütteln, nur weil die Frau Lehrerin das befiehlt.«

Letty schluckte und schob ihre Brille zurecht. »Ich bestehe darauf, Joel.«

»Du bestehst also darauf«, wiederholte Joel gefährlich leise.

Letty richtete sich auf und straffte die Schultern, während Joel sie wütend anfunkelte. Ihr wurde klar, daß sie sich in eine Ecke hatte drängen lassen. Sie, die Inhaberin von Thornquist Gear, hatte soeben ihrem Geschäftsführer in Anwesenheit eines Angestellten der Gegenpartei einen Befehl gegeben. Und nun war sie nicht fähig, ihre Anweisung durchzusetzen.

Plötzlich fielen ihr Joels Worte ein. Er hatte versucht, ihr begreiflich zu machen, wie wichtig es war, vor anderen die Autorität eines leitenden Angestellten nicht zu unterminieren.

Während sie noch fieberhaft überlegte, wie sie sich aus dieser peinlichen Situation befreien konnte, ging Joel auf Keith zu.

Er blieb vor ihm stehen, nahm die Hände aus den Hosentaschen und streckte einen Arm aus.

»Was soll's?« murmelte er und lächelte gezwungen, als er Keith die Hand schüttelte. »Immerhin ist sie der Boß. Ihr Auge sieht ziemlich böse aus, Escott.«

Keith verzog das Gesicht. »Ich hatte gestern über eine Stunde lang Nasenbluten. Freut mich, daß Sie genauso übel zugerichtet sind wie ich.«

»Wir fühlen uns heute wohl beide nicht besonders gut.«

Keith hob die Schultern. »Verdammt, es war meine Schuld«, meinte er dann zögernd. »Ich glaubte, zwischen Ihnen und Diana wäre etwas geschehen. Sie wissen ja, wie schnell sich Gerüchte in dieser Stadt verbreiten.«

»Allerdings.«

»Einige Leute haben dafür gesorgt, daß ich am Nachmittag davon erfuhr. Da Diana und ich in letzter Zeit einige Probleme miteinander hatten, glaubte ich, was man mir erzählte. Ich blieb bis zum späten Abend im Büro und ging dann ins Anchor, um mich zu betrinken. Als Sie dort auftauchten, sah ich rot.«

»Vergessen Sie es«, meinte Joel. »Wir sind uns einfach zum falschen Zeitpunkt über den Weg gelaufen. Wenn ich an Ihrer Stelle gewesen wäre, hätte ich wahrscheinlich auch so reagiert.«

Keith lächelte schwach. »Es war ein Mißverständnis. Ich dachte, Sie wären wegen Diana zurückgekommen, und Copeland hat mich in meinem Glauben bestärkt. Letty hat mir jedoch alles erklärt, nachdem Echler Sie zum Revier gebracht hatte.«

»Ach ja?« Joel hob spöttisch die Augenbrauen.

»Ja. Sie erzählte mir von der Verbindungstür zwischen Ihren Zimmern und sagte mir, was zwischen Ihnen beiden los ist. Außerdem verriet sie mir, daß sie bei der Geschäftsbesprechung mit Diana dabei gewesen war.«

»Ich verstehe.« Joel warf Letty einen merkwürdigen Blick zu. »Sie hat Ihnen also von uns beiden erzählt. Sehr interessant.«

»Als ich Sie letzte Nacht beschuldigte, mit Ihrem Boß zu schlafen, wußte ich nicht, daß Sie und Miß Thornquist tatsächlich ...«

»Bitte, Keith«, brachte Letty mit erstickter Stimme heraus.

»Ich meine, mir war nicht klar, daß zwischen Ihnen beiden wirklich etwas ist.«

»Das reicht jetzt.« Letty holte tief Luft.

Keith lächelte. »Sie brauchen sich keine Sorgen zu machen. Ich werde das für mich behalten«, versicherte er.

Joel nickte ernst. »Wenn man mit dem Boß schläft, muß man sehr diskret sein.«

Letty starrte ihn wütend an. »Mußt du dich so ungehobelt ausdrücken?«

»Tut mir leid, Boß.«

Als Letty das amüsierte Funkeln in Joels Augen bemerkte, hätte sie ihn am liebsten gewürgt. »Wir sollten dieses Thema beenden«, erklärte sie scharf. »Ich habe Keith nur darüber informiert, daß du nicht wegen Diana nach Echo Cove zurückgekehrt bist. Es geht hier nur um geschäftliche Dinge. Das stimmt doch, Joel?«

»Natürlich. Zwischen Diana und mir besteht seit fünfzehn Jahren keine private Bindung mehr. Wahrscheinlich war das selbst damals nie wirklich der Fall.«

Letty musterte ihn mißtrauisch. »Gut. Nachdem wir das geklärt haben, bitte ich euch zu gehen. Ich möchte pakken.«

Keith runzelte besorgt die Stirn. »Ich hätte Sie nicht so lange aufhalten dürfen. Werden Sie sich meinen Fünf-Jahres-Plan zumindest einmal ansehen?«

»Ja, sicher. Aber ich kann Ihnen nichts versprechen«, erwiderte Letty.

»Danke.« Keith entspannte sich. »Das genügt für den Anfang. Ich bin Ihnen dafür wirklich dankbar. Es hängt sehr viel davon ab – mehr als Sie denken. Bitte rufen Sie mich an, wenn Sie noch Fragen haben sollten.«

Letty begleitete ihn hinaus. »Das werde ich tun.«

Sie schloß die Tür hinter ihm und lehnte sich für einen Moment dagegen. Joel würde ihr sicher eine Szene machen – das würde er sich nicht nehmen lassen.

Joel kam rasch auf sie zu und stützte die Hände links und rechts neben ihr an die Wand.

»Tu das nie wieder«, sagte er düster.

Sie fuhr sich nervös mit der Zunge über die Lippen. »Was meinst du?«

»Gib mir nie wieder vor anderen solche Befehle – ganz besonders nicht, wenn es sich um jemanden von Copeland Marine handelt. Ich habe es dir schon einmal gesagt: Wenn du etwas mit mir besprechen willst, dann warte bitte, bis wir allein sind.«

»Meinst du die Sache mit dem Handschlag?« fragte Letty verwundert und sah ihn mit großen Augen an. Sie hatte geglaubt, er wäre verärgert, weil sie Keith von der Beziehung zwischen ihr und Joel erzählt hatte.

»Ja, natürlich.«

»Verflixt, Joel, du arbeitest für mich. Ich weiß, du hörst das nicht gern, aber es ist nun einmal eine Tatsache.«

»Das ist meine letzte Warnung, Letty. Dieses Mal habe ich mich wie ein gut erzogener Junge verhalten und Escott die Hand gereicht. Solltest du allerdings noch einmal vor unserem oder vor Copelands Personal einen solchen Trick versuchen, kann ich für nichts garantieren. Verstanden?«

»Laß uns etwas klarstellen«, erwiderte Letty aufgebracht. »Der einzige Grund, warum ich dich gebeten habe...«

»Du hast mich nicht gebeten, sondern mir einen Befehl erteilt.«

»Also gut, es war ein Befehl. Ich mußte ihn dir geben, weil du dich äußerst unzivilisiert verhalten hast. Außerdem kannst du mir nicht drohen. Ich bin die Inhaberin der Firma, das heißt, daß du meine Anweisungen entgegennimmst, und nicht umgekehrt. Hast du dir schon einmal überlegt, daß ich dich jederzeit feuern könnte?«

»Du mich feuern?« Joel sah sie überrascht an.

»Ich könnte es tun, und das weißt du auch.«

»Unsinn. Du würdest mir nie kündigen. Du brauchst mich, um Thornquist Gear zu leiten. Wenn du das noch nicht begriffen hast, habe ich dich wohl für intelligenter gehalten, als du bist. Hör zu, Letty. Als dein Mentor möchte ich dir einen guten Rat geben.«

Letty hob trotzig das Kinn. »Und der lautet?«

»Keine leeren Drohungen, Boß.« Er beugte sich zu ihr hinunter und lächelte sarkastisch. »Hast du Escott wirklich gesagt, daß wir miteinander schlafen?«

»Nein! Natürlich nicht.« Letty wich einen Schritt zurück. »Nicht direkt.«

»Was soll das heißen?«

»Keith tat mir leid.«

»Er tat dir leid? Bist du verrückt? Du hast wohl vergessen, daß er den Streit begonnen hat.«

Letty ging nervös im Zimmer auf und ab. »Das Ganze wäre nicht passiert, wenn du Diana gestern nicht in deinem Zimmer empfangen hättest.«

»Ich habe sie nicht eingeladen.«

Letty sprach weiter, ohne auf seine Bemerkung einzugehen. »Und es wäre auch nicht soweit gekommen, wenn du nicht beschlossen hättest, deine Frustrationen in einer Kneipe zu ertränken. Ich will nicht behaupten, daß du an allem schuld warst, aber du mußt zugeben, daß du dich wie ein richtiger Macho benommen hast.«

»Und Escott? Hat er sich etwa richtig verhalten?«

»Er dachte, du wärst nach Echo Cove zurückgekehrt, um ihm Diana wegzunehmen. Deshalb habe ich angedeutet, daß zwischen uns beiden eine Beziehung besteht.«

»Ich verstehe.« Joel verschränkte die Arme vor der Brust und lehnte sich gegen die Tür. »Und nun ist er davon überzeugt, daß wir miteinander schlafen.«

»So genau habe ich ihm das nicht gesagt. Ich habe nur zugelassen, daß er gewisse Rückschlüsse zog.« Letty stürmte ins Badezimmer und raffte ihre Toilettenartikel zusammen. »Ich erwähnte die Verbindungstür zwischen unseren Zimmern. Außerdem sagte ich ihm, ich wäre bei der ›Geschäftsbesprechung‹ mit Diana dabeigewesen.«

Joel folgte ihr und lehnte sich an den Türrahmen. »Nun, das ist fast die Wahrheit, nicht wahr?«

Letty runzelte die Stirn. »Wie meinst du das?«

»Wir schlafen miteinander.« Joel lächelte kühl. »Also haben wir ein Verhältnis. Escott hat recht.«

»Joel, bitte...«

»Warum gibst du es nicht zu, Letty? Wir haben eine Affäre.« Er trat einen Schritt vor, beugte sich zu ihr hinunter und küßte sie. Dann hob er den Kopf und funkelte sie herausfordernd an. »Wir haben eine Beziehung, Letty.«

Sie sah ihn an und fuhr sich nervös mit der Zunge über die Lippen. »Nun, du hast wohl nicht ganz unrecht.«

Joel grinste. »Jetzt untertreibst du. Warum sagst du es nicht laut? ›Ich habe eine Affäre mit Joel Blackstone.‹«

Letty atmete tief ein. Ohne zu überlegen, wiederholte sie seine Worte. »Ich habe eine Affäre mit Joel Blackstone.«

Meine Güte, sie hatte noch nie eine Affäre gehabt. Mit Philip war sie verlobt gewesen, und zuvor hatte sie ein- oder zweimal geglaubt, sich verliebt zu haben. In jeder dieser Beziehungen war von Heirat die Rede gewesen.

Eine Affäre war jedoch etwas ganz anderes. Es gab keine Versprechen, keine Garnatien, keine Verpflichtungen. Keine Aussicht auf eine gemeinsame Zukunft.

»Sehr gut. Das gefällt mir.« Joel sah sie zufrieden an und küßte sie leicht auf die Lippen. »Laß uns packen, Boß. Wir sollten so schnell wie möglich von hier verschwinden.« Er drehte sich rasch um und verließ das Badezimmer.

Letty folgte ihm. »Warte, Joel. Wir müssen noch etwas besprechen.«

»Ja?« Joel war bereits in seinem Zimmer und legte seine Kleidung in den Koffer.

»Wir sollten unser Privatleben bei Thornquist Gear nicht publik machen.«

»Wie bitte?« Joel hob fragend die Augenbrauen.

»Du weißt schon, was ich meine. Wir sollten vor dem Personal eine rein geschäftliche Beziehung aufrechterhalten. Ich denke, wir sind verpflichtet, in der Firma einen guten Eindruck zu machen.«

»Willst du damit sagen, daß ich während der Kaffeepause nicht in dein Büro stürmen und dich voll Begierde auf den Schreibtisch werfen soll?«

Letty wurde rot. »Bitte werde jetzt nicht sarkastisch. Du weißt genau, was ich damit meine. Versprich mir, daß du dich im Büro anständig benehmen wirst. Du selbst hast gesagt, daß das Personal vor der Geschäftsleitung Respekt haben muß. Ich möchte nicht, daß man Witze über uns reißt. Das wäre schlecht für das Ansehen der Firma.«

»Natürlich.« Joel hob den Koffer auf und ging damit zur Tür. »Gut, daß du mich daran erinnerst. Ich weiß nicht, wie ich es in den letzten zehn Jahren ohne dich geschafft habe.«

Nachdem Joel das Zimmer verlassen hatte, lehnte sich Letty erschöpft gegen den Türrahmen. Ihr ganzes Weltbild war plötzlich in Unordnung geraten. Alles schien außer Kontrolle und gefährlich zu sein. Es war ein beunruhigendes Gefühl.

Aber auch sehr aufregend.

Als Letty am späten Nachmittag ihr Büro betrat, verstärkte sich die unerklärliche Ahnung, daß etwas Unangenehmes auf sie zukam. Arthur Bigley zwinkerte noch heftiger als gewöhnlich.

»Gut, daß Sie zurück sind, Miß Thornquist.« Arthur sprang nervös auf. »Ich wußte einfach nicht, was ich tun sollte. Er kam hereingestürmt, als gehörte ihm das Büro. Als ich Mrs. Sedgewick anrief, meinte sie, Joel Blackstone würde sicher sehr wütend werden. Und das schien sie auch noch zu freuen.«

Letty seufzte. »Worum geht es denn, Arthur?«

»Dieser Mann, der ständig versucht hat, Sie zu erreichen, ist hier. Ich habe versucht, ihn aufzuhalten, aber er ist einfach in Ihr Büro marschiert.«

»Ein Mann? In meinem Büro?«

»Ja, er kam schon vor einigen Stunden.« Arthur senkte die Stimme zu einem verschwörerischen Flüstern. »Er behauptet, er wäre Ihr Verlobter.«

»Philip?« fragte Letty entsetzt. »Er sitzt in meinem Büro?«

Arthur sah sie aufgeregt an. »Er sagte, er wäre Professor Philip Dixon und mit Ihnen verlobt. Ich wußte nicht, was ich tun sollte, Miß Thornquist. Mrs. Sedgewick hat mir nicht geholfen. Ich glaube, sie freut sich sogar über diese unangenehme Situation. Wahrscheinlich ist es ihr nur recht, wenn Mr. Blackstone böse wird und mich feuert.«

»Keine Sorge, Arthur – Sie arbeiten schließlich für mich.«

»Aber er wird mich dafür zur Verantwortung ziehen, daß sich Professor Dixon jetzt in Ihrem Büro aufhält.«

»Beruhigen Sie sich, Arthur«, befahl Letty mit fester Stimme. »Ich werde mit Mr. Blackstone sprechen. Doch zuerst werde ich mich um Professor Dixon kümmern.« Entschlossen stieß sie die Tür zu ihrem Büro auf.

Philip saß so gelassen an ihrem Schreibtisch, als wäre er der Chef. Letty holte tief Luft. Es überraschte sie selbst, wie sehr sie Thornquist Gear mittlerweile als ihr Eigentum betrachtete.

»Hallo, meine Liebe.« Philip stand auf und streckte die Arme aus. »Man hat mir gesagt, du wärst verreist. Ich habe auf dich gewartet. Es gibt einiges zu besprechen.«

Letty stellte fest, daß er sein ganz spezielles Lächeln – etwas überheblich, aber charmant – immer noch zur Schau stellen konnte. Damit wickelte er nicht nur seine Kollegen, sondern offensichtlich auch die Studentinnen um den Finger. Sie mußte sich eingestehen, daß er außerdem sehr attraktiv aussah.

Er trug ein Tweed-Jackett, eine dazu passende Flanellhose, ein blaues Hemd und eine braungestreifte Krawatte mit dem Emblem einer bekannten Privatuniversität. Letty wußte allerdings, daß er sein Examen an einer staatlichen Hochschule in Kalifornien abgelegt hatte.

»Was hast du in meinem Büro verloren, Philip?« fragte sie scharf und ging rasch zu ihrem Chefsessel. Während sie sich setzte, legte sie die Akte von Keith Escott auf den Tisch und faltete die Hände. »Was tust du hier in Seattle?«

»Was für eine Frage.« Philip schlenderte zu dem Besucherstuhl vor dem Schreibtisch, zog sorgfältig seine Hose hoch, um die Bügelfalten nicht zu zerknittern, und setzte sich. »Natürlich wollte ich mit dir reden«, erklärte er mit sanfter Stimme.

»Wozu?«

Philip schüttelte traurig den Kopf. »Warum reagierst du so feindlich, Letty? Ich habe gehofft, du hättest dir inzwischen Gedanken über unser letztes Gespräch gemacht. Ich bin immer noch der Meinung, daß eine Therapie wahre Wunder bewirken könnte.«

Letty rang mühsam um Beherrschung. »Ich habe dir schon gesagt, daß ich keinen Therapeuten brauche.«

Er runzelte nachdenklich die Stirn. »Wahrscheinlich ist deine starke Ablehnung ein Teil des Problems. Wenn du erst einmal lernst, auf sexuellem Gebiet angemessen zu reagieren, werden sich in kürzester Zeit auch auf anderen Gebieten Fortschritte einstellen. Aber darüber können wir später noch diskutieren.«

»Ach ja? Und worüber möchtest du jetzt mit mir sprechen?«

Philip lächelte. »Über Thornquist Gear. Mach dir keine Sorgen, Letty – ich weiß, daß dir die Sache über den Kopf wächst.« Er warf ihr einen teilnahmsvollen Blick zu. »Welche Bibliothekarin wäre schon in der Lage, ein solches

Unternehmen zu leiten? Als dein Verlobter fühle ich mich selbstverständlich verpflichtet, dir dabei zu helfen.«

Letty blieb für einen Moment die Luft weg. »Tatsächlich?« brachte sie dann hervor.

»Wer wäre wohl besser geeignet, die Zügel zu übernehmen? Wie du weißt, ist Management mein Fachgebiet. Als Mitglied der Fakultät in Vellacott berate ich seit einiger Zeit Firmen dieser Größenordnung. Und als dein zukünftiger Ehemann bin ich bereit, dir deine Bürde abzunehmen.«

Letty schluckte. »Ich glaube, du hast einen falschen Eindruck von der Situation, Philip. Thornquist Gear ist meine Firma – ich brauche keine Hilfe, um dieses Unternehmen zu leiten.«

»Hör zu, Liebling. Ich weiß, daß dir die Sache im Moment großen Spaß macht, aber die Führung einer solchen Firma erfordert Erfahrung und Sachverstand. Ich habe nichts dagegen, wenn du dich eine Weile damit beschäftigen willst. Du kannst sogar eine spezielle Aufgabe und dein eigenes Büro bekommen.«

Letty sprang wütend auf. »Ich habe bereits ein eigenes Büro. Und jetzt verschwinde hier, Philip. Sofort.«

»Ich glaube, du läßt dich von deinen Gefühlen hinreißen, Schatz«, erwiderte Philip beschwichtigend. »Das paßt gar nicht zu dir.«

Plötzlich wurde die Tür aufgerissen, und Joel stürmte herein. Er warf Philip einen kurzen Blick zu und musterte dann Letty. »Meine Sekretärin hat mir gesagt, hier gäbe es ein Problem, Miß Thornquist. Wer ist das?«

Letty atmete tief ein. »Darf ich vorstellen? Das ist Philip Dixon. Philip, das ist mein Geschäftsführer, Joel Blackstone.«

»Professor Philip Dixon«, berichtigte er lächelnd. »Im Moment beurlaubt.« Er stand auf und reichte Joel die Hand. »Schön, Sie kennenzulernen, Blackstone. Ich nehme an, Sie sind der Mann, der die Geschäfte nach dem Tod von Lettys Großonkel am laufen gehalten hat.«

»So kann man es wohl bezeichnen«, bemerkte Joel trokken und ignorierte Philips ausgestreckte Hand. »Was geht hier vor, Miß Thornquist?«

»Philip denkt anscheinend, ich bräuchte Hilfe, um Thornquist Gear zu leiten«, erklärte Letty knapp. Ihr fiel ein, daß Joel ihr vor wenigen Stunden genau das gleiche gesagt hatte.

Philip lachte wohlwollend. »Es gibt keinen Grund, warum du dich verteidigen müßtest, Letty. Du weißt doch, daß du Thornquist Gear nicht allein leiten kannst. Was du brauchst, ist ein vertrauenswürdiger Experte. Wer könnte deine Interessen besser vertreten als der Mann, den du heiraten wirst?«

»Mir scheint, daß es sich hier um ein Mißverständnis handelt«, sagte Joel leise.

Philip lächelte überlegen. »Keine Sorge, Blackstone. Ich bin sicher, daß wir gut zusammenarbeiten werden. In den nächsten Tagen möchte ich ein Meeting einberufen. Sie werden mich dann genau über den aktuellen Stand informieren. Bitte achten Sie darauf, daß der Bericht vollständig ist, denn ich möchte ihn zur Grundlage meiner weiteren Pläne machen.«

Letty sah den Zorn in Joels Augen und befürchtete das Schlimmste. »Mr. Blackstone, bitte lassen Sie uns allein. Wir sprechen später weiter«, sagte sie hastig.

Joel drehte sich wütend zu ihr um. Er sah aus, als wolle er jeden Moment auf sie losgehen. Doch dann entspannte sich seine Miene, und er hatte sich wieder unter Kontrolle.

»Wie Sie wünschen, Miß Thornquist«, erwiderte er betont höflich. »Sie können mich jederzeit in meinem Büro erreichen.«

12

»Meine Güte«, sagte Morgan verblüfft. »Und was geschah dann?«

Letty krauste die Nase und schob ihre Brille zurecht. Sie saß mit ihrem Vater im Wohnzimmer und wartete auf Stephanie. In einer halben Stunde begann ein Vortrag über Kinderernährung.

»Joel verließ das Büro, und Philip lud mich zum Abendessen ein. Er sagte, er wolle mit mir über unsere Zukunft sprechen. Als ich ihm erklärte, daß ich bereits verabredet sei, bestand er darauf, sich morgen abend mit mir zu treffen. Er hat sich in einem Hotel in der Innenstadt ein Zimmer genommen.«

»Und was hast du dann Joel gesagt?«

»Nichts. Ich war einfach zu feig«, gab Letty zu. »Ich wartete, bis die Luft rein war, und lief schnell zum Fahrstuhl.«

»Du bist einfach verschwunden?« fragte Morgan ungläubig. »Das paßt gar nicht zu dir, Letty.«

»Ja, ich weiß, aber ich mußte einfach weg. Seit der Szene in meinem Büro habe ich weder mit Joel noch mit Philip gesprochen. Es tut mir leid, aber ich konnte mit dieser Situation einfach nicht umgehen.«

»Womit konntest du nicht umgehen?« fragte Stephanie, als sie das Wohnzimmer betrat. Sie trug ein schickes hellrotes Umstandskleid mit sorgfältig gebügelten Falten.

»Damit, daß zwei Männer sich um mich zankten.«

Stephanie sah sie überrascht an. »Glaubst du denn, daß es um dich ging? Ich würde eher sagen, die beiden kämpfen um Thornquist Gear.«

Letty spürte plötzlich ein unangenehmes Kribbeln in der Magengegend. Stephanie war wieder einmal sehr direkt, aber sie hatte wahrscheinlich recht. »Das stimmt vielleicht. Daran habe ich nicht gedacht.«

Morgan runzelte besorgt die Stirn. »Es besteht tatsächlich

die Möglichkeit, daß Dixon eure Beziehung unbedingt wieder aufnehmen will, weil du ein großes Unternehmen geerbt hast, Letty.«

»Thornquist Gear hat immerhin einen beträchtlichen Wert«, fügte Stephanie hinzu. »Kein Wunder, daß du plötzlich von zwei Verehrern verfolgt wirst.«

Letty verspürte leichte Übelkeit bei dem Gedanken, daß auch Joel sich eventuell nur um sie bemühte, weil ihr Thornquist Gear gehörte. Aber sie durfte diese Möglichkeit nicht außer acht lassen. »Macht euch keine Sorgen«, erklärte sie schließlich. »So leicht lasse ich mich nicht hereinlegen.«

Eine Stunde später stand Letty pflichtbewußt neben Stephanie und lauschte der Kursleiterin, die beschrieb, wie man einen nahrhaften Gemüsebrei für Kleinkinder zubereitete. Dr. Humphries war eine kleine, energische Frau und eine anerkannte Expertin auf ihrem Gebiet. Sie ging von Tisch zu Tisch und erteilte den Kursteilnehmern Ratschläge.

Stephanie konzentrierte sich wie immer ganz auf ihre Aufgabe. Sie hatte sich eine Schürze umgebunden und das Haar unter ein Netz gesteckt. Auf dem Tisch vor ihr lag ein Kochbuch.

»Zuerst schälen Sie die Karotten und schneiden Sie dann in kleine Scheiben«, las sie vor.

»Das kann ich ja machen.« Letty nahm eine Karotte in die Hand und begann, sie rasch abzuschälen.

»Nein, nicht so«, widersprach Stephanie entsetzt. »Du darfst die Schale nicht in so dicken Streifen entfernen, sonst gehen die Nährstoffe verloren.«

»Das glaube ich nicht. Ich habe erst vor kurzem gelesen, daß die Nährstoffe bei Gemüse nicht so dicht unter der Schale sitzen«, erwiderte Letty geduldig.

»Nein, Letty. So geht das nicht. Laß mich das machen.« Stephanie nahm ihr den Schäler aus der Hand und machte sich an die Arbeit.

Letty trat ein wenig verärgert zurück. Nun gut, sie hatte sowieso keine Lust gehabt, Karotten zu schälen. »Wie war es heute bei deinem Arzt?« fragte sie.

»Danke.« Stephanie schälte sorgfältig weiter. »Es scheint sich alles gut zu entwickeln.«

»Das hört sich aber nicht sehr überzeugt an.«

»Nun ja, so genau weiß man es nie. Selbst wenn die Entwicklung in diesem Stadium normal wirkt, kann in der letzten Minute noch etwas schiefgehen.«

»Das halte ich für sehr unwahrscheinlich.« Letty beobachtete, wie ihre Stiefmutter die Karotten in perfekte Scheiben schnitt. »Ich bin sicher, alles ist in Ordnung. Das hat dir die Ärztin doch bestätigt?«

»Sie ist eine der besten Gynäkologinnen der Stadt und hat Geburtshilfe zu ihrem Spezialgebiet gemacht.«

»Ich weiß.«

»Außerdem hat sie zwei bedeutende Abhandlungen über Frauen verfaßt, die erst nach ihrem fünfunddreißigsten Lebensjahr schwanger werden.«

»Ja, du hast sie mir zum Lesen gegeben«, erinnerte Letty sie höflich.

Stephanie betrachtete besorgt die Karotten auf dem Tisch. »Ich frage mich, ob ich sie dünn genug geschnitten habe.«

»Das kommt doch alles in den Mixer, Stephanie, also ist es völlig gleichgültig, ob alle Scheiben gleich dünn sind. Wir machen sowieso Mus daraus.«

Lettys Stiefmutter preßte die Lippen zusammen. »Es tut mir leid, daß du dich hier langweilst. Du mußt mich nicht zu diesen Kursen begleiten, wenn du nicht willst.«

»Das weiß ich, aber dann wäre Dad verletzt. Wir tun das doch nur für ihn, nicht wahr?«

»Ja, natürlich.«

Letty schloß für einen Moment die Augen. »Bitte entschuldige, Stephanie. Ich wollte nicht unhöflich sein. Eigentlich finde ich die Kurse sehr interessant, aber die Reise nach Echo Cove hat mich viel Kraft gekostet. Und heute morgen mußte ich mich auch noch mit Philip herumschlagen. Wahrscheinlich fehlt mir einfach nur ein wenig Schlaf.«

»Du brauchst dich nicht zu entschuldigen. Ich weiß, daß du immer noch Schwierigkeiten hast, dich damit auseinanderzusetzen, daß dein Vater wieder geheiratet hat und eine zweite Familie gründen will. Wenn du mit deinen feindseligen Gefühlen nicht umgehen kannst, solltest du dir professionelle Hilfe suchen.«

Letty verzog das Gesicht. In letzter Zeit schienen alle sie zu einer Therapie schicken zu wollen. »Ich empfinde keine Feindseligkeit«, sagte sie knapp.

»Es zu leugnen, wird dir nicht helfen.« Stephanie legte die Karottenstückchen vorsichtig in einen kleinen Topf. »Wie lange sollen sie kochen?«

Letty warf einen Blick in das Buch vor ihr. »Hier steht zwölf Minuten. Ich persönlich koche Karotten nie so lange. Warum versuchst du es nicht mit sechs Minuten und kostest sie dann?«

»Das soll ein Brei für Kinder werden«, entgegnete Stephanie. »Deshalb muß das Gemüse vollständig gar sein.«

»Wie du meinst.«

»Bitte sieh auf die Uhr«, sagte Stephanie, während sie den Topf auf den Herd stellte. »Wir lassen die Karotten genau zwölf Minuten kochen.«

Dr. Humphries erklärte den Wert hausgemachter Kinderkost, bis die Kochzeit abgelaufen war. Nach genau zwölf Minuten hob Stephanie den Deckel vom Topf und gab die Karotten vorsichtig in den Mixer.

»Sie scheinen wirklich gar zu sein«, bemerkte Letty lächelnd.

Stephanie warf ihr einen kühlen Blick zu. »Wie lange soll man sie im Mixer lassen?«

»Zuerst umrühren und dann zwei Minuten durchmischen.«

»Bitte sieh auf deine Uhr.«

»Ich glaube nicht, daß wir uns so genau daran halten müssen. Warum schaltest du den Mixer nicht einfach ab, sobald das Ganze breiig wird?«

»Wenn du nichts dagegen hast, möchte ich das Rezept genau befolgen.«

Letty seufzte und warf einen Blick zur Decke. Es war kaum zu glauben, daß ausgerechnet Stephanie, die normalerweise gelassen und gekonnt etliche exotische Gerichte im

Handumdrehen zubereitete, so einen Wirbel um einen Brei machte. Gehorsam sah sie auf den Sekundenzeiger ihrer Uhr. »Also gut. Jetzt.«

Das Geräusch des Mixgerätes ersparte ihr eine weitere Unterhaltung für die nächsten zwei Minuten.

»Stop!« rief Letty schließlich.

Stephanie öffnete den Deckel. »Ich kann keine größeren Stücke mehr sehen.«

»Es sieht beinahe schon aus wie Suppe«, meinte Letty.

In diesem Moment kam Dr. Humphries vorbei und spähte in den Topf. »Ach du meine Güte. Da haben Sie wohl etwas zu gründlich gearbeitet.«

Beunruhigt nahm Stephanie das Kochbuch in die Hand. »Aber hier heißt es, man soll insgesamt zwei Minuten lang durchmischen.«

»Ja, aber das hängt von der Menge der Karotten ab«, erklärte Dr. Humphries. »Bei einer so kleinen Portion reicht eine Minute völlig aus.«

»Ich verstehe.« Stephanie starrte einen Moment auf die Flüssigkeit in dem Topf.

Letty sah, daß ihre Stiefmutter kurz davor war, in Tränen auszubrechen. »Stephanie?«

Ohne ein Wort schüttete Stephanie die gelbe Flüssigkeit in den Ausguß. »Lies mir das nächste Rezept vor«, befahl sie dann heiser.

»Das waren doch nur ein paar Karotten«, sagte Letty sanft und legte ein wenig ungeschickt den Arm um Stephanies zuckende Schultern.

»Das weiß ich.« Stephanie trat einen Schritt zurück und wischte sich mit einem Schürzenzipfel die Augen. »Bitte lies vor.«

Letty nahm das Kochbuch in die Hand und las langsam die Instruktionen für das nächste Gericht vor. Stephanie stürzte sich verbissen in die Arbeit, und als sie fertig war, schien sie sich wieder unter Kontrolle zu haben. Sie wirkte sehr erleichtert, als Dr. Humphries sich lobend äußerte.

»Ganz ausgezeichnet, Mrs. Thornquist«, meinte sie. »Genau so lieben Babys ihren Brei. Und nun wieder zurück auf

Ihre Plätze, meine Damen. Ich werde Ihnen noch etwas über Fruchtsäfte erzählen.«

Stephanie setzte sich aufmerksam auf ihren Stuhl und zückte ihr Notizbuch, um sich kein Wort entgehen zu lassen.

»Stephanie?« Letty nahm neben ihr Platz.

»Ja?«

»Du hast vorher gesagt, Joel und Philip würden nicht um mich, sondern um die Firma kämpfen.«

»Und?«

»Ich glaube, du hast recht. Es ist zwar nicht sehr schmeichelhaft für mich, aber möglicherweise die Wahrheit.«

Stephanie zuckte die Schultern. »Das liegt wohl auf der Hand. Jeder Mensch strebt nach etwas Bestimmtem. Wenn man seine Ziele kennt, kann man ihn auch besser verstehen.«

»Du glaubst also auch nicht, daß Philip nach Seattle gekommen ist, weil er sich vor Liebe nach mir verzehrt?« fragte Letty ironisch.

»Nein, aber ist das wirklich ein Problem? Manchmal verbindet gemeinsames Interesse – wie zum Beispiel an einer Firma wie Thornquist Gear – mehr, als ein Kind oder körperliche Leidenschaft.«

»Daran habe ich noch nicht gedacht.«

Stephanie holte ihren Kugelschreiber aus der Tasche, als Dr. Humphries zu sprechen begann. »Ich bin überzeugt, daß Philip dich zu Beginn eurer Beziehung sehr gern hatte. Sonst hätte er dich nicht gebeten, seine Frau zu werden. Wenn diese Zuneigung mit einem gemeinsamen Geschäftsinteresse verbunden wird, könnte sich daraus eine stabile und zufriedenstellende Ehe entwickeln.«

»Vorausgesetzt, ich unterziehe mich einer Therapie«, murmelte Letty.

Glücklicherweise war Stephanie bereits in Dr. Humphries Vortrag über Fruchtsäfte für Kinder vertieft und hörte ihre Bemerkung nicht.

Eine halbe Stunde später war der Kurs vorüber, und sie gingen zum Wagen hinaus. Stephanie setzte sich hinter das

Steuer ihres Porsche. »Das war ein hervorragender Kurs. Dr. Humphries hat ihre Doktorarbeit über die Ernährung von Kleinkindern geschrieben.«

»Ja, ich weiß.«

»Sie ist eine anerkannte Expertin auf diesem Gebiet.«

»Das glaube ich, aber es erscheint mir ein wenig übertrieben, hundert Dollar zu kassieren, um Frauen beizubringen, wie man Gemüse in Brei verwandelt. Ich hätte dir das gern für fünfzig Dollar erklärt.«

Stephanie preßte die Lippen aufeinander. »Das verstehst du nicht.«

»Mir scheint, ich verstehe in letzter Zeit einiges nicht.« Letty seufzte. Das Leben in Indiana war auf jeden Fall einfacher gewesen.

Joel drückte seinen Daumen so lange auf die Klingel, bis Morgan die Tür öffnete.

»Ist Letty hier?«

Morgan nahm die Lesebrille ab und musterte den ungebetenen Gast. »Sie besucht mit Stephanie einen Kurs über Kinderernährung. Die beiden müßten bald zurücksein. Möchten Sie hereinkommen und warten?«

»Sehr gern. Sonst laufe ich Gefahr, sie wieder zu verpassen. Ihre Tochter ist schlüpfrig wie ein Aal.«

Morgan hob die Augenbrauen und bat Joel mit einer Geste ins Wohnzimmer. »Was meinen Sie damit?«

»Sie wußte genau, daß ich sie heute nachmittag im Büro sprechen wollte, aber sie hat sich einfach davongeschlichen.« Joel ließ sich in einen Sessel neben dem Kamin fallen und hielt die Hände vors Feuer. »Hat sie Ihnen erzählt, daß ihr verrückter Ex-Verlobter in der Stadt ist?«

»Ja. Meine Frau glaubt, er wäre nur wegen Thornquist Gear gekommen.«

Morgan setzte sich Joel gegenüber und legte das Buch zur Seite, in dem er gelesen hatte.

Automatisch sah Joel auf das Deckblatt. Der Titel lautete: Anwendungen der mittelalterlichen Logik bei Computeranalysen. Autor: Morgan Thornquist.

»Haben Sie das geschrieben?« fragte Joel neugierig.

»Ja. Ich habe heute ein Vorausexemplar erhalten und es mir gerade angesehen.«

»Kann man wirklich Logik des Mittelalters auf Bereiche moderner Computertechnik übertragen?«

»Aber ja. Es gab einige mittelalterliche Philosophen, die sich äußerst beeindruckende Dinge ausgedacht haben. Und jetzt erzählen Sie mir, was heute mit Dixon vorgefallen ist.«

Joel trommelte nervös mit den Fingern auf die Stuhllehne. »Dieser Dixon hat sich in Lettys Büro breitgemacht, während wir unterwegs waren. Als ich die Tür öffnete, fing er sofort an, mir Befehle zu erteilen. Ich war kurz davor, ihn aus dem Fenster zu werfen, aber Letty tat alles, um mich daran zu hindern, eine Szene zu machen. Sie erklärte mir, wir würden die Sache später besprechen. Dann verschwand sie einfach. Ich habe sie stundenlang gesucht.«

»Letty ist momentan wohl ein wenig durcheinander. Sie sagte mir, sie hätte keine Erfahrung im Umgang mit streitenden Männern.«

Joel runzelte die Stirn. »Damit hat sie keine Schwierigkeiten, das dürfen Sie mir glauben. Ich spreche aus Erfahrung.«

»Tatsächlich?«

»Letty ist kein zartes Pflänzchen – sie kann sich sehr gut behaupten. Das Problem ist dieser Dixon. Er versucht sie herumzukriegen, um an die Firma heranzukommen. Der Kerl glaubt, er könne sich die Leitung von Thornquist Gear unter den Nagel reißen, nur weil er in den verstaubten Vorlesungssälen in Vellacott eine große Nummer ist.«

Morgan verschränkte die Arme vor Brust und musterte Joel über den Rand seiner Brille. »Das würde mich nicht überraschen. Professor Dixon war schon immer sehr ehrgeizig. Er sucht schon seit langem nach einem geeigneten Unternehmen, in dem er seine Theorien über Management ausprobieren kann.«

»Thornquist Gear ist keine Versuchsanstalt«, erwiderte

Joel zornig. »Allerdings könnte ich mir vorstellen, einige Vivisektionsgeräte anzuschaffen, wenn er mich zu sehr herausfordert.«

»Anscheinend sieht Dixon in Thornquist Gear die ideale Gelegenheit, seine Lehren so anzuwenden, daß für ihn einiges dabei herausspringt.«

»Das wird ihm nicht gelingen«, murmelte Joel. »Der einzige Weg, um an die Firma heranzukommen, besteht für ihn darin, Letty zu heiraten. Und das werde ich nicht zulassen.«

»Ich verstehe. Weiß Letty das?«

»Das hoffe ich.« Joel sprang auf und ging unruhig zum Fenster hinüber. Durch den leichten Regen sah man die Lichter der Stadt. Es war ein fantastischer Ausblick. Und ein wunderschönes Heim. Die Thornquists hatten es anscheinend wirklich geschafft.

Nervös sah er auf seine Armbanduhr und fragte sich, wann Letty endlich kommen würde. Allmählich konnte er es kaum mehr erwarten, ihr gegenüberzustehen. Sie hatte ihm eine Menge zu erklären, und er würde dafür sorgen, daß sie ihm Rede und Antwort stand. Anschließend wollte er mit ihr ins Bett gehen, und alles andere ergab sich dann von selbst. Dixon konnte ihm gestohlen bleiben.

»Es scheint Sie sehr zu beunruhigen, daß Letty Philip Dixon ernst nehmen könnte«, meinte Morgan.

»Dixon ist nur ein kleiner Betrüger.«

»Sind Sie sicher?«

»Absolut.« Joel sah wieder auf die Uhr.

Morgan blickte nachdenklich ins Feuer. »Meine Tochter ist nicht dumm. Ich habe sie zu klarem und logischem Denken erzogen. Deshalb kann ich mir kaum vorstellen, daß sie auf einen Betrüger hereinfällt.«

»Letty ist ein kluges Mädchen, aber in manchen Situationen reagiert sie zu gefühlsmäßig, um logisch denken zu können.«

»Wie bitte?« Morgan warf ihm einen erbosten Blick zu.

»Sie ist nun einmal eine sehr gefühlsbetonte Frau. Und manchmal zu naiv und vertrauensselig.«

»Unsinn. Sollte Letty sich entschließen, Philip Dixon zu

heiraten, wird sie dafür gute Gründe haben. Von mir hat sie gelernt, in einer kritischen Situation immer alles eingehend abzuwägen. Seit sie fünf Jahre alt ist, mußte sie mir logische Gründe für alle wichtigen Entscheidungen in ihrem Leben nennen. Ich bin überzeugt, daß sie einen so bedeutenden Schritt wie eine Heirat nicht machen würde, ohne vorher alle Gegebenheiten ganz genau zu überprüfen.«

Joel drehte sich rasch um und starrte Morgan verblüfft an. »Sprechen wir wirklich über dieselbe Frau?«

»Ich denke schon.«

»Verzeihen Sie mir, Morgan, aber ich glaube, Ihre Tochter besser zu kennen als Sie. Letty handelt in erster Linie nach ihrem Gefühl.«

»Aber nein. Sie ist intelligent und denkt rational und analytisch. Ich habe dafür gesorgt, daß sie diese Fähigkeiten schon als Kind entwickelte.«

»Was, zum Teufel, würden Sie denn tun, wenn sie beschließt, Philip Dixon zu heiraten?« fragte Joel erbost. »Würden Sie sich etwa bequem zurücklehnen und sich denken, daß sie schon weiß, was sie tut?«

»Letty ist neunundzwanzig Jahre alt. Wenn sie bis jetzt noch nicht gelernt hat, folgerichtig zu handeln, ist es zu spät, sich darüber Sorgen zu machen. Ich bin allerdings davon überzeugt, daß sie die richtige Entscheidung treffen wird. Höchstwahrscheinlich wird sie Philip nicht heiraten, weil sie weiß, daß sie ihm nicht voll und ganz vertrauen kann.«

»Denken Sie an die Geschichte mit der kleinen Studentin? Meiner Meinung nach wird ein so aalglatter, redegewandter Kerl wie Dixon sich durch dieses Mißgeschick nicht sein Spielchen verderben lassen. Er ist hinter der Firma her – deshalb wird er nichts unversucht lassen, um sich Letty zu angeln.«

Morgan sah Joel nachdenklich an. »Haben Sie Letty schon gefragt, wie sie darüber denkt?«

»Ich habe Ihnen bereits gesagt, daß ich noch keine Gelegenheit hatte, mit ihr zu sprechen. Sie ist einfach verschwunden.« Joel hob den Kopf, als er plötzlich den Schlüssel im Schloß hörte.

»Das werden wohl Stephanie und Letty sein«, meinte Morgan.

»Das wurde aber auch Zeit.«

»Morgan?« rief Stephanie.

»Hier bin ich, mein Liebling.« Morgan stand auf, um seine Frau zu begrüßen. »Wir haben Besuch.«

»Wer ist es denn?« Stephanie kam rasch herein. »Oh, hallo, Joel. Wie geht es Ihnen?«

»Gut, danke. Wo ist Letty?«

Stephanie warf einen Blick über die Schulter. »Letty, Joel ist hier.«

»Das habe ich gehört.« Letty trug eine Daunenjacke von Thornquist Gear und musterte Joel vorsichtig. »Was willst du hier?«

»Dreimal darfst du raten.«

Sie runzelte die Stirn. »Du hättest damit meinen Vater nicht belästigen sollen.«

»Er hat mich in keinster Weise belästigt«, widersprach Morgan, während er Stephanie aus dem Mantel half. »Wir hatten eine sehr interessante Unterhaltung über die Gründe, die Dixon dazu bewegt haben könnten, nach Seattle zu reisen.«

»Ich glaube, uns allen ist klar, warum er hergekommen ist«, meinte Joel düster.

Stephanie nickte ernst. »Ja, das liegt wohl auf der Hand.«

Morgan runzelte nachdenklich die Stirn. »Thornquist Gear könnte in seinen Überlegungen eine wesentliche Rolle gespielt haben.«

Joel fühlte sich bestätigt. Alle schienen seine Meinung zu teilen, daß Dixon eine Gefahr darstellte; jetzt mußte selbst Letty das einsehen. Er sah sie gespannt an. Sie schob trotzig das Kinn vor und schien sich in ihre wattierte Jacke verkriechen zu wollen.

»Vielen Dank für eure hochgeschätzten Anmerkungen zu diesem Thema«, sagte sie kühl. »Gut zu wissen, daß keiner von euch auch nur einen Gedanken an die Möglichkeit verschwendet, daß Philip wegen mir in Seattle sein könnte.«

Morgan und Stephanie warfen sich einen verständnisvollen Blick zu, und Joel wünschte verzweifelt, er hätte die Situation auf eine andere Weise gehandhabt. Er trat einen Schritt vor und legte seine Hand auf Lettys Arm.

»Komm, ich bringe dich nach Hause. Bist du mit dem Wagen hier?«

»Nein, ich habe den Bus genommen.«

»Um so besser.« Er nickte Morgan und Stephanie zu. »Gute Nacht.«

»Gute Nacht«, erwiderte Morgan. »Kommen Sie bald einmal wieder zu uns.«

»Gern.« Joel führte Letty zur Tür.

Schweigend stiegen sie in den Jeep. Joel fuhr zügig auf die Hauptstraße, mußte aber kurz darauf an einer Ampel halten.

»Hör zu, Letty«, bat er. »Es tut mir leid, wenn es dich verletzt, daß jeder glaubt, Dixon wäre nur wegen Thornquist Gear und nicht deinetwegen nach Seattle gekommen. Nimm es bitte nicht persönlich.«

»Das soll ich nicht persönlich nehmen?« Letty starrte auf die Straße. »Ich habe dir schon einmal gesagt, daß es dir an Feingefühl fehlt, wenn es um Frauen geht. Versuch bitte nicht, mich zu beschwichtigen. Mein Selbstbewußtsein hat schon genug gelitten, also mach die Sache nicht noch schlimmer.«

»Du würdest Dixon nicht zurückhaben wollen, selbst wenn er auf allen vieren angekrochen käme«, behauptete Joel. »Dazu bist du viel zu stolz.«

»Glaubst du?«

»Da bin ich mir verdammt sicher. Und jetzt laß uns über die geschäftliche Seite sprechen.«

»Dazu bin ich heute abend nicht in der richtigen Verfassung.«

Joel ignorierte ihren Einwand. »Hast du Dixon gesagt, er solle sich aus der Firma heraushalten?«

»Philip läßt sich selten etwas sagen. Außerdem ist Management sein Spezialgebiet. Er hat einige Erfahrung mit Unternehmen in der Größenordnung von Thornquist Gear. Vielleicht wirkt er manchmal ein wenig aufdringlich, aber er versteht sein Fach. Für ihn wäre es kein Problem, die Firma zu leiten.«

»Seine Erfahrung auf diesem Gebiet interessiert mich nicht. Ich werde es auf keinen Fall zulassen, daß er eure frühere Beziehung ausnutzt, um mir bei Thornquist Gear das Heft aus der Hand zu nehmen.«

»Ich mache mir Sorgen um Stephanie«, sagte Letty unvermittelt.

»Was?« Joel versuchte vergeblich, ihren Gedankengängen zu folgen. »Was hat Stephanie damit zu tun? Wir sprechen darüber, wie wir uns gegen Dixon behaupten können. Meiner Meinung nach solltest du diesen Wichtigteuer mit einem harten Schlag auf den Kopf in die Wirklichkeit zurückbefördern. Ich bin dir dabei gern behilflich.«

»Sie hat Angst, Joel.«

»Wer? Stephanie?«

»Ja.«

»Angst vor Dixon?« Joel runzelte verblüfft die Stirn. »Aber dazu besteht kein Grund. Ich bin sicher, wir beide werden mit dem Kerl fertig.«

»Sie fürchtet sich vor der Geburt.«

Endlich begriff Joel, daß Lettys Gedanken sich im Augenblick nicht um die Firma drehten. »Was ist denn passiert? Gibt es Probleme?«

»Nein, eigentlich nicht. Soweit ich weiß, läuft alles bestens.«

»Wahrscheinlich ist es normal, daß sie besorgt ist. Man sagt, daß die Wehen trotz moderner Hilfsmittel nun einmal sehr schmerzhaft sind. Aber Frauen brauchen heutzutage doch keine Angst mehr zu haben, bei der Geburt eines Kindes zu sterben.«

»Du hast recht. Statistisch gesehen ist das sehr unwahrscheinlich. Stephanie weiß das natürlich, und ich glaube auch nicht, daß sie Angst vor den Schmerzen hat.« Letty schwieg einen Moment. »Sie ist so nervös, weil sie denkt, das wäre ihre letzte Chance, ein Kind zu bekommen«, fuhr sie dann fort. »Aber ich denke, da steckt noch etwas anderes dahinter. In dem heutigen Kurs habe ich gespürt, daß sie leicht in Panik geraten könnte. Mir wurde plötzlich klar, daß ihre Bemühungen, den besten Arzt und das modernste Krankenhaus zu finden, ihr Weg ist, diese Furcht zu bekämpfen. Deshalb besucht sie auch jeden Kurs und schreibt alles peinlich genau mit.«

»Aber Letty, jeder weiß, daß werdende Mütter oft ein wenig neurotisch reagieren.«

»Ach ja?« Lettys Stimme klang eisig.

»Natürlich. Es hat mit den Hormonschwankungen zu tun.« Joel grinste. »Ich bin sicher, du hast auch darüber ein paar Artikel gelesen.«

»Das stimmt. Trotzdem glaube ich, daß Stephanie nicht nur unter den üblichen Begleiterscheinungen einer Schwangerschaft leidet. Sie hat Angstzustände, und das paßt ganz und gar nicht zu ihrer Persönlichkeit. Normalerweise benimmt sie sich eher wie mein Vater und denkt über alles ruhig und logisch nach.«

»Es wird bestimmt alles gutgehen«, meinte Joel.

Letty lehnte sich zurück. »Vielleicht täusche ich mich auch. Schließlich war ich noch nie schwanger. Möglicherweise würde ich völlig durchdrehen. Wer weiß?«

Joel stellte sich unwillkürlich vor, wie Letty aussehen würde, wenn sie ein Kind von ihm erwartete. Und wieder spürte er dieses starke Gefühl der Zugehörigkeit. An der nächsten Ampel trat er zu heftig auf die Bremse. Der Jeep kam mit einem Ruck zum Stehen.

»Stimmt etwas nicht, Joel?« fragte Letty besorgt.

»Nein.« Er atmete tief ein. »Alles in Ordnung.«

Den Rest der Fahrt zu Lettys Wohnung schwiegen beide, tief in ihre Gedanken versunken. Joel parkte den Wagen in der Tiefgarage und führte Letty zum Lift.

»Es sieht ganz so aus, als möchtest du dich noch auf einen Schlummertrunk bei mir einladen«, stellte Letty fest, während sie nach oben fuhren.

Joel musterte sie von der Seite, konnte aber ihren Gesichtsausdruck nicht deuten. »Ich habe vor, heute nacht das Bett mit dir zu teilen. Schließlich haben wir eine Affäre.«

»Ich bin mir nicht ganz sicher, wie das ablaufen soll«, erwiderte sie beunruhigt. »Du hast doch nicht etwa vor, bei mir einzuziehen? Wir haben nie darüber gesprochen, zusammen zu wohnen. Eine Affäre bedeutet doch, daß man in getrennten Haushalten lebt, oder?«

»Meine Güte, Letty – wir müssen uns an keine vorgegebenen Regeln halten. Niemand überprüft, ob wir alles richtig machen.« Er nahm ihr den Schlüssel aus der Hand, während sie den Gang entlangliefen, und fragte sich, warum ihn ihre Bemerkung so verletzt hatte. »Wenn du nicht möchtest, daß ich bleibe, dann sag es bitte.« Er steckte den Schlüssel ins Schloß und wartete.

Lettys Wangen röteten sich leicht. »Ich war mir nicht sicher, ob du es willst. Nach dem, was heute vorgefallen ist...«

Joel öffnete die Tür. »Du meinst, weil Dixon aufgetaucht ist und du dich anschließend aus dem Staub gemacht hast? Natürlich war ich nicht begeistert, aber es ging ums Geschäft. Das hier ist unsere Privatangelegenheit.«

»Ich bin mir nicht mehr so sicher, ob sich die beiden Dinge voneinander trennen lassen.«

Joel zog Letty in die Wohnung und schloß die Tür. »Hör gut zu, Letty. Ich sage dir das nur einmal. Du brauchst nicht zu befürchten, daß ich dich heiraten will, um an Thornquist Gear heranzukommen. Mir wurde schon einmal vorgeworfen, daß ich mir durch eine Heirat eine Firma unter den Nagel reißen will. Eine solche Anschuldigung möchte ich nie mehr hören. Hast du das verstanden? Also mach dir darüber keine Sorgen.«

Letty sah in forschend an. »Worüber muß ich mir dann Sorgen machen?«

Joel lächelte und öffnete langsam den Reißverschluß ihrer Jacke. »Heute abend über gar nichts.« Als er sie ansah, bemerkte er, daß ihre Augen vor Verlangen glitzerten. Er beugte sich herunter und küßte sie leidenschaftlich.

»Joel, warte, ich…«

»Warum gibst du es nicht zu?« flüsterte er heiser. »Du willst mich ebensosehr wie ich dich. Und ich habe dir versprochen, daß ich es beim nächsten Mal besser machen werde.«

Letty räusperte sich verlegen. »Nun, ich denke, ich sollte mir jetzt mein Nachthemd holen.« Sie wandte sich zur Schlafzimmertür.

»Bleib hier. Du brauchst kein Nachthemd.« Joel packte sie am Arm und zog sie sanft auf den Teppich.

13

Diesmal ließ Joel sich Zeit, und seine Erwartungen wurden nicht enttäuscht. Noch nie in seinem Leben hatte er eine Frau kennengelernt, die so stark auf ihn reagierte. Lettys Leidenschaft übertrug sich auf ihn und fachte sein Verlangen immer mehr an.

»Du bist so wunderschön«, murmelte er immer wieder.

Ihr Körper schien wie für ihn geschaffen. Die festen Brüste, die runden Hüften, der wohlgeformte Po und das verlockende Dreieck unter ihrem Bauchnabel – alles an ihr kam ihm vor, als wäre es nach seinen persönlichen Wünschen entworfen worden. Vielleicht hatte sich sein Geschmack aber auch geändert, als er Letty kennenlernte.

In den sechsunddreißig Jahren seines Lebens hatte er schon einigen Verlockungen widerstanden, aber ihm war klar, daß er sich bei Letty einfach nicht beherrschen konnte. Sie nahm seine Zärtlichkeiten auf eine Weise entgegen, die seine eigene Begierde um ein vielfaches steigerte.

Als er seine Finger zwischen ihre Schenkel gleiten ließ, legte sie ihre Hand um sein pochendes Glied und umkreiste mit dem Daumen die empfindliche Spitze, bis Joel sie heiser bat, aufzuhören.

»Du bist großartig«, flüsterte sie.

»Und du bist einfach unglaublich«, seufzte Joel, beugte sich hinunter und fuhr mit der Zunge über ihre Brustwarzen.

Letty erschauerte. »O Joel, bitte. Ich kann es nicht länger ertragen.« Sie umklammerte seine Schultern und zog ihn zu sich herunter.

»Sieh mich an, Letty.«

Ihre Augen schimmerten feucht. Joel ließ einen Finger langsam tiefer zwischen ihre Schenkel gleiten, und unwillkürlich bog sie ihm ihre Hüften entgegen.

»Joel, bitte. Komm zu mir. Ich kann nicht mehr warten.« Sie krallte ihre Fingernägel in seinen Rücken.

Als er in sie eindrang, war das Gefühl noch unbeschreiblicher als beim letzten Mal, denn er spürte, wie sich ihre Muskeln zusammenzogen. Kaum war er ganz in ihr, näherte sie sich dem Höhepunkt... Und dann waren die heftigen Kontraktionen in ihrem Schoß zuviel für ihn. Er glaubte zu explodieren. Undeutlich hörte er, wie sie seinen Namen rief, dann stöhnte er laut auf und drang mit einem letzten Stoß tief in sie ein.

Er hätte nie gedacht, daß es so schön sein könnte.

Einige Zeit später spürte er, wie Letty sich unter ihm bewegte. Er hob den Kopf und lächelte, als er ihr zufriedenes, gelöstes Gesicht sah.

»Geht es dir gut?« fragte er zärtlich.

Sie fuhr mit den Fingerspitzen spielerisch über seinen Rücken und streckte sich dann. »Ja, ich denke schon.«

Joel hatte ein wenig mehr Begeisterung erwartet. »Da bin ich aber froh«, bemerkte er beleidigt.

Letty kicherte und schob ihn sanft von sich, bis er neben ihr auf dem Rücken lag. Dann schmiegte sie sich an seine Brust. »Du weißt doch genau, daß es für mich einfach fantastisch war, Joel. Es war wie eine Befreiung.«

Er drückte sie an sich, um ihre Brüste an seinem Oberkörper zu spüren. »Und das hast du bisher nicht empfunden?«

»Nicht auf diese Art. Es kommt mir vor, als wäre ein Teil meines wirklichen Ichs viele Jahre tief in mir verschüttet gewesen.« Sie küßte ihn auf den Mund. »Wie machst du das nur, Joel?«

Er lächelte. »Du machst es selbst.«

»Aber bisher war es mir nicht möglich.«

Zärtlich fuhr er mit den Fingerspitzen über ihre Lippen. »Du hast eben bis jetzt nicht den richtigen Mentor getroffen.«

»Ich glaube, du hast recht«, erwiderte Letty unerwartet ernst.

»Das sollte nur ein Spaß sein.« Er nahm ihr Gesicht zwischen die Hände und sah ihr in die Augen. »Aber komm jetzt nicht auf die Idee, es würde mit jedem Mann so funktionieren.«

»Das würde es nicht?« fragte Letty gespielt unschuldig.

»Nein«, antwortete Joel bestimmt. »Ohne meine persönliche Mitwirkung wird es nicht klappen.«

»Bist du dir sicher?«

»Absolut.«

»Hmm...«

»Letty?«

»Ja, Joel?«

»Hör auf damit. Ich bin erschöpft und brauche ein wenig Zeit, um mich zu erholen.«

»Wie lange genau?«

»Warum? Hast du es eilig?«

Letty rutschte ein Stück nach unten. »Ja. Ich möchte noch etwas ausprobieren.«

Er grinste. »Laß mich raten. Du möchtest diesmal oben sein.«

»Richtig.« Sie setzte sich auf ihn und drückte ihre Schenkel gegen seine Hüften. »Du kannst dich zurücklegen und dich erholen, während ich ein wenig experimentiere.«

Joel stöhnte leise, als er spürte, wie sich erneutes Verlangen in ihm regte. Das war unmöglich. Nicht so kurz danach. Doch sein Körper bewies ihm rasch das Gegenteil. Letty lächelte triumphierend, beugte sich hinunter und küßte ihn.

»Ich denke, dein Vater weiß nicht sehr viel über dich, Letty«, murmelte er.

Letty hob neugierig den Kopf. »Was meinst du damit?«

»Nichts. Es ist nicht wichtig. Küß mich noch einmal, Boß.«

Morgan Thornquist hatte anscheinend keine Ahnung, was in seiner Tochter vorging. Joel war sicher, noch nie eine so gefühlsbetonte und leidenschaftliche Frau wie Letty kennengelernt zu haben.

»Es wird nicht funktionieren.« Joel strich sich Butter auf die letzte der Waffeln, die Letty zum Frühstück gebacken hatte. Dann schob er sich ein großes Stück in den Mund und kaute genüßlich.

»Was meinst du?« Letty stapelte das Geschirr in das Spülbecken. Sie hatte ein wenig Schwierigkeiten, sich an die Anwesenheit eines Mannes beim Frühstück zu gewöhnen. Philip war nie die ganze Nacht über bei ihr geblieben. Es kam ihr so vor, als wäre die Beziehung zu Joel nach dieser kurzen Zeit bereits viel intimer, als es die mit ihrem Ex-Verlobten jemals gewesen war.

»Es wird dir nicht gelingen, unser Verhältnis in der Firma geheimzuhalten. Bist du sicher, daß keine Waffeln mehr da sind?«

»Ja.«

»Schade. Sie haben wirklich ausgezeichnet geschmeckt. Eßt ihr in Nebraska jeden Morgen so etwas zum Frühstück?«

»Indiana. Nein, normalerweise gibt es bei uns Cornflackes oder Müsli. Genau wie hier. Joel, was meintest du damit, daß es mir nicht gelingen wird, unser Verhältnis geheimzuhalten?«

»Genau das, was ich sagte.« Er zuckte die Schultern und trank einen Schluck Kaffee.

Letty sah ihn beunruhigt an. »Es wäre äußerst unangenehm, wenn die Belegschaft von Thornquist Gear herausfinden würde, daß wir auch privat verbunden sind.«

»Du meinst, daß ihnen klarwerden könnte, daß wir miteinander schlafen. Ich glaube nicht, daß das ein großes Problem wäre. Für eine Weile wird sicher darüber geklatscht, aber das legt sich bald.«

»Es wäre sehr peinlich und schlecht für die Moral in der Firma.«

Joel grinste. »Aber du selbst hast doch in Echo Cove unser kleines Geheimnis verraten. Du hast Escott gesagt, daß wir eine Beziehung haben, die über das Geschäftsinteresse hinausgeht.«

»Als ich mit ihm sprach, war ich sehr aufgeregt. Ich wollte ihm versichern, daß zwischen dir und Diana nichts vorgefallen ist, deshalb habe ich wohl unüberlegt gehandelt. Glücklicherweise ist Keith ein Gentleman – er wird sicher kein Wort darüber verlieren.«

»Darauf würde ich mich nicht verlassen. Escott versucht mit allen Mitteln, Copeland Marine zu retten. Wenn ich an seiner Stelle wäre, würde ich wohl auch jede Gelegenheit beim Schopf ergreifen.«

Letty lehnte sich gegen das Spülbecken. »Aber was sollte es ihm denn nützen, wenn er über uns Bescheid weiß?«

»Sei nicht dumm, Letty. Er versucht doch bereits jetzt, die Situation auszunutzen. Escott hat dir seine Unterlagen gegeben, weil er spürte, daß du ein Gefühlsmensch bist. Und er rechnet damit, daß du mich beeinflussen kannst, weil du mit mir schläfst.«

»Könnte ich das denn?« Letty hielt gespannt den Atem an.

»Nicht, wenn es sich um die Firma handelt.« Joel warf einen Blick auf seine Armbanduhr und stand auf. »Bist du fertig? Wir müssen ins Büro.«

Verflixt, warum mußte er so tun, als wäre er ein Eisberg? Letty wußte genau, daß Joel Blackstone ein sehr sinnlicher Mann war. Ihrer Meinung nach sollte er sich nicht zu sicher fühlen, daß sie keinerlei Einfluß auf ihn ausüben könnte.

»Ja, ich bin fertig«, erwiderte sie kühl.

»Dann laß uns gehen. Wenn Dixon heute wieder auftaucht, dann sag ihm, er soll endgültig verschwinden.«

»Ich werde es versuchen, aber ich glaube nicht, daß er sich so rasch entmutigen lassen wird. Vielleicht ist dir aufgefallen, daß er sehr von sich selbst überzeugt ist. Er ist daran gewöhnt, daß man sich seinen Wünschen fügt – nicht nur in der Universität, sondern auch wenn er als Wirtschaftsberater tätig ist.«

Joel nahm ihre Jacke vom Haken und half ihr hinein. »Wenn du nicht mit ihm fertig wirst, soll Bigley mich anrufen. Ich werde mich dann um Dixon kümmern.«

»Du kannst ihn nicht einfach hinauswerfen«, entgegnete Letty, während sie sich in die Daunenjacke hüllte. »Er ist eine anerkannte Autorität in seinem Fachgebiet. Und er hat einige hochgeschätzte Abhandlungen über Geschäftsführung geschrieben.«

»Sieh zu, daß du ihn los wirst«, befahl Joel knapp.

»Manchmal denke ich, daß du vergessen hast, wer hier für wen arbeitet, Joel Blackstone.«

»Das können wir heute abend besprechen. Im Bett.«

Als Letty wenig später ihr Büro betrat, fand sie dort glücklicherweise nur Arthur vor, der ihr rasch eine Tasse Kaffee brachte und dann heftig zwinkernd an der Tür stehenblieb.

»Mr. Manford aus der Marketing-Abteilung hat die überarbeitete Fassung der Gebrauchsanleitung für die neuen Zelte fertiggestellt. Er möchte gern wissen, ob Sie noch einmal einen Test durchführen wollen.«

»Ja, das wäre wohl angebracht. Bitte vereinbaren Sie einen Termin im Konferenzraum im dritten Stock. Und sagen Sie ihm, er soll eines der Zelte mitbringen.«

»In Ordnung, Miß Thornquist. Kann ich sonst noch etwas für Sie tun?«

»Nein, danke, Arthur.« Letty nahm die Akte in die Hand, die Keith Escott ihr gegeben hatte. »Wenn Professor Dixon anruft, sagen Sie ihm, ich wäre beschäftigt.«

»Natürlich, Miß Thornquist.« Arthur schloß die Tür hinter sich.

Letty öffnete den Aktenordner und begann, den Fünf-Jahres-Plan für Copeland Marine aufmerksam zu studieren.

Eineinhalb Stunden später war ihr klar, daß sie noch die Meinung eines Experten einholen sollte, daß der Plan im großen und ganzen aber sehr vielversprechend klang. Keith war offensichtlich davon überzeugt, daß er Copeland Marine retten konnte, wenn man ihm freie Hand ließ.

Nachdenklich spielte Letty mit einem Kugelschreiber und fragte sich, wie sie Joel das beibringen sollte, ohne ihn zu verärgern.

Arthurs Stimme über die Sprechanlage riß sie aus ihren Gedanken. Er klang noch aufgeregter als gewöhnlich.

»Miß Thornquist? Hier sind einige Leute, die Sie sprechen wollen.«

»Wer denn?«

»Sie sagen, sie kämen aus Echo Cove.«

Letty überlegte einen Moment. Ihr erster Gedanke war, daß Joel wahrscheinlich furchtbar wütend sein würde. Andererseits konnte sie die Leute nicht abweisen, ohne mit ihnen gesprochen zu haben. »Schicken Sie sie herein, Arthur.«

Wenige Sekunden später wurde die Tür geöffnet, und Arthur begleitete drei Männer in Lettys Büro. Einer von ihnen war Stan, der Barkeeper vom Anchor.

»Mr. Stan McBride, Mr. Ed Hartley und Mr. Ben Jackson«, erklärte Arthur mit einem Blick auf seinen Notizblock.

»Danke, Arthur.« Letty stand auf und reichte den Männern die Hand.

Arthur blinzelte nervös. »Soll ich Mr. Blackstone Bescheid geben, Miß Thornquist?«

»Wir sind bekommen, um mit Ihnen zu sprechen, Ma'am«, warf Stan rasch ein.

»Das stimmt«, bestätigte Ben Jackson, ein dünner Mann mit schütterem Haar. »Wir wollten mit der Firmeninhaberin reden.«

Ed Hartley nickte traurig. Er hatte ein langes, betrübtes Gesicht. »Ja, Miß Thornquist. Wir wollen Sie nicht lange belästigen, aber es ist sehr wichtig für uns, daß Sie uns anhören.«

Letty nickte Arthur zu. »Wenn ich Mr. Blackstones Unterstützung brauche, gebe ich Ihnen Bescheid.«

»Ja, Miß Thornquist.« Arthur warf ihr einen skeptischen Blick zu und verließ das Büro.

Letty hatte das Gefühl, daß ihr Sekretär trotzdem Joel benachrichtigen würde. Arthur war sich offensichtlich noch nicht darüber im klaren, wessen Befehle er befolgen sollte. Außerdem hatte er seine jetzige Position Joel zu verdanken.

»Bitte entschuldigen Sie mich einen Moment, meine Herren.« Letty ging ins Vorzimmer und schloß die Tür hinter sich.

»Arthur«, sagte sie leise. »Ich möchte auf keinen Fall, daß Sie Mr. Blackstone anrufen, bevor ich Sie darum bitte. Ist das klar?«

Arthur zuckte zusammen und besuchte hastig, den Telefonhörer wieder auf die Gabel zu legen. Er verfehlte sein Ziel, und der Hörer landete geräuschvoll auf dem Schreibtisch. »Ja, Miß Thornquist.«

»Gut.« Letty lächelte frostig. »Mr. Blackstone hat Sie befördert, aber ich bin die Person, die entscheidet, ob Sie diesen Job behalten. Es würde mir ganz und gar nicht gefallen, wenn ich feststellen müßte, daß Sie auf einen anderen leitenden Angestellten dieser Firma mehr hören als auf mich.«

Arthur sah sie entsetzt an. »Aber Mr. Blackstone hat mir befohlen, ihn genau darüber zu informieren, wer in unserem Büro ein- und ausgeht.«

»Ich werde selbst dafür sorgen, daß Mr. Blackstone die Informationen erhält, die für ihn wichtig sind.« Letty ging zurück in ihr Zimmer und schloß die Tür hinter sich. Sie lächelte die drei Männer aus Echo Cove freundlich an. »Nun, meine Herren, warum haben Sie sich die Mühe gemacht, mich hier aufzusuchen?«

Mit einemmal begannen alle gleichzeitig zu sprechen. Schließlich fuhr Ed Hartley sich mit der Hand über seine Halbglatze und bedeutete dann den anderen zu schweigen.

»Wir wissen, was zwischen Thornquist Gear und Copeland Marine vor sich geht«, sagte er steif. »Keiner von uns arbeitet direkt für Copeland, aber wir alle würden darunter leiden, wenn Copeland Marine schließen müßte. Mir gehört das größte Lebensmittelgeschäft der Stadt, und die meisten Leute, die bei mir einkaufen, sind bei Copeland angestellt.«

Stan McBride nickte zustimmend. »Ich habe Joel Blackstone unsere Lage bereits in der Nacht erklärt, in der er mit Mr. Escott aneinandergeraten ist. Ich sitze im gleichen Boot wie Ed. Wenn Copeland nicht mehr existiert, geht auch mein Geschäft kaputt. Neunzig Prozent meiner Kunden kommen direkt vom Hafen in mein Lokal.«

Ben Johnson sah Letty ernst an. »Ich leite die Bank in der Hauptstraße. Vielleicht ist sie Ihnen bei Ihrem Besuch aufgefallen. Wenn Copeland Marine geschlossen wird, bedeutet das für Echo Cove den wirtschaftlichen Ruin. Einige Leute arbeiten zwar in der anderen Fabrik, aber sie ist viel zu klein, um die Stadt am Leben zu erhalten. Fast jeder Einwohner zahlt seine Rechnungen von dem Gehalt, das er bei Copeland bekommt.«

»Wir wollen nicht, daß Copeland Marine schließen muß, Miß Thornquist«, schloß sich Ed Hartley flehentlich an. »Sicher – Victor Copeland hat sich nicht immer wie ein Gentleman verhalten. Wir wissen, daß er vor einigen Jahren Blackstone ein wenig zu hart angefaßt hat, aber so etwas passiert nun einmal. Echo Cove braucht Copelands Firma, das steht fest.«

Letty faltete die Hände. »Ich soll also einen Weg finden, das Unternehmen zu retten?«

»Wir bitten Sie darum, Miß Thornquist«, antwortete Stan. »Ich weiß, es gab böses Blut zwischen Blackstone und Copeland, aber hier geht es um das Schicksal einer ganzen Stadt.«

»Ist Ihnen klar, daß es nicht soweit gekommen wäre, wenn Copeland die Firma in den letzten Jahren besser geführt hätte?«

Stan zuckte hilflos die Schultern. »Davon verstehe ich nicht viel. Eigentlich ist das auch Copelands Angelegenheit.«

»Er hat das Unternehmen heruntergewirtschaftet«, erklärte Letty leise.

Hartley warf ihr einen besorgten Blick zu. »Können Sie denn die Firma nicht sanieren? Oder zumindest Copeland mehr Zeit geben, um etwas zu unternehmen?«

»Ich weiß es nicht«, erwiderte Letty aufrichtig. »Im Moment kann ich Ihnen nur versprechen, die Situation genau zu prüfen – das ist alles.«

»Darum sind wir hier, Miß Thornquist«, sagte Stan hoffnungsvoll. »Wir möchten Sie bitten, sich zu überlegen, ob Sie Copeland noch eine Chance geben können.«

Joel lief rasch die Stufen in den vierten Stock hinauf und überflog dabei den Bericht, den er sich von der Buchhaltungsabteilung geholt hatte. Die kostensenkenden Maßnahmen, die er vor einigen Monaten eingeführt hatte, zeigten bereits Wirkung. Er lächelte zufrieden und beschloß, Letty den Bericht zu zeigen.

Vielleicht würde er ihr heute abend im Bett erklären, wie man in einer Firma wie Thornquist Gear Einsparungen vornehmen konnte. Bei dem Gedanken daran grinste er.

Er pfiff leise vor sich hin, als er plötzlich drei bekannte Gesichter vor sich sah. Verärgert blieb er stehen. Es gehörte nicht viel dazu, sich vorzustellen, was Stan McBride, Ed Hartley und Ben Jackson hier taten.

»Was, zum Teufel, wollen Sie hier?« fragte er barsch und ging auf die drei Männer zu.

»Hallo, Blackstone«, erwiderte Stan unbehaglich. »Wir waren bei Miß Thornquist.«

»Wenn ihr damit rechnet, daß sie Copeland Marine euch zuliebe rettet, habt ihr euch getäuscht.«

Ed Hartley, der immer noch so kummervoll aussah wie vor fünfzehn Jahren, hob die Schultern. »Wir haben ein Recht darauf, unser Anliegen der Eigentümerin von Thornquist Gear vorzutragen. Schließlich kämpfen wir um unsere Existenz, Blackstone.«

»Tatsächlich?« Joel lächelte freudlos. »Und jetzt wollen Sie, daß ich Ihnen zuliebe Copelands Firma über Wasser halte? Ich erinnere mich noch gut an den Tag, an dem mein alter Herr Sie um einen kleinen Kredit in Ihrem Laden bat, Hartley. Wir saßen damals in der Klemme, weil wir die Arztrechnungen für meine Mutter abzahlen mußten, und brauchten ein wenig Zeit. Wissen Sie noch, was Sie damals gesagt haben, Hartley?«

Ed Hartleys Gesicht rötete sich. »Meine Güte, Joel, das ist schon so lange her. Ihr Vater hatte zwei Monate anschreiben lassen, und ich mußte selbst einige Rechnungen bezahlen. Ich konnte ihm nichts mehr stunden – es wäre schlecht fürs Geschäft gewesen.«

Joel nickte. »Natürlich, Hartley. Ich weiß, in welcher Lage

Sie waren. Sie hatten Angst um Ihr Geld – deshalb halfen Sie meiner Familie nicht. Nun, als Geschäftsmann verstehen Sie dann sicher auch, daß Thornquist Gear aus den gleichen Gründen keinen Pfennig mehr an Copeland Marine verschwenden kann.«

Ben Johnson sah ihn nervös an. »Sie hegen immer noch einen gewaltigen Groll gegen uns, Blackstone, aber die Sache liegt beinahe zwanzig Jahre zurück. Können wir das Vergangene nicht endlich ruhen lassen?«

»Was genau meinen Sie damit, Johnson? Etwa den Kredit über fünfhundert Dollar, den Sie meinem Vater nicht geben wollten? Er brauchte das Geld, um die Beerdigung meiner Mutter zu bezahlen. Als er schließlich starb, war mir klar, daß ich Sie nicht um Hilfe zu bitten brauchte. Sie hätten mich ebenso im Stich gelassen wie vorher meinen Dad.«

»Verstehen Sie doch, Blackstone«, erwiderte Johnson trotzig. »Ihr Vater steckte bis über beide Ohren in Schulden, als er zu mir kam. Ich konnte einen Kredit nicht vertreten. Kein vernünftiger Bankangestellter hätte das getan. Schließlich trug ich der Bank gegenüber die Verantwortung.«

Joel trat einen Schritt vor und drückte auf den Knopf, um den Aufzug heraufzuholen. »Kein verantwortungsbewußter Angestellter von Thornquist Gear würde Copeland Marine auch nur einen weiteren Tag über Wasser halten. Ich bin sicher, Sie verstehen das, meine Herren. Immerhin sind Sie Geschäftsleute.«

»Denken Sie doch daran, was Sie der Stadt antun, in der Sie aufgewachsen sind, Blackstone«, bat Stan McBride verzweifelt.

Der Aufzug kam, und Joel trat höflich zur Seite. »Ich denke sehr oft daran, Stan. Sie haben es sich wohl auch gründlich überlegt, bevor Sie in jener Nacht bei der Polizei aussagten, mein Vater wäre zu betrunken gewesen, um zu fahren, und sei deshalb von der Klippe gestürzt.«

»Verdammt, er war betrunken!«

»Nicht alle Gäste des Anchors waren dieser Meinung.«

Joel drängte die drei Männer in den Lift. »Aber Victor Copeland machte Ihnen klar, daß er auf Ihre Aussage großen Wert legte, nicht wahr?«

»Blackstone, Sie begreifen wohl nicht, was hier auf dem Spiel steht«, stieß Ed Hartley hervor.

»Wie Sie meinen.« Joel lächelte unverbindlich, während sich die Tür des Aufzugs hinter den drei aufgebrachten Männern schloß.

Joels Miene verdüsterte sich. Er hatte die drei auf dem Rückweg getroffen, und das bedeutete, daß sie bereits bei Letty gewesen waren und versucht hatten, die weichherzige Besitzerin von Thornquist Gear um den Finger zu wickeln.

So etwas durfte eigentlich nicht geschehen.

Es gab nur eine Möglichkeit: Arthur Bigley hatte anscheinend vergessen, was ihm aufgetragen worden war. Und auf Angestellte, die sich seinen Weisungen widersetzten, konnte Joel verzichten.

Entschlossen betrat er das Vorzimmer zu Lettys Büro.

Arthur zuckte bei seinem Anblick zusammen und blinzelte aufgeregt. »Mr. Blackstone?«

Joel blieb vor Bigleys Schreibtisch stehen. »Ich habe gerade drei Herren getroffen, die aus Miß Thornquists Büro kamen.«

»Ja, Sir.«

»Ich wurde über ihren Besuch nicht informiert.«

»Äh, nein, Sir.« Arthur umklammerte den Bleistift in seiner Hand so fest, daß er zerbrach und über den Schreibtisch auf den Teppich rollte.

»Das hätte nicht passieren dürfen, Bigley.«

Arthur riß die Augen auf, die zu tränen begannen. »Ich weiß, Sir. Miß Thornquist sagte...«

»Meine Güte, Bigley«, unterbrach Joel ihn ungläubig. »Weinen Sie etwa?«

»Nein, Sir. Ich habe Schwierigkeiten mit meinen neuen Kontaktlinsen.«

»Es spielt keine Rolle, was Miß Thornquist sagte«, fuhr Joel leise fort. »Ich habe Ihnen genaue Anweisungen gegeben, Bigley. Sie sind nur Sekretär der Geschäftsleitung geworden, weil Sie mir versprachen, meine Instruktionen zu befolgen. Das stimmt doch, Bigley?«

»Ja, Mr. Blackstone«, erwiderte Arthur kläglich.

»Sie haben Ihre Pflicht nicht erfüllt, Bigley. Das bedeutet, daß ich mir jemand anderen für diesen Posten suchen werde, der sich genau an meine Anweisungen hält.«

»Aber der Job macht mir großen Spaß, Mr. Blackstone.«

»Dann hätten Sie sich eben mehr darum bemühen müssen«, entgegnete Joel.

In diesem Augenblick öffnete Letty die Tür. Als sie begriff, was vorging, kniff sie erbost die Augen zusammen.

»Was soll das, Mr. Blackstone? Lassen Sie bitte meinen Sekretär in Ruhe.«

Arthur sah ängstlich von einem zum anderen.

»Ich werde mich später mit dir darüber unterhalten«, erklärte Joel kühl.

»Nicht später. Jetzt sofort. Ich werde nicht zulassen, daß du meinen Sekretär so behandelst.«

Joels Augen blitzten zornig. »Ich habe einige Dinge mit ihm zu besprechen, wenn du erlaubst.«

»Arthur arbeitet aber für mich«, erwiderte Letty. »Wenn es etwas mit ihm zu besprechen gibt, ist das meine Aufgabe.«

»Aber ich habe ihm diesen Posten verschafft.«

Letty lächelte zurückhaltend. »Darüber bin ich sehr froh, denn er erledigt seine Aufgaben ausgezeichnet.«

Arthur warf ihr einen dankbaren Blick zu.

»Das ist Ansichtssache«, meinte Joel.

»Stimmt. Und da Arthur für mich arbeitet, zählt nur meine Ansicht.«

Joel hatte das Gefühl, in eine Falle getappt zu sein. »Du bist erst seit kurzer Zeit hier. Es gibt etliche Dinge, die du noch lernen mußt.«

»Da könntest du recht haben«, sagte Letty betont höflich. »Warum kommst du nicht in mein Büro, damit wir darüber sprechen können?« Sie hielt ihm die Tür auf.

Joel biß die Zähne zusammen und versuchte, sich zu beherrschen. »Das ist wohl das Beste.«

Ohne Arthur weiter zu beachten, ging er an ihm vorbei und folgte Letty in ihr Büro. Er wußte, daß Bigley ein Stein vom Herzen fiel. Wahrscheinlich war Letty in seinen Augen jetzt eine Halbgöttin.

Joel war sich auch im klaren darüber, daß dieser Vorfall Folgen für ihn haben würde. Er hatte seinen Spion im Büro der Chefin verloren, aber er war nicht bereit, sich deshalb geschlagen zu geben.

Nachdem Letty leise die Tür hinter ihm geschlossen hatte, drehte er sich aufgebracht zu ihr um. »Was, zum Teufel, wollten McBride, Hartley und Jackson bei dir?«

»Das kannst du dir doch denken.« Letty zuckte zusammen, als im Vorzimmer etwas Schweres auf den Boden krachte. »Das war sicher das Lexikon, das neben Arthurs Schreibmaschine liegt.«

Joel schob die Hände in die Hosentaschen. »Was für ein ungeschickter Kerl.«

»Du hast ihn angestellt.« Letty setzte sich an ihren Schreibtisch.

»Das war ein großer Fehler.«

»Es ist nicht Arthurs Schuld, daß du nicht mehr jede Kleinigkeit erfährst, die in meinem Büro geschieht. Er hat sein Bestes getan, aber ich habe ihm gesagt, daß er ab sofort nur noch mir Bericht zu erstatten hat. Irgendwann müssen wir uns alle entscheiden, auf wen wir hören, nicht wahr?«

»Sehr gut beobachtet, Miß Thornquist. Wenn wir schon bei diesem Thema sind, könntest du mir auch verraten, auf wessen Seite du stehst.«

Letty lehnte sich zurück. »Beruhige dich, Joel. Ich möchte dich etwas fragen.«

»Ja?«

»Bist du versessen darauf, ganz Echo Cove zu zerstören, oder wärst du damit zufrieden, Victor Copeland eins auszuwischen?«

Er starrte sie verständnislos an. »Was meinst du damit?«

»Bitte beantworte meine Frage. Ich weiß, daß dir nicht viel an der Stadt liegt, aber sind deine Rachegelüste wirklich so stark, daß du sie um ihre Existenzgrundlage bringen willst?«

Joel stellte überrascht fest, daß er nie zwischen seiner Abneigung gegen Echo Cove und dem Haß auf Victor Copeland unterschieden hatte.

»Für mich gehören Copeland und die Stadt zusammen«, murmelte er und begann, unruhig hin und her zu laufen.

»Versuch doch einmal, es anders zu sehen.« Lettys Stimme klang plötzlich sanft. »Wäre Victor Copeland nicht der Besitzer von Copeland Marine, hättest du dir dann die Mühe gemacht, diese Firma zu liquidieren«?

Joel blieb abrupt stehen. »Nein. Aber die Frage erübrigt sich. Copeland Marine gehört ihm. Und die drei Mistkerle, die vorher bei dir waren, verdienen kein Mitleid.«

»Mag sein. Aber es geht auch noch um andere Leute.«

»Zum Beispiel?«

»Angie Taylor.«

Joel sah sie verblüfft an. »Die Bibliothekarin? Was ist mit ihr?«

»Haßt du sie auch?«

»Natürlich nicht. Mrs. Taylor war immer...«, er zuckte die Schultern. »Sie war immer sehr nett zu mir.« Joel dachte daran, daß sie ihm nach dem Tod seiner Mutter bereitwillig und ohne viel zu fragen einen Zufluchtsort geboten hatte. Zum ersten Mal seit langer Zeit erinnerte er sich an die vielen Stunden, die er damals in der Bücherei von Echo Cove verbracht hatte.

»Einige unschuldige Menschen wie Angie Taylor werden leiden müssen, wenn du deine Pläne verwirklichst, Joel.«

»Werde bitte nicht sentimental, Letty. Hier geht es nur ums Geschäft«, erwiderte Joel schroff, aber er fühlte sich ein wenig unbehaglich. Er hatte Angie Taylor gemocht – und vielleicht noch ein oder zwei andere Einwohner der Stadt.

»Wenn Copeland Marine nicht der Hauptwirtschaftsfaktor der Stadt wäre, hättest du Thornquist Gear dann an der anderen Fabrik beteiligt, die dort ansässig ist?«

»Natürlich nicht.«

»Dann kann man also sagen, daß dein Ziel Victor Copeland und nicht die ganze Stadt ist?«

»Verdammt, Letty, was soll das? Ist das ein Verhör? Es ist

kein Geheimnis, daß ich es auf Victor abgesehen habe. Und deshalb werde ich seine Firma abservieren.«

Letty sah ihn eine Zeitlang gedankenvoll an. »Es gibt vielleicht einen Weg für deine Pläne, ohne Echo Cove zu opfern.«

Joel ging zum Schreibtisch, stützte die Hände auf und beugte sich zu Letty herunter. »Du kannst deinen ungeschickten Sekretär behalten und alle Gebrauchsanweisungen umschreiben lassen. Meinetwegen kannst du sogar die Weihnachtsfeier für die Angestellten organisieren, aber versuche nicht, dich zwischen mich und Copeland zu stellen. Ich werde Victor Copeland vernichten – egal, was es mich kostet. Wenn du dich mir in den Weg stellst, könntest du eine unangenehme Überraschung erleben. Hast du das verstanden?«

»Ja, Joel.«

Als er bemerkte, wie tonlos ihre Stimme klang, musterte er sie aufmerksam. Er bemerkte, daß ihre Unterlippe leicht zitterte, und kam sich vor wie ein Scheusal.

Hastig ging er zum Fenster hinüber. »Du weißt doch über Copeland und mich Bescheid, Letty.«

»Ja.« Letty stand auf und nahm eine Akte vom Schreibtisch. »Deine persönliche Rache ist dir also wichtiger als alles andere in deinem Leben.«

Joel begriff, daß sie damit auch seine Beziehung zu ihr meinte. »Du bist einfach zu emotional, Letty.«

»Ich?« Letty lachte erstickt. »Gerade du sagst so etwas zu mir. Du – einer der gefühlsbetontesten Menschen, die ich je kennengelernt habe.«

»Da täuschst du dich gewaltig«, entgegnete Joel aufgebracht.

»Bitte, Joel. Ich will heute keinen Streit mehr. Nimm Keith Escotts Akte mit und lies sie aufmerksam durch. Versuch, deine persönlichen Gefühle zu unterdrücken und sieh dir die Zahlen an. Dann sag mir ehrlich, ob sein Plan, Copeland Marine zu retten, funktionieren könnte.«

»Verdammt, Letty, wie oft habe ich dir schon gesagt, daß ich keinen Finger krümmen würde, um Copeland Marine zu retten!« rief Joel wütend.

Letty zuckte zusammen, ließ sich aber nicht einschüchtern. Entschlossen rückte sie ihre Brille zurecht. »Hör endlich auf zu toben und denk in Ruhe nach. Copeland Marine zu sanieren, bedeutet nicht automatisch, Victor Copeland zu helfen.«

»Er und sein Unternehmen sind ein und dasselbe.«

»Das bildest du dir nur ein, du dickköpfiger Idiot. Keith Escott könnte die Firma übernehmen.«

Joel starrte sie verblüfft an. »Was, zum Teufel, ...«

»Es wäre denkbar, Joel. Lies seinen Bericht und überleg es dir. Wir halten die Mehrheit der Firma, nicht wahr?«

»Stimmt.«

»Dann haben wir die Möglichkeit, das bisherige Management zu verabschieden und mit einer neuen Geschäftsleitung ganz von vorne zu beginnen.«

Joel schüttelte verwirrt den Kopf und bemühte sich, Lettys Gedanken zu folgen. »Wir sollen Victor Copeland feuern?«

»Warum nicht?« Letty lächelte grimmig. »Ebenso wie er deinen Vater gefeuert hat. Dann stellen wir Keith Escott als Geschäftsführer ein.«

»Das wird nicht funktionieren.«

»Vielleicht hast du recht, aber du kannst dir erst ein Urteil bilden, wenn du Keiths Fünf-Jahres-Plan gelesen hast.«

»Nenne mir einen guten Grund, warum ich das tun sollte.«

»Weil ich dich darum bitte.«

Joel sah sie scharf an. »Versuchst du etwa, mich zu erpressen? Willst du damit sagen, daß du nicht mehr mit mir schlafen wirst, bis ich mir diesen Plan angesehen habe?«

Letty hielt seinem Blick stand, aber es gelang ihr nicht zu verbergen, daß seine Worte sie verletzt hatten. »Natürlich nicht. Du hast mir heute morgen klar zu verstehen gegeben, daß unsere Beziehung keinen Einfluß auf deine geschäftlichen Interessen hat.«

»Letty, ich meinte damit nicht...«

»Und du hast mir vor wenigen Minuten erklärt, daß du deine Rachepläne auf jeden Fall durchsetzen willst – auch wenn du mir damit weh tun solltest. Ich mache mir keine Illusionen darüber, daß ich dich beeinflussen könnte, nur weil wir eine Affäre haben.«

»Aber Letty, ich ...«

»Versuch einfach, Keiths Entwurf ohne Hintergedanken zu überprüfen.« Letty stand auf und ging zur Tür. »Und jetzt entschuldige mich bitte. Ich werde im Konferenzraum im dritten Stock erwartet, um ein Zelt aufzubauen.«

Arthur sah sie fragend an, als sie an seinem Schreibtisch vorbeiging.

Letty lächelte freundlich. »Ich habe mir etwas überlegt, Arthur«, sagte sie. »Ich werde Sie vom Sekretär zum Assistenten der Geschäftsleitung befördern.«

»Zu Ihrem Assistenten?« fragte Arthur ungläubig und zwinkerte heftig. »Vielen Dank, Miß Thornquist. Sie werden es nicht bereuen, das schwöre ich Ihnen.«

»Vielleicht sollten Sie Ihre Brille wieder tragen«, meinte Letty vorsichtig. »Sie verleiht Ihnen einen ... geschäftsmäßigeren Ausdruck.«

»Ich werde sie ab morgen wieder aufsetzen«, sagte Arthur hastig. »Mit meinen Kontaktlinsen habe ich sowieso große Schwierigkeiten.«

14

»Er ist ein leidenschaftlicher Mann, Dad. Sehr gefühlsbetont.« Letty hatte es sich in einem Sessel vor dem Kamin bequem gemacht und starrte in die Flammen. Sie wartete auf Stephanie, um sie zu einem Kurs über die Entwicklung des Kleinkindes zu begleiten.

»Das erstaunt mich.« Morgan runzelte die Stirn. »Mir kommt Blackstone eher wie ein überlegener, klar denkender Geschäftsmann vor.«

»Das ist er auch – aber nur, wenn er gefühlsmäßig nicht betroffen ist.«

»Als er gestern abend hier auftauchte und nach dir suchte, kam mir das auch so vor. Allerdings glaubt er, du wärst die diejenige, die zu emotional reagiert.«

Letty warf ihrem Vater einen kurzen Blick zu. »Hat er das gesagt?«

»Ja. Er macht sich Sorgen, daß Dixon dich überrumpeln könnte.«

»Ach, das meinst du.« Letty wandte sich wieder dem Kaminfeuer zu. »Er hat Angst, daß ich Philip die Leitung von Thornquist Gear anvertrauen möchte.«

»Ich habe Joel versichert, daß du zweifellos die richtige Entscheidung treffen wirst«, erwiderte Morgan gelassen. »Wo steckt denn unser Professor? Ich habe eigentlich erwartet, daß er sich bei mir melden würde. Schließlich kennen wir uns aus meiner Zeit in Vellacott.«

Letty runzelte nachdenklich die Stirn. »Das habe ich mich auch schon gefragt. Ich war darauf gefaßt, daß er jeden Moment hereinschneien und mir einen brillanten Plan vorlegen würde, der eine gewaltige Expansion des Unternehmens vorsieht.«

»Es ist seltsam, daß er plötzlich verschwunden ist, nachdem er sich die Mühe gemacht hat, hierherzukommen.«

»Offen gesagt hoffe ich, daß er nicht mehr auftaucht.«

Letty lehnte sich zurück. »Ich habe auch ohne ihn schon genug Probleme.«

»Du wirst das schon schaffen«, meinte Morgan überzeugt. »Natürlich mußt du die Situation klar und logisch überdenken. Vielleicht hilft es dir, wenn du dir eine Liste mit allen Kriterien machst, bevor du eine Entscheidung triffst.«

Letty hob die Augenbrauen. »Und wie soll ich auf dieser Liste die Tatsache einordnen, daß ich mit Joel Blackstone ein Verhältnis habe, Dad? Soll das an erster, zweiter oder erst an fünfter Stelle stehen?«

Morgan sah sie verblüfft an. »Was? Du hast eine Affäre mit Blackstone?«

»Ja.« Letty beobachtete gespannt, wie ihr Vater auf diese Neuigkeit reagieren würde.

»Das wußte ich nicht«, sagte Morgan ernst. »Bist du sicher, daß das klug ist, Letty? Hier geht es um wichtige finanzielle Angelegenheiten.«

Letty lächelte schwach. »Das weiß ich, Dad.«

»Denk daran«, fuhr Morgan entschlossen fort. »An erster Stelle geht es um den Besitz von Thornquist Gear. Dann steht die Entscheidung an, wer die Firma leiten soll. Führung und Besitz ist nicht unbedingt gleichzusetzen, Letty. Außerdem wäre da noch Dixon, der...«

»Hör auf, Dad«, unterbrach Letty ihn. »Du brauchst mir meine Probleme nicht aufzuzählen. Ich weiß, was auf dem Spiel steht.«

Morgan nickte verständnisvoll. »Natürlich. Du bist dir über die Situation im klaren. Trotzdem muß ich dir sagen, daß sich persönliche Gefühle und geschäftliche Dinge schlecht miteinander vereinbaren lassen. Vor allem, wenn es um eine Firma in der Größenordnung von Thornquist Gear geht.«

»Du hast recht, Dad – aber im Augenblick scheine ich mich damit abfinden zu müssen.«

»Ich glaube einfach nicht, daß du deine Emotionen nicht unter Kontrolle hast. Letty. Du hast von klein auf gelernt, logisch und vernünftig zu denken, ohne dich von Gefühlen beeinflussen zu lassen.«

Letty zog die Nase kraus. »Klingt ziemlich langweilig.«

»Das ist kein Spaß, Letty.«

»Ich weiß«, murmelte sie. »Es tut mir leid. Ich brauche deinen Rat, Dad.«

»Ich kann dir nur noch einmal empfehlen, so zu handeln, wie ich dich erzogen habe. Schalte deine Gefühle aus und versuche, logisch zu denken.«

»Ich werde mir Mühe geben, Dad.« Letty ließ sich seufzend in den Sessel zurücksinken. Sie wußte, daß sie bereits viel zu tief in die Beziehung zu Joel Blackstone hineingeraten war, um logische Entscheidungen zu treffen, die ihre Emotionen unberücksichtigt ließen.

»Ich bin fertig.« Stephanie kam herein. »Können wir gehen, Letty? Heute abend werden wir einen interessanten Vortrag hören. Dr. Marklethorpe ist ein anerkannter Experte auf dem Gebiet der frühkindlichen Entwicklung. Er hat bedeutende Forschungsarbeiten über die psychologischen und motorischen Funktionen von Babys in den ersten sechs Wochen des Lebens vorgelegt.«

»Aufgrund seines eigenen Lebens?« fragte Letty ironisch. Als sie den verletzten Ausdruck in Stephanies Augen sah, bereute sie ihre Bemerkung. »Es tut mir leid. Das war ein dummer Scherz.« Sie stand auf. »Wir sollten uns auf den Weg machen, sonst kommen wir zu spät.«

»Fahrt vorsichtig!« rief Morgan ihnen nach. »Letty?«

»Ja, Dad?«

»Vergiß die Liste nicht. Ich glaube, du wirst feststellen, daß eine Beziehung zu Joel Blackstone im Augenblick nicht sehr vorteilhaft ist.«

»Ja, Dad.« Letty unterdrückte ein Seufzen, als sie Stephanie zur Tür folgte. Ihr Vater hatte leicht reden.

»Du hast ein Verhältnis mit Joel Blackstone?« fragte Stephanie, nachdem sie in den Wagen gestiegen waren.

»Ja, so kann man es wohl nennen.«

»Glaubst du, daß das klug ist?«

»Nein.«

»Warum hast du dich dann darauf eingelassen?«

»Es ist einfach passiert«, erwiderte Letty.

»Unsinn. Ich kenne deinen Vater. Er hat dir in seiner Erziehung Selbstbeherrschung beigebracht, das weiß ich.«

»Also gut«, erklärte Letty hitzig. »Ich wollte es so.«

Stephanie ließ den Motor an. »Handelt es sich um körperliche Leidenschaft?«

»O ja.«

»Besteht auch eine intellektuelle und emotionale Beziehung zwischen euch?«

»Ich denke, daß wir beide nicht sehr vernünftig handeln«, gab Letty zögernd zu.

»Dann wäre es wohl am besten, diese Affäre sofort zu beenden«, riet Stephanie, während sie den Porsche auf die Straße lenkte.

Letty wünschte verzweifelt, sie hätte ihrem Vater gegenüber nie etwas von der Beziehung zu Joel erwähnt. Eigentlich hatte sie vorher schon genau gewußt, was er ihr raten würde. Selbst als sie noch ein Kind war, hatte sie sich das ständig anhören müssen: »Mach dir eine Liste, Letty, und wäge alle Faktoren gegeneinander ab. Die optimale Lösung wird dir dann nicht schwerfallen.«

Eine Stunde später, als sie sich in dem Kursraum gerade einen Film über die verschiedenen Entwicklungsstadien von Säuglingen und Kleinkindern ansahen, spürte Letty plötzlich, wie Stephanie sich versteifte. Sie lehnte sich vor und sprach ihre Stiefmutter leise an.

»Alles in Ordnung, Steph?«

»Ja.« Stephanie starrte wie gebannt auf die Leinwand.

Dr. Marklethorpes Stimme dröhnte durch das abgedunkelte Zimmer. »Wie Sie sehen, ist der Säugling selbst im Alter von sechs Wochen bereits fähig, seine Bedürfnisse kenntlich zu machen. Wenn diese Bewegungen von ausgiebigem Gähnen begleitet sind, ist das Kind müde.«

»Darauf wäre ich nie gekommen«, flüsterte Letty Stephanie zu.

»Bitte sei ruhig.«

»Entschuldigung.« Letty konzentrierte sich wieder auf den Film.

»Hier können Sie genau erkennen, daß der Säugling hellwach ist. Das bedeutet, er ist jetzt aufnahmefähig für weitere Lernelemente. Betrachten Sie diese Phasen als die beste Zeit, ihm etwas Neues beizubringen.«

»Gut beobachtet«, murmelte Letty.

»Und jetzt beachten Sie bitte die Unterschiede zwischen einem Neugeborenen und einem sechs Wochen alten Säugling. Das Neugeborene schrie nach der Geburt sehr kräftig und wies eine ausgezeichnete körperliche Verfassung auf. Das heißt...«

Letty bemerkte, daß Stephanie sich vorbeugte und die Hände auf den Bauch legte. »Stephanie, was ist los?«

»Nichts.« Ihre Stimme klang gepreßt.

»Aber ich sehe doch, daß es dir nicht gut geht. Laß uns nach draußen gehen.«

Zu Lettys Überraschung leistete Stephanie keinen Widerstand. Sie ließ sich gehorsam aus dem Raum in den Gang führen. Im grellen Licht der Lampen wirkte ihr Gesicht erschreckend blaß.

»Ich werde deine Ärztin anrufen und ihr sagen, daß wir auf dem Weg ins Krankenhaus sind«, erklärte Letty.

»Nein. Warte.« Stephanie packte Letty am Arm und hinderte sie daran, zur Telefonzelle zu laufen. »Es geht mir gut. Alles in Ordnung.«

»Aber du siehst aus, als hättest du gerade ein Gespenst gesehen.«

Stephanie brach unvermittelt in Tränen aus. »Das habe ich auch.«

Letty sah sie verblüfft an. Sie konnte kaum glauben, daß ihre sonst so beherrschte, kühle Stiefmutter plötzlich ihre Gefühle zeigte. Instinktiv legte sie die Arme um Stephanies Schultern und drückte sie an sich.

»Was ist denn los, Steph? Sag es mir. Vielleicht kann ich dir helfen.«

»Ich habe ihn verloren, Letty.«

»Wen?«

»Meinen Sohn. Ich war im dritten Monat schwanger, dann starb er in mir. Ich hatte bereits alles für ihn vorbereitet. Die ganze Zeit war ich damit beschäftigt, Namen auszusuchen und Babykleidung einzukaufen, und dann war er plötzlich tot.«

Letty schloß für einen Moment die Augen. »Das tut mir sehr leid.«

»Ich habe furchtbare Angst, Matthew Christopher auch zu verlieren. Meine Furcht wird jeden Tag stärker. Ich glaube manchmal, verrückt zu werden.«

Letty drückte sie sanft an sich. »Das wird nicht geschehen. Er ist sehr lebendig, strampelt in deinem Bauch und fühlt sich gut. In einigen Wochen wirst du ihn in den Armen halten. Du hast eine der besten Ärztinnen der ganzen Stadt und einen Platz in einer hervorragenden Klinik reserviert.«

»Ja, ich weiß, aber es könnte trotzdem etwas schiefgehen.«

»Dein Baby ist gesund und stark. Hast du vergessen, daß es die Gene meines Vaters in sich trägt?«

»Aber es hat auch meine. Und ich habe schon einmal ein Kind verloren. Vielleicht stimmt mit mir etwas nicht. Ich könnte Matthew Christopher verlieren, weil es in meinen genetischen Anlagen einen Fehler gibt.«

»Unsinn. Alles wird gutgehen, Stephanie.« Letty wiederholte den Satz mehrmals, um ihre Stiefmutter zu beruhigen. »Wenn es an der Zeit ist, werden sich anerkannte Ärzte um dich kümmern, die die neuesten technischen Hilfsmittel zur Verfügung haben.«

Stephanie hörte auf zu schluchzen und hob den Kopf. Ihr Gesicht war rot und verschwollen. Sie holte ein Taschentuch hervor. »Es tut mir leid. Ich habe mich benommen wie eine Närrin. Zur Zeit habe ich mich anscheinend nicht ganz unter Kontrolle.«

»Du bist schwanger, Stephanie«, sagte Letty lächelnd. »In den Artikeln, die ich darüber gelesen habe, heißt es, es wäre ganz normal, wenn man in dieser Zeit manchmal überreagiert.«

»Ich möchte nicht, daß Morgan mich so sieht.« Stephanie putzte sich die Nase und wischte sich die Augen. »Er würde es nicht verstehen, wenn ich mit einemmal ganz anders bin.«

»Hast du ihm von deiner Fehlgeburt erzählt?«

»Nein.« Stephanie steckte das Taschentuch zurück in ihre Handtasche. »Es ist ja schon so lange her. Ich war noch nicht einmal ein Jahr verheiratet. Danach wurde ich nicht mehr schwanger. Ich hatte die Hoffnung bereits aufgegeben – bis ich Morgan kennenlernte. Als ich es dann erfuhr, war ich sehr glücklich. Und auch Morgan schien begeistert zu sein.«

»Das ist er auch. Ich glaube, er freut sich darauf, an der neuen Generation alles auszuprobieren, was ihm bei mir nicht ganz gelungen ist.«

»Ich hatte von Anfang an schreckliche Angst. Und sie wird immer stärker, Letty.«

»Du hättest schon viel eher darüber sprechen sollen«, erwiderte Letty sanft. »Ich glaube, du solltest Dad davon erzählen.«

»Er wäre entsetzt über mein irrationales Verhalten.«

»Unsinn. Mein Vater wuchs auf einer Farm auf. Bevor er seinen Doktortitel erwarb, war er ein ganz gewöhnlicher Mensch vom Lande. Eigentlich ist er sehr mitfühlend und verständnisvoll. Sonst hätten Mom und ich es wohl nicht mit ihm ausgehalten.«

Stephanie schüttelte den Kopf. »Er glaubt, ich wäre wie er. Deshalb hat er mich geheiratet. Eigentlich stimmt das auch, aber seit ich schwanger bin, kann ich nur noch daran denken, daß ich auch dieses Baby verlieren könnte.«

»Ich kenne meinen Vater seit neunundzwanzig Jahren, und ich kann dir versichern, daß er sich nicht immer kühl und überlegen verhält. Als ich damals mit dem Fahrrad stürzte und mit einem gebrochenen Handgelenk ins Krankenhaus gebracht wurde, drehte er beinahe durch. Mom mußte mehr Zeit damit verbringen, ihn zu beruhigen, als mich zu trösten.«

»O Letty...«

Letty lächelte traurig. »Und als Mom starb, befürchtete ich eine Zeitlang, auch ihn zu verlieren. Mein Vater ist kein Eisberg, Stephanie.«

»Das weiß ich.« Stephanies Wangen röteten sich. »Immerhin erwarte ich ein Kind von ihm. Morgan kann sehr leidenschaftlich sein.«

»Und er ist auch zu anderen Gefühlen fähig«, bemerkte Letty trocken. Sie nahm Stephanie beim Arm und führte sie den Gang entlang. »Deine Schwangerschaft verläuft großartig. Im jetzigen Stadium kann eigentlich nichts mehr passieren.«

»Woher willst du das wissen?«

»Ich habe einige Artikel darüber gelesen«, erklärte Charlie unbestimmt. »In einem Monat wird es soweit sein. Selbst wenn morgen schon die Wehen einsetzen würden, ist das Kind bereits stark genug, um zu überleben.«

»Meine Güte, sag so etwas nicht.« Stephanie holte tief Atem. »Bei Frühgeburten muß man immer mit Problemen rechnen.«

Letty sah ein, daß sie die falschen Worte gewählt hatte, um Stephanie zu beruhigen. »Es wird keine Schwierigkeiten geben – das hat dir doch die Ärztin bestätigt. Das Baby ist gesund und normal entwickelt. Alles wird gutgehen, Steph.«

»Die Ärztin ist eine Kapazität auf ihrem Gebiet«, flüsterte Stephanie.

»Natürlich.«

»Und das Krankenhaus ist bestens ausgerüstet.«

»Ich weiß.«

»Die medizintechnischen Geräte dort sind auf dem neuesten Stand.«

»Richtig. Man ist auf alles vorbereitet – es kann nichts passieren.« Letty öffnete die Tür und führte Stephanie zum Wagen. »Ich werde fahren«, erklärte sie. »Du brauchst ein wenig Zeit, um dich zu sammeln.«

Stephanie sah sie zweifelnd an. »Hast du schon einmal einen Porsche gefahren?«

»Nein. Aber keine Sorge – zur Zeit muß ich mich jeden Tag mit ungewohnten Situationen auseinandersetzen. Glücklicherweise lerne ich sehr rasch.«

Als Letty eine halbe Stunde später ihre Wohnung betrat, fand sie zu ihrer Überraschung Joel im Wohnzimmer vor. Er saß auf dem Sofa, hatte die Füße auf einen Schemel gelegt und las Keith Escotts Fünf-Jahres-Plan. Auf dem Tisch stand ein Glas Whisky. Er ließ die Akte sinken und sah Letty an.

»Hallo. Wie war der Kurs?« fragte er.

»Das sage ich dir später. Zuerst möchte ich gerne wissen, was du um zehn Uhr abends in meiner Wohnung tust.«

»Wir haben eine Affäre – hast du das vergessen?«

»Ich dachte, du wärst böse auf mich.«

»Das war ich auch. Aber du hast selbst gesagt, daß die geschäftlichen Angelegenheiten nichts mit unserer privaten Beziehung zu tun haben.«

Letty sah ihn einen Moment schweigend an und setzte sich dann neben ihn. »Du hast dich also dazu durchgerungen, Keiths Plan zu lesen.«

»Ja.«

»Und was hältst du davon?«

»Ich bin noch nicht ganz fertig.«

»Möchtest du ein paar Kekse, während du die Akte studierst?«

»Gute Idee.«

Joel aß die Hälfte der Schokoladenkekse, die Letty ihm hingestellt hatte, und holte dann seinen Taschenrechner hervor. »Warum gehst du nicht ins Bett? Ich werde hier noch eine Weile beschäftigt sein.«

Letty ging ins Schlafzimmer und versuchte zu lesen. Bereits in der Mitte des ersten Kapitels schlief sie ein. Als sie später spürte, daß Joel sich vorsichtig neben sie legte, drehte sie sich um.

»Joel? Was denkst du über Keiths Plan?«

»Darüber möchte ich heute nicht mehr sprechen«, sagte er schroff.

»Aber...«

»Schlaf jetzt, Letty.«

»Danke, daß du den Plan gelesen hast«, sagte sie leise.

Einige Zeit später wachte sie auf und spürte Joels Hand zwischen ihren Schenkeln.

»Joel? Joel!«

»Sogar wenn du schläfst, bist du für mich bereit«, murmelte er. »Ich brauche dich nur zu berühren.«

»Es ist zwei Uhr morgens«, protestierte Letty.

»Ich kann nicht einschlafen. Eigentlich sollte ich eine Runde laufen, aber ich habe meine Turnschuhe nicht hier.«

»Du kannst also nicht schlafen?« Sie ließ ihre Hand sanft über seine bloße Schulter gleiten.

»Nein.«

Letty atmete tief ein. »Denkst du, daß Sex dir helfen könnte?«

»Ja, Letty. Ich sehne mich nach dir.«

Sie lächelte und schlang die Arme um seinen Nacken. »Warum hast du das nicht gleich gesagt?«

Auch am nächsten Morgen weigerte sich Joel, Letty seine Meinung über Escotts Plan mitzuteilen.

»Ich bin noch am Überlegen«, sagte er ausweichend, während er sich noch einen der Buttermilchpfannkuchen nahm, die Letty gebacken hatte.

Er spürte, daß sie verstimmt war, aber er konnte sich einfach noch nicht mit dem Gedanken abfinden, daß ihm seine Rachepläne für Copeland Marine möglicherweise entglitten.

Später im Büro brütete er wieder über Escotts Aufzeichnungen und mußte sich eingestehen, daß seine Ideen vielleicht zu verwirklichen waren. Joel hatte heimlich gehofft, einen Fehler zu finden und Letty beweisen zu können, daß es keine Chance gab, Copeland Marine zu retten. Leider hatte Escott aber einen brillanten Plan ausgearbeitet. Er hatte das Potential der Firma genau verdeutlicht und eine realistische Methode zur Sanierung des Unternehmens dargestellt. Es wäre für Joel viel einfacher gewesen, wenn er Letty einen logischen Grund hätte nennen können, um die Liquidierung der Firma zu rechtfertigen.

Die Stimme seiner Sekretärin über die Sprechanlage riß Joel aus seinen Gedanken.

»Eine Mrs. Diana Escott möchte Sie sprechen, Sir. Wollen Sie sie empfangen?« Mrs. Sedgewicks kühler Tonfall drückte deutlich ihre Mißbilligung aus.

Verdammt, dachte Joel. Das fehlte ihm gerade noch. »Schicken Sie sie herein, Mrs. Sedgewick.«

Als Diana sein Büro betrat, stieg Joel ihr schweres Parfüm in die Nase. Letty benutzte nie Parfüm. Er konnte künstliche Gerüche nicht leiden – Letty roch gut, und das hatte nichts mit kosmetischen Produkten zu tun.

»Hallo, Joel.«

»Was für eine Überraschung.« Joel stand langsam auf. »Bitte nimm Platz, Diana.«

»Danke.«

Diana setzte sich ihm gegenüber. Sie trug ein schickes schwarz-weißes Kostüm, das ihre Figur vorteilhaft zur Geltung brachte. Die Jacke war eng tailliert und reichte bis über die Hüften. Als sie die Beine übereinanderschlug, fiel Joels Blick unwillkürlich auf die schwarzen, glänzenden Pumps.

»Du hast es weit gebracht«, bemerkte sie und sah sich aufmerksam um.

»Ich bin zufrieden. Was kann ich für dich tun, Diana?«

»Kannst du dir nicht denken, warum ich hier bin?«

Joel lehnte sich zurück. »Sag es mir.«

»Keith hat mir erzählt, daß er dir seinen Fünf-Jahres-Plan gegeben hat.«

»Nicht mir, sondern Letty. Ich meine, Miß Thornquist.«

Diana winkte geringschätzig ab. »Wir alle wissen, wer Thornquist Gear leitet.«

»Tatsächlich? Ich bin mir da nicht so sicher.«

Diana funkelte ihn aufgebracht an. »Ich bin nicht zu Scherzen aufgelegt, Joel. Seit du Echo Cove verlassen hast, habe ich eine Menge erfahren. Diese Letty Thornquist hat die Firma erst vor kurzem geerbt. Bisher arbeitete sie irgendwo im Mittleren Westen als Bibliothekarin. Sie versteht also rein gar nichts vom Geschäft.«

»Woher hast du denn diese Informationen?«

»Ein gewisser Philip Dixon war gestern bei Daddy.«

»Dixon? Er war in Echo Cove?« Joel beugte sich ruckartig vor. »Dieser Mistkerl.«

Diana runzelte die Stirn. »Kennst du ihn?«

»Ja.«

»Er hat erzählt, daß er Letty Thornquist bald heiraten und dann die Firma übernehmen wird. Ich glaube, Dad versucht deshalb, mit ihm zu verhandeln.«

Joel dachte einen Augenblick nach. »Dein Vater denkt also, Dixon wäre sein Ansprechpartner?«

»Stimmt das denn nicht? Es ist alles so verwirrend. Wenn du wirklich vorhast, Copeland Marine zu schließen, dann tu es jetzt, damit wir es hinter uns haben. Die Situation wird allmählich unerträglich.«

Joel setzte zu einer Antwort an, als er plötzlich Stimmen aus dem Vorzimmer hörte.

»Bitte lassen Sie mich vorbei, Mrs. Sedgewick. Ich möchte Mr. Blackstone sofort sprechen. Haben Sie das verstanden?« Letty sprach so laut und bestimmt, daß trotz der geschlossenen Tür jedes Wort zu verstehen war.

»Ich kann nicht zulassen, daß Sie ihn stören, wenn er eine Besprechung hat«, entgegnete Mrs. Sedgewick energisch. »Ich sagte Ihnen bereits, er hat Besuch.«

»Das weiß ich. Arthur hat mir Bescheid gegeben. Und jetzt gehen Sie endlich aus dem Weg.«

Die Tür flog auf, und Letty stürmte herein. Wenn Joel nicht mit eigenen Augen gesehen hätte, daß ihr blaues Kostüm am Morgen noch frisch gebügelt war, hätte er es jetzt nicht mehr geglaubt. Lettys Brille war verrutscht, und sic war ein wenig außer Atem. Ihre Augen blitzten vor Zorn.

Mrs. Sedgewick versuchte, Letty am Saum ihrer Jacke festzuhalten. »Ich konnte sie nicht aufhalten, Mr. Blackstone«, erklärte sie hilflos.

»Danke, Mrs. Sedgewick. Ich weiß, Sie haben ihr Bestes getan.« Joel unterdrückte ein Lachen und stand auf. »Kann ich etwas für Sie tun, Miß Thornquist?« fragte er betont höflich.

»Ja, allerdings.« Letty schob Mrs. Sedgewick hinaus und schloß die Tür hinter ihr. Dann lächelte sie Diana kühl an. »Man hat mir gesagt, daß Sie hier sind, Mrs. Escott. Sicher wollten Sie nicht nur mit Joel, sondern auch mit mir sprechen. Bei einer Besprechung dieser Art sollte das ganze Team anwesend sein, finden Sie nicht?«

Diana sah verwirrt von Letty zu Joel. »Was geht hier eigentlich vor?«

»Wir versuchen nur, ein Unternehmen zu führen«, erwiderte Joel. Er wartete, bis Letty sich gesetzt hatte, und nahm dann auch wieder Platz. »Es interessiert dich vielleicht, daß Professor Philip Dixon nach Echo Cove gefahren ist.«

»Was?«

»Ich war auch überrascht, das zu hören. Anscheinend erzählt er jedem, daß er dich bald heiraten und dann Thornquist Gear übernehmen wird.«

»Meine Güte«, sagte Letty entsetzt und wandte sich an Diana. »Und Sie sind hier, um herauszufinden, ob das stimmt, nicht wahr?«

»Ja.« Diana musterte sie kühl. »Dixon hat offensichtlich nicht die Wahrheit gesagt.«

»Um Himmels willen, nein«, antwortete Letty rasch. »Ich hoffe, dieser Punkt ist damit geklärt.« Sie richtete sich auf und versuchte, den blauen Blazer geradezuziehen. »Wahrscheinlich wollen Sie auch wissen, was wir von dem Plan Ihres Manns halten?«

Diana warf Joel einen unsicheren Blick zu. »Ja, natürlich. Ich habe Joel bereits erklärt, daß ich es unerträglich finde, die Dinge noch länger hinauszuschieben. Es ist offensichtlich, daß Sie Copeland Marine schließen wollen, also tun Sie es jetzt.«

»Warum hast du es so eilig, Diana?« fragte Joel leise.

»Ich möchte, daß die Sache ein Ende findet. Ist das so schwer zu verstehen?« Sie stand auf und ging zum Fenster hinüber. »Die Unsicherheit macht alles nur noch schlimmer. Quält Keith nicht damit, indem ihr ihn in dem Glauben laßt, sein Plan könnte erfolgreich sein. Das hat er nicht verdient.«

»Denken Sie nicht, wir sollten Keiths Ideen sorgfältig prüfen, bevor wir eine Entscheidung fällen?« fragte Letty erstaunt.

»Nein.«

»Was spricht dagegen, Diana?« Joel sah sie verblüfft an.

»Es wäre nur Zeitverschwendung«, sagte Diana schroff. »Daddy hat noch nie etwas von Keiths Vorschlägen gehalten. Warum sollten sie jetzt plötzlich nützlich sein?«

Joel und Letty tauschten einen verständnisvollen Blick. Er war plötzlich sehr froh, daß sie hier war. »Escott hat sich alles gründlich überlegt«, wandte er ein. »Ich kann noch nichts versprechen, aber seine Ideen ergeben Sinn. Er weiß genau, was er will.«

Diana sah ihn ungläubig an.

»Das stimmt, Diana«, sagte Letty rasch. »Joel – ich meine Mr. Blackstone – und ich sind bereit, Keiths Plan genau zu überprüfen und uns Gedanken darüber zu machen.«

»Tun Sie das nicht«, flüsterte Diana. »Schließen Sie Copeland Marine. Das wollten Sie doch von Anfang an.«

Joel musterte sie neugierig, schwieg aber, als er sah, daß Letty aufstand. In dieser Situation vertraute er Lettys Instinkt mehr als seinem eigenen.

»Wollen Sie damit sagen, daß es Ihnen recht wäre, wenn wir das Unternehmen Ihres Vaters liquidierten?« fragte Letty.

»Ja, zum Teufel.« Diana drehte sich um. In ihren Augen schimmerten Tränen. »So schnell wie möglich.«

Joel lehnte sich zurück. »Aber warum, Diana?«

»Ich glaube, das weiß ich«, sagte Letty leise. »Sie haben Angst, Diana, stimmt's? Angst, daß Ihr Mann nicht mit Ihrem Vater fertig wird, wenn wir seinen Plan akzeptieren.«

Diana atmete tief ein. »Daddy wird furchtbar wütend werden und es als persönliche Beleidigung ansehen, wenn Sie Keiths Vorschläge annehmen. Er hat bisher alle Ideen von Keith abgelehnt. Wenn Sie jetzt seinen Plan zur Rettung der Firma verwirklichen, wird Daddy durchdrehen.«

»Es wäre Ihnen also lieber, wenn wir die Firma schließen? Auch wenn das bedeutet, daß wir damit die ganze Stadt in Bedrängnis bringen?« Letty sah sie teilnahmsvoll an. »Sie denken wohl, das wäre der einzige Weg, sich von Ihrem Vater zu befreien.«

Diana starrte sie einen Moment an und wandte sich dann an Joel. »Vor fünfzehn Jahren habe ich die Nerven verloren.

Ich war zu jung, um eine so schwerwiegende Entscheidung zu treffen. Vielleicht war ich auch noch nicht verzweifelt genug, um alles hinter mir zu lassen. Aber jetzt bin ich es! Daddys Wutanfälle werden immer schlimmer.«

»Sie glauben also, daß Keith sich nicht gegen Ihren Vater durchsetzen kann«, stellte Letty fest.

Diana ballte die Hände zu Fäusten. »Joel würde es schaffen. Das hat er bewiesen. Aber Keith ist ganz anders.«

»Da bin ich nicht so sicher«, murmelte Letty.

»Denken Sie, er wäre ein ganzer Mann, nur weil er Joel bei der Prügelei am Anchor besiegt hat? Glauben Sie tatsächlich, daß er sich gegen meinen Vater zur Wehr setzen kann?«

Joel räusperte sich. »Hast du etwa Diana gesagt, Escott hätte bei unserem Streit gewonnen?« fragte er Letty wütend.

»Nun«, erklärte sie frostig, »das ist doch die Wahrheit, oder etwa nicht?«

»Das ist Ansichtssache«, stieß Joel mit zusammengebissenen Zähnen hervor.

»Ich verstehe, daß du lieber an ein Unentschieden glaubst«, sagte Letty beschwichtigend. »Natürlich ist es unangenehm, wenn man zugeben muß, daß man der Verlierer war.«

»Sehr unangenehm.«

»Aber wir sollten die Tatsachen nicht verdrehen«, fuhr Letty fröhlich fort. »Schließlich befinden wir uns in einer schwierigen Situation. Ich bin davon überzeugt, daß Keith Escott der ideale Mann ist, um die Leitung von Copeland Marine zu übernehmen.«

»Sie haben keine Ahnung«, flüsterte Diana. »Ich glaube, Sie täuschen sich gewaltig.« Abrupt drehte sie sich um und verließ das Büro.

15

Nachdem Diana die Tür hinter sich geschlossen hatte, herrschte eine Zeitlang unangenehmes Schweigen in Joels Büro. Letty wartete voller Unbehagen und lächelte schließlich zögernd.

»Du bist doch nicht böse auf mich, weil ich gesagt habe, daß Keith dich bei der Prügelei zu Boden geworfen hat, oder?«

»Was? Die Geschichte wird immer abenteuerlicher«, entgegnete Joel leise.

»Es ist doch völlig egal, wie ich es ausgedrückt habe. Ich tat es für einen guten Zweck. Damit wollte ich die Beziehung zwischen Diana und Keith ein wenig aufmöbeln.«

»Ob mein Ego Unterstützung braucht, interessiert dich wohl nicht.«

Letty lächelte verschmitzt. »Dein Ego könnte sogar einem atomaren Angriff standhalten, ohne besonders darunter zu leiden.«

»Vielen Dank. Trotzdem würde ich es vorziehen, wenn du mich das nächste Mal nicht als absoluten Verlierer darstellen würdest.« Joel warf den Kugelschreiber auf den Tisch und stand auf. Dann ging er steifbeinig zum Fenster.

Letty beobachtete ihn besorgt. »Du bist doch nicht wirklich wütend auf mich, Joel?«

»Nein, sonst würde ich mich anders verhalten.«

Letty nickte. »Das habe ich mir gedacht. Und jetzt sag mir bitte die Wahrheit. Hast du es ernst gemeint, als du Diana erklärtest, du würdest Keiths Plan in Betracht ziehen?«

»Ja.« Joel starrte aus dem Fenster auf die Straße. »Escotts Vorschläge sind akzeptabel. Sein Plan könnte funktionieren.«

»Heißt das, du bist bereit, es zu versuchen?« Ohne seine Antwort abzuwarten, sprang Letty auf, lief zu ihm und umarmte ihn von hinten. »Du wirst es nicht bereuen, das verspreche ich dir. Es ist die beste Lösung – das wirst du bald sehen.«

»Ich sagte, daß ich darüber nachdenken werde – nicht, daß ich mich bereits entschieden habe«, brummte Joel. »Kannst du mir erklären, warum du so versessen darauf bist, diese elende Kleinstadt zu retten?«

Letty ließ die Arme fallen und trat einen Schritt zurück. »Es geht mir nicht um die Stadt, sondern um dich.«

»Um mich?« Joel drehte sich abrupt um und sah sie wütend an. »Was soll das heißen?«

Letty schwieg einen Moment und versuchte, die richtigen Worte zu finden. »Du müßtest damit leben, eine ganze Stadt vernichtet zu haben. Das wäre eine große Belastung für dich«, sagte sie schließlich sanft. »Verstehst du denn nicht, was dein Racheplan bedeutet, Joel? Es wäre einfach zuviel für dein Gewissen.«

»Damit werde ich schon selbst fertig, Letty.«

Sie legte ihm beschwichtigend die Hand auf den Arm. »Denk doch einmal an die Familien, die von Copeland Marine abhängig sind. Du weißt aus eigener Erfahrung, was passieren kann, wenn Menschen arbeitslos werden. Bei deinem Vater hatte es schlimme Folgen.«

Joel verzog das Gesicht. »Verdammt, Letty, ich...«

»Hör mir zu, Joel. Ich habe einige Artikel über das Thema gelesen. Arbeitslosigkeit treibt die Kriminalitätsrate in die Höhe. Die Gewalttätigkeit in den Familien nimmt zu, und es gibt mehr Scheidungen und Selbstmorde. Denk darüber nach, Joel.«

Sie sah, daß er zusammenzuckte, und ließ nicht locker. »In einer kleinen Stadt wie Echo Cove würde Massenarbeitslosigkeit für viele Familien das Ende bedeuten. Sie müßten Sozialhilfe beantragen und würden verarmen. Kannst du das mit deinem Gewissen vereinbaren?«

»Hör auf damit.« Joel packte sie an den Schultern und beugte sich über sie. »Das ist meine Angelegenheit, verstehst du das nicht, Letty?«

»Bisher bist du damit aber nicht sehr gut fertig geworden«, erklärte Letty ruhig. »Selbst nach fünfzehn Jahren fühlst du dich immer noch für den Tod deines Vaters verantwortlich.«

»Es war meine Schuld, daß er sterben mußte.«

»Nein, Joel Blackstone, das stimmt nicht.« Letty legte die Hände auf seine Brust. »In all den Jahren haben dich seine letzten Worte verfolgt. Allmählich ist es an der Zeit zu begreifen, daß du nicht die Schuld an seinem Tod trägst.«

»Wenn ich mich damals nicht mit Diana Copeland eingelassen hätte, wäre mein Vater heute noch am Leben. Das ist eine Tatsache, also versuch bitte nicht, mir das auszureden.«

»Du warst jung und verliebt, und Diana Copeland war nicht abgeneigt. Vor wenigen Minuten gab sie zu, daß sie sich in dieser Zeit gewünscht hatte, du würdest sie vor ihrem dominanten Vater retten.«

»Das hat damit nichts zu tun.«

»Aber natürlich«, erwiderte Letty hitzig. »Du hast deinen Vater nicht umgebracht. Er war ein kranker Mann. Nach dem Tod deiner Mutter hat er sich nie wieder erholt. Er war nicht in der Verfassung, eine Kündigung zu verkraften.«

»Aber er hat mich für seine Misere verantwortlich gemacht«, stieß Joel zwischen zusammengepreßten Zähnen hervor.

»Er hätte Victor Copeland beschuldigen sollen«, erklärte Letty. »Copeland war derjenige, der ihn grundlos feuerte. Du trägst keine Verantwortung für das bösartige Verhalten eines anderen Menschen. Hör zu, Joel: Vielleicht war es ein Unfall, der in jener Nacht geschehen ist. Aber es besteht auch die Möglichkeit, daß dein Vater sich umgebracht hat. Du wirst es wahrscheinlich nie erfahren, und ich begreife, daß man mit dieser Ungewißheit schwer leben kann.«

»Sehr schwer, Letty.«

»Trotzdem mußt du aufhören, dir Vorwürfe zu machen. Ich verstehe, daß du dich an Victor Copeland rächen willst. Er hat sich sehr unfair verhalten und deinen Vater für dein Verhalten büßen lassen. Du hast ein Recht darauf, es ihm heimzuzahlen. Aber dann solltest du die Dinge endlich auf sich beruhen lassen.«

»Manche Angelegenheiten sind nie erledigt, Letty.« Joel fuhr sich nervös mit den Fingern durch das Haar.

»Das stimmt«, gab sie zu. »Aber man kann lernen, damit zu leben. Du bist besessen davon, Copeland Marine zu vernichten, aber du solltest dich allmählich auf andere Ziele in deinem Leben konzentrieren.«

Er warf ihr einen zornigen Blick zu. »Ach ja? Zum Beispiel?«

Letty beschloß, den Stier bei den Hörnern zu packen. »Du bist jetzt sechsunddreißig Jahre alt. Glaubst du nicht, es wäre an der Zeit, zu heiraten und eine Familie zu gründen?«

»Eine Familie?« fragte er verblüfft. »Wie kommst du denn auf die Idee?«

»Ich weiß nicht«, erwiderte Letty leise und bedauerte bereits ihre impulsiven Worte. »Vielleicht liegt es an den vielen Kursen über Babypflege, die ich mit Stephanie besucht habe.« *Oder daran, daß ich mich in dich verliebt habe, Joel Blackstone*, fügte sie in Gedanken hinzu.

»Ja, wahrscheinlich hast du zu viele Vorträge gehört und Artikel darüber gelesen.« Joel musterte sie, während er sich wieder an den Schreibtisch setzte. »Hör zu, Letty. Ich habe dir versprochen, Escotts Pläne ernsthaft zu prüfen. Das möchte ich jetzt tun. Also laß mich allein. Warum stellst du nicht eines unserer Zelte auf?«

Letty lächelte schwach. »Spricht man so mit der Chefin eines großen Unternehmens?«

Joels Augen funkelten belustigt. »Du hast recht. Vielleicht sollte ich dir als dein Geschäftsführer, der sich um das Image der Firma sorgt, lieber höflich beibringen, daß deine Bluse aus dem Rock gerutscht ist.«

Sie errötete und steckte hastig den losen Zipfel in den Rockbund. »Das ist Mrs. Sedgewicks Schuld. Sie hat versucht, mich festzuhalten, als ich zu dir wollte.«

»Warum hast du dich eigentlich auf diese Weise mit meiner Sekretärin angelegt, um in mein Büro zu gelangen?« fragte Joel leise.

Letty hob das Kinn und wandte sich zur Tür. »Natürlich nur, um das Ansehen der Firma zu wahren. Es macht keinen guten Eindruck, wenn sich mein Geschäftsführer allzu lange allein mit einer attraktiven Frau in seinem Büro befindet. Ich wollte vermeiden, daß geklatscht wird.«

»Hmm... Könnte es sein, daß du vielleicht ein wenig eifersüchtig warst? Hat dich möglicherweise der Gedanke gestört, daß ich mit einer anderen Frau zusammen bin?«

Letty legte die Hand auf die Türklinke. »Unsinn. Eifersucht ist eines der irrationalen Gefühle, zu denen ich nicht fähig bin. Frag meinen Vater – er wird es dir bestätigen.«

»Dein Vater ist auf diesem Gebiet wohl eine Ausnahme«, sagte Joel langsam. »Aber ich kenne einige Leute, die sich gegen ihre Gefühle kaum zur Wehr setzen können.«

»Das mußt gerade du mir sagen.« Letty zögerte einen Augenblick. »Joel?«

»Ja?«

»Kannst du mir erklären, was dich damals vor fünfzehn Jahren an Diana so fasziniert hat?«

Joel zuckte die Schultern. »Sie war das hübscheste Mädchen der Stadt und sehr kokett. Leider war sie auch verzogen. Als sie beschloß, etwas Gewagtes zu tun und sich mit einem Jungen von der anderen – der falschen – Seite zu verabreden, konnte ich nicht nein sagen. Nachdem ich sie besser kennengelernt hatte, tat sie mir leid. Meiner Meinung nach saß sie in einem goldenen Käfig.«

»Und dann hast du dich hoffnungslos und leidenschaftlich in sie verliebt, nicht wahr?«

Joels Mundwinkel zuckten. »Dieser Ausdruck bedeutet für einen einundzwanzigjährigen Mann etwas anderes als für einen sechsunddreißigjährigen.«

Letty fuhr sich mit der Zunge über die Lippen. »Heißt das, du würdest heute nicht mehr so empfinden? Auch wenn Diana dir jetzt zum ersten Mal begegnen würde und du durch deine Vergangenheit nicht vorbelastet wärst?«

»Das würde ich ganz sicher nicht.«

»Weil sie eigentlich nicht dein Typ ist?« fragte Letty hoffnungsvoll.

Joel sah sie nachdenklich an. »Nein – aber wahrscheinlich deshalb nicht, weil sie immer so ordentlich gekleidet ist. In letzter Zeit scheint es mich mehr anzuziehen, wenn jemand ständig etwas zerzaust wirkt.«

Letty verließ das Büro und schlug die Tür hinter sich zu. Mrs. Sedgewick blickte ihr finster hinterher.

Am nächsten Morgen bemühte sich Letty, die Unterlagen über die neuen Zelte zu studieren, aber ihre Gedanken kehrten immer wieder zu dem Gespräch zurück, das sie am vorherigen Tag mit Joel geführt hatte, nachdem Diana gegangen war. Sie konnte nicht vergessen, wie überrascht seine Stimme geklungen hatte, als sie Heirat und Familiengründung erwähnte. Anscheinend hatte er diesem Thema in letzter Zeit kaum einen Gedanken geschenkt.

Vielleicht hatte er ihren Hinweis einfach nicht verstanden und brauchte noch ein wenig Zeit? Immerhin hatte sie ihn darauf aufmerksam gemacht. Jetzt konnte sie nur noch abwarten.

Auf jeden Fall war sie ziemlich sicher, daß ihm an Diana Escott nichts mehr lag. Sie hätte gespürt, wenn zwischen den beiden noch etwas gewesen wäre. Natürlich hatten sie in der Vergangenheit einiges gemeinsam erlebt, aber Letty war klar geworden, daß Joel sich nicht mehr von Diana angezogen fühlte.

Letty wandte sich wieder dem Bericht über die neue Werbekampagne zu und betrachtete stirnrunzelnd das Foto eines jungen Mannes, der gerade dabei war, ein Zelt aufzubauen.

Wahrscheinlich ließ er sich mit Hormonen behandeln – so muskulöse Oberarme hatte Letty noch nie gesehen. Er sah aus, als könne er das Zelt lässig mit einer Hand aufstellen.

Das war nicht die richtige Werbemethode, beschloß Letty spontan. Die neuen Zelte waren für Familien gedacht, die noch wenig Erfahrung beim Campen hatten. Das Werbematerial mußte sich auf einfache Leute konzentrieren und sie davon überzeugen, wie simpel es war, eines dieser Zelte aufzubauen.

Als Letty die Hand nach dem Telefon ausstreckte, meldete sich Arthur über die Sprechanlage. Seine Stimme klang besorgt. »Professor Dixon ist auf dem Weg in Ihr Büro, Miß Thornquist. Ist das in Ordnung?«

Letty seufzte unterdrückt. »Ja, Arthur.«

Kurz darauf ging die Tür auf, und Philip spazierte herein. Letty bemerkte, daß er sein Tweedjackett gegen einen silbergrauen Anzug getauscht hatte. Dazu trug er ein blaßrosa Hemd und eine unauffällig gestreifte Krawatte. In seiner Brusttasche steckte ein dunkelrotes Tuch. Die Schuhe glänzten, und in der Hand hielt er eine teure Aktentasche. Philip hatte sich offensichtlich dazu entschlossen, statt des hochgeschätzten Professors einen Industriellen zu personifizieren.

»Guten Morgen, meine Liebe.« Er lächelte freundlich. »Wie geht es dir heute?«

»Danke, gut.« Letty musterte ihn mißtrauisch. »Darf ich fragen, was du in Echo Cove verloren hattest?«

»Du hast also von meinem Besuch dort gehört.« Philip stellte seinen Aktenkoffer auf den Boden und setzte sich Letty gegenüber. »Als ich vor einigen Tagen die Papiere auf deinem Schreibtisch überflogen habe, fiel mir ein Dokument über die Übernahme ins Auge. Ich dachte, ich sollte mich gleich selbst darum kümmern.«

»Ich verstehe«, sagte Letty kühl. »Nun, solche Aktionen mag ich nicht, Philip. Dies ist meine Firma.«

»Natürlich, das weiß ich, mein Liebling«, erwiderte Philip beschwichtigend. »Wir haben aber bereits darüber gesprochen, daß dir die Erfahrung in der Geschäftswelt fehlt.« Er lachte leise. »Du kannst Thornquist Gear doch nicht mit der Bücherei in Vellacott vergleichen.«

»Ich komme gut zurecht. Mr. Blackstone kann mir alles beibringen, was ich noch nicht weiß.«

Philip runzelte die Stirn. »Darüber wollte ich mit dir sprechen. Bei meinem Besuch in Echo Cove ist mir einiges über deinen Geschäftsführer zu Ohren gekommen. Ich fürchte, wir werden ihm kündigen müssen.«

»Das stellst du dir wohl etwas zu leicht vor, Philip.«

»Unsinn. Wir können ihn ebenso wie jeden anderen unfähigen Mitarbeiter hinauswerfen. Wenn du möchtest, werden wir ihn großzügig abfinden.«

»Mr. Blackstone ist keinesfalls unfähig. Er hat Thornquist Gear zu einem bedeutendsten Unternehmen im Nordwesten gemacht.«

Philip schnalzte mißbilligend mit der Zunge. »Meiner Meinung nach wird er bald ein Opfer seines eigenen Erfolgs. Er hat sich über seinen Kompetenzbereich hinausgewagt. Thornquist Gear braucht eine stärkere, dynamischere und modernere Leitung, Letty.«

»Tatsächlich?«

»Jawohl. Es wird Zeit, daß ein Mann mit Weitblick das Steuer übernimmt. Dieses Unternehmen braucht jemanden, der sich auf der Führungsebene auskennt und die Spielregeln der modernen Wirtschaft beherrscht – jemand, der es versteht, mit anderen Unternehmern umzugehen.«

»Und dieser Mann bist du?« fragte Letty vorsichtig.

Philip lächelte bestätigend. »Ich wußte, du würdest das verstehen. In einigen Bereichen zeigst du wirklich Einsicht.«

Bevor Letty sich eine passende Antwort überlegen konnte, hörte sie Stimmengewirr in ihrem Vorzimmer.

»Wer ist bei ihr?« fragte Joel barsch.

»Mr. Blackstone, warten Sie. Sie können jetzt nicht hineingehen. Ich muß Sie zuerst anmelden.« Ein schwerer Gegenstand fiel zu Boden. »Einen Moment, Sir...«

»Gehen Sie mir aus dem Weg, Bigley.«

»Das werde ich nicht zulassen, Mr. Blackstone.«

»Zur Seite, Bigley!«

»Nur über meine Leiche, Sir.« Arthurs Stimme klang trotzig.

»Wie Sie wollen, Bigley.«

Letty sprang auf, lief zur Tür und riß sie auf. Arthur wandte ihr den Rücken zu und blockierte mit weit ausgestreckten Armen und gespreizten Beinen den Eingang zu ihrem Büro.

»Alles unter Kontrolle, Miß Thornquist«, brachte er hervor und schob rasch seine Brille zurecht.

Joel warf Letty einen wütenden Blick zu. »Schaff ihn aus dem Weg, bevor ich ihm etwas antue.«

Letty seufzte. »Vielen Dank, Arthur. Mr. Blackstone kann jetzt hereinkommen.«

Arthur runzelte die Stirn. »Sind Sie sicher, Miß Thornquist? Er hat keinen Termin.«

»Ich wollte sowieso mit ihm sprechen«, erklärte Letty beschwichtigend. »Nochmals danke, Arthur. Sie haben Ihre Sache ausgezeichnet gemacht.«

Arthur strahlte. »Danke, Miß Thornquist.«

Letty schenkte Joel ein freundliches Lächeln. »Möchtest du nicht hereinkommen?«

»Sehr gern«, erwiderte Joel sarkastisch und warf Arthur einen triumphierenden Blick zu. »Auch ich möchte mich für Ihre freundliche Unterstützung bedanken, Bigley.«

Arthur nickte kurz und wandte ihm dann den Rücken zu.

Joel marschierte in Lettys Büro und baute sich vor Philip auf. »Was haben Sie sich eigentlich dabei gedacht, in Echo Cove herumzuschnüffeln?«

»Hallo, Blackstone«, erwiderte Philip ungerührt. »Letty und ich haben uns gerade über Ihre Stellung in der Firma unterhalten.«

»Was?« rief Joel erbost.

»Bleib ruhig, Joel.« Letty schoß hastig die Tür und ging zurück zu ihrem Schreibtisch. »Ich habe Philip erklärt, daß wir dich nicht feuern können. Warum nimmst du nicht Platz?«

Joel ignorierte ihre Einladung. »Allmählich habe ich die Nase voll von Professoren, die sich in dein Büro einschleichen, Letty. Ich werde nicht zulassen, daß dieser Idiot sich in die Geschäfte von Thornquist Gear und Copeland Marine einmischt.« Er wandte sich wütend an Philip. »Haben Sie das verstanden, Dixon?«

Philip zupfte gelassen die Bügelfalte seiner Hose zurecht. »Ich habe eben versucht, Letty meine Meinung über das Geschäftsmanöver mit Copeland Marine zu erklären.«

»Ihre Meinung interessiert mich nicht«, erwiderte Joel scharf.

»Ich war unangenehm überrascht, als ich feststellen

mußte, daß Sie offensichtlich glauben, einen so komplizierten Prozeß allein abwickeln zu können.«

»Wenn du diesen Kerl nicht sofort hinauswirfst, drehe ich ihm den Hals um, Letty.«

Philip sprach unbeirrt weiter. »Sie haben weder eine ausreichende Ausbildung noch genügend praktische Erfahrung, um ein größeres Unternehmen zu leiten. Soweit mir bekannt ist, haben Sie keinen Universitätsgrad vorzuweisen. Und Sie haben bisher nur für Thornquist Gear gearbeitet.«

»Letty, ich warne dich...«

Philip nickte bedächtig. »Ich muß allerdings zugeben, daß Sie die Übernahme von Copeland Marine gut vorbereitet haben. Entweder hatten Sie Glück, oder Sie haben instinktiv die richtigen Schritte unternommen.«

Joel verzog angewidert das Gesicht und ließ sich auf einen Stuhl fallen. Letty lächelte ihn aufmunternd an und zuckte die Schultern, um ihm zu bedeuten, daß es keinen Weg gebe, Philip daran zu hindern, seine Meinung loszuwerden.

»Andererseits hätte ich sicher nicht Copeland Marine für eine Übernahme ausgesucht, wäre ich damals Geschäftsführer von Thornquist Gear gewesen. Natürlich wird der Verkauf der Maschinen und des Grundstücks einen gewissen Profit erzielen, aber es sind bei weitem nicht genügend Aktivposten vorhanden, um die Angelegenheit wirklich rentabel zu machen.«

Joel wandte sich gelangweilt ab. »Ich habe Escott angerufen und ihm gesagt, daß ich ihn sprechen möchte«, sagte er zu Letty, als wäre Philip nicht mehr im Raum.

»Tatsächlich?« Letty lächelte erfreut.

Philip zog die Augenbrauen nach oben, beschloß dann aber, seinen Vortrag fortzusetzen. »Es scheint, als hätten Sie sich in dieser Sache von emotionalen Beweggründen leiten lassen, Blackstone. In der Geschäftswelt kommt man nicht sehr weit, wenn man sich von seinen Gefühlen beeinflussen läßt.«

Joel hielt den Blick auf Letty gerichtet. »Ich habe mich

mit Escott und Diana zum Abendessen verabredet. Dann werde ich die Karten auf den Tisch legen. Kannst du mitkommen?«

»Ja, natürlich«, erklärte Letty mit einem raschen Blick auf ihren Kalender. »Heute abend muß ich Stephanie nicht begleiten.«

»Gut. Ich glaube, du kommst mit diesen Leuten besser zurecht als ich.«

»Danke«, antwortete Letty freudig überrascht. Anscheinend wußte Joel doch einige ihrer Qualitäten zu schätzen.

Philip lehnte sich vor. »Sprechen wir etwa über ein Abendessen mit Mr. und Mrs. Escott?«

»Letty und ich unterhalten uns darüber«, erklärte Joel knapp. »Sie waren an dem Gespräch nicht beteiligt.«

Philip setzte eine besorgte Miene auf. »Das halte ich für keine gute Idee, Letty. Die Situation ist momentan sehr heikel. Du solltest die Gespräche mit Escott lieber mir überlassen.«

»Hören Sie, Professor«, knurrte Joel und stand auf. »Ich würde gern Ihre sachverständige Meinung über eine Sache hören, die mich schon lange beschäftigt. Könnten Sie mir wohl in einer delikaten Angelegenheit einen Rat geben?«

»Aber selbstverständlich.«

Letty starrte Joel beunruhigt an. »Warte, Joel, ich...«

»Es geht um eine Entscheidung auf Führungsebene«, erklärte Joel bestimmt und lächelte Philip zu. »Würden Sie mich zum Fahrstuhl begleiten, Professor Dixon? Ich möchte Ihnen eines unserer neuen Produkte zeigen.«

»Sehr gern.« Philip erhob sich bereitwillig und hob seine Aktentasche auf. »Wir sehen uns später, meine Liebe.«

»Bis dann.« Letty beobachtete besorgt, wie Joel Philip hinausdirigierte, wartete etwas und eilte dann hinterher.

»Miß Thornquist?« Arthur sprang auf. »Brauchen Sie etwas?«

»Psst!« Sie hob die Hand, um ihn zum Schweigen zu bringen, und spähte vorsichtig um die Ecke in den Gang.

Joel beugte sich höflich zu Philip hinüber und hörte ihm aufmerksam zu, während sie auf den Lift warteten.

Philip sprach immer noch auf ihn ein, während er den Aufzug betrat. Joel nickte verständig und drückte auf einen Knopf. Erst in der letzten Sekunde, als die Türen sich bereits schlossen, trat er rasch einen Schritt zurück und ließ Philip allein im Lift stehen.

Als er sich umdrehte, bemerkte er, daß Letty sein Manöver beobachtet hatte, und setzte eine Unschuldsmiene auf. »Dixon ist auf dem Weg ins Erdgeschoß. Es ist gar nicht so schwer, einen aufgeblasenen Wichtigtuer loszuwerden.«

Letty ging langsam zu ihm hinüber. »Ich werde an diesen Trick denken, wenn du mich das nächste Mal ärgerst.«

Joel stützte sich mit einer Hand an der Wand ab und sah sie mit blitzenden Augen an. »Kannst du mir erklären, was dir jemals an ihm gefallen hat?«

»Ich weiß nicht genau«, erwiderte Letty nachdenklich. »Vielleicht, daß er in einem Anzug so flott aussieht. Er gibt darin eine gute Figur ab, findest du nicht?« fügte sie mit einem Blick auf Joels offenen Hemdkragen hinzu. »Ich hatte schon immer eine Vorliebe für Männer, die Krawatten tragen.«

Morgan rief um halb drei Uhr an – direkt nach seiner letzten Vorlesung. Letty machte sich gerade Notizen über das muskelbepackte männliche Fotomodell in dem Werbeprospekt, als das Telefon klingelte.

»Hi, Dad. Was gibt's?«

»Ich störe dich ungern, Letty, aber ich mache mir Sorgen.«

Letty legte den Stift aus der Hand. »Wegen Stephanie?«

»Du weißt also, was ich meine?«

»Sie hat mir gestern von der Fehlgeburt erzählt. Ich bin froh, daß sie endlich mit dir darüber gesprochen hat.«

»Du hast sie davon überzeugt, daß sie sich mir anvertrauen muß. Ich kann kaum glauben, daß sie mir ihre Ängste in den letzten Monaten verschwiegen hat. Sie hätte gleich zu Beginn ihrer Schwangerschaft mit mir darüber reden sollen.«

»Sie befürchtete, du könntest sie für irrational halten.«

Morgan schwieg einen Moment. »Ja, das weiß ich jetzt. Ich habe ihr versichert, daß ich nur zu gut nachempfinden kann, was sie durchgemacht hat. Mary war auch schon einmal schwanger, bevor du auf die Welt kamst. Auch sie hat ein Baby verloren.«

»Mutter hatte eine Fehlgeburt? Das wußte ich nicht.«

»Wir wollten es dir nicht sagen. Obwohl es schon so lange her ist, kann ich mich noch gut an den Schock erinnern. Als Mary zum zweiten Mal schwanger wurde, hatte sie schreckliche Angst, daß sie auch dieses Kind verlieren würde. In den ersten Monaten waren wir beide sehr nervös.«

»Hast du Stephanie davon erzählt?«

»Ja. Es schien ihr ein wenig zu helfen. Natürlich ist sie immer noch sehr beunruhigt, aber zumindest kann sie jetzt offen darüber sprechen.« Morgan zögerte. »Ich wollte dir danken, Letty.«

Sie lächelte. »Weil ich Stephanie ermutigt habe, dir alles zu erzählen? Das war kein Problem. Ich habe ihr klargemacht, daß in der Hülle des intellektuellen Wissenschaftlers immer noch ein netter Junge vom Lande steckt.«

Morgan lachte leise. »Mary und du – ihr beide habt euch darauf schon immer gut verstanden.«

»Worauf?«

»Die Gefühle anderer Menschen zu verstehen und herauszufinden, was sie bewegt.«

»Mutter konnte das ausgezeichnet. Was mich betrifft, bin ich mir nicht so sicher. Ich mache manchmal große Fehler, wenn es darum geht, andere Menschen einzuschätzen. Das beste Beispiel dafür ist meine Verlobung mit Professor Philip Dixon. Joel fragte mich heute, was ich je in ihm gesehen hätte. Eine gute Frage, nicht wahr? Mir fiel keine überzeugende Antwort ein.«

Morgan räusperte sich. »Das bringt mich auf ein anderes Thema. Ich habe darüber nachgedacht, was du mir vor kurzem erzählt hast, Letty.«

»Was meinst du?«

»Du sagtest, du hättest eine... Affäre mit Joel Blackstone.«

»Für mich ist es mehr als das, Dad. Ich bin verliebt in diesen Mann.«

Morgan seufzte. »Das habe ich befürchtet. Und wie steht es bei ihm?«

Letty dachte einen Augenblick nach. »Im Moment ist er viel zu sehr mit Copeland Marine beschäftigt, um sich ernsthafte Gedanken darüber zu machen.«

»Bedeutet das im Klartext, daß seine Gefühle für dich nicht so stark sind wie deine für ihn?« fragte Morgan trokken.

Letty fröstelte plötzlich und runzelte die Stirn. »Er braucht nur ein wenig mehr Zeit.«

»Du hast dich damals in Philip Dixon getäuscht, Letty. Mach den gleichen Fehler nicht ein zweites Mal. Hast du dir bereits eine Liste mit allen Kriterien gemacht?«

»Nein.«

»Dann tu es endlich, Letty. Eine Frau in deiner Position darf sich nicht nur auf ihr Gefühl verlassen. Die Besitzerin von Thornquist Gear kann es sich nicht erlauben, nur von einer unkontrollierten Leidenschaft geleitet zu werden. Ich möchte nicht, daß du verletzt wirst.«

Letty verabschiedete sich und legte den Hörer auf die Gabel. Ihr Vater hatte recht – sie mußte den Tatsachen ins Auge sehen. Ihr war bewußt, daß sie keine Affäre mit Joel Blackstone wollte.

Dabei mußte sie sich eingestehen, daß das Verhältnis sehr aufregend war. Aufregender als alles, was sie bisher erlebt hatte. In ihrem Innersten fühlte sie jedoch, daß sie für eine Affäre nicht geschaffen war.

Schon an dem Tag, an dem sie zum ersten Mal mit Joel Blackstone geschlafen hatte, war ihr der Gedanke an eine Heirat durch den Kopf gegangen.

Eigentlich verstand sie nicht, wo bei Affären der Reiz lag. Irgendwie waren sie sinnlos. Letty hatte in ihrer Erziehung gelernt, an den Wert gegenseitiger Verpflichtung, an Liebe und Familienleben zu glauben.

Dort wo sie herkam, heiratete man, wenn man ineinander verliebt war.

16

»Das ist mein Angebot, Escott«, erklärte Joel. »Sie haben achtzehn Monate Zeit, um zu beweisen, daß Sie Copeland Marine aus den roten Zahlen holen können. Jetzt müssen Sie sich entscheiden.«

Letty hielt gespannt den Atem an, während sie auf Keiths Antwort wartete. In dem Restaurant des Hotels, wo die Escotts abgestiegen waren, hörte man gedämpfte Stimmen und das leise Klirren von Gläsern und Besteck. Als Joel seine Bedingungen dargelegt hatte, war die Spannung förmlich zu spüren gewesen. Aber Keith schien sich auf die Herausforderung zu freuen und erwiderte spontan: »Akzeptiert.«

Joel nickte. »Gut. Dann bleibt es dabei. Ich möchte, daß die Sache vorläufig absolut diskret behandelt wird. Wenn es an der Zeit ist, werde ich Copeland informieren. Verstanden?«

»Ja, natürlich.« Keith lächelte schwach. »Sie haben ein Recht darauf – aber ich muß zugeben, daß Sie mich damit um das Vergnügen bringen, den alten Herrn selbst in Pension zu schicken.«

Letty bemerkte, daß Diana die Lippen zusammenpreßte. In ihrem Blick lag nicht nur Zorn. Plötzlich wurde Letty klar, daß Diana Angst hatte.

Während ihr Mann und Joel eine Diskussion begannen, welche Schritte des Fünf-Jahres-Plans man in den ersten Monaten verwirklichen sollte, sagte sie kein Wort. Auch Letty schwieg und hörte zu, wie Joel seine Argumente klar und logisch vorbrachte. Er hatte zweifellos Talent für Geschäftsorganisation und schien ganz in seinem Element zu sein.

Auch Keith vertrat seine Ideen wortgewandt und überzeugend. Diana hielt den Kopf gesenkt, stocherte in ihrem Essen und nippte ab und zu an ihrem Wein. Hin und wieder warf sie ihrem Mann einen überraschten Blick zu. Nach einer Weile wandte sie sich an Letty.

»Ich möchte kurz nach oben in unser Zimmer gehen. Würden Sie mich begleiten?«

Letty sah Joel von der Seite an – er war völlig in das Gespräch mit Keith vertieft. Sie legte zögernd ihre Serviette auf den Tisch. »Na gut.«

Diana stand hastig auf. »Entschuldigt uns einen Moment«, sagte sie leise. »Wir sind gleich zurück.«

Keith lächelte ihr abwesend zu. »Natürlich, Liebling.«

Joel hob fragend die Augenbrauen, wandte sich aber sofort wieder Keith zu, als Letty die Schultern zuckte.

Auf dem Weg zum Aufzug sprach Diana kein Wort. Während sie in den zwanzigsten Stock hinauffuhren, spürte Letty, daß Keiths Frau äußerst angespannt war. Erst nachdem sie den Lift verlassen hatten, brach Diana das Schweigen.

»Sie fragen sich bestimmt, was das alles soll«, sagte sie, während sie den Schlüssel im Schloß umdrehte und das Zimmer betrat.

»Ich kann es mir denken.« Letty folgte ihr und schloß die Tür. »Sie sind dagegen, daß Keith die Leitung von Copeland Marine übernimmt, stimmt's?«

»Dagegen?« Diana drehte sich abrupt um. Ihre Gesichtszüge verhärteten sich. »Ich habe Angst – Todesangst. Ja, ich will nicht, daß Keith das Unternehmen leitet. Und das ist vorsichtig ausgedrückt – ich würde alles tun, um diesen Plan zu stoppen.«

»Sind Sie denn so sicher, daß Keith keinen Erfolg haben wird?« fragte Letty nachdenklich.

»Ich habe keine Ahnung, ob Keith fähig ist, die Firma zu retten. Woher sollte ich das auch wissen? In den drei Jahren unserer Ehe hatte er nie eine Chance zu beweisen, was er kann. Aber das ist nicht der entscheidende Punkt.«

»Worum geht es dann, Diana?« Letty setzte sich auf einen Stuhl am Fenster.

»Um Daddy.« Dianas Stimme klang verzweifelt.

»Wollen Sie damit sagen, daß Sie tatsächlich Angst vor Ihrem Vater haben? Fürchten Sie sich davor, was er tun könnte, wenn er erfährt, daß ihm die Leitung der Firma entzogen wird?«

»Ja.« Diana ballte die Hände zu Fäusten. »Ich habe schreckliche Angst. Keith will nicht auf mich hören, und Joel ist es egal.«

Letty schwieg einen Moment und dachte nach. Dann beschloß sie, ganz offen zu sprechen. »Glauben Sie, daß Ihr Vater fähig wäre, gewalttätig zu werden?«

Diana sah sie kurz an und senkte dann den Blick wieder. »Ich weiß es nicht«, flüsterte sie. »Das schlimmste ist, daß ich mir nicht sicher bin, ob meine Angst berechtigt ist. Allerdings habe ich Daddy schon erlebt, wenn er zornig wurde. Er verliert leicht die Kontrolle über sich. In letzter Zeit hatte ich den Eindruck, daß er manchmal kurz davorsteht, durchzudrehen.«

Letty runzelte die Stirn. »Kommt das oft vor?«

»Nein, glücklicherweise nicht. Ich glaube, daß er meine Mutter öfters mal geschlagen hat, aber sie wollte es nie zugeben. Sie erzählte, sie wäre gestürzt, und ich war nur allzu bereit, ihr zu glauben. Erst später begriff ich, daß Dad sie verprügelt hatte. Trotzdem stritt Mom das bis zu ihrem Tod ab. Wahrscheinlich wollte sie mich vor der Wahrheit schützen.«

»Ist er nach dem Tod Ihrer Mutter noch öfter gewalttätig geworden?«

»Als er mich vor fünfzehn Jahren mit Joel in der Scheune erwischte, war es besonders schlimm.« Diana atmete heftig. »Ich glaubte, er würde ihn umbringen. Daddy schwang einen schweren Holzprügel in der Hand und versuchte, Joel damit auf den Kopf zu schlagen. Hätte Joel nicht so schnell reagiert, wäre er von Dad getötet worden. Da bin ich mir ganz sicher.«

Letty lief ein Schauer über den Rücken, als sie sich die Szene vorstellte. »Gab es noch andere Vorkommnisse?«

»Ich glaube, er schlug vor einigen Jahren einem seiner Angestellten während einer Auseinandersetzung mit der Faust ins Gesicht. Die Sache wurde jedoch schnell vertuscht, und der Arbeiter verließ kurz darauf die Firma. Ich befürchte allerdings, das war nicht der einzige Vorfall dieser Art.«

»Diana...«

Diana rieb sich die Schläfen. »Bitte verstehen Sie, daß es nicht die vergangenen Ereignisse sind, die mich so ängstigen. Es geht darum, was noch passieren könnte. Ich spüre, daß Daddy immer zügelloser wird.«

»Glauben Sie, er würde Joel etwas antun, wenn er von den Veränderungen bei Copeland Marine erfährt?«

Diana stand auf. »Ich mache mir Sorgen um Keith«, sagte sie gequält. »Verstehen Sie denn nicht? Daddy erzählt mir seit drei Jahren, daß er wünschte, er hätte mich nie dazu ermutigt, Keith zu heiraten. Er behandelt ihn wie Dreck oder verspottet ihn. Ich fürchte mich davor, was er tun wird, wenn er herausfindet, daß Keith in seiner Firma die Befehle geben soll.«

»Ich verstehe«, sagte Letty leise.

»Wenn Joel in Daddys Büro marschieren und ihm erklären würde, daß er ab sofort das Unternehmen leitete, wäre das etwas anderes.« Diana ging zum Toilettentisch hinüber, nahm gedankenverloren eine Bürste in die Hand und legte sie wieder hin. »Joel ist stark. Er könnte mit Daddy fertig werden. Aber Keith ist...«

»Wollen Sie damit sagen, daß Sie glauben, Keith könne sich Ihrem Vater gegenüber nicht behaupten?«

Diana sah sie niedergeschlagen an. »Er hat es in den letzten drei Jahren nicht fertiggebracht. Warum sollte es also jetzt klappen?«

»Warum fragen Sie ihn nicht, weshalb er so versessen darauf ist, Copeland Marine zu übernehmen und zu sanieren?« schlug Letty vor.

»Das weiß ich bereits.« Diana zog ein Papiertaschentuch hervor und tupfte sich vorsichtig die Augen ab. »Das gehört zum Vertrag. Keith heiratete mich, weil Dad ihm die Firma in Aussicht stellte.«

»Und warum haben Sie in die Ehe eingewilligt?«

»Weil Daddy ihn für mich ausgesucht hat. Ich dachte,

Keith wäre der einzige Mann, den ich unbesorgt heiraten könne.«

Letty atmete tief ein. »Sie hatten also Angst, einen anderen Mann zu heiraten, weil Ihr Vater dann vielleicht wütend geworden wäre?«

»Ja. Nur habe ich mich dann trotz allem in Keith verliebt.«

Letty dachte kurz nach. »Ich glaube kaum, daß Keith sich jahrelang von Ihrem Vater wie Dreck hätte behandeln lassen, nur um eines Tages an das Unternehmen heranzukommen. Keith ist sehr klug – das sieht man an dem Fünf-Jahres-Plan, den er entworfen hat. Hätte er keinen anderen Grund gehabt, wäre er sicher schon längst auf und davon.«

Diana sah sie verblüfft an. »Was meinen Sie damit?«

»Nun, ihn hat bestimmt nicht die Aussicht auf die Leitung von Copeland Marine gehalten. Warum sollte er sich das antun?« Letty lächelte. »Haben Sie sich schon einmal überlegt, daß Keith Sie geheiratet und die letzten Jahre die Behandlung Ihres Vaters ertragen haben könnte, weil er Sie liebt?«

Diana zerknüllte das Taschentuch in der Hand. »So einfach ist das nicht. Immerhin bin ich Victor Copelands Tochter. Ich glaubte, als Keiths Frau endlich in Sicherheit zu sein, aber jetzt bin ich verletzlicher als je zuvor. Keith möchte Kinder haben, doch mir macht allein der Gedanke daran Angst. Ein Baby wäre eine weitere Geisel, mit der Daddy uns kontrollieren könnte.«

Letty fröstelte unwillkürlich. »Hat Ihr Vater Sie jemals verletzt, Diana?«

Sie schüttelte den Kopf. »Nein. Zumindest nicht körperlich«, erklärte sie mit einem freudlosen Lächeln. »Ich war viele Jahre lang sein liebes kleines Mädchen. Solange ich diese Rolle spielte, bekam ich von ihm alles, was ich wollte. Aber wenn ich es wagte, eine eigene Entscheidung zu treffen, wurde er furchtbar wütend.«

»Und das jagte Ihnen Angst ein.«

Diana nickte. »Eines Tages erklärte ich ihm, es wäre mir gleichgültig, wenn er mir keinen Pfennig mehr geben würde. Ich wollte einfach nicht mehr der Vogel im goldenen Käfig sein – so nannte Joel mich damals. Aber nach der

Szene in der Scheune wurde mir klar, daß Daddy womöglich viel schlimmere Dinge tun könnte, als mich zu enterben, wenn ich ihn verärgerte.«

»Sie haben sich also fünfzehn Jahre lang erpressen lassen?« fragte Letty ungläubig.

Diana biß sich auf die Unterlippe und senkte den Kopf. »In gewisser Weise. Und ich mußte auch Keith mit hineinziehen. Immer wenn er davon sprach, Echo Cove zu verlassen und in einer anderen Stadt ein neues Leben zu beginnen, sagte ich ihm, er müsse meinetwegen bei Copeland Marine bleiben. In Wahrheit hatte ich Angst davor, was Daddy tun könnte, wenn wir uns ihm widersetzen würden.«

Letty stand auf und ging auf Diana zu. »Und als Joel dann nach all den Jahren wieder auftauchte, glaubten Sie wirklich, er wäre gekommen, um Sie zu retten, nicht wahr?«

»Ich hoffte, daß Keith und ich endlich frei sein könnten, wenn Copeland Marine geschlossen würde. Wir hätten einen Grund gehabt, die Stadt zu verlassen und uns anderswo ein neues Leben aufzubauen. Ja, ich dachte, Joel würde mich endlich retten.« Diana brach in Tränen aus. »Aber jetzt läuft alles schief. Keith ist in Gefahr.«

»Haben Sie mit Ihrem Mann darüber gesprochen?«

»Ich habe es versucht, aber er will nicht auf mich hören. Er behauptet, er hätte alles im Griff.«

Letty zögerte kurz. »Ich werde mit Joel reden«, erklärte sie dann. »Er muß in Betracht ziehen, daß es zu Gewalttätigkeiten kommen könnte. Aber ich glaube, das ist momentan alles, was zu tun möglich ist. Sie haben die beiden ja gesehen – sie brennen darauf, die neuen Pläne in die Tat umzusetzen. Es ist unwahrscheinlich, daß sie sich von uns beeinflussen lassen, nur weil wir unbestimmte Befürchtungen haben.«

»Ich weiß«, erwiderte Diana. »Allmählich fühle ich mich wie Kassandra – ich versuche jeden zu warnen, aber keiner will auf mich hören.«

»Worüber hast du mit Diana gesprochen, nachdem ihr das Restaurant verlassen hattet?« fragte Joel eine Stunde später, während er die Tür zu Lettys Wohnung öffnete.

»Über ihren Vater.« Letty ging ins Wohnzimmer und ließ ihren Mantel auf die Sofalehne fallen. Dann setzte sie sich. »Sie hat Angst vor ihm.«

»Unsinn. Er hat ihr immer alles gegeben, was sie wollte.« Joel ging in die Küche und öffnete den Schrank. »Sie hat keine Angst vor ihm, sondern vor den Veränderungen, die auf sie zukommen, wenn ihr Vater in Echo Cove nicht mehr die erste Geige spielt.«

Letty schlüpfte aus den hochhackigen Schuhen. »Nein, das stimmt nicht. Diana befürchtet, Keith könnte etwas zustoßen. Sie sagt, daß sie seit dem Tag, an dem ihr Vater euch in der Scheune überraschte, Angst vor seinen Wutausbrüchen hat.« Letty beobachtete Joel, wie er zwei Gläser mit Whisky zum Tisch trug. »Hat Copeland an diesem Nachmittag versucht, dich umzubringen?«

Joel zuckte die Schultern. »Wenn er meinen Kopf mit dem schweren Holzprügel getroffen hätte, wäre ich wohl nicht mehr am Leben.«

»Meine Güte«, flüsterte Letty.

»Kein Grund zur Aufregung. Das ist immerhin fünfzehn Jahre her. Du darfst nicht vergessen, daß er mich haßte, weil ich es gewagt hatte, seine kostbare Tochter zu berühren. Gegen Escott hat er nichts. Keith erzählte mir heute abend, daß Copeland ihm seinerzeit Diana vorgestellt und sogar die Heiratspläne der beiden unterstützt hat.«

Letty seufzte. »Ich mache mir Sorgen, Joel. Hoffentlich geht nichts schief.«

Joel lächelte humorlos. »Das hoffe ich auch. Schließlich war das alles deine Idee, nicht wahr?«

Sie sah ihn erschrocken an. Joel hatte recht. Es war nur ihrer Initiative zuzuschreiben, daß Copeland Marine jetzt gerettet werden sollte. »Meine Güte...«

»Willkommen in der Realität, Fräulein Bibliothekarin. Ich habe dich gewarnt – du sitzt nicht mehr in deinem Elfenbeinturm in Iowa.«

»Indiana«, verbesserte sie ihn automatisch, aber ihre Gedanken kreisten bereits um die Folgen, die Keiths Plan haben könnte. Ihr war klar, daß sie dafür die Verantwortung trug.

In dieser Nacht war Letty diejenige, die um zwei Uhr morgens noch wach lag. Sie wälzte sich mit offenen Augen im Bett hin und her und fragte sich, ob sie vielleicht eine Grippe bekäme – weil sie sich plötzlich sehr schlecht fühlte.

Joel studierte mit gerunzelter Stirn das kurze Memo, das er von der Marketingabteilung bekommen hatte.

AN: Joel Blackstone
VON: C. Manford
BETR.: Werbekampagne für die neue Campingausrüstung.
Miß Thornquist hat uns mitgeteilt, daß ihr das Fotomodell nicht zusagt. Sie schlägt vor, neue Fotos mit Menschen zu machen, die wie Anfänger und nicht wie Experten aussehen. Sollen wir die Kampagne neu überarbeiten?

Joel fluchte leise. Er gab es nicht gern zu, aber Letty hatte recht. Sie hatte erkannt, was an der Werbekampagne nicht stimmte. Das Problem war, daß die Zeit knapp wurde. Die neuen Produkte sollten bereits in einigen Wochen zum Verkauf angeboten werden, also mußte man so rasch wie möglich eine Entscheidung treffen.

»Verdammt«, murmelte er. Letty schien für einige Dinge mehr Gespür zu haben als er. Von Anfang an hatte er sich mit der Zurschaustellung von Muskeln nicht recht anfreunden können. Rasch schrieb er Manford eine Notiz, daß er mit neuen Fotos einverstanden wäre – sie sollten möglichst viele Mütter mit Kindern zeigen.

Letty errang in der Firma einen Sieg nach dem anderen. Joel steckte nachdenklich das Memo in die Hauspost. Arthur Bigley stand hundertprozentig hinter ihr. Die Werbekampagne wurde auf ihre Anregung hin neu gestaltet, und die Gebrauchsanleitungen für die Zelte überarbeitete man bereits. Vor allem aber – Copeland Marine wurde nicht liquidiert.

Wenn er nicht vorsichtig war, würde er wohl eines Tages aufwachen und feststellen, daß Letty ihm die Zügel aus der Hand genommen hatte. Joel lächelte grimmig.

Eine halbe Stunde später meldete sich Mrs. Sedgewick über die Sprechanlage. »Miß Thornquist möchte Sie sprechen, Sir.«

Bevor Joel ihr sagen konnte, sie solle sie hereinschicken, flog die Tür auf, und Letty kam in das Büro gestürmt. Ihre Augen glänzten, und sie strahlte über das ganze Gesicht.

»Danke, Mr. Blackstone!« rief sie und schwenkte das Memo, das er unterzeichnet hatte. »Ich wußte, mein Vorschlag würde dir gefallen. Deine Entscheidung war richtig.« Sie schloß rasch die Tür und lief zu ihm. Dann beugte sie sich über ihn und küßte ihn heftig auf den Mund. »Weißt du, was mir an dir so gut gefällt, Joel Blackstone?«

»Daß ich ein guter Liebhaber bin?«

»Darum geht es jetzt nicht.« Ihre Augen funkelten belustigt. »Nein, ich mag es, daß du mir immer zuhörst. Selbst wenn du böse auf mich bist, schenkst du mir deine Aufmerksamkeit. Ich kann es kaum erwarten, mit der neuen Werbekampagne anzufangen.«

Sie wirbelte herum und rannte wieder zur Tür hinaus.

Joel lächelte, als er sah, daß ihre Bluse aus dem Rockbund gerutscht war, und machte sich wieder an die Arbeit.

Um halb zwölf riß ihn Mrs. Sedgewicks Stimme aus seinen Gedanken. »Ein Mr. Victor Copeland möchte Sie sprechen, Sir.«

Joel spürte, wie sein Puls schneller zu schlagen begann. Er hatte erwartet, daß Copeland ihn früher oder später aufsuchen würde – es war seine einzige Chance, zu verhandeln.

Jetzt war es soweit. Er konnte Copeland nach fünfzehn Jahren endlich den Gnadenstoß versetzen.

»Schicken Sie ihn herein, Mrs. Sedgewick.«

Victor Copeland wirkte merkwürdig fehl am Platz, als er Joels Büro betrat. In Echo Cove war er eine Respektsperson, aber hier in Seattle sah er aus wie einer der vielen dicken, gealterten Geschäftsleute, die sich in einen Anzug gezwängt hatten. Der Hemdkragen war zu eng für seinen speckigen Hals. In seinem feisten Gesicht spiegelten sich unterdrückter Zorn und Verzweiflung wider. Seine kleinen Augen glitzerten bösartig.

»Sieht aus, als hätten Sie einiges zustande gebracht, Blackstone.« Victor ließ sich schwerfällig auf einem Stuhl nieder und sah sich aufmerksam um. »Ich hätte nie gedacht, daß Sie es so weit bringen würden.«

»Ich kenne Ihre Meinung über mich, Copeland«, erwiderte Joel. »Aber das liegt viele Jahre zurück. Was wollen Sie heute von mir?«

Copeland kniff die Augen zusammen. »Ich werde es Ihnen leichtmachen. Ich gebe zu, daß ich damals einen Fehler begangen habe. Sie verfügen über Mumm – ich hätte Ihnen mein kleines Mädchen geben sollen. Copeland Marine wäre bei Ihnen in guten Händen gewesen.«

»Diese Einsicht kommt ein wenig zu spät, nicht wahr?«

»Der Meinung bin ich nicht.« Victor grinste. »Es gibt keinen Grund, warum wir nicht da weitermachen sollten, wo wir vor fünfzehn Jahren aufgehört haben.«

Joel gab sich keine Mühe, sein Erstaunen zu verbergen. »Was, zum Teufel, soll das heißen?«

»Ich bin zu einem Handel bereit, Blackstone. Sie lassen mir Copeland Marine, und ich gebe Ihnen dafür Diana.«

»Meine Güte.« Joel traute kaum seinen Ohren. »Sie wollen mir Diana geben?«

»Natürlich, warum nicht? Sie waren doch verrückt nach ihr und konnten die Finger nicht von ihr lassen.«

»Das ist schon sehr lange her, Copeland. Die Dinge haben sich geändert. Haben Sie vergessen, daß Diana mit einem anderen Mann verheiratet ist?«

Copeland schnaubte verächtlich. »Escott ist kein Problem. Diana kann sich scheiden lassen. Offen gesagt wäre ich froh, ihn endlich loszuwerden. Er liegt mir ständig mit seinen Verbesserungsvorschlägen in den Ohren. Seiner Meinung nach soll ich die altbewährten Verträge ändern und mir neue Lieferanten suchen. Er ist ein verdammter Narr. Ich habe einen Fehler gemacht, als ich ihn mit Diana zusammenbrachte, auch das muß ich zugeben.«

»Sie haben in den vergangenen Jahren einige Fehler gemacht, Copeland.« Joel lächelte grimmig. »Der größte war, Dad wegen mir zu entlassen.«

Copeland zuckte zusammen, dann lief sein Gesicht dunkelrot an. »Es war Ihre Schuld, Sie verdammter Mistkerl. Wenn Sie meine Diana in Ruhe gelassen hätten, wäre ich nie auf die Idee gekommen, Ihren Pa zu feuern.«

Alles deine Schuld. Joel versuchte, die Erinnerung zu verdrängen, aber er sah wieder seinen Vater vor sich, wie er ihn durch die Scheibe des Wagens anschrie. *Alles deine Schuld!*

Er atmete tief durch, wie er es beim Laufen immer tat, und zwang sich, daran zu denken, daß bald alles vorüber sein würde.

»Ich kann verstehen, daß Sie wütend auf mich waren.« Joel legte die Hände auf den Schreibtisch und beugte sich vor. »Aber Sie hatten kein Recht, meinen Dad für etwas zu bestrafen, was ich getan habe.«

»Verdammt, das ist jetzt fünfzehn Jahre her. Ich war stinksauer. Jeder in Echo Cove weiß, daß es besser ist, mich nicht wütend zu machen. Nur Sie anscheinend nicht.«

Joel zuckte die Schultern. »Es wird Sie freuen zu hören, daß das Management von Thornquist Gear beschlossen hat, Copeland Marine noch achtzehn Monate Zeit zu geben, um aus den roten Zahlen zu kommen.«

In Copelands Augen erschien zuerst ein Ausdruck der Erleichterung, dann lächelte er triumphierend. »Ich wußte, daß ihr es euch doch noch überlegen würdet. Das war die Entscheidung der kleinen Miß, nicht wahr? Sie wollte nicht zulassen, daß Copeland Marine geschlossen wird, weil ihr klar ist, was dann mit Echo Cove geschehen würde.«

Endlich, dachte Joel. Das war der Moment, auf den er so lange gewartet hatte. Seltsamerweise verspürte er aber keine Befriedigung, sondern nur eine gewisse Neugier. Er fühlte sich eher wie ein außenstehender Beobachter.

»Freuen Sie sich nicht zu früh, Copeland. Der Aufschub gilt nur für die Firma, aber nicht für Sie.«

»Zum Teufel, was meinen Sie damit? Niemand außer mir kann das Unternehmen leiten – das wissen Sie verdammt gut. Copeland Marine gehört mir.«

»Nicht mehr. Von heute an sind Sie nicht mehr der Chef der Firma. Als Besitzer der Hauptanteile verfüge ich, daß Sie das Gelände von Copeland Marine nicht mehr betreten, bis ich es Ihnen gestatte.«

Copeland starrte ihn mit offenem Mund an. »Was wollen Sie damit sagen, Sie Mistkerl? Denken Sie, Sie könnten mein Unternehmen von hier leiten?«

»Nein. Ich werde Ihren Schwiegersohn damit beauftragen. Escott wird noch heute nachmittag offiziell das Management übernehmen. Sie sind ab sofort nicht mehr zuständig.«

»Escott? Dieser verweichlichte Schwächling? Copeland Marine ist meine Firma – Sie können sie ihm nicht übergeben!« Copeland sprang auf und ballte die Hände zu Fäusten. »Niemand wird mir Copeland Marine wegnehmen. Haben Sie das verstanden, Blackstone? Niemand!«

Joel stand langsam auf. Er spürte, wie erregt Copeland war, und hoffte beinahe, er würde auf ihn losgehen.

»Niemand!« wiederholte Copeland und fegte mit einer Handbewegung einige Akten, den Ablagekorb und die Lampe von Joels Schreibtisch. »Das können Sie mir nicht antun!«

Joel lächelte freudlos. »Warum regen Sie sich so auf, Copeland? Ich mache mit Ihnen nur, was Sie vor Jahren mit meinem Vater getan haben. Ich feuere Sie. Das ist doch keine große Sache. Sie finden sicher einen neuen Job.«

»Verdammter Bastard.« Copeland bückte sich und hob die Lampe auf. Dann schwang er sie über dem Kopf, wie er es damals mit dem Holzprügel getan hatte.

»Wie in alten Zeiten, nicht wahr, Copeland?« sagte Joel herausfordernd. »Also los. Versuchen Sie es. Geben Sie mir eine Gelegenheit, Sie fertigzumachen.«

Copeland hob den Arm und holte zum Schlag aus. »Mistkerl!«

In diesem Moment wurde die Tür geöffnet.

»Entschuldigung«, sagte Philip Dixon ruhig. »Ich wollte nicht stören.« Er sah von Joel zu Copeland und hob die Augenbrauen. »Hallo, Mr. Copeland. Versuchen Sie etwa auf diese Weise, Ihre Firma in letzter Minute zu retten? Leider muß ich Ihnen sagen, daß Blackstone recht hatte. Die einzige Möglichkeit besteht darin, Copeland Marine zu liquidieren. Ich habe einige vergleichbare Fälle genau studiert und bin zu dem Entschluß gekommen, daß wir den Tatsachen ins Auge sehen müssen.«

Copeland starrte Philip einen Augenblick an, dann schleuderte er zornig die Lampe auf den Boden und stürmte wortlos aus dem Büro.

Joel sah ihm nach und wandte sich dann Philip zu. »Sie sind genau zum richtigen Zeitpunkt erschienen, Dixon.«

»Copeland wirkte sehr aufgebracht.«

»Ja, so kann man es wohl nennen.« Joel drehte sich um, als Mrs. Sedgewick erschien und unsicher an der Tür stehen blieb. »Rufen Sie Escott im Hotel an und sagen Sie ihm, ich möchte ihn sofort sprechen. Dann holen Sie jemanden, der hier Ordnung schafft.«

»Ja, Sir.« Mrs. Sedgewicks Stimme klang ungewöhnlich gedämpft.

Philip räusperte sich laut. »Ich habe Sie aufgesucht, um mit Ihnen die Details wegen der Liquidierung von Copeland Marine zu besprechen – das heißt, meine Vorschläge dazu umzusetzen.«

Joel stützte sich mit den Händen auf den Schreibtisch und beugte sich nach vorne. »Ich bin momentan nicht sehr gut aufgelegt, Dixon. Im Augenblick könnte ich es nicht ertragen, einen Ihrer Vorträge über Management zu hören. Verschwinden Sie von hier – und zwar sofort!«

Philip setzte eine beleidigte Miene auf. »Nun, wenn Sie jetzt keine Zeit für mich haben, komme ich später wieder.«

»Sparen Sie sich die Mühe.«

Philip ließ sich nicht zu einer Antwort herab, sondern verließ das Büro und schloß leise die Tür hinter sich. Joel atmete tief durch, bevor er sich setzte.

Es war vorbei. Nach all den Jahren hatte er sich endlich gerächt.

Eigentlich sollte er jetzt triumphieren und ein Gefühl der Erleichterung empfinden. Merkwürdigerweise dachte er im Moment aber nur an die Sicherheit von Copeland Marine und der Angestellten dort. Victor hatte gefährlich ausgesehen.

Mrs. Sedgewick meldete sich über die Sprechanlage. »Mr. Escott auf Leitung zwei, Sir.«

Joel griff rasch nach dem Hörer. »Escott?«

»Ja. Was ist los? Gibt es Probleme?«

»Copeland war soeben hier. Ich habe ihn informiert.«

»Wie hat er es aufgenommen?« fragte Keith gespannt.

»Er ist verdammt wütend. Ich glaube, das gibt Ärger.«

»Das dachte ich mir. Haben Sie eine Ahnung, was er vorhat?«

»Ich befürchte, er ist der Auffassung, daß niemand außer ihm Copeland Marine besitzen sollte.« Joel starrte nachdenklich aus dem Fenster.

»Glauben Sie, er wäre fähig, den Betrieb in Brand zu stecken?« fragte Keith.

»Ich bin mir nicht sicher, ob er es fertigbringen würde, sein Eigentum zu vernichten, aber er ist unberechenbar, wenn er so zornig ist. Das habe ich bereits erlebt.«

»Ich weiß, was Sie meinen«, erwiderte Keith ruhig. »Ich kenne seine Wutanfälle. Einmal ist er auf einen seiner Angestellten losgegangen. Wir mußten ihn zu dritt zurückhalten. Es dauerte eine Weile, bis er wieder bei Verstand war.«

»Hören Sie zu, Escott. Ab sofort sind Sie für das Unternehmen verantwortlich.«

»In Ordnung. Vielleicht sollte ich mich besser auf den Weg nach Echo Cove machen und dafür sorgen, daß Copeland nichts anstellt.«

»Ja, das wäre wohl das Beste.« Joel rieb sich nachdenklich den Nacken. »Lassen Sie außerdem für die nächsten

Tage das Firmengelände rund um die Uhr bewachen. Wir sollten kein Risiko eingehen.«

Keith schwieg einen Moment. »Ich werde mich darum kümmern«, versprach er dann.

»Meine Sekretärin kann Ihnen den Namen einer Bewachungsfirma geben. Ich habe sie schon einige Male beauftragt, als wir hier Diebstähle verzeichnen mußten. Setzen Sie sich schnellstens mit den Leuten in Verbindung und lassen Sie sich so viel Männer zur Verfügung stellen wie nötig.«

»Alles klar. Hören Sie, Blackstone...«

»Ja?«

»Diana bleibt hier im Hotel«, erklärte Keith leise. »Ihr Vater weiß nicht, wo sie sich befindet. Ich habe niemandem verraten, wo wir wohnen. Bis die Sache geklärt ist, sollte sie nicht in die Nähe von Echo Cove kommen. Außerdem möchte ich nicht, daß sie Einzelheiten erfährt. Sie würde sonst außer sich geraten.«

»Sie ist Ihre Frau, Escott. Es bleibt Ihnen überlassen, was Sie ihr erzählen. Aber verhindern Sie, daß Copeland die Firma in Brand steckt.«

»Ich mache mich sofort auf den Weg.« Keiths Stimme klang kühl und bestimmt. »Blackstone?«

»Ja?«

»Danke. Sie werden das nicht bereuen.«

»Das hoffe ich.«

Als Joel den Hörer auf die Gabel legte, war ihm klar, daß Keith die Firma bereits als sein Eigentum betrachtete.

Er trommelte nervös mit den Fingern auf den Tisch. Am Abend zuvor hatte er Letty gewarnt, daß die Sache äußerst unangenehm werden könnte. Er hatte von Anfang an gewußt, daß Victor Copeland sein Unternehmen nicht kampflos aufgeben würde. Als er den Plan gefaßt hatte, die Firma zu liquidieren, hatte er das bewußt in Kauf genommen. Allerdings hatte er angenommen, daß Copeland, falls er die Kontrolle über sich verlieren sollte, nur ihn angreifen würde. Mittlerweile waren aber einige andere Menschen beteiligt.

Joel wurde immer unruhiger. So fühlte er sich normalerweise nur, wenn er in der Nacht aufwachte und nicht mehr einschlafen konnte.

Einen Augenblick dachte er daran, sich umzuziehen und am Hafen entlangzulaufen, aber dann wurde ihm klar, daß er lieber mit Letty sprechen wollte.

Letty verstand es, ihm Dinge begreiflich zu machen. Sie konnte ihm helfen, Motive menschlichen Verhaltens zu verstehen, die er sonst falsch interpretierte oder ignorierte.

Joel lehnte sich nach vorne und drückte den Knopf der Sprechanlage. »Mrs. Sedgewick, stellen Sie mich bitte zu Miß Thornquist durch.«

»Ja, Sir.«

Einige Sekunden später meldete sich Arthur Bigley. Seine Stimme klang ungewöhnlich selbstbewußt.

»Hier ist Miß Thornquists Assistent, Sir. Leider muß ich Ihnen mitteilen, daß Miß Thornquist nicht zu sprechen ist. Sie hat gerade das Büro verlassen, um mit Professor Dixon essen zu gehen.«

17

»Ich habe bereits Kontakt mit Dr. Sweetley aufgenommen und sie über dein Problem informiert, Letty. Du hast am Montag nachmittag einen Termin bei ihr. Ich bin sicher, du wirst sie mögen. Sie macht einen sehr kompetenten Eindruck.« Philip betrachtete kritisch den gegrillten Lachs, den der Ober ihm serviert hatte. »Wir haben Glück, daß sie bereit ist, dich so kurzfristig zu empfangen.«

Letty schob den Teller mit gebratenen Austern und Pommes frites zur Seite, stützte ihre Arme auf den Tisch und legte das Kinn in die Hände. »Du bist wirklich unglaublich, Philip.«

Er lächelte. »Danke, meine Liebe. Endlich klingst du wieder wie du selbst. Natürlich verstehe ich, warum du mir in letzter Zeit ausgewichen bist.«

»Tatsächlich?«

»Ja. Dr. Sweetley hat mir erklärt, daß du jetzt selbstverständlich unserer Beziehung mit sehr gemischten Gefühlen gegenüberstehst.«

Letty schüttelte den Kopf. »Das trifft es wohl nicht ganz. Wenn du möchtest, kann ich dir meine Empfindungen aber genau erklären.«

»Nicht nötig.« Philip zerlegte vorsichtig den Fisch auf seinem Teller und suchte nach Gräten. »Dr. Sweetley meint, du hättest in unserer Beziehung an starken Minderwertigkeitsgefühlen gelitten, weil du keinen Orgasmus bekommen konntest.«

»Philip, bitte! Nicht so laut.« Letty spürte, wie ihr das Blut in den Kopf schoß, und sah sich verlegen um.

Sie hatte seine Einladung zum Essen angenommen, ohne lang darüber nachzudenken. Als er in ihrem Büro erschienen war und energisch ein Gespräch unter vier Augen gefordert hatte, war ihr klar geworden, daß es an der Zeit war, ihm endlich beizubringen, daß ihre Beziehung ein Ende gefunden hatte.

Außerdem mußte sie dafür sorgen, daß Philip sich von Thornquist Gear fernhielt, bevor Joel die Geduld verlor. Letty befürchtete, daß die Szene vor dem Aufzug nur der Auftakt gewesen war – niemand wußte, wie Joel reagieren würde, wenn Philip ihn das nächstemal zur Weißglut brachte.

Philip ließ sich das Mittagessen mit ihr einiges kosten. Das Restaurant war modern mit Art déco Möbeln in Pink, Grün und Schwarz eingerichtet und lag direkt am Pike Place Market, wo sich Touristen und Geschäftsleute tummelten. Letty fragte sich, wie Philip das Lokal entdeckt hatte. Vielleicht hatte Dr. Sweetley es ihm empfohlen?

»Dr. Sweetley denkt, daß du zweifellos bestimmte Ängste hast und deshalb vor dir selbst nicht zugibst, daß du unfähig bist, deinen Sexualpartner zu befriedigen.«

»Ach ja?«

»Nun, sie meint, du würdest deine Probleme deswegen auf etwas anderes projizieren und eine bestimmte Form der Sublimierung praktizieren. Ich persönlich bin der Meinung, daß die Leitung von Thornquist Gear dein Ersatz für Sex geworden ist.«

»Was würdest du sagen, wenn ich dir erklärte, daß ich keinen Ersatz brauche? Daß ich genug Sex bekomme?«

Philip warf ihr einen besorgten Blick zu. »Dr. Sweetley hat mich davor gewarnt, daß du behaupten könntest, in einer neuen Beziehung sehr glücklich zu sein. Damit willst du deine feindseligen Gefühle mir gegenüber zum Ausdruck bringen. Es ist nicht nötig, daß du dir so etwas einfallen läßt, meine Liebe. Alles wird wieder gut.«

Letty biß die Zähne zusammen. »Fangen wir noch einmal von vorne an, Philip. Ich werde versuchen, mich kurz zu fassen und verständlich auszudrücken. Unsere Verlobung ist gelöst, und ich denke nicht daran, es noch einmal mit dir zu versuchen. Ich will dich nicht heiraten, und ich möchte auch nicht, daß du mir bei der Leitung von Thornquist Gear hilfst. Dafür habe ich einen Geschäftsführer. Außerdem ...«

Philip hob die Hand. »Damit hast du einen wichtigen Punkt angeschnitten.« Er runzelte nachdenklich die Stirn, als er seine Gabel auf den Tisch legte. »Wir müssen Blackstone so schnell wie möglich loswerden. Die Art und Weise, wie er Copeland Marine übernehmen und liquidieren will, gefällt mir nicht.«

»Joel bleibt«, erklärte Letty.

»Das kann ich nicht zulassen. Meiner Meinung nach übt dieser Blackstone einen zu starken Einfluß auf dich aus.«

Bei dieser Bemerkung verlor Letty endgültig die Geduld. Es hatte anscheinend keinen Sinn, mit Philip vernünftig zu reden. Sie stand auf und stützte sich mit den Händen auf den Tisch. »Ich sagte, er bleibt. Er arbeitet für mich, und ich bin die Besitzerin von Thornquist Gear. Verstanden?«

Philip sah sie vorwurfsvoll an. »Jetzt wird mir klar, wie sehr du unter der Anspannung gelitten hast. Ich bin wirklich froh, daß ich einen Termin bei Dr. Sweetley für dich vereinbart habe.«

Letty starrte ihn ungläubig an. »Du hast mir wohl nicht zugehört, Philip. Eigentlich hast du das nie getan – außer wenn ich dir zustimmte. Joel ist da ganz anders. Selbst wenn er böse auf mich ist, achtet er auf meine Worte. Ich kann kaum glauben, daß ich jemals so dumm war, mich mit dir zu verloben.«

Philip verzog unwillig das Gesicht. »Meine Liebe, bitte versuche, dich wieder unter Kontrolle zu bringen.«

»Keine Sorge – mir geht es glänzend.« Letty hob ihren Teller in die Höhe und kippte die Austern und die Pommes frites über Philips Kopf, bevor er begriff, wie ihm geschah.

»Hast du den Verstand verloren, Letty?« Philip sprang auf und versuchte hastig, mit der Serviette seinen Anzug zu säubern.

»Eines möchte ich dir noch sagen, Philip Dixon. Ich bin heilfroh, daß die Studentin Gloria mit ihren scharlachroten Lippen aufgetaucht ist. Wenn sie nicht gewesen wäre, hätte ich wahrscheinlich noch länger gebraucht, um einzusehen, was für ein unerträglicher Idiot du bist.«

Letty griff nach ihrer Handtasche und ging rasch zur Tür. Kurz vor dem Ausgang stieß sie mit Joel zusammen. Er legte ihr den Arm um die Schulter und hielt sie fest.

»Schmeckt dir das Essen hier nicht?« erkundigte er sich höflich. »Oder eßt ihr in Illinois Austern immer auf diese Weise?«

»Indiana«, murmelte Letty und verbarg ihr Gesicht an seiner Brust. »Was tust du denn hier?«

»Ich habe dich gesucht, Chefin. Wir haben eine kleine Krise in der Firma zu bewältigen. Können wir gehen?«

»Natürlich«, flüsterte sie und hob den Kopf. Sie drehte sich nicht mehr um, hörte aber, wie einige Ober herbeigeeilt kamen, um Ordnung zu schaffen. »Nichts wie weg hier.«

Joel nahm ihren Arm und führte sie hinaus. Geschickt bahnte er sich den Weg durch die Menge am Pike Place Market, vorbei an einigen Fisch- und Gemüseständen, und blieb schließlich vor einer kleinen Imbißbude stehen.

»Was sollen wir hier?« fragte Letty überrascht.

»Wir werden eine Kleinigkeit essen. Du hattest ja keine Gelegenheit, deine Austern zu kosten.«

»Nein, aber ich habe keinen Hunger mehr.«

»Unsinn«, erklärte Joel bestimmt. »Eine Firmenbesitzerin muß bei Kräften bleiben.« Er wandte sich an die junge Bedienung auf der anderen Seite der Theke. »Zwei Sandwiches mit Gurke und Joghurtsauce, bitte.«

»Sofort.« Eine Minute später reichte sie Joel zwei dicke, in Papier eingewickelte Brote.

»Hier, iß.« Joel drückte Letty eines davon in die Hand.

»Er hat einen Termin für mich vereinbart«, erklärte Letty zornig, bevor sie kräftig in das Sandwich biß. »Kannst du dir das vorstellen?«

»Einen Termin? Wofür?«

»Für eine Therapiesitzung, um meine sexuellen Probleme zu lösen.«

Joel kaute genüßlich und funkelte sie belustigt an. »Du hast eigentlich keine Schwierigkeiten, was das betrifft.«

Letty errötete. »Ich weiß, aber als ich versuchte, ihm das zu erklären, ignorierte er mich einfach. Schon früher hat er mir nie richtig zugehört.«

»Hast du ihm die Austern und die Pommes frites über

den Kopf gekippt, weil er die Frechheit besessen hat, dich bei einem Arzt anzumelden?«

»Nein – aber weil er von mir verlangt hat, dich zu feuern. Er ist der Meinung, dein Einfluß auf mich würde immer größer.«

»Tatsächlich?« Joel grinste.

»Das ist nicht sehr witzig.« Letty schaute ihn wütend an. »Ich bin sehr betroffen.«

»Warum? Weil du Dixon den Laufpaß gegeben hast? An deiner Stelle würde ich mich darüber freuen.«

»Immerhin habe ich damit den einzigen Heiratsantrag abgelehnt, den ich in letzter Zeit bekommen habe«, entgegnete Letty hitzig. »Und das ist mir nicht sehr leicht gefallen.«

Joel verschluckte sich. »Heiratsantrag?« Er hustete und schnappte nach Luft.

Letty spürte ein unangenehmes Gefühl in der Magengegend. »Anscheinend ist dir der Gedanke an eine Ehe völlig fremd«, sagte sie steif. »Aber da, wo ich herkomme, ist es ganz normal, daß man heiratet, wenn man eine romantische Beziehung hat.«

»Hör zu, Liebling, ich wollte damit nicht sagen, daß eine Ehe für mich nicht in Frage kommt«, erwiderte Joel rasch und schob sich den letzten Bissen seines Sandwiches in den Mund. »Wenn du allerdings darauf anspielst, daß wir beide an Heirat denken sollten, muß ich etwas klarstellen.«

»Und das wäre?«

»Solange du Besitzerin von Thornquist Gear bist, kann ich dich nicht heiraten.«

Sie blieb abrupt stehen, ohne sich um die vielen Menschen um sie herum zu kümmern. »Warum nicht?«

»Verdammt, verstehst du das nicht? Jeder – selbst du – würde denken, ich hätte dich nur wegen der Firma geheiratet. Das habe ich dir schon einmal gesagt.«

Letty hob gedankenvoll die Augenbrauen. »Nein, ich würde das nicht glauben.«

»Mach dir doch nichts vor. Früher oder später käme dir

dieser Gedanke.« Joel warf das Einwickelpapier in einen Papierkorb und beschleunigte den Schritt.

Letty sah ein, daß es im Moment keinen Sinn hatte, weiter mit ihm darüber zu diskutieren. Immerhin hatte er nicht gesagt, er wolle sie nicht heiraten, weil er sie nicht liebe. »In Ordnung, vielleicht sollten wir das Thema ruhen lassen.«

»Allerdings. Das letzte Mal, als ich heiraten wollte, dachte jeder, ich wäre nur hinter einer Firma her. Diesen Vorwurf werde ich mir nie wieder machen lassen.«

»Ich verstehe«, sagte Letty traurig. Es ging also wieder um Diana. Sie bemühte sich, mit Joel Schritt zu halten, und spürte, wie sich ihr Magen zusammenkrampfte. Er stand anscheinend immer noch stark unter dem Einfluß der vergangenen Ereignisse. Sie fragte sich, welche Probleme sich noch daraus ergeben würden.

Schweigend gingen sie die First Avenue entlang, vorbei an einigen Pfandleihgeschäften, Theatern, Restaurants, Boutiquen und Galerien. Der Himmel hatte sich bewölkt, und es war kühl geworden.

»Joel?«

»Ja?«

»Du hast vorher eine Krise erwähnt. Worum geht es?«

Er warf ihr einen Seitenblick zu. »Copeland hat mich heute morgen aufgesucht.«

»Was? Davon habe ich nichts erfahren«, sagte Letty verblüfft.

»Dein Mr. Bigley hat wohl versagt«, bemerkte Joel kühl.

»Und was ist geschehen? Hast du ihm mitgeteilt, daß Keith ab sofort das Unternehmen leitet?«

»Ja. Daraufhin bekam er einen Wutanfall, schnappte sich eine Lampe und versuchte, mein Büro zu demolieren. Glücklicherweise tauchte Professor Dixon genau im richtigen Moment auf.«

»Meine Güte.«

»Ich habe sofort Escott informiert. Wir waren uns einig, daß er nach Echo Cove fahren sollte. Außerdem lassen wir Copeland Marine die nächsten Tage rund um die Uhr bewachen. Wer weiß, was Copeland noch anstellt, bevor er sich wieder beruhigt hat.«

»Ist Diana mit Keith gefahren?«

»Nein. Er wollte, daß sie in Seattle bleibt, weil er denkt, sie würde außer sich geraten, wenn sie von der Sache erfährt.«

Letty blieb wieder stehen. »Wir müssen uns um sie kümmern, Joel. Sie wird sich furchtbar aufregen und glauben, daß sich ihre Befürchtungen jetzt bestätigen.«

Joel verzog das Gesicht. »Das letzte, was ich mir im Augenblick wünsche, ist ein Gespräch mit Diana.«

»Dann werde ich zu ihr gehen. Das Hotel ist nicht weit von hier. Wir sehen uns dann im Büro.« Letty drehte sich um und wollte die Straße überqueren.

»Warte auf mich.« Joel lief ihr nach. »Wenn du unbedingt zu ihr willst, werde ich dich begleiten.«

Zehn Minuten später klopfte Letty an die Tür zu Dianas Zimmer. Sie öffnete sofort. Ihre Augen waren gerötet – offensichtlich hatte sie geweint. Ihr hübsches Gesicht wirkte schmal und verhärmt.

»Was wollen Sie?« fragte sie. »Haben Sie sich noch nicht genug in mein Leben eingemischt?«

»Ich weiß, daß Sie Angst haben«, erklärte Letty ruhig. »Machen Sie sich aber bitte keine Sorgen. Keith geht es gut. Er und Joel haben alles unter Kontrolle, nicht wahr, Joel?«

»Natürlich. Kein Problem«, erwiderte Joel ruhig und folgte Letty in das Hotelzimmer. Zögernd blieb er neben der Tür stehen – man sah ihm an, daß er den Raum so schnell wie möglich wieder verlassen wollte.

»Keith erzählte mir, daß Daddy Bescheid weiß. Hast du ihm gesagt, daß er Copeland Marine nicht länger leitet?« Diana wandte sich an Joel.

»Ja.«

»O Gott.« Diana setzte sich in einen Stuhl am Fenster, faltete die Hände im Schoß und sah hinaus. »Du begreifst nicht, was du damit angestellt hast, Joel. Ich werde dir das niemals verzeihen. Niemals, hörst du? Bis an mein Lebensende werde ich dich dafür hassen.«

Lettys Mitleid verflog. »Hören Sie auf damit, Diana«, sagte sie wütend. »Joel kann nichts dafür – das wissen Sie doch. Keith hat uns den Vorschlag unterbreitet, Copeland Marine zu übernehmen. Ihr Ehemann hat die Sache eingefädelt – das sollten Sie nicht vergessen.«

Joel zuckte die Schultern. »Escott tut das nur für dich, Diana. Er ist bereit, für das Unternehmen zu kämpfen. Warum gibst du ihm keine Chance?«

Diana wandte sich abrupt um, Zorn und Verzweiflung in den Augen. »Hast du die Vergangenheit bereits vergessen, Joel Blackstone? Das letzte Mal, als ein Mann versuchte, gegen den Willen meines Dads etwas für mich zu tun, ist dabei jemand ums Leben gekommen.«

Plötzlich war es ganz still in dem Zimmer. Letty bemerkte, daß Joels Miene äußerst angespannt wirkte.

»Was redest du da, Diana?« Er ging auf sie zu, packte sie an den Schultern und zog sie hoch. »Was meinst du damit?«

»Nichts«, keuchte sie erschrocken. »Ich wollte dich nur an die Vergangenheit erinnern.«

»Das ist nicht nötig«, sagte Joel gefährlich leise. »Mein Vater starb, als sein Wagen über eine Klippe stürzte. Zumindest wurde das behauptet. Weißt du etwas darüber, Diana? Dann solltest du es mir jetzt sagen.«

»Nein.« Dianas Lippen zitterten. »Ich weiß nur, daß dein Vater wegen uns sterben mußte.«

Letty trat einen Schritt vor. »Hört endlich auf damit. Ich will kein Wort mehr darüber hören. Ich habe dir bereits gesagt, daß du keine Schuld am Tod deines Vaters trägst, Joel. Er hatte einen schrecklichen Unfall, aber dafür kannst du nichts. Verstanden?«

Joel bemühte sich, seine Selbstbeherrschung wiederzuerlangen. Dann drehte er sich ohne ein weiteres Wort um und ging zur Tür.

»Sie können sich jetzt entscheiden, Diana«, erklärte Letty. »Auch vor fünfzehn Jahren hatten Sie die Wahl. Betrachten Sie es als Glücksfall – nur wenige Menschen bekommen eine zweite Chance.«

Diana sah sie verständnislos an. »Was meinen Sie damit?«

»Das ist sehr einfach. Zum zweiten Mal in Ihrem Leben haben Sie einen Mann gefunden, der bereit ist, Sie vor Ihrem Vater zu retten. Werden Sie Keith helfen – oder sich lieber wieder verkriechen, wie Sie es schon einmal getan haben? Denken Sie gründlich darüber nach.«

Ohne eine Antwort abzuwarten, ging Letty zur Tür und schob dabei ihre Brille zurecht. »Können wir gehen?« fragte sie Joel.

»Das wollte ich dir schon vor zehn Minuten vorschlagen.« Joel warf Diana noch einen Blick zu, bevor er Letty auf den Gang hinaus folgte. »Du solltest Keith ein wenig mehr Vertrauen entgegenbringen. Er braucht deine Unterstützung. Ich glaube, Letty hat recht – er wird mit deinem Vater fertig werden.«

Als Joel die Tür hinter sich geschlossen hatte, hörte Letty, wie Diana zu schluchzen begann. Schweigend gingen sie zum Fahrstuhl.

»Letty?«

»Ja?« Sie drückte auf den Knopf.

»Ich bin froh, daß Diana es vor fünfzehn Jahren nicht zuließ, daß ich sie von ihrem Vater fortholte.«

Letty nickte kurz, spürte aber, wie sich ihre Stimmung ein wenig aufhellte.

Joel hielt ihr die Tür auf. »Weißt du, was mir an dir so gefällt?«

»Nein, sag es mir.«

»Du würdest deine Zeit nicht damit verschwenden, herumzusitzen, um auf einen Retter zu warten, und dann im letzten Moment kalte Füße bekommen. Du hast eine Menge Mut. Ihr Leute aus Indiana seid wohl hart im Nehmen.«

Letty zwinkerte. »Sagtest du Indiana?«

»Ja.«

»Dann habe ich mich doch nicht verhört.« Sie lächelte. »Ja, du hast recht. Wir aus Indiana können einiges aushalten.«

Zwei Stunden später betrat Letty die Toilette im dritten Stock. Sie hatte soeben mit Cal Manford von der Marketingabteilung gesprochen und war sehr erfreut, daß ihre Vorschläge für die neue Werbekampagne großen Anklang gefunden hatten. In einer der Kabinen dachte sie über das Gespräch mit Diana nach, als sie hörte, wie die äußere Tür geöffnet wurde und zwei junge Frauen hereinkamen.

Eine von ihnen kicherte belustigt. »Bist du sicher?«

»Beth hat mir erzählt, daß sie in den letzten Tagen immer gemeinsam in der Firma auftauchten«, erwiderte die andere. Letty konnte sehen, daß sie hochhackige rote Schuhe trug. »Sie kamen beide von der First Avenue – wahrscheinlich aus ihrer Wohnung. Beth hat gehört, daß Miß Thornquist dort ein Apartment gemietet hat.«

»Dann wird es wohl stimmen. Die beiden schlafen miteinander. Wer hätte das gedacht? Sie sieht nicht so aus, als wäre sie sein Typ. Ich meine, wer hätte geglaubt, daß er sich einmal mit einer ehemaligen Bibliothekarin abgeben würde?«

»Roger von der Buchhaltung sagt, sie sei sehr attraktiv«, erwiderte die Frau mit den roten Schuhen. »Und Arthur Bigley ist überzeugt davon, daß sie wahre Wunder vollbringen kann.«

»Trotzdem ist es merkwürdig. Blackstone hat sich noch nie mit einer Angestellten eingelassen. Dabei gibt es einige hier, die nichts dagegen hätten, mit ihm an einem ungestörten Ort ein Zelt aufzubauen.«

»Miß Thornquist ist eben keine Angestellte«, wandte die andere ein.

»Du hast recht. Der Geschäftsführer schläft also mit der Inhaberin der Firma. Sehr interessant.«

»Vielleicht will sich Blackstone auf diese Weise die Kontrolle über das Unternehmen sichern«, sagte die Frau mit den roten Schuhen nachdenklich.

Letty wartete, bis die beiden die Toilette verlassen hatten. Dann wusch sie sich eilig die Hände und vergewisserte sich, daß der Gang leer war, bevor sie hinaustrat.

Es war ihr zu peinlich, den Fahrstuhl zu benutzen, also lief sie die Treppe zum vierten Stock hinauf.

Oben angekommen, schnappte sie nach Luft und errötete, als eine Sekretärin sie respektvoll grüßte.

Bestimmt weiß die es auch schon, dachte sie peinlich berührt. Alle wissen Bescheid.

Ohne zu überlegen, eilte sie zu Joels Büro. Glücklicherweise war Mrs. Sedgewick nicht im Vorzimmer. Sie klopfte rasch an seine Tür und stürmte hinein, ohne eine Antwort abzuwarten.

Joel sah überrascht auf. »Was ist los mit dir? Alles in Ordnung?«

»Nein«, keuchte Letty. »Es ist etwas Schreckliches geschehen.«

»Was?« fragte Joel besorgt.

»Alle wissen es. Die ganze Belegschaft. Ich habe es gerade in der Toilette erfahren.«

»Das ist sicher der beste Ort für einen Informationsaustausch«, bemerkte Joel trocken. »Worum ging es denn?«

»Sie wissen Bescheid über uns.« Lettys Stimme klang unnatürlich hoch. »Sie wissen, daß wir eine Affäre haben. Die Sekretärinnen unterhalten sich bereits im Waschraum darüber.«

»Ach, das meinst du.« Joel entspannte sich und nahm die Akte wieder in die Hand, die er gerade studiert hatte. »Ich habe dir doch gesagt, daß wir es nicht lange verheimlichen können.«

Letty starrte ihn entgeistert an. »Meine Güte, Joel, das ist kein Scherz.« Sie lief zum Schreibtisch und legte die Hände auf seine Schultern. »Hör zu. Für mich ist das sehr peinlich und erniedrigend.«

Joel hob den Kopf. »Wirklich?«

»Aber ja. Dort, wo ich herkomme, tun wir so etwas nicht. Und wenn doch, dann läuft alles sehr diskret ab.«

»Aber wir waren diskret, Miß Thornquist.« Joel lächelte und schob den Stuhl zurück. Dann zog er Letty auf seinen Schoß. »Warum siehst du es nicht positiv? Jetzt gibt es keinen Grund mehr, etwas zu verheimlichen.«

Lettys Augen weiteten sich. »Ich befürchte, du verstehst den Ernst der Situation nicht. Hier geht es um die Moral in der Firma.«

»Um die Moral?« Joel küßte ihren Hals.

»Natürlich. Man wird sich das Maul über uns zerreißen.«

»Na und? Mich stört das nicht.« Er strich ihr zärtlich mit der Hand über die Hüfte.

»Hör auf damit, Joel. Ich versuche, ein ernsthaftes Gespräch mit dir zu führen.« Letty versuchte, seine Hand wegzuschieben.

»Sag, was du auf dem Herzen hast.« Joel ließ seine Finger unter ihren Rocksaum gleiten und küßte sie wieder auf den Nacken.

Letty versuchte verzweifelt, sich zu konzentrieren, aber wie immer, wenn Joel sie berührte, stieg Erregung in ihr auf. Als sie seine Hand an der Innenseite ihres Schenkels spürte, überlief sie ein Schauer. »Hier geht es um eine Krisensituation, Joel. Wir sollten uns überlegen, wie wir vorgehen wollen.«

»Gefällt dir meine Art der Problemlösung nicht, Miß Thornquist?« Er zupfte sanft an ihrem Slip und begann dann, sie mit kreisenden Bewegungen zu streicheln. »Das tut mir wirklich leid. Als dein Geschäftsführer bin ich doch verantwortlich für diese Dinge, und mir liegt viel daran, daß du mit meinen Leistungen zufrieden bist.«

»Du bist einfach unmöglich, Joel.« Letty spürte, daß sie immer erregter wurde. Unwillkürlich spreizte sie die Beine.

»Du solltest mehr Vertrauen zu mir haben, Chefin.« Seine Finger schoben ihr Höschen beiseite. »Du fühlst dich einfach fantastisch an, Liebling.« Er liebkoste mit der Zunge ihr Ohr. »Ich bin so wild nach dir, daß ich am liebsten gleich hier auf dem Schreibtisch...«

»Joel!«

»Ich glaube sogar, daß es als dein Geschäftsführer meine Pflicht ist, jetzt sofort etwas zu unternehmen.« Er stand auf und legte die Arme um sie.

Vor Lettys Augen entstand plötzlich wieder das Bild, das sie wochenlang verfolgt hatte, und mit einemmal wußte sie, wie sie sich davon befreien konnte.

»Warte einen Moment«, bat sie.

Joel ließ sich lächelnd auf den Stuhl zurücksinken. »Du verlierst wohl die Nerven, Miß Thornquist? Schade, aber ich bin sicher, wir können später den Faden wieder aufnehmen.«

»Nein, Joel.« Sie fuhr sich nervös mit der Zunge über die Lippen und warf rasch einen Blick zur Tür. »Ich habe eine andere Idee.«

Joel kniff neugierig die Augen zusammen. »Und die wäre?«

»Nun, es gibt da etwas, was ich ausprobieren möchte.«

»Hast du wieder einige Artikel gelesen?«

»Nein, das nicht.« Letty errötete. Ihr Puls begann zu rasen, als sie vor Joel niederkniete.

»Unglaublich«, murmelte Joel, als sie seinen Gürtel öffnete. »Du erstaunst mich, Miß Thornquist.«

»Mir geht es genauso.« Vorsichtig berührte sie die Schwellung, die sich durch seine Jeans abzeichnete. »Ist es so richtig?«

»So etwas Exotisches habe ich in meinem Büro noch nie erlebt«, erwiderte Joel heiser. »Du weißt ja, daß mir das Image der Firma immer sehr am Herzen lag.«

Letty war kurz davor, in nervöses Gekicher auszubrechen, als sie langsam den Reißverschluß seiner Jeans herunterzog. Dann umschloß sie mit den Fingern sein heißes, hartes Glied.

»Du bist sehr schön«, flüsterte sie, bevor sie sich über ihn beugte, um ihn mit der Zungenspitze zu streicheln.

Joel hielt den Atem an und vergrub seine Hand in ihrem Haar. »O Letty, das ist einfach herrlich. Ja, genau so. Ja...«

Als Letty seine Reaktion spürte, wurden ihre Liebkosungen immer kühner. Sie fühlte sich plötzlich wie die sinnlichste Frau der ganzen Welt, und das hatte sie Joel zu verdanken. Durch ihn hatte sie gelernt, welche Macht eine Frau ausüben konnte. Ein fantastisches Gefühl!

Sie beugte ihren Kopf noch tiefer über ihn, um ihm das Vergnügen zu schenken, das er ihr schon so oft verschafft hatte.

In diesem Moment flog ohne Vorwarnung die Tür auf. Letty erstarrte, als ihr bewußt wurde, daß sie von der Schwelle aus deutlich zu sehen war.

»Da sind Sie ja, Blackstone«, sagte Philip. »Ihre Sekretärin sitzt nicht an ihrem Schreibtisch, aber ich habe mir trotzdem erlaubt, hereinzukommen. Ich möchte einige wichtige Dinge mit Ihnen besprechen.« Philip verstummte plötzlich. »Meine Güte, Letty«, sagte er dann. Seine Stimme klang erstickt.

Joel strich beruhigend über Lettys Haar. »Gute Neuigkeiten, Dixon«, erklärte er heiser. »Sie braucht keine Therapie.«

18

»Weißt du was?« fragte Letty und spießte mit der Gabel einige der scharfgewürzten Glasnudeln mit Erdnüssen und Peperoni auf. »Ich denke, daß mich nach dem heutigen Ereignis in deinem Büro nichts mehr aus der Bahn werfen kann.«

Zum ersten Mal erwähnte sie den Vorfall.

Joel konnte ein Lächeln nicht unterdrücken. Jedesmal, wenn er an Dixons Gesichtsausdruck dachte, mußte er lachen. Sicher würde er sich auch in vierzig Jahren noch köstlich darüber amüsieren.

Sein Instinkt sagte ihm, daß Dixon in Zukunft wohl keine großen Schwierigkeiten mehr bereiten würde. Wahrscheinlich hatte er bereits den nächsten Flug zurück nach Indiana gebucht. Joel war heilfroh, ihn loszusein.

Sobald der Professor begriffen hatte, was sich da vor seinen Augen abspielte, war er eilig aus dem Büro geflüchtet. Joel hatte seinem Rivalen triumphierend nachgesehen.

Das Gefühl, daß er sich um Philip Dixon keine Sorgen mehr machen mußte, war beinahe so befriedigend gewesen wie Lettys Liebkosungen.

Leider hatte er weder das eine noch das andere länger auskosten können, denn Letty schien einen Schock erlitten zu haben.

Bedauernd hatte Joel seinen Reißverschluß hochgezogen und seine Chefin in ihr Büro begleitet. Dort hatte er dem äußerst besorgten Arthur Bigley erklärt, daß sich Miß Thornquist nicht gut fühle und ihn gebeten, Tee für sie aufzusetzen. Bestens gelaunt war er in sein Büro zurückgegangen.

Als er gegen halb fünf Uhr wieder nach Letty sah, fand er sie in die Unterlagen über die neue Werbekampagne vertieft. Sie wich seinem Blick aus, vermied es sorgfältig, den Vorfall zu erwähnen, und ließ sich nur widerstrebend davon überzeugen, daß es Zeit war, nach Hause zu gehen.

Joel führte sie in eine nahe gelegene Bar und bestellte ein Glas Weißwein für sie. Anschließend ging er mit ihr in ein Thai-Restaurant. Anscheinend war ihr gar nicht bewußt, daß sie das Gericht mit den schärfsten Gewürzen bestellte, das in dem Lokal zu haben war.

»Du solltest das nächste Mal die Tür abschließen, bevor du mich im Büro verführst«, empfahl Joel.

»Das wird nicht wieder vorkommen.« Letty rückte ihre Brille zurecht und warf ihm einen mißbilligenden Blick zu. »Allerdings glaube ich allmählich, daß ich mich durch diese kompromittierende Situation besser an den Gedanken gewöhnen kann, eine Affäre zu haben.«

Joel runzelte die Stirn. Der nachdenkliche Ausdruck in ihren Augen gefiel ihm nicht. »Tatsächlich? Ich hatte heute eher den Eindruck, daß du damit große Schwierigkeiten hast. Immerhin hast du von Heirat gesprochen.«

Letty zuckte die Schultern und sah auf ihr Nudelgericht. »Nun, du mußt verstehen, daß es mir ein wenig schwerfällt, mich über die altmodischen Anstandsregeln des Mittleren Westens hinwegzusetzen. Da, wo ich herkomme, glaubt man immer noch daran, daß man zuerst heiraten sollte, bevor man eine Familie gründet.«

»Eine Familie?« fragte Joel entsetzt. »Heißt das, du bist schwanger? Das kann doch nicht sein – wir waren vorsichtig.« Dann dachte er an das erste Mal in der Scheune und zuckte zusammen.

»Nein, ich erwarte kein Baby.« Sie lächelte. »Noch nicht.«

»Dann hör bitte auf, solche Andeutungen zu machen. Das könnte meinem Herz schaden.«

»Möchtest du denn keine Familie, Joel?«

Vor seinen Augen entstand ein Bild von Letty, die schwanger war und später einen Säugling im Arm hielt. Es war nicht das erste Mal, daß er sich das vorstellte, und wieder regten sich seltsame Gefühle in ihm. Am liebsten hätte er jetzt von Heirat gesprochen, aber solange Letty Thornquist Gear besaß, war das unmöglich.

»Doch«, erwiderte er. »Irgendwann möchte ich Kinder haben.«

»Du solltest damit nicht zu lange warten. Vielleicht wäre es am besten, wir würden uns bald darum kümmern. Was meinst du? Jetzt, wo ich mich an den Gedanken gewöhne, eine Affäre zu haben, brauchen wir vielleicht gar nicht zu heiraten. Immerhin sind wir hier an der Westküste – da sieht man die Dinge wohl etwas anders.«

Er sah sie aufgebracht an. »Wir werden keine Kinder in die Welt setzen, bevor wir verheiratet sind, und solange dir Thornquist Gear gehört, wird es keine Eheschließung geben. Das ist mein letztes Wort.«

Letty musterte ihn kühl. »Du verlangst also von mir, daß ich meine Erbschaft aufgebe, bevor du mich heiratest?«

»Nein, zum Teufel. Ich bitte dich nur, mir die Firma zu verkaufen. Du wirst einen fairen Preis dafür bekommen – die Summe wird höher sein als das, was du in zwanzig Jahren in deinem Beruf als Bibliothekarin verdienen kannst.«

»Das hört sich so an, als würde ich mir einen Ehemann kaufen wollen«, bemerkte sie stirnrunzelnd.

»Verflixt, das hat damit nichts zu tun!«

Letty biß sich gedankenvoll auf die Unterlippe. »Und was wäre, wenn du nach dieser Transaktion deine Meinung ändern würdest?«

»Meine Güte – wovon sprichst du überhaupt?«

»Es könnte ja sein, daß du mich doch nicht heiraten willst, sobald Thornquist Gear erst einmal dir gehört. Ich hätte dann keine Möglichkeit, dich dazu zu zwingen.« Sie schüttelte den Kopf. »Nein, das Risiko ist mir zu groß. Laß uns lieber bei einer Affäre bleiben. Ich habe mich bereits daran gewöhnt – eine solche Verbindung hat auch ihre Reize.«

»Du bist heute in einer seltsamen Stimmung, nicht wahr?«

»Es war auch ein außergewöhnlicher Tag. Zuerst kippe ich dem Mann, der mir einen ernstgemeinten Heiratsantrag gemacht hat, einen Teller Austern über den Kopf. Dann muß ich deine Ex-Freundin trösten, und schließlich ertappt man mich in einer äußerst peinlichen Situation in deinem Büro. Und jetzt sitze ich hier vor einem Nudelgericht, das so scharf gewürzt ist, daß jeden Moment der Teller in Flammen aufgehen könnte.«

»Ich habe dir schon öfter gesagt, daß du eben nicht mehr in Kansas bist.«

»Indiana.«

Joel lehnte sich schweigend zurück. Eigentlich hatte er damit gerechnet, daß Letty sich über kurz oder lang mit einer Affäre nicht zufriedengeben würde. Er hatte von Anfang an gespürt, daß ihr Verlangen nach wilder, verbotener Leidenschaft und Abenteuer nicht lange anhalten und daß sie dann von Heirat sprechen würde. Die alten Wertvorstellungen waren eben stärker.

Dabei war er doch fest entschlossen, Letty zu bitten, seine Frau zu werden. Ihm war nicht klar, wann dieser Gedanke zur Gewißheit geworden war, aber er war sich absolut sicher, daß er sie heiraten wollte. Aber zu seinen Bedingungen. Niemand sollte ihm vorwerfen können, er hätte sich Letty nur geangelt, um an Thornquist Gear heranzukommen.

Allerdings hatte er nicht damit gerechnet, daß Letty sich schließlich mit einer Affäre zufriedengeben würde und sogar in Erwägung zog, Kinder zu bekommen, ohne verheiratet zu sein. Er hatte das Gefühl, die Dinge entglitten ihm allmählich.

Als Letty aufgegessen hatte, schien sich ihre Stimmung gebessert zu haben. Joel zahlte die Rechnung und führte Letty hinaus. Als sie in die First Avenue einbogen, fiel ihm plötzlich etwas ein.

»Ich habe keine frischen Hemden mehr bei dir«, sagte er. »Wir müssen zuerst in meine Wohnung fahren.«

»In Ordnung«, stimmte Letty zu. »Das bringt mich auf einen interessanten Punkt. Wir sollten uns überlegen, ob es nicht wirtschaftlicher wäre, zusammenzuziehen. Wie denkst du darüber?«

»Aber du hast doch auf getrennten Wohnungen bestanden«, erwiderte Joel irritiert.

»Das war, bevor ich begriff, daß ich mich mit einer dauerhaften Affäre abfinden muß.«

»Deinem Vater wird das nicht gefallen, Letty. Er wird darauf dringen, daß wir unsere Verhältnisse bald regeln.«

»Nun, er wird sich mit den gegebenen Umständen anfreunden müssen, nicht wahr?«

»Aber er ist in dieser Beziehung ein wenig altmodisch«, wandte Joel ein. »Und du bist seine einzige Tochter. Er erwartet sicher, daß du früher oder später heiratest.«

»Wer weiß? Vielleicht werde ich das auch tun. Irgendwann.«

Sie nahmen einen Bus nach First Hill, wo Joel wohnte – es wäre zu umständlich gewesen, seinen Jeep aus Lettys Garage zu holen.

Als sie das Haus betraten, stellte Joel fest, daß er in den vergangenen Wochen sehr wenig Zeit in seinem Apartment verbracht hatte. Eigentlich betrachtete er inzwischen Lettys Wohnung als sein Zuhause. Vielleicht sollte er sich wirklich überlegen, seine Unterkunft aufzugeben.

Aber das würde Letty nur darin bestärken, daß die Vorzüge einer Ehe auch ohne Trauschein zu haben waren. Die Situation wurde allmählich immer komplizierter.

»Es wird nicht lange dauern«, erklärte er, als sie den Fahrstuhl verließen und zur Wohnungstür gingen. Er zog die Schlüssel aus der Hosentasche. »Ich muß noch einen Blick in den Kühlschrank werfen – wenn ich mich recht erinnere, steht eine Flasche Milch darin.«

»Die ist inzwischen sicher sauer geworden«, meinte Letty. »Nur gut, daß du keine Pflanzen hast, um die du dich kümmern mußt. Ich glaube, du solltest dir wirklich überlegen, zu mir zu ziehen. Es ist reine Geldverschwendung, diese Wohnung zu behalten. Außerdem ist die Aussicht bei mir schöner.«

»Ich werde darüber nachdenken«, murmelte Joel.

Als er den Schlüssel ins Schloß steckte, bemerkte er sofort, daß etwas nicht stimmte.

»Verdammt.«

Letty sah ihn betroffen an. »Was ist los?«

Joel zog den Schlüssel zurück und stieß die Tür auf. Sie ließ sich mit Leichtigkeit öffnen.

»Jemand hat das Schloß aufgebrochen. Wahrscheinlich wurde die Wohnung ausgeraubt. Verflixt, erst vor zwei Monaten habe ich mir neue Lautsprecher gekauft. Der Computer ist sicher auch verschwunden.«

Aufgebracht lief er ins Wohnzimmer und sah sofort, daß es sich um mehr als einen gewöhnlichen Einbruch handelte.

Das Zimmer sah aus, als wäre eine Bombe darin explodiert. Die Möbel waren umgestürzt, und die Kissen mit einem Messer aufgeschlitzt worden. Alle Bücher hatte jemand aus den Regalen gefegt, und die Lampen lagen zerbrochen am Boden.

Sämtliche Wertgegenstände waren noch da, aber systematisch zerstört. Die Lautsprecherboxen der Stereoanlage bestanden nur noch aus Trümmern und losen Kabeln.

»Meine Güte«, flüsterte Letty erschüttert.

Als er wortlos die anderen Zimmer der Wohnung betrat, blieb sie ihm dicht auf den Fersen. Seine Kleidung war aus dem Schrank gerissen und mit Farbe übergossen worden. Der Geruch erinnerte Joel an einen Bootshafen. Alle Lebensmittel aus dem Kühlschrank lagen auf dem Küchenboden, übergossen mit der sauren Milch. Joel zog angewidert die Nase kraus.

»Vandalen?« fragte Letty leise.

»Nein«, erwiderte Joel und dachte an die Farbe in seinem Schlafzimmer. »Victor Copeland. Er muß hier eingebrochen sein, nachdem er heute morgen mein Büro verlassen hat.«

»Woher wußte er deine Adresse?«

Joel schüttelte den Kopf. »Ich habe keine Ahnung, aber wahrscheinlich war es nicht sehr schwer, sie herauszufinden.«

»Er muß verrückt geworden sein.«

»Das glaube ich auch.« Joel dachte an den Ausdruck in Copelands Augen, als er ihn vor fünfzehn Jahren in der Scheune bedroht hatte. Victor hätte ihn damals ohne weiteres getötet, wenn es ihm gelungen wäre.

Rasch ging er zum Telefon und stellte erleichtert fest, daß der Anschluß noch funktionierte. Dann wählte er die Nummer von Copeland Marine.

Keith Escott meldete sich prompt.

»Ich dachte mir schon, daß Sie die Nacht in der Firma verbringen«, sagte Joel. »Hier ist Blackstone.«

»Was ist los?« fragte Keith beunruhigt.

»Es sieht so aus, als hätte Copeland durchgedreht. Er hat heute nachmittag meine Wohnung verwüstet.«

Keith seufzte. »Ich befürchte schon seit Monaten, daß es immer schlimmer mit ihm wird.«

»Diana hat große Angst vor ihm«, fuhr Joel fort. »Sie fürchtet sich davor, was er noch anrichten könnte, solange er so wütend ist.«

»Und außerdem glaubt sie, ich könne weder sie noch mich selbst vor ihm schützen«, sagte Keith müde.

»Sie hatte damals auch kein Vertrauen zu mir – vielleicht tröstet Sie das ein wenig«, erwiderte Joel leise. »Die Furcht vor ihrem Dad sitzt einfach zu tief. Jetzt müssen wir gemeinsam etwas gegen ihn unternehmen. Ich werde gleich die Polizei benachrichtigen und ihr meinen Verdacht mitteilen, wer die Verwüstung angerichtet hat. Allerdings können wir uns nicht darauf verlassen, daß die Beamten sofort etwas unternehmen. Wir haben leider keine Beweise.«

»Glauben Sie, er ist auf dem Weg hierher?«

»Die Möglichkeit besteht. Ist bei Ihnen alles in Ordnung?«

»Ja«, bestätigte Keith. »Zwei Männer stehen rund um die Uhr Wache. Und ich bleibe selbstverständlich auch hier.«

Joel drehte sich um und senkte die Stimme. »Haben Sie eine Waffe?«

»Was denken Sie denn? Kurz nachdem ich Diana heiratete und begriff, wie gefährlich mein Stiefvater werden kann, habe ich mir eine Automatik zugelegt.«

»Gut. Ich rufe Sie morgen früh wieder an. Sollte in der Nacht irgend etwas geschehen, können Sie mich in meinem Büro erreichen.«

»Verstanden.« Keith zögerte. »Ich werde Diana sagen, daß sie im Hotel bleiben soll. Meiner Meinung nach ist sie nicht in Gefahr. Copeland hat sie nie körperlich bedroht. Allerdings hat er ihre Mutter geschlagen – das hat sie mir einmal verraten.«

Joel bemerkte, daß Letty die Arme vor der Brust verschränkt hatte und ihn aufmerksam beobachtete. »Ich werde Letty ins Haus ihres Vaters schicken. Soll sie Diana mitnehmen?«

»Ja, bitte.« Keiths Stimme klang erleichtert. »Ich würde mich besser fühlen, wenn ich wüßte, daß sie nicht allein ist.«

»In Ordnung. Ich werde mich darum kümmern.«

»Blackstone?«

»Ja?«

»Wenn es mir gelingt, Copeland davon abzuhalten, das Unternehmen in Brand zu stecken, und wenn ich aus den roten Zahlen herauskomme, dann schulden Sie mir eine faire Vertragsverhandlung.«

Joel lächelte grimmig. »Einverstanden. Retten Sie Copeland Marine, und ich werde Ihnen die Firma zu einem sehr günstigen Preis verkaufen.«

Keith lachte leise. »Gut. Ich melde mich, falls sich hier etwas tun sollte.«

Joel legte auf und wandte sich an Letty. »Komm, mein Schatz. Wir müssen Diana abholen.«

»Ich werde nicht zulassen, daß du mich irgendwo unterbringst, während du versuchst, dich und Thornquist Gear vor einem Verrückten zu schützen«, erklärte sie bestimmt. »Das ist meine Firma – ich habe ein Recht darauf, sie gemeinsam mit dir zu verteidigen.«

»Kommt nicht in Frage. Schließlich habe ich Thornquist Gear in diese Situation gebracht, also werde ich auch Sorge dafür tragen, daß alles geregelt wird.« Joel zog sie am Arm aus der verwüsteten Wohnung in den Gang. »Du wirst dich heute nacht auf keinen Fall in der Firma oder in meiner Nähe aufhalten.«

Letty sah ihn ängstlich an. »Glaubst du denn, Copeland könnte versuchen, dir etwas anzutun?«

»Er hat in meiner Wohnung randaliert, und wir können nicht vorhersehen, was er als nächstes tut. Ich habe das Gefühl, daß er sich auf dem Weg nach Echo Cove befindet, aber vielleicht täusche ich mich. Wer weiß? Wie Escott bereits sagte – der Mann hat durchgedreht.«

»Bitte laß mich bei dir bleiben, Joel«, bat Letty.

»Nein.«

»Verdammt, ich bin die Besitzerin der Firma. Ich befehle dir, daß du mich mitnimmst.«

»Meine Antwort lautet nein, Letty.«

»Aber warum?«

»Das weißt du doch.« Er schob sie in den Fahrstuhl und drückte auf den Knopf. »Wir befinden uns nur in dieser Situation, weil ich die Übernahme von Copeland Marine in die Wege geleitet habe. Das alles hat nichts mit dir zu tun, und das soll auch so bleiben.«

Letty legte eine Hand auf seinen Arm. »Es ist nicht deine Schuld, Joel.«

»O doch.« Er funkelte sie zornig an. »Und deshalb lasse ich nicht zu, daß du in Gefahr gerätst. Escott und ich werden uns um Copeland kümmern, basta.«

»Aber...«

»Was ist los mit dir?« stieß er hervor. »Traust du mir nicht zu, daß ich mit der Angelegenheit fertig werde? Du hast Diana gesagt, sie sollte mehr Vertrauen zu Escott haben. Wie steht es mit dir? Glaubst du nicht an mich?«

Letty schwieg erschrocken. »In Ordnung«, sagte sie schließlich leise. »Ich werde zu Daddy fahren.«

Joel seufzte erleichtert. Eigentlich mochte er solche Taktiken nicht, aber im Moment ging es ihm nur darum, Letty in Sicherheit zu wissen.

Sie war immer noch ungewöhnlich schweigsam, als sie das Hotel erreichten, doch als Diana mit einem ängstlichen Gesichtsausdruck die Tür öffnete, versuchte Letty, sich zusammenzureißen.

Joel war erleichtert, daß Letty die Sache in die Hand nahm. Er nahm sich vor, sich später bei ihr zu bedanken und sich zu entschuldigen, daß er sie mehr oder weniger erpreßt hatte.

»Keith rief mich an«, sagte Diana zu Letty. »Er möchte, daß ich die Nacht in dem Haus Ihres Vaters verbringe. Ich wehrte mich zuerst dagegen, aber er bestand darauf. Meine Sachen sind bereits gepackt.«

Letty lächelte grimmig. »Ich befürchte, wir Frauen werden in ein Versteck abgeschoben, während die Männer sich mit den Bösewichtern herumschlagen.«

Diana warf Joel einen unsicheren Blick zu. »Ich glaube, meinem Vater geht es psychisch nicht sehr gut. Es tut mir alles so leid – ich weiß nicht mehr, was ich sagen soll.«

»Sie tragen daran keine Schuld, Diana«, erklärte Letty mit fester Stimme. »Kommen Sie. Wir sollten jetzt gehen.« Sie legte den Arm um Dianas Schultern und führte sie hinaus.

Joel nahm den eleganten Lederkoffer in die Hand und folgte den beiden.

Zwanzig Minuten später befanden sie sich bereits bei Morgan und Stephanie im Wohnzimmer. Joel erklärte rasch die Lage und war erleichtert, als Morgan seine Entscheidung spontan begrüßte.

»Letty und Diana bleiben mit Stephanie hier«, erklärte Morgan. »Ich werde mit Ihnen kommen, Joel, und in Thornquist Gear Nachtwache halten.«

Joel öffnete den Mund, um zu protestieren, sah aber dann an Morgans entschlossenem Gesichtsausdruck, daß es keinen Sinn hatte, diesem ehemaligen Farmer aus Indiana zu widersprechen. Alle logischen Argumente würden an seiner Entscheidung nichts ändern können.

Was soll's? dachte Joel. Der Mann würde immerhin eines Tages sein Schwiegervater werden.

»Einverstanden«, sagte er.

Joel war erleichtert, als niemand mehr irgendwelche Argumente vorbrachte. Letty begleitete ihn zum Wagen, während Morgan rasch ein paar Sachen in eine Reisetasche packte. Sie sah ihn ernst an.

»Ich möchte dir etwas sagen, Joel.«

Er lehnte sich gegen den Jeep und lächelte. »Hast du noch Befehle für deinen Geschäftsführer?«

Sie sah ihn mit aufrichtiger Besorgnis an. »Bitte sei vorsichtig.«

»Natürlich«, versprach er.

»Ich liebe dich, Joel, aber ich glaube, das weißt du schon.«

Einen Augenblick war er über dieses Eingeständnis sehr

überrascht. Dann machte sich ein warmes Gefühl in ihm breit und verdrängte die Anspannung, die er empfand, seit er die Verwüstung in seiner Wohnung gesehen hatte. Er streckte die Arme aus und zog Letty an sich.

»Verflixt, du hast dir wirklich einen guten Zeitpunkt ausgesucht, um mir das zu sagen. Du weißt, daß ich dich auch liebe, nicht wahr?«

»Nun, so direkt hast du dich dazu noch nicht geäußert«, bemerkte sie ein wenig spitz, aber ihre Augen leuchteten. »Allerdings habe ich es gehofft.«

»Dann vergiß es nie mehr.« Er küßte sie leidenschaftlich auf den Mund. Trotz der kalten Nachtluft fühlten sich ihre Lippen warm an. Joel stöhnte und zog sie enger an sich.

»Ich bin bereit!« rief Morgan, während er die Treppe herunterkam.

Letty trat einen Schritt zurück und schenkte Joel ein liebevolles Lächeln. »Bitte, paß auf dich auf.«

»Letty, ich...« Joel verstummte. Es gab so viel, was er ihr sagen wollte, aber dazu war jetzt nicht der richtige Zeitpunkt. »Selbstverständlich, Boß.«

Nach einer Stunde hatten sich Joel und Morgan im Büro eingerichtet. Neben Joel lag ein schnurloses Telefon. Am Eingang stand ein Wachmann, und das neue Sicherheitssystem, das im vorigen Jahr installiert worden war, hatten sie aktiviert und zweimal überprüft.

»Jetzt können wir nur noch warten«, bemerkte Morgan gelassen.

Joel lehnte sich zurück und legte die Füße auf den Schreibtisch. »Genau.«

»Spielen Sie Schach?« fragte Morgan.

»Ja, aber nicht sehr gut.«

»Wunderbar«, erwiderte Morgan erfreut. »Zufällig habe ich ein kleines Schachspiel bei mir. Wie wäre es mit einer Partie?«

»Haben Sie damit irgend etwas Bestimmtes im Sinn?« fragte Joel mißtrauisch.

Morgan setzte eine beleidigte Miene auf. »Aber nein,

ich wollte mir nur mit Ihnen die Zeit vertreiben. Natürlich würde ein kleiner Einsatz das Spiel interessanter machen.«

»Woran dachten Sie dabei?« Joel beobachtete, wie Morgan ein Miniaturset aus seiner Tasche holte.

»Da wird uns sicher noch etwas einfallen. Während ich die Figuren aufstelle, könnten wir uns ein wenig unterhalten.«

»Worüber?«

»Über das Verhältnis, das Sie mit meiner Tochter haben«, erklärte Morgan offen. »Ich möchte wissen, wann Sie sie heiraten werden.«

Joel seufzte. »Diese Frage habe ich erwartet. Bitte halten Sie sich aus dieser Sache heraus, Morgan.«

»Das kann ich nicht. Meine Einstellung verbietet mir, eine Affäre auf Dauer gutzuheißen.«

»Das kann ich mir denken.« Joel lächelte schwach. »Sie glauben immer noch an die Werte, die Sie im Mittleren Westen auf dem Land vermittelt bekamen. Daran kann auch Ihre Universitätsausbildung nichts ändern, oder?«

»So ist es.« Morgan lehnte sich in seinem Stuhl zurück. »Lettys Mutter wäre niemals damit einverstanden gewesen, und mir geht es ebenso.«

»Machen Sie sich keine Sorgen. Immerhin bin auch ich in einer Kleinstadt aufgewachsen.«

Morgan hob die buschigen Augenbrauen. »Und was soll das heißen?«

»Daß ich sie heiraten werde. Aber nicht sofort.«

»Darf ich fragen, warum Sie noch warten wollen?«

Joel sah ihn ruhig an. »Weil es vorher noch etwas zu klären gibt – es geht um Thornquist Gear.«

Morgan nickte verständnisvoll. »Sie befürchten, die Leute würden denken, Sie heirateten Letty nur wegen der Firma.«

»Ja. Wenn Letty sich endlich entschließt, mir das Unternehmen zu verkaufen, steht einer Eheschließung nichts mehr im Weg.«

»Ich verstehe. Dann bin ich ja gespannt, wie sich die Sache entwickelt.« Er beugte sich vor und nahm einen Bauer in die Hand. »Ich schlage als Spieleinsatz vor, daß Sie Letty bis spätestens zum Frühjahr heiraten, wenn Sie verlieren.«

Als Joel eineinhalb Stunden später schachmatt war, tat es ihm kein bißchen leid. Er hatte sowieso vor, Letty so bald wie nur möglich zu heiraten.

Gegen Mitternacht kroch Morgan in einen der Thornquist Gear Schlafsäcke, die Joel bringen hatte lassen. »Wollen Sie nicht auch ein paar Stunden schlafen?« fragte er Joel, der immer noch an seinem Schreibtisch saß.

»Vielleicht später. Ich werde noch einen Rundgang machen und mit dem Wachposten sprechen.«

»Er hat sich erst vor fünfzehn Minuten gemeldet. Alles ist ruhig. Wahrscheinlich wird es auch so bleiben. Sollte wirklich etwas geschehen, wird uns die Alarmanlage wecken.«

»Ich weiß, aber ich bin noch nicht müde.« Joel stand auf, zog eine Schublade auf und holte einen Revolver heraus. »In ein paar Minuten bin ich wieder da.«

»Seien Sie bloß vorsichtig mit dem Ding«, empfahl Morgan. »Schießen Sie sich nicht versehentlich in die Zehen.«

Joel schloß die Tür hinter sich und begann, das Gebäude Stockwerk für Stockwerk abzugehen.

Während er durch die stillen, verlassenen Büroräume schritt, dachte er darüber nach, wie er dieses Unternehmen aufgebaut hatte. Jeder Quadratmeter in diesem Haus trug seine Handschrift. Er hatte die Entscheidung getroffen, die Waren auch per Katalog anzubieten, und selbst die Anschaffung und Installierung der neuen Computeranlagen überwacht. Immer wenn das Warenspektrum erweitert wurde, hatte er die Pläne der Designer gründlich überprüft. Außerdem hatte er dafür gesorgt, daß eine neue Struktur des Managements Erfolg für die Firma garantierte.

Und nun stand plötzlich Thornquist Gear wie eine Mauer zwischen ihm und einer Zukunft mit Letty. Er mußte einen Weg finden, dieses Hindernis zu überwinden.

Um sechs Uhr morgens kam ein Anruf aus Echo Cove. Joel brühte gerade Kaffee auf und beobachtete den Sonnenaufgang über der Stadt, als das Telefon klingelte.

»Blackstone«, meldete er sich.

»Hier ist Escott.« Keith klang etwas außer Atem, aber in seiner Stimme lag Triumph. »Dieser Mistkerl hat tatsächlich versucht, auf dem Firmengelände Feuer zu legen. Vor zwanzig Minuten tauchte er hier auf.«

»Was ist passiert?«

»Den Wachposten und mir ist es gelungen, ihn aufzuhalten, aber dann ist er uns entwischt. Der Bastard hatte zwei Benzinkanister bei sich. Können Sie sich das vorstellen? Es war ihm völlig egal, was dann aus der Firma und der Stadt wird. Sie hatten recht: Er ist der Meinung, daß Copeland Marine nur ihm und sonst niemandem gehören darf.«

»Haben Sie die Polizei angerufen?«

»Natürlich. Die Cops sind schon unterwegs. Blackstone?«

»Ja?«

»Ich würde mich nicht darauf verlassen, daß sie ihn lange festhalten. Er ist immer noch *der* Victor Copeland, und Sie wissen, was das in dieser Stadt bedeutet.«

»Das ist mir klar.«

»Noch etwas, Blackstone«, sagte Keith langsam. »Der Kerl ist diesmal wirklich total ausgeflippt. So habe ich ihn noch nie erlebt. Ich habe keine Ahnung, was er jetzt vorhat. Sind Sie absolut sicher, daß Diana und Letty nicht in Gefahr sind?«

»Ich werde mich darum kümmern, Escott«, erwiderte Joel mit einem Blick auf Morgan, der gerade aus dem Schlafsack kroch.

»Gut. Sobald es Neuigkeiten gibt, rufe ich Sie wieder an.«

»In Ordnung.« Joel legte den Hörer auf die Gabel und wandte sich an Morgan. »Copeland hat versucht, die Firma in Brand zu stecken. Escott und die Wachleute konnten ihn davon abhalten, aber er ist entkommen. Keith macht sich Sorgen um Diana.«

»Und Sie haben Angst um Letty?«

Joel nickte. »Wir sollten die beiden irgendwo unterbringen, wo Copeland sie nicht suchen wird.«

»Wie wäre es mit unserem Ferienhaus?« schlug Morgan vor. »Sie könnten es in etwa eineinhalb Stunden erreichen. Und Copeland hat keine Ahnung, wo es liegt.«

Joel trommelte nervös mit den Fingern auf den Tisch. »Die Frage ist nur, ob Letty bereit sein wird, sich länger dort aufzuhalten.«

»Sie haben recht. Wir müssen Copeland so schnell wie möglich finden.«

19

»Vielleicht hättest du doch nicht mit uns kommen sollen, Stephanie.« Letty bog mit dem BMW ihres Vaters in die schmale, gewundene Straße ein, die am Flußbett entlang führte.

»Es war meine eigene Entscheidung«, erklärte Stephanie mit fester Stimme. »Morgan und Joel haben offensichtlich beschlossen, Räuber und Gendarm zu spielen. Ich hätte allein im Haus herumgesessen und hätte mich zu Tode gelangweilt. Außerdem hätte ich dann ohne dich in meine Kurse gehen müssen.«

Letty sah sie überrascht an. »Ich dachte, du hast mich nur mitgenommen, weil Dad es so wollte.«

Stephanie lächelte. »Ich gebe zu, daß das anfangs der Grund war. Gestern nachmittag ging ich allein zu einem Kurs, in dem man lernte, wie man Kleinkindern erfolgreich beibringt, aufs Töpfchen zu gehen. Da habe ich dich plötzlich vermißt – der Kurs war ohne dich nur halb so interessant. Ich stellte mir ständig vor, welch unpassende Kommentare du abgeben würdest – vor allem, als der Dozent über die richtige Sitzhaltung der Kinder auf dem Topf sprach.«

»Was war daran so komisch?«

»Er hat es höchstpersönlich vorgeführt.«

Letty kicherte. »Da hätte ich mir wahrscheinlich ein oder zwei Bemerkungen nicht verkneifen können. Aber hast du keine Angst, in deinem jetzigen Zustand die Stadt für ein paar Tage zu verlassen?«

»Ich habe beschlossen, endlich nicht mehr so zimperlich zu sein.« Stephanie rückte zum wiederholten Mal den Sicherheitsgurt zurecht. »Mir geht es sehr gut, und mein Baby ist gesund. Außerdem habe ich noch drei Wochen Zeit, und wir können Seattle in eineinhalb Stunden erreichen.«

»Ich habe gehört, daß sich die Geburt des ersten Kinds

meistens verzögert«, meldete sich Diana leise vom Rücksitz, nachdem sie seit über einer halben Stunde geschwiegen hatte.

Alle drei Frauen waren auf der Fahrt nicht sehr gesprächig gewesen. Keine von ihnen war von der Idee begeistert, in die Wüste geschickt zu werden, während ihre Partner Räuber und Gendarm spielten.

Aber alle drei Männer hatten so lange auf sie eingeredet, gebettelt und gedroht, bis Letty und Diana schließlich einverstanden waren. Und denn hatte Stephanie sich spontan entschlossen, mitzufahren.

»Meine Ärztin hat sich schon gefragt, ob der errechnete Termin wirklich stimmt«, erklärte Stephanie.

»Keith spricht in letzter Zeit oft davon, ein Kind zu haben.« Diana starrte aus dem Fenster. »Aber ich habe Angst davor.«

Stephanie drehte sich um. »Wegen Ihres Vaters?«

»Ja. Ich weiß, daß er sein Enkelkind ganz für sich in Beschlag nehmen würde. Noch mehr, als er es bei mir getan hat. Als ich bemerkte, daß seine Wutanfälle immer stärker wurden, wuchs auch meine Angst vor dem, was geschehen könnte.«

»Meine Güte, Diana«, sagte Stephanie entsetzt. »Sie leben schon sehr lange mit dieser Furcht, nicht wahr?«

Diana preßte die Lippen aufeinander. »Zu lange. Ich bin froh, daß das jetzt vorüber ist – egal, wie die Geschichte ausgeht. Manchmal fühle ich mich, als hätte ich all die Jahre in der Hand eines Terroristen verbracht.«

»Und die Personen, die in Ihrem Leben eine Rolle spielten, waren ebenfalls Geiseln«, stellte Letty leise fest. »Kein Wunder, daß Sie keine Kinder wollten.«

»Ja. Aber wenn diese Sache ausgestanden ist, dann könnte ich vielleicht...« Diana verstummte.

»Wir haben alle geheime Ängste.« Letty parkte den Wagen vor dem Ferienhaus der Thornquists. »Früher oder später brauchen wir jemanden, der uns hilft, sie zu überwinden.«

Stephanie hob die Augenbrauen. »Sei nicht böse, Letty,

aber ich kann mir kaum vorstellen, daß du dich vor etwas fürchtest.«

Diana nickte zustimmend. »Mir geht es ebenso. Wovor um alles in der Welt sollten Sie Angst haben?«

Letty drehte sich um. »Wollt ihr das wirklich wissen?«

»Aber natürlich«, erwiderte Stephanie gespannt.

»Mich würde es auch interessieren.« Diana beugte sich vor. »Offen gesagt, hielt ich Sie für eine Art Amazone.«

Letty lächelte kläglich. »Leider bin ich das nicht. Ich hatte lange Zeit Angst, daß in meinem Leben so manches nicht in Ordnung wäre. Irgend etwas schien zu fehlen, und ich glaubte bereits, es läge an mir. Es war, als würde ich die Ereignisse um mich herum immer nur beobachten, anstatt daran teilzunehmen. Versteht ihr, was ich meine?«

Stephanie nickte nachdenklich. »Ja, ich glaube schon.«

»Großonkel Charlie war meine Rettung. Als er mir Thornquist Gear hinterließ, war ich plötzlich nicht länger nur Zuschauer, sondern aktiver Teilnehmer am Geschehen.«

»So kann man es wohl nennen«, warf Diana trocken ein.

Letty ignorierte ihre Bemerkung. »Da gibt es noch etwas. Ihr beide hattet Angst, ein Kind zu bekommen. Nun, ich glaubte eine Zeitlang, nie eines haben zu können.«

»Aber warum?« fragte Stephanie verblüfft.

»Weil ich dachte, ich würde niemals den richtigen Mann dafür kennenlernen. Und selbst wenn das der Fall wäre, befürchtete ich, ihn nicht halten zu können, weil ich mich nicht fähig fühlte, ihn sexuell zufriedenzustellen.«

»Aber Letty...« Stephanie sah sie verständnislos an.

»Das ist kein Hirngespinst. Meine Beziehung zu Philip Dixon ist das beste Beispiel dafür. Bereits fünf Wochen nach unserer Verlobung ließ er sich mit einer Studentin ein, um seine Frustration loszuwerden, weil ich keinen Orgasmus bekommen konnte.«

Stephanie warf ihr einen teilnahmsvollen Blick zu. »O Letty – weißt du denn nicht, daß man sich professionelle Hilfe suchen kann, um dieses Problem zu lösen?«

Letty begann schallend zu lachen und konnte sich nicht

mehr beruhigen. Als es ihr endlich gelang, die Wagentür zu öffnen, liefen ihr Tränen über die Wangen.

»Keine Sorge.« Sie fuhr sich mit der Hand über die Augen. »Es hat sich inzwischen herausgestellt, daß ich keine Therapie brauche.«

Einige Stunden später hob Letty den Deckel von dem großen Topf, in dem die Suppe köchelte. Vorsichtig rührte sie um und betrachtete zufrieden, wie die dicken Bohnen und die verschiedenen Gemüsesorten in der nahrhaften Brühe schwammen. Als sie vorgeschlagen hatte, aus allen verfügbaren Zutaten eine Suppe zuzubereiten, hatte Stephanie zu ihrem Erstaunen nicht protestiert.

»Das riecht herrlich«, bemerkte Stephanie. »Ich habe ganz vergessen, wie gut eine hausgemachte Suppe an einem kalten Tag schmecken kann.«

Letty sah stirnrunzelnd aus dem Fenster. »Ja, es ist kühl geworden, und der Himmel bewölkt sich. Bei mir zu Hause würden wir sagen, es fällt bald Schnee.«

»Um diese Jahreszeit wird es höchstens Schneeregen geben.« Stephanie ging zum Kühlschrank. »Morgan hat sich bei der Wettervorhersage erkundigt, bevor er uns losgeschickt hat. Sie kündigen ein wenig Regen an. Soll ich einen Salat machen?«

Letty lächelte. »Gern. Aber nur, wenn du nicht versuchst, die Rezepte über Kindernahrung zu verwenden.«

Stephanie verzog das Gesicht und holte einen Salatkopf aus dem Kühlschrank. »Keine Sorge. Ohne meinen Mixer bringe ich nichts zustande.«

Diana kam zur Tür herein. »Hier riecht es nach Abendessen.«

»Ich dachte, Sie wollten sich ein wenig hinlegen«, meinte Letty.

»Ich konnte nicht schlafen.« Diana ging zum Fenster hinüber und sah hinaus. »Es sieht nach Regen aus.«

»Ja, stimmt.« Stephanie wusch die Salatblätter unter fließendem Wasser.

»Ich könnte Klöße machen«, bot Diana zögernd an.

Letty war überrascht. Den ganzen Tag über hatte Diana an nichts Interesse gezeigt. »Ich hätte nicht gedacht, daß man hier an der Westküste weiß, wie man Klöße zubereitet«, sagte sie lächelnd.

Diana zuckte die Schultern. »Meine Mutter hat es mir vor langer Zeit beigebracht. Ich habe allerdings schon seit Jahren keine mehr gemacht.« Sie ging zum Küchenbuffet und öffnete eine Mehltüte.

Während alle drei arbeiteten, stellte sich unverhoffte Harmonie ein. Letty ging der Gedanke durch den Kopf, daß das gemeinsame Zubereiten einer Mahlzeit Frauen zu verbinden schien. Vielleicht lag es daran, daß Kochen früher ein den Frauen vorbehaltenes Ritual gewesen war.

»Ich dachte gerade an das, was du uns vorher im Auto erzählt hast, Letty.« Stephanie verrührte mit einer Gabel Essig und Olivenöl. »Du glaubst, daß jeder von uns einen Menschen braucht, der uns hilft, mit unseren Ängsten fertig zu werden. Das hat mich sehr betroffen gemacht.«

»Warum?« fragte Diana und blickte Stephanie aufmerksam an.

Stephanie verzog die Lippen. »Wahrscheinlich weil es mir schwerfällt zuzugeben, daß ich in unserer Ehe die Schwächere sein könnte. Ich legte immer großen Wert darauf, alles allein zu schaffen. Natürlich bin ich Morgan sehr dankbar, daß ich bald ein Kind von ihm haben werde, aber es stört mich, daß er mir helfen mußte zu begreifen, daß ich nicht unfruchtbar bin. Das hat mir gezeigt, daß unser Verhältnis nicht ausgewogen ist. Ich wünschte, er würde mich ebensosehr brauchen wie ich ihn.«

»Machst du Scherze?« fragte Letty verblüfft. »Meinst du das tatsächlich ernst?«

Stephanie rührte heftig in der Salatschüssel. »Ich weiß, daß er mich mag, aber ich glaube nicht, daß er mich wirklich braucht.«

»Da täuschst du dich.« Letty lächelte. »Du und das Baby – ihr habt ihm ein neues Leben geschenkt. Nach Mutters Tod verwandelte sich mein Vater vor meinen Augen in einen alten Mann. Ich konnte nichts dagegen tun. Durch dich wurde er wieder jung, Steph. Er hat es mir selbst gesagt.«

Stephanie legte die Gabel auf den Tisch. Ihre Augen schimmerten. »Wirklich?«

»Aber ja.« Letty lachte leise. »Selbst wenn er es nicht ausgesprochen hätte, wäre es nicht zu übersehen gewesen. Bereits als ich aus dem Flugzeug stieg, bemerkte ich, wie verändert er war. Geben und Nehmen ist in eurer Beziehung keinesfalls unausgewogen.«

»Ich wünschte, das könnte ich von meiner Ehe auch behaupten«, warf Diana ein. »Ich habe Keith das Leben bisher nur zur Hölle gemacht.«

»Unsinn.« Letty hob den Deckel vom Suppentopf und rührte wieder das Gemüse um. »Keith ist der geborene Ritter. Er brauchte nur eine Gelegenheit, um ein paar Drachen zu bekämpfen und ein schönes Mädchen retten zu können. Sie haben ihm beides gegeben. Er hat nur auf seine große Chance gewartet – und jetzt ist es soweit.«

Diana ließ die Hände sinken. »Denken Sie wirklich so über Keith?«

»Allerdings.«

»Und Sie sagen das nicht nur, weil er sich mit Joel in der Bar geprügelt hat?«

Letty lachte. »Nein. Ich dachte auch daran, wie rasch er uns den Fünf-Jahres-Plan zur Rettung von Copeland Marine vorlegte. So detaillierte Unterlagen kann man nicht über Nacht hervorzaubern. Keith hat daran lange Zeit gearbeitet – das bedeutet, er hat nur auf seine Chance gewartet.«

»Ich erinnere mich, wie aufgeregt er war, als er erfuhr, daß die Firma übernommen werden sollte«, sagte Diana nachdenklich.

»Sie müssen jetzt an ihn glauben und ihn unterstützen. Der Ritter ist ausgezogen, um die Welt zu retten – oder zumindest Echo Cove.« Letty trat einen Schritt zur Seite, während Diana die Klöße in die brodelnde Suppe legte.

»Ich hoffe so sehr, daß jemand Daddy aufhalten kann, bevor es zu spät ist«, sagte Diana heftig.

»Sie werden ihn sicher bald finden«, erwiderte Stephanie

beruhigend. »Ihr Vater ist sehr krank – er muß dringend behandelt werden.«

Diana starrte blicklos auf den Topf. »Ich glaube nicht, daß er krank ist – er ist bösartig. Seit Jahren frage ich mich, was damals wirklich mit Joels Vater geschehen ist. Manchmal denke ich, Daddy könnte an Hank Blackstones Tod ganz direkt schuld sein...«

Letty fröstelte unwillkürlich und warf Stephanie einen besorgten Blick zu, aber beide vermieden es, dieses Thema noch einmal anzuschneiden.

Um neun Uhr abends klingelte das Telefon. Joel rief aus seinem Büro an, wo er sich mit Morgan gerade auf eine weitere Nachtwache vorbereitete.

»Es gibt leider noch keine Spur von Copeland«, berichtete er leise. »Die Polizisten in Echo Cove konnten ihn nicht finden. Wir haben keine Ahnung, was er vorhat. Wie steht es bei euch?«

»Alles in Ordnung.« Letty setzte sich und schlug die Beine übereinander. Nervös wippte sie mit dem Fuß. »Aber du weißt, daß wir nicht bereit sind, ewig hierzubleiben.«

»Nur noch ein oder zwei Tage – das verspreche ich dir.« Er schwieg einen Moment. »Letty?«

»Ja?«

»Ich liebe dich.«

Letty lächelte glücklich. »Dann wirst du mich sicher bald heiraten, nicht wahr?«

»Gibt man dir den kleinen Finger, nimmst du gleich die ganze Hand. Männer mögen es nicht, von Frauen bedrängt zu werden.«

»Ich weiß. Vor kurzem habe ich einen Artikel darüber gelesen. Aber ich bin der Meinung, daß nur Schwächlinge sich vor energischen Frauen fürchten.«

»Ich verstehe.« Joels Stuhl knarrte. Letty wußte, daß er sich zurücklehnte, und konnte förmlich sehen, wie er amüsiert lächelte. »Das heißt wohl, ich muß mich mit deiner fordernden Art abfinden, wenn ich nicht riskieren will, als Niete dazustehen.«

»Genau. Joel?«

»Ja?«

»Ich liebe dich.«

»Ich weiß«, sagte er zärtlich. »Jetzt hol bitte Stephanie ans Telefon. Morgan steht neben mir und kann es kaum erwarten, mit ihr zu sprechen.«

Stephanie legte den Hörer ans Ohr. »Hallo, Morgan. Ja, es geht mir gut. Mein Rücken schmerzt, aber das ist in meinem Zustand normal.« Sie fuhr sich mit der Hand über die Lendenwirbel. »Ja, ich werde früh zu Bett gehen. Gute Nacht, Liebling. Ruf mich morgen wieder an.«

Wenige Minuten später meldete sich Keith und unterhielt sich ausführlich mit Diana. »Sei vorsichtig, Liebling«, sagte Diana, bevor sie auflegte. »Alles, was in Echo Cove für mich zählt, bist du.«

Letty holte ein Päckchen Karten hervor. Im Haus war es ganz still, nur der Wind raschelte draußen in den Bäumen. »Habt ihr Lust auf eine Partie Gin?«

Um halb elf lagen alle drei bereits im Bett.

Am nächsten Morgen stand Letty als erste auf. Sie war schon während der Dämmerung aufgewacht. Als sie aus dem Bad kam, bemerkte sie, daß der Wind nun stärker ums Haus heulte. Auf dem Weg in die Küche beschloß sie, Pfannkuchen zu machen.

Wenig später sah sie aus dem Fenster und stellte erschrocken fest, daß dicke Schneeflocken um die Hütte wirbelten. Der Boden war bereits zentimeterhoch bedeckt, und die Schneeschicht schien immer höher zu werden. Man konnte kaum die Hand vor Augen sehen.

Diana kam verschlafen herein und verknotete die Kordel ihres Morgenmantels. »Meine Güte!« rief sie entsetzt. »Sehen Sie sich diesen Schneesturm an. Nun, die Männer können jetzt ganz beruhigt sein. Es sieht so aus, als müßten wir noch eine Weile hierbleiben.«

In diesem Moment kam Stephanie aus dem Badezimmer. Sie sah blaß und besorgt aus.

»Was ist los, Steph?« Letty runzelte die Stirn.

»Mein Fruchtwasser ist gerade abgegangen.«

Letty sah den Ausdruck der Angst in ihren Augen. Die Praxis der vielgerühmten Gynäkologin in Seattle und die mit den modernsten technischen Geräten ausgestattete Klinik lagen nur siebzig Meilen entfernt, aber in diesem Moment hätten es auch siebzigtausend Meilen sein können. Kein vernünftiger Mensch würde es bei diesem Schneesturm wagen, auch nur sieben Meilen mit dem Auto zu fahren.

Diana faßte sich erschrocken an die Kehle und sah von Stephanie zu Letty. »Dann werden die Wehen bald anfangen. Was sollen wir tun?«

Letty atmete tief ein und zwang sich zu lächeln. »Ist es nicht ein glücklicher Zufall, daß ich erst vor kurzem einige Artikel über die angenehmen Seiten einer Hausgeburt gelesen habe?«

Joel hob sofort ab, als das Telefon läutete. Mrs. Sedgewick war noch nicht im Büro, und es war viel zu früh für einen geschäftlichen Anruf. Sicher war es Escott.

»Blackstone«, meldete er sich. Morgan saß ihm gegenüber und nippte an einer Tasse Kaffee.

»Letztes Mal mußte Ihr Vater dran glauben«, knurrte Victor Copeland wütend. »Jetzt ist Ihr Flittchen an der Reihe. Ich weiß, wo sie ist, und ich werde sie mir vorknöpfen. Genau wie Ihren Vater. So läuft das nämlich, Blackstone. Sie haben mir etwas weggenommen, also werde ich mir etwas von Ihnen holen. Das ist doch ganz einfach zu verstehen, nicht wahr?«

»Sie Mistkerl, warten Sie.« Joel umklammerte den Hörer so heftig, als könne er damit Copeland festhalten.

Aber Victor hatte die Verbindung bereits unterbrochen.

Joel wählte sofort die Nummer des Ferienhauses der Thornquists, während Zorn in ihm aufstieg. *»Letztes Mal mußte Ihr Vater dran glauben.«* Es gab keinen Zweifel mehr – Copeland war ein Mörder.

»War das Copeland?« Morgan stellte die Tasse auf den Tisch.

»Ja. Er behauptete, er wissen, wo Letty sich aufhalte und

werde sie sich vorknöpfen.« Joel lauschte der automatischen Ansage der Telefongesellschaft und fluchte laut.

»Was ist los?«

Joel warf den Hörer auf die Gabel. »Ich kann die Hütte nicht erreichen.«

Morgan sah mit zusammengekniffenen Augen aus dem Fenster. »Wenn es hier regnet, wird es in den Bergen wahrscheinlich schneien. Ein Schneesturm dort oben beschädigt meistens die Leitungen.«

Joel zwang sich, ruhig zu bleiben. »Ich muß zu ihr.«

»Haben Sie Schneeketten für den Jeep?«

»Natürlich.« Joel stand auf, zog sich eine blaue Daunenjacke über und steckte den Revolver in die Tasche. »Bleiben Sie am Telefon und versuchen Sie, die Polizei zu erreichen.«

»Nein«, erklärte Morgan bestimmt. »Ich werde mitkommen. Meine Tochter und meine Frau sind dort oben. Escott soll die Polizei verständigen. Ich werde ihm Bescheid geben.«

Joel nickte. »Also gut. Wir sollten uns beeilen.«

Als sie sich auf den Weg machten, war der Berufsverkehr glücklicherweise noch nicht in vollem Gang. Die meisten Pendler fuhren um diese Zeit in die Stadtmitte und nicht in die östlichen Vororte. Trotzdem dauerte es eine Weile, bis sie die Stadt hinter sich gelassen hatten.

Erst dann konnte Joel beschleunigen. Nachdem sie das dichtbewaldete Gebiet im Osten Seattles erreicht hatten, wurde der Regen immer stärker.

Schon kurz darauf setzten heftige Schneefälle ein. Auf der Straße, die direkt in die Berge führte, wurde die Sicht immer schlechter, bis sie schließlich nur noch wenige Meter weit sehen konnten.

»Wir sollten die Schneeketten aufziehen«, schlug Morgan vor.

»Ja. Ich werde anhalten.«

»Es wird nicht lange dauern. Seit meinem siebten Lebensjahr habe ich Übung darin.«

»Das kann ich mir denken. Ich habe Letty bereits gesagt,

daß ich die Leute aus dem Mittleren Westen für ziemlich zäh halte.«

»Da haben Sie recht. Letty wird nichts geschehen, Joel. Sie wird mit der Situation fertig. Außerdem ist Diana bei ihr. Copeland würde es nicht wagen, die Hand gegen seine Tochter zu erheben.«

»Ich wünschte, das könnte ich glauben. Wie, zum Teufel, hat er nur von der Hütte erfahren?«

»Das ist eine gute Frage.«

Joel setzte zu einer Antwort an, blickte aber dann instinktiv in den Rückspiegel. »Verdammt – jemand fährt direkt hinter uns her.«

»Wir sollten ihn warnen, bevor wir anhalten, damit er rechtzeitig abbremsen kann«, meinte Morgan.

Der große Wagen hinter dem Jeep fuhr viel zu dicht auf. Die schneebedeckte Straße war rutschig – ein unverhofftes Bremsmanöver ohne Vierradantrieb oder Ketten wäre wahrscheinlich hoffnungslos.

Joel war sich plötzlich bewußt, wie nah die schmale Straße am Abgrund lag. Der Fluß strömte weit unter ihnen.

Morgan drehte sich um und sah durch das Rückfenster hinaus. »Was ist denn mit diesem Idioten los?«

»Keine Ahnung.« Joel bremste vorsichtig ab und steuerte den Jeep an den Straßenrand.

In diesem Moment scherte der Chrysler hinter ihnen aus und setzte zum Überholen an.

»Das ist kaum zu glauben«, meinte Morgan angewidert. »Ihr Leute von der Westküste lernt anscheinend nie, wie man auf schneebedeckten Straßen fährt.«

Joel drehte den Kopf nach links und sah sofort, wer hinter dem Lenkrad des Chryslers saß. Victor Copelands massige Gestalt war unverkennbar.

Er fluchte leise. »Verdammt, der Mistkerl wußte gar nicht, wo Letty sich aufhält. Er wartete, bis wir das Büro verließen und folgte uns dann. Copeland hat es auf mich abgesehen.«

Unwillkürlich dachte er daran, wie sein Vater ums Leben gekommen war, und plötzlich wurde ihm klar, daß Copeland vorhatte, ihn auf die gleiche Weise loszuwerden. Der

Abhang, der zum Fluß hinunterführte, war steil und bei dem heftigen Schneefall kaum zu erkennen.

Copeland war ihnen seit Seattle auf den Fersen und hatte nur auf eine günstige Gelegenheit gewartet. Und die war jetzt gekommen – außer den beiden Wagen war auf der schmalen Straße weit und breit niemand zu sehen.

Obwohl Joel spürte, was Copeland vorhatte, wartete er ab. Erst als der große Wagen auf den Jeep zuschoß, riß er das Lenkrad nach links und nahm den Fuß vom Gaspedal. Der Jeep fiel zurück und knallte mit dem linken vorderen Kotflügel gegen den hinteren Teil von Copelands Wagen.

Der schwere Chrysler fing langsam an zu schlittern, als die Hinterräder blockierten. Joel und Morgan beobachteten, wie der Wagen sich drehte, quer zum Stehen kam und so die Straße blockierte.

Joel legte den Rückwärtsgang ein. Durch den dichten weißen Vorhang sah er, wie die Tür des Chryslers sich öffnete. Copeland drehte sich um und holte etwas vom Rücksitz.

»Er hat eine Waffe«, sagte Joel. So schnell er konnte, fuhr er rückwärts. Er mußte es schaffen, um die Kurve und damit außer Sichtweite zu kommen.

Es waren nur noch wenige Meter, aber er konnte die Straße kaum erkennen. Sein einziger Trost war, daß Copeland ebensowenig sehen konnte.

Bestimmt war es nicht mehr weit. Vielleicht befanden sie sich schon in der Kurve, und er steuerte den Jeep bereits auf den Abgrund zu… Vorsichtig schlug das Lenkrad ein.

»Das ist weit genug«, bemerkte Morgan. »Wir sind hinter der Biegung.«

Joel öffnete hastig den Sicherheitsgurt. »Wir müssen hier raus! In ein paar Minuten wird er den Jeep entdecken. Er braucht nur der Straße zu folgen. Wir sollten den Hang hinauf in den Wald laufen.«

»Einverstanden. Ich habe keine Lust, hier auf den Kerl zu warten.« Morgan riß die Wagentür auf und stieg aus.

Sie kämpften sich in dem Schneegestöber vorwärts, bis sie den Schutz der Bäume erreicht hatten.

Joel stellte sich unter eine große Fichte und spähte auf die

Straße. Nur mit Mühe konnte er die Umrisse des Jeeps ausmachen.

Plötzlich ließ der heftige Wind für einige Sekunden nach, und er sah eine massige Gestalt. Copeland hielt ein Gewehr in der Hand und zielte damit auf die Windschutzscheibe des Jeeps.

»Blackstone!« schrie er haßerfüllt. »Wo sind Sie, Blackstone? Wollen Sie wissen, warum ich in jener Nacht Ihren Vater von der Straße abgedrängt habe? Nur weil ich dachte, Sie säßen in dem Wagen. Verdammt, ich hatte es auf *Sie* abgesehen.«

Copelands Stimme übertönte sogar den heulenden Wind. Er brüllte wie ein Raubtier, dem man die Beute vor der Nase weggeschnappt hatte.

Einen Augenblick später wurde der Sturm wieder stärker und wirbelte die Schneeflocken so heftig durch die Luft, daß Joel weder Copeland noch den Jeep sehen konnte.

»Wenn wir uns noch weiter von dem Wagen entfernen, riskieren wir, uns zu verlaufen«, sagte Morgan leise. »Der Blizzard scheint immer schlimmer zu werden.«

»Copeland kann nicht mehr erkennen als wir.« Joel trat einen Schritt zurück. »Ich denke, er wird in der Nähe des Jeeps bleiben, bis die Sicht besser wird. Das ist wahrscheinlich unsere einzige Chance.«

»Wollen Sie versuchen, ihn zu überwältigen?«

»Ja.« Joel zog den Revolver aus der Jackentasche. »Ich werde hinuntergehen. Halten Sie Ausschau nach ihm – vielleicht entdecken Sie ihn eher als ich. Wenn Sie ihn sehen, rufen Sie laut.«

»Das gefällt mir gar nicht.«

»Mir auch nicht.« Joel zog den Handschuh von der rechten Hand, damit er die Waffe besser halten konnte. Sofort wurden seine Finger klamm.

Vorsichtig stieg er den Hügel hinunter und versuchte, im Schutz der Bäume zu bleiben. Nur hin und wieder konnte er durch das dichte Schneegestöber ungefähr erkennen, wo er sich befand. Keinesfalls durfte er jetzt, nur wenige Meter von dem Wagen entfernt, die Orientierung verlieren.

Unvermittelt legte sich der Sturm wieder für einige Sekunden. Joel entdeckte Copeland im gleichen Moment, in dem dieser auch ihn sah. Zwischen ihnen lag nur die schmale Straße.

»Bastard! Ich werde dir zeigen, was es heißt, sich mit Victor Copeland einzulassen. Was, zum Teufel, denkst du, wer du bist?« Copeland riß das Gewehr hoch und feuerte.

Joel warf sich blitzschnell in den Schnee und hörte, wie die Kugel über seinen Kopf hinwegpfiff. Er hob den Revolver – doch der Wind wurde wieder stärker und nahm ihm die Sicht.

Vorsichtig kroch er auf dem Bauch durch den Schnee. Wenn er wieder zu Hause war, würde er höchstpersönlich die gute Qualität der Stiefel und der Daunenjacken von Thornquist Gear bestätigen können.

Allerdings hatte er Probleme mit seiner rechten Hand. Die Finger wurden bereits taub. Er mußte rasch handeln, solange er dazu noch fähig war.

»Achtung, Joel!« rief Morgan warnend. »Rechts von Ihnen!«

Joel reagierte sofort. Er wirbelte herum und riß den Revolver hoch.

Copeland stand nur zwei Meter von ihm entfernt, fuchtelte wild mit den Armen und versuchte offensichtlich festzustellen, woher Morgans Stimme kam. Er stolperte und feuerte blindlings in den Wald.

Rasch sprang Joel auf und stürzte sich auf ihn.

Die beiden Männer fielen am Straßenrand in den Schnee, und Joel entglitt dabei die Waffe, während Copeland verzweifelt versuchte, sein Gewehr hochzureißen.

Blitzschnell schlug Joel ihm mit der Faust in den Magen, umklammerte Copelands Handgelenk und verdrehte es ihm mit aller Kraft.

Copeland schrie vor Zorn und Schmerz laut auf. Das Gewehr fiel in den Schnee, und Joel warf sich vor der riesigen Faust, die auf ihn zukam, zur Seite. Er versuchte aufzuspringen, fand aber keinen Halt und verlor das Gleichgewicht.

Copelands Schlag traf ihn nur am rechten Arm, und jetzt gelang es Joel hochzukommen und dabei auch das Gewehr aufzuheben.

Auch Copeland war bereits auf den Beinen und schnaubte wütend. Joel konnte dem nächsten Fausthieb gerade noch ausweichen.

»Halt! Treiben Sie mich nicht dazu, auf Sie zu schießen!« rief Joel, als Copeland mit erhobenen Fäusten auf ihn zustolperte.

»Das würden Sie nie wagen – dazu fehlt Ihnen der Mut. Ich bin Ihnen bis hierher gefolgt, und jetzt werde ich Sie umlegen. Eigentlich hätte ich das schon vor fünfzehn Jahren tun sollen.« Ein irres Grinsen verzerrte sein Gesicht. Sein pfeifender Atem übertönte den heulenden Wind.

»Bleiben Sie stehen«, wiederholte Joel. »Ich meine es ernst!«

Copeland fletschte die Zähne wie ein tollwütiges Tier.

Joel hob das Gewehr und zielte auf Copeland. Ihm wurde klar, daß ihm keine andere Möglichkeit bleiben würde, als zu schießen. Der Ausdruck in Copelands Augen verriet, daß er zu allem fähig war.

Gerade als Copeland sich auf ihn stürzen wollte, drehte sich der Wind und hüllte die Männer in eine dichte Schneewolke. Copeland brüllte auf und rannte blindlings los – doch offensichtlich hatte er die Orientierung verloren. Er prallte mit den Knien gegen den Sicherheitszaun an der Böschung, stolperte und stürzte den Abgrund zum Flußbett hinunter.

Joel hörte einen lauten Schrei, dann war es plötzlich gespenstisch still.

Einige Minuten stand Joel an dem Zaun und starrte auf den Fluß hinunter. Schließlich streifte er sich den Handschuh über die klammen Finger der rechten Hand und stellte fest, daß der Schneesturm allmählich nachließ.

Kurz darauf tauchte Morgan auf, stellte sich neben ihn und betrachtete ebenfalls die Gestalt, die mit dem Gesicht nach unten am Ufer lag. »Der Schneesturm ist vorbei. Wir müssen den Jeep freischaufeln, um zur Hütte fahren zu können. Aber jetzt besteht keine Eile mehr. Alle sind in Sicherheit.«

Joel entspannte sich ein wenig. Er dachte daran, daß Letty auf ihn wartete. »Ja«, erwiderte er. »Jetzt kann ihnen nichts mehr geschehen.«

»Sind Sie in Ordnung?« fragte Morgan.

»Ja. Wir sollten die Schneeketten aufziehen und uns auf den Weg machen.«

Es dauerte noch fast eine Stunde, bis sie die Hütte erreichten. Der Wind hatte sich gelegt, und es herrschte tiefe Stille im Wald.

Joel stellte den Wagen vor dem Haus ab und stieg langsam aus. Er fühlte sich erschöpft und kraftlos. Im Augenblick wünschte er sich nur, Letty in die Arme schließen zu können.

»Eine verdammt anstrengende Reise«, murmelte Morgan neben ihm und streckte sich.

Plötzlich zerriß der Schmerzensschrei einer Frau die Stille.

Joel und Morgan sahen sich kurz an und liefen dann zur Haustür, so schnell sie konnten.

20

Stephanie schrie laut auf. »Es geht doch viel zu schnell«, keuchte sie.

»Alles in Ordnung. Du machst das großartig«, beruhigte Letty sie. Sie stand am Fußende des Betts und sah zu, wie Diana Stephanies Hand hielt und ihr immer wieder kühlende Tücher auf die Stirn legte.

»Die Wehen kommen jetzt sehr rasch nacheinander«, erklärte Diana knapp und drückte Stephanies Hand.

»Irgend etwas stimmt nicht«, brachte Stephanie mühevoll hervor, bevor ihr die nächste Wehe die Sprache verschlug.

»Aber nein. Es läuft alles so ab, wie es in dem Buch beschrieben wird. Es geht nur sehr schnell.« Letty versuchte sich ihre Besorgnis nicht anmerken zu lassen, als noch mehr Fruchtwasser und Blut zwischen Stephanies Beinen hervorquoll.

Sie hatte Stephanie dazu veranlaßt, sich halb aufzusetzen und die Knie anzuziehen, weil sie gelesen hatte, daß diese Stellung besser war, als flach auf dem Rücken zu liegen.

Neben dem Bett lagen auf einem sauberen weißen Tuch ein Stück Bindfaden, um die Nabelschnur abzubinden, und einige Handtücher, die Diana sorgfältig gewaschen und desinfiziert hatte. Letty fürchtete insgeheim, daß es zu starken Blutungen kommen könnte. Wie sollte sie die stillen?

Natürlich behielt sie diese Furcht für sich. Seit die Wehen eingesetzt hatten, fielen Stephanie ohnehin alle Komplikationen ein, von denen sie jemals gehört hatte.

Zuerst hatte sie sich große Sorgen gemacht, weil hier die Herztöne des Babys natürlich nicht über Monitor verfolgt werden konnten. Doch Letty hatte ihr erzählt, sie habe vor kurzem in einem Artikel gelesen, daß eine Monitorüberwachung bei normal verlaufenden Geburten durchaus nicht nötig wäre.

Dann wurde Stephanie beinahe hysterisch, weil sie befürchtete, das Baby könnte sich nicht in der richtigen Lage befinden. Letty hatte zu ihrer Beruhigung eine Statistik zitiert, wonach über fünfundneunzig Prozent aller Babys mit dem Kopf voran auf die Welt kamen.

Immer wenn Stephanie einen weiteren Grund zur Besorgnis fand, fiel Letty ein Artikel ein, den sie darüber gelesen hatte, und Diana unterstützte sie, indem sie die Fakten ständig wiederholte. Sie konzentrierten sich gemeinsam darauf, Stephanie davon zu überzeugen, daß Frauen schon seit ewigen Zeiten Kinder auf die Welt brachten.

Die Wehen waren sehr heftig und alle drei Frauen mittlerweile schweißgebadet. Diana tupfte ständig Stephanies Stirn ab. Letty wünschte, jemand würde ihr beistehen. In den Artikeln, die sie über Geburten gelesen hatte, war nicht erwähnt worden, wieviel Blut eine werdende Mutter dabei verlor und welche Schmerzen sie ertragen mußte.

»Ich glaube, da kommt ein Auto«, sagte Diana plötzlich.

Letty hörte kaum hin. Sie konzentrierte sich ganz auf Matthew Christophers Kopf, der soeben erschien. »Er ist gleich da, Steph. Jetzt pressen! Helfen Sie ihr, Diana.«

Stephanie schrie laut auf, während Diana ihre Hand drückte.

Für Letty war das Schlimmste an der Geburt, mitansehen zu müssen, wie Stephanie litt. Es gab nur eine Lösung – sie mußte ihre ganze Aufmerksamkeit dem Baby widmen.

»Der Kopf ist durch – und eine Schulter«, erklärte sie wenig später triumphierend. Vorsichtig drehte sie den kleinen Körper. »Ich habe eine Schulter! Jetzt beide. Stephanie, es ist ein hübscher kleiner Junge. Auf der Punkteskala in der Klinik würde er den Höchstwert erreichen.«

»Mein Sohn.« Stephanie holte erschöpft Atem. »Gib ihn mir. Ich möchte ihn sehen...«

Matthew Christopher fing an zu schreien und drückte lautstark seinen Unmut über diese Prozedur aus. Im gleichen Augenblick flog die Haustür auf.

»Was, zum Teufel, ist hier los?« schrie Joel. »Letty? Letty, ist alles in Ordnung?«

»Stephanie?« rief Morgan aufgeregt. »Wo bist du?«

»Ich bin hier, Morgan«, erwiderte Stephanie mit schwacher Stimme. »Und unser Baby, Morgan – ist auch da.«

Letty wickelte Matthew Christopher rasch in ein sauberes Handtuch und legte ihn Stephanie in den Arm. Dann drehte sie sich um und lächelte Joel und Morgan zu, die völlig verblüfft an der Türschwelle standen.

»Komm her, Dad. Sieh dir deinen Sohn an.«

»Meine Güte, ich kann es kaum glauben.« Morgan schaute Matthew Christopher und Stephanie fassungslos an. Rasch lief er zum Bett hinüber. »Stephie, mein Liebling, wie geht es dir?«

»Sehr gut«, flüsterte sie und drückte das Baby an sich. »Es ist alles in Ordnung. Eigentlich war es ein Kinderspiel. Letty hat schließlich etliche Artikel über Geburten gelesen.«

Nachdem Joel Letty zu verstehen gegeben hatte, daß sie mit Diana sprechen mußten, gingen sie gemeinsam in die Küche. Diana stand am Spülbecken und wusch die Kaffeetassen aus. Sie warf einen raschen Blick über die Schulter.

»Es geht um Daddy, nicht wahr?«

»Er ist tot, Diana.«

»Ich weiß.« Sie nahm ein Geschirrtuch in die Hand und begann, die Tassen abzutrocknen. »Ich dachte es mir schon, als ihr angekommen seid.«

Joel sah sie ernst an. »Es tut mir sehr leid, daß du so viel durchmachen mußtest.«

Diana sah eine Zeitlang schweigend aus dem Fenster und betrachtete die schneebedeckte Landschaft, die in der Sonne glitzerte. »Für mich ist es eine große Erleichterung, Joel. Ich bin weder glücklich noch traurig, sondern einfach froh, daß alles vorüber ist. Das habe ich dir und Keith zu verdanken. Mir kommt es vor, als wäre ich der Hölle entflohen.«

Nebenan im Schlafzimmer protestierte Matthew Christopher lautstark. Diana drehte sich unwillkürlich um.

Letty lächelte und legte den Arm um Dianas Schulter. »Jetzt könnte ihr endlich ein eigenes Kind haben.«

Dianes Gesicht war tränenüberströmt, als sie Letty umarmte, aber sie lächelte gleichzeitig. »Ja. Gott sei Dank.

Keith und ich sind in Sicherheit und können nun eine Familie gründen.«

»Ich war mir nicht sicher, wie sie es aufnehmen würde«, meinte Joel später, als er neben Letty im Bett lag.

»Diana wird es schon schaffen.« Letty schmiegte sich noch enger an ihn. Sie war dankbar, daß er in Sicherheit und bei ihr war. »Wie kommst du damit zurecht?«

»Mir geht es gut.« Joel nahm sie fest in den Arm. »Copeland hat meinen Vater umgebracht, weil er in jener Nacht mich in dem Auto vermutete. Deshalb hat er den Wagen von der Straße abgedrängt.«

Letty legte ihm sanft die Hand auf die Brust. »Zumindest weißt du jetzt, was damals geschehen ist. Du hast eine Antwort auf deine Fragen bekommen – auch wenn sie nicht sehr gut ausgefallen ist.«

»Ja.« Joel schwieg einen Moment. »Jetzt, wo ich die Wahrheit erfahren habe, fällt es mir leichter, damit umzugehen. Was mich all die Jahre am meisten geplagt hat, war die Ungewißheit.«

»Der Tod deines Vaters wurde gerächt, und du weißt nun, daß du keine Schuld daran trägst. Kannst du jetzt die Vergangenheit auf sich beruhen lassen?«

Joel richtete sich auf. »Ich glaube, damit habe ich schon angefangen, als ich dir begegnet bin.«

Letty lächelte schüchtern. »Mir ging es genauso.«

»Außerdem habe ich nicht mehr viel Zeit, in der Vergangenheit herumzukramen«, erklärte Joel leise. »Schließlich muß ich mich auf die Zukunft konzentrieren. Dabei fällt mir ein, daß du mit einem Baby auf dem Arm sehr interessant aussiehst, Chefin.«

»Interessant?«

»Ja. Ich sehe bereits die Bilder für die neue Werbekampagne vor mir. Wir werden dich fotografieren, während du in einem Arm ein Baby und in dem anderen ein Zelt hältst. Wir werben mit einer Frau, die noch wahren Pioniergeist hat.«

»Das wird wohl nicht klappen. Unsere Werbekampagne

muß in drei Wochen fertig sein – es dauert aber neun Monate, um ein Baby zur Welt zu bringen.«

»Dann sollten wir besser gleich mit der Arbeit beginnen.« Joel beugte sich über sie und drückte sie auf das Kissen.

»Warte einen Moment«, erwiderte Letty atemlos. »Dort, wo ich herkomme, plant man so etwas erst, nachdem man geheiratet hat.«

»Keine Sorge – wir werden noch vor dem nächsten Frühling heiraten.«

»Wirklich?«

»Ganz bestimmt.« Er küßte sie auf den Mund.

Letty runzelte nachdenklich die Stirn. »Ich hatte mich gerade daran gewöhnt, eine Affäre zu haben.«

»Dafür bist du nicht geschaffen, Letty.«

»Eigentlich hatte ich doch alles ganz gut im Griff.«

»Du bist nicht der Typ dafür.«

»Da bin ich mir nicht so sicher. Jede Frau, die eine solche Situation wie die in deinem Büro meistern kann, ist zu allem fähig.«

»Glaub mir, Letty – eine Affäre ist auf die Dauer nichts für dich.« Joel ließ seine Finger über ihren Schenkel gleiten und zog langsam das Nachthemd nach oben.

»Und was wird aus der Leidenschaft und den Abenteuern?« Letty legte lächelnd die Hände auf seine Schultern. »Es würde mir schwerfallen, das aufzugeben.«

Joel lachte leise. »Daran wird sich für den Rest unseres Lebens nichts ändern, mein Liebling.«

»Und was geschieht mit Thornquist Gear?«

Joel zuckte die Schultern. »Alle werden annehmen, ich hätte dich nur wegen der Firma geheiratet, aber damit kann ich leben. Bis heute dachte ich anders darüber, aber jetzt sehe ich die Dinge im richtigen Verhältnis.«

»Nein.« Letty nahm zärtlich sein Gesicht in die Hände und sah ihn eindringlich an. »Niemand soll behaupten können, du hättest es nur auf Thornquist Gear abgesehen. Du hast dieses Unternehmen aufgebaut. Viele Jahre lang hast du dafür gekämpft und all deine Kraft investiert.

Thornquist Gear ist das Ergebnis deiner Arbeit – ich habe kein moralisches Recht darauf.«

»Bitte werde jetzt nicht sentimental – schließlich geht es nur um ein Geschäft.«

Letty lächelte nachsichtig. »Das mußt ausgerechnet du mir sagen. Ich habe noch nie einen so gefühlsbetonten Mann getroffen wie dich.«

»Das kann ich mir nicht vorstellen«, murmelte Joel. »Ich habe sehr viel mehr Selbstbeherrschung als du.«

»Laß uns nicht darüber streiten«, erwiderte Letty. »Schließlich möchte ich dir einen Vorschlag machen.«

»Einen Vorschlag?«

Letty holte tief Luft. »Ja. Ich werde dir Thornquist Gear vor der Hochzeit verkaufen – zu den gleichen Bedingungen, die du mit Großonkel Charlie vereinbart hast.«

»Das ist nicht nötig, Letty.«

Sie strich ihm zärtlich über die Wange. »Du verstehst das nicht. Bisher habe ich geglaubt, die Firma würde mir den Start in ein neues Leben ermöglichen. Vielleicht war das zu Beginn auch so, aber das hat sich geändert. Jetzt weiß ich, daß wichtige Veränderungen nur von innen kommen können.«

»Und du denkst, daß du Thornquist Gear nicht mehr brauchst, um Aufregung und Abenteuer in dein Leben zu bringen?«

»Genau. Ich habe jetzt alles, was ich mir wünsche.«

»Und wenn ich dir nun sage, daß ich die Firma auch nicht mehr brauche?«

»Dann haben wir wohl ein großes Problem.«

Joel lachte leise. »Ich sagte nicht, daß ich das Unternehmen nicht mehr haben will. Aber ich weiß inzwischen, daß ich auch ohne Thornquist Gear leben kann. Deshalb sollst du mir die Firma auch nicht verkaufen.« Joel rollte sich auf den Rücken und zog Letty zu sich herüber.

»Aber Joel, ich...«

»Du weißt, ich bin ein guter Geschäftsführer. Deshalb mache ich dir einen Gegenvorschlag.«

»Also gut, ich höre.«

Er lächelte zufrieden. »Ich werde dir fünfzig Prozent der Anteile abkaufen. Dann gehört uns Thornquist Gear zu gleichen Teilen.«

»Joel, ich...«

Joel legte seine Hand auf ihren Mund. »Das ist mein Angebot. Du kannst es annehmen oder ablehnen. Aber versuch bitte nicht, mir die ganze Firma aufzuhalsen. Ich will das Unternehmen nur, wenn ich es mit dir teilen kann.«

»Werde ich dann der Boß bleiben?« fragte Letty lächelnd.

Joel grinste. »Selbstverständlich. Und ich werde weiterhin den Geschäftsführer spielen. Einverstanden?«

»Einverstanden.«

Er zog sie zu sich herunter. Der leidenschaftliche Kuß, den er ihr gab, war bindender als jeder Vertrag.

Als Joel einige Stunden später aufwachte und auf den Wekker sah, war es bereits kurz vor ein Uhr. Letty drehte sich verschlafen um. »Hast du wieder schlecht geträumt?« fragte sie leise.

Joel überlegte einen Moment und wartete auf den Adrenalinstoß, den er sonst nach seinen Alpträumen immer verspürte.

»Nein«, sagte er. »Ich bin einfach nur aufgewacht, aber ich habe nicht geträumt.«

Letty schmiegte sich an ihn. »Jetzt ist alles vorüber«, flüsterte sie.

»Ja.«

Joel nahm sie fest in die Arme und schlief sofort wieder ein.

Zwei Monate später lief Joel die Treppe zum dritten Stock hinunter und ging zum Konferenzraum. Als er die Tür öffnete, sah er Letty in den muskulösen Armen eines blonden Adonis.

Er war braungebrannt und trug eine kurze Lederhose, die seine gewaltigen Oberschenkel zur Geltung brachten. Seine blauen Augen und strahlend weißen Zähne funkelten im Licht der Scheinwerfer.

Letty wirkte in seinen Armen klein und zerbrechlich. Einer ihrer schwarzen Schuhe lag am Boden.

»Würden Sie bitte sofort die Chefin dieses Hauses loslassen«, befahl Joel kühl.

Mr. Adonis zwinkerte beunruhigt. »Natürlich. Entschuldigung.« Hastig ließ er Letty auf den Boden gleiten.

»Hallo, Mr. Blackstone.« Letty lächelte fröhlich, während sie ihre Bluse in den Rockbund steckte und versuchte, ihre Jacke geradezuziehen.

»Guten Tag, Mrs. Blackstone. Wer, zum Teufel, ist das? Warum trägt er dich herum wie einen Sack Kartoffeln?«

»Das ist Mark«, erklärte Letty. »Er ist unser Model in der neuen Werbekampagne für Bergsteiger und Kletterer.«

»Hoffentlich hat er nicht vor, dich bei seiner nächsten Tour in den Rucksack zu stecken und mitzunehmen.«

»Aber nein. Er hat mir nur gerade zu beweisen versucht, daß er hundertzwanzig Pfund mühelos heben kann, nicht wahr, Mark?«

»Ja, Ma'am.« Mark lächelte zuvorkommend.

Letty betrachtete ihn wohlwollend. »Er wird sich auf den Fotos einfach großartig machen, wenn er mit der Ausrüstung von Thornquist Gear einen Gletscher erklimmt. Die neue Kampagne wird ein großer Erfolg!«

»Genau darüber wollte ich mit dir sprechen, Mrs. Blackstone«, sagte Joel düster und stützte sich mit dem Ellbogen gegen den Türrahmen. Mit der anderen Hand hielt er ihr anklagend einen Aktenordner entgegen.

Letty hob die Augenbrauen. »Gibt es ein Problem?«

»Allerdings«, bemerkte Joel scharf. »Die Kampagne bewegt sich bereits fünfzigtausend Dollar über dem Budget.«

»Tatsächlich?«

»Ja. Würdest du mir bitte erklären, was du mit dem Geld gemacht hast, Chefin?«

Letty sah ihm zärtlich in die Augen. »Natürlich, Mr. Blackstone. Möchtest du gleich meine Rechtfertigung hören, oder kann ich dir zuerst erzählen, daß ich schwanger bin?«

Erst an diesem Morgen hatte Joel geglaubt, daß eine Steigerung seines Glücks nicht mehr möglich wäre – nun, er hatte sich getäuscht. Die fünfzigtausend Dollar waren vergessen, und er begann unwillkürlich zu strahlen.

»Du bist schwanger?« Joel kümmerte sich nicht darum, daß der blonde Adonis peinlich berührt zur Seite blickte. »Du bekommst ein Baby?«

Letty rückte ihre Brille zurecht. »Es sieht ganz so aus. Was sagst du dazu, Mr. Blackstone?« fragte sie zögernd.

Joel warf den Aktenordner über die Schulter und zog Letty in seine Arme. »Vergiß die fünfzigtausend Dollar. Eine Chefin sollte sich mit ihrem Geschäftsführer nicht wegen so einer Kleinigkeit streiten.«

»Ich wußte, daß du das so sehen würdest, Joel.«

Joel trug sie über die Schwelle in den Flur. »Am besten, wir gehen sofort in mein Büro, Mrs. Blackstone. Es gibt wichtigere Dinge zu diskutieren als das Budget für die Werbekampagne.«

»Natürlich, Mr. Blackstone.« Letty sah ihm zärtlich in die Augen. »Aber diesmal schließen wir die Tür ab, bevor wir unsere Verhandlungen beginnen.«

Joels Gelächter hallte im Gang wider. Das Leben war wirklich wunderschön.